Fildermädchen

Thilo Scheurer, Jahrgang 1964, lebt und schreibt in einer Kleinstadt am Rande des Schwarzwalds. Er ist Mitinhaber eines kleinen Softwareunternehmens. Aus seiner Feder stammen mehrere Abenteuer- und Kriminalromane. Der Autor ist verheiratet und hat zwei Kinder.

THILO SCHEURER

Fildermädchen

KRIMINALROMAN

emons:

Bibliografische Information der Deutschen Nationalbibliothek
Die Deutsche Nationalbibliothek verzeichnet diese Publikation in der Deutschen Nationalbibliografie; detaillierte bibliografische Daten sind im Internet über http://dnb.d-nb.de abrufbar.

FSC
www.fsc.org
MIX
Papier aus verantwortungsvollen Quellen
FSC® C083411

Umschlagmotiv: age fotostock/Lookphotos
Umschlaggestaltung: Nina Schäfer, Tobias Doetsch
Gestaltung Innenteil: César Satz & Grafik GmbH, Köln
Lektorat: Lothar Strüh
Druck und Bindung: CPI – Clausen & Bosse, Leck
Printed in Germany 2017
ISBN 978-3-7408-0209-7
Originalausgabe

Dieser Roman wurde vermittelt durch die Agentur Editio Dialog, Dr. Michael Wenzel (www.editio-dialog.com).

Nichts ist so schön,
dass es unter gewissen Bedingungen
nicht hässlich sein kann.

Oscar Wilde

Prolog

Bilder zucken durch meinen Kopf. Viel zu schnell, als dass ich sie zusammenfügen kann: *Das gleißende Licht der Sonne, Stromleitungen vor blauem Himmel, kunterbunte Häuserwände, eine alte Zeitung weht über den Asphalt.*

»Hier liegt jemand«, hallt eine weibliche Stimme in meinem Kopf. Von wem redet die Frau?

Graue Wolkenschleier ziehen über die Sonne. Ihr Licht verblasst zusehends.

Jemand drückt mir einen Plastikbeutel ins Gesicht. Frischer Geruch wie auf einem Waldspaziergang vertreibt den Gestank nach Müll und Katzenpisse.

Die blasse Sonnenscheibe löst sich hinter den Wolken auf. Licht und Schatten vermischen sich zu einem fahlen Gelb.

Plötzlich friere ich.

Eine Hand hebt meinen Arm an, drückt darauf herum. Neben meinem Ohr setzt ein rhythmisches Piepen ein.

Warum nur ist es so verdammt kalt?

Jemand zupft an meinen Lidern, leuchtet mir direkt in die Augen. Die Helligkeit schmerzt, als ob ein Tausend-Watt-Strahler sich in meine Netzhaut brennt. »Keine Pupillenreaktion.«

Das Piepen verlangsamt sich.

»Beatmung fortsetzen.«

Die Zeit scheint zu kriechen. Irgendwo bellt ein Hund. Dann verstummt auch der. Drückende Ruhe. Frieden.

Ein schriller Warnton durchbricht die Stille.

»Kammerflimmern!« Die Stimme der Frau wirkt mit einem Mal angespannt. »Adrenalin null Komma fünf Milligramm.«

Was sich da im nächsten Moment in meinen Oberschenkel bohrt, fühlt sich an wie ein Spieß.

»Laden.« Hektische Hände reißen an meiner Kleidung.

Ein anderer elektrischer Ton, eine Art Fiepen, ertönt und schwillt weiter an. Eisige Metallflächen landen auf meinem nackten Oberkörper.

»Fertig«, ruft eine jüngere, männliche Stimme.

Ein Knall wie von einer Detonation zerreißt die Luft. Der Schmerz, der einen Sekundenbruchteil später durch meinen Körper schießt, ist unbeschreiblich. Das rhythmische Piepen tobt los, als stünde eine Höllenmaschine neben meinem Ohr.

»Auf die Trage«, befiehlt die Frau.

Zwei Hände packen mich an den Beinen, zwei andere unter den Achseln. »Eins, zwei, los«, ruft die männliche Stimme.

Kurz schwebt mein Körper in der Luft, wird hin und her gezerrt. Ich versuche, die Augen zu öffnen, doch es flackern nur einzelne Lichtpunkte in der Dunkelheit.

Autotüren klappern, eine Sirene heult auf. Die Lichtpunkte verblassen und verschwinden dann ganz wie in einem schwarzen Loch, das alles aufsaugt.

1

Er hätte Nein sagen sollen – einfach nur Nein. Sebastian Franck bereute es schon den ganzen Tag, dass er sich von Franziska, seiner Arbeitskollegin, zu Cems Auftritt hatte überreden lassen. Rocktube – wenn ein Veranstaltungsort schon so hieß, konnte es sich nur um eine verrauchte Kneipe mit Dutzenden schwitzender und womöglich alkoholisierter Menschen handeln. Eine schwer zu ertragende Vorstellung. Und das alles nur, weil dieser kostümierte Kasper, der Elvis Presley imitierte, auch ein Arbeitskollege im Dezernat war. Ein *Teamkollege*. Andererseits, wenn er nicht mitginge, würde Franziska mit ihrem Wacken Open Air keine Ruhe geben. Tausende Menschen, die sich bei Wind und Wetter im Schlamm suhlten. Ekelhaft. Da stellten ein paar Stunden seichter Rock 'n' Roll im Trockenen das kleinere Übel dar. Vielleicht würde er danach endlich eine Zeit lang Ruhe vor Black und Heavy Metal haben.

Sebastian betrachtete sein Spiegelbild. Etwas zu kurz war der Haarschnitt geworden. Schon jetzt mit Mitte dreißig deuteten sich Geheimratsecken an und drängten allmählich die blonden Haare an der Stirn zurück. Und wenn er an seinen Vater Arthur dachte, würde es wohl nicht dabei bleiben. Mit fünfzig hatte der bereits eine Halbglatze. Eigentlich konnte er ganz zufrieden sein mit seiner Figur. Diesen Abend jedoch nicht mit seiner Kleidung: beige Stoffhose, blau gestreiftes Hemd. Franziska hatte am Nachmittag noch gesagt, dass er sich bei Cems Auftritt ruhig etwas lockerer geben konnte. Und mit »etwas lockerer« meinte sie vermutlich keinen Anzug und keine Krawatte.

Das hatte er schon mal erfüllt, wenn auch ungern. Er konnte sich nicht daran erinnern, wann er zuletzt so nachlässig gekleidet zu einer Veranstaltung aus dem Haus gegangen war. Vermutlich auf einer dieser Studentenpartys vor einigen Jahren. Mit Grausen dachte er daran, wie seine Kommilitonen damals unter dem Einfluss von Alkohol regelmäßig nicht nur ihren

Anstand, sondern später auch alle Hemmungen verloren hatten. Nach dem dritten Mal hatte er die Nase voll und blieb den beinahe täglichen Partys einfach fern. Auch wenn ihm das bald den Ruf eines Langweilers einbrachte.

Er sah in den Vergrößerungsspiegel, hob den Kopf und rieb sich ein paarmal über das Kinn. Trotz der morgendlichen Rasur zeigten sich bereits wieder die ersten Bartstoppeln. Sebastian griff nach der Dose Rasierschaum und sprühte sich etwas davon auf die Handfläche. Doch statt sich damit einzuseifen, betrachtete er die walnussgroße Portion. Sollte er sich überhaupt rasieren? Ein Bartschatten passte bestimmt ebenfalls in die Kategorie »etwas lockerer«. Er stellte den Rasierschaum zurück und wusch die Hand ab.

Sebastian hob das Kinn weiter an, legte den Kopf schief. Aber die beiden Haare, die aus der Nase ragten, mussten weg – »etwas lockerer« hin oder her. Er tastete nach dem Nasenhaartrimmer, schaltete das Gerät ein und bearbeitete damit beide Nasenlöcher, bis der Scherkopf kein Geräusch mehr von sich gab. Er legte den Trimmer zurück und griff nach der Pinzette. Wenn er schon dabei war, so konnte er sich gleich noch ein paar längere Haare in den Augenbrauen zupfen. Er trug noch etwas Gesichtscreme auf, spannte und lockerte dabei einige Male seine Kiefer- und Wangenmuskeln.

Er sah auf seine Armbanduhr. In achtzehn Minuten würde Franziska ihn abholen. Nicht, dass er nicht auch seinen eigenen Wagen nehmen könnte, aber sie hatte gemeint, dass es keine gute Idee wäre, mit dem Mercedes SL Roadster in dieser Gegend zu parken. Dort gäbe es immer wieder Beschädigungen an derart teuren Autos. Und außerdem hatte sie ihm versprochen, die Musik während der Fahrt mit der Pink Lady, wie sie ihren alten Fiat Panda nannte, leise zu drehen.

Drüben im Wohnzimmer schaltete Sebastian den CD-Spieler an, und der schwermütige zweite Satz aus Schuberts Klaviersonate Nummer einundzwanzig erklang. Eigentlich die falsche Musik, um sich auf anspruchslosen Rock 'n' Roll vorzubereiten. Etwas kraftvollere Klänge schienen ihm dazu eher geeignet. Er nahm die Fernbedienung zur Hand und drückte so lange auf eine der Tasten, bis der mächtige und harte erste Satz aus Beethovens Symphonie Nummer neun aus den Lautsprechern drang.

Zufrieden mit seiner Wahl rückte Sebastian den weißen Lederhocker vor die Fensterfront, setzte sich im Schneidersitz darauf und sah nach draußen. Besonders um diese Uhrzeit, wenn sich allmählich die Schatten der Nacht über die Stuttgarter Talstadt legten, war der Ausblick von hier oben phänomenal. Ohne Zweifel das Hauptargument für den Kauf des Penthouse.

Das Ende des ersten Satzes von Beethovens Neunter rückte näher. Die Lautstärke steigerte sich von piano über forte zu fortissimo. Wo blieb eigentlich Franziska? Sie wollte ihn um acht Uhr abholen, und bei achtzehn Minuten, die dieser erste Satz dauerte, war sie schon über der Zeit.

Mit dem Einsetzen der Streicher zu Beginn des zweiten Satzes erklang dann tatsächlich die Türklingel. Sebastian sprang auf, nahm den Hörer der Gegensprechanlage ab, und Franziskas Gesicht erschien im Bildschirm.

»Sie sind vier Minuten und«, Sebastian schaute auf seine Armbanduhr, »zwanzig Sekunden zu spät.«

»Ich weiß, Chef«, kam Franziskas Stimme durch den Hörer. »Aber die Parkplatzsituation in Ihrer Straße ist echt verdammt angespannt.«

»Dann komme ich am besten gleich runter«, gab Sebastian zurück und wollte schon auflegen.

»Nein. Bitte, Chef. Ich muss mal kurz.«

»Was müssen Sie mal kurz?«

»Für kleine Mädchen.«

»Für kleine Mädchen? … Ach so.« Er drückte auf den Türöffner. »Ganz nach oben, Penthouse.«

Sebastian öffnete die Tür und wartete auf der Schwelle, bis Franziskas zierliche Gestalt auf dem Flur erschein. Ihr Gesicht unter den pechschwarzen Haaren wirkte im Halbdunkel weiß wie Papier. Trotz der hellgrünen Strähne an der Seite.

»Hier.« Er winkte ihr zu.

Franziska beschleunigte ihren Schritt. Im Gegensatz zu ihrer

Gewohnheit, weit geschnittene Cargohosen mit möglichst vielen Taschen zu tragen, hatte sie sich diesmal für eine eng anliegende schwarze Hose aus glänzendem Leder entschieden. Das oft martialisch wirkende Oberteil, wahlweise mit Totenkopf, buntem Phantasiemonster oder dem blutroten Namen einer Metal-Band, war einem ärmellosen Netzhemd über einem weißen T-Shirt gewichen. Lediglich von der Vielzahl Ketten und Riemen um Hals und Handgelenke hatte sie sich offenbar nicht trennen können.

»Wo ist Ihre Toilette?«, fragte sie, noch bevor sie die Wohnung betreten hatte.

Sebastian deutete hinter sich. »Die erste Tür links.«

Franziska lächelte dankbar, ließ dabei ihr Zahnpiercing aufblitzen und drängte sich ohne ein weiteres Wort an ihm vorbei. Einen Moment später war sie hinter der Tür zur Gästetoilette verschwunden.

Jetzt fehlten nur noch die Schuhe. Aber besaß er überhaupt ein passendes Paar zu dieser beigen Stoffhose? Er ließ seinen Blick über das Schuhregal streifen: Stiefeletten halb hoch oder ganz hoch sowie Halbschuhe reihten sich aneinander. Alle in Schwarz. Er entschied sich für eines der älteren Paare, das er eigentlich schon hatte entsorgen wollen. Man konnte ja nie wissen, wie sie nach einem Abend im Rocktube aussahen. Bestimmt nahm dort niemand Rücksicht auf handgenähte italienische Schnürschuhe aus Kalbsleder.

Kaum hatte er die Schuhe angezogen, hörte er die Toilettenspülung, dann das Wasser aus dem Wasserhahn und schließlich das Türschloss. Im nächsten Moment stand Franziska im Flur und strich ihr Shirt glatt.

»Die war doch heute Morgen noch orange.« Sebastian deutete auf ihre grüne Haarsträhne.

»Mir war für den Abend eher nach Grün.« Franziska musterte ihn, machte jedoch keine Anstalten, weiterzugehen.

»Und das geht so einfach?«

»Das sind Extensions. Und die kann ich wechseln, wie Sie Ihre Krawatten.« Noch immer beäugte sie ihn.

»Was ist? Was schauen Sie mich so an?«, fragte Sebastian.

»Haben Sie keine Jeans oder so?«

»Jeans?« Er glaubte, sich verhört zu haben.

»Ja, Jeans. Das sind diese Hosen aus grober Baumwolle, meist in unterschiedlichen Blautönen und manchmal auch etwas verwaschen.«

»Ich weiß, was Jeans sind.«

»Und, haben Sie welche?«

Sebastian zuckte mit den Schultern. »Vielleicht ... ja.«

»Dann ziehen Sie die am besten an. Mit dieser beigen Hose fallen Sie nur auf.«

Sebastian schaute an sich hinunter. Warum sollte er mit einer beigen Stoffhose auffallen? Sie hatte doch gesagt, dass er sich »etwas lockerer« geben sollte. Und nachlässigere Kleidung besaß er nicht.

»Sieht ein bisschen ... spießig aus.«

Er sah wieder auf. »Spießig?«

»Ja, spießig.« Franziska lächelte.

»Dazu bleibt keine Zeit. Wir kommen sowieso schon zu spät.«

»Höchstens eine Viertelstunde. Und so was fängt eh nie pünktlich an.«

»Warum geben die zwanzig Uhr dreißig als Beginn an, wenn sie von vornherein wissen, dass sie später anfangen?«

»Das ist halt so.« Franziska nickte ihm auffordernd zu. »Machen Sie schon, ich warte hier. Vielleicht finden Sie ja noch ein anderes Hemd, weiß oder so. Hauptsache einfarbig. Und am besten lassen Sie es gleich aus der Hose hängen.«

Sebastian seufzte. Warum zum Teufel hatte er sich nur auf diesen Abend eingelassen?

Im Schlafzimmer durchkämmte er seinen Kleiderschrank, fand jedoch keine blaue, sondern nur eine schwarze Jeans. Das musste reichen. Er zog sie über und stand zwei Minuten später mit einem dunkelroten Hemd über der Hose wieder im Flur.

Franziska hatte sich in der Zwischenzeit über das Aquarium gebeugt. »Süß, die Kleinen. Was sind das für Fische?«

»Guppys.«

»Nie gehört.«

»Der Name geht auf Robert John Lechmere Guppy zurück. Er hat sie 1866 auf Trinidad entdeckt und mehrere Exemplare dem Britischen Museum zugesandt.«

»Aus der Karibik? Krass! Haben die Namen?«

»Nein.«

»Und wie erkennen Sie sie dann?«

»Ich hab sie nummeriert.«

»Nummeriert? Bestimmt der Größe nach.« Franziska hielt ihren Kopf näher an die Glasscheibe. Eine ihrer Halsketten klimperte. »Und der Große da ist wohl die Nummer eins.«

»Nein, die Fünf. Sie sind aufsteigend nummeriert. Der Kleinste hat die Eins.«

»Ah.« Franziska richtete sich wieder auf und musterte ihn von oben bis unten.

»Und?« Sebastian nahm ein kariertes Sakko von der Garderobe und wollte es überziehen.

»Besser. Nur die Jacke, die geht gar nicht. Lassen Sie die einfach hier. Der Regen hat eh aufgehört.«

Unten angekommen sah Sebastian im ersten Augenblick nur den Streifenwagen, dessen eingeschaltetes Signallicht sich in der regennassen Straße spiegelte. Dann erkannte er direkt davor Franziskas alten Fiat Panda an den pinkfarbenen Felgen.

»Scheiße«, hörte er sie hinter sich ausrufen.

»Haben Sie etwa auf der Straße in zweiter Reihe geparkt?«, raunte Sebastian.

»Wie gesagt, die Parkplatzsituation hier ist verdammt angespannt. Aber ich hab den Warnblinker angeschaltet.«

»Parken in zweiter Reihe ist nach Paragraf 12 Absatz 4 StVZO generell unzulässig. Auch mit Warnblinker. In Ihrem Fall liegt sogar eine missbräuchliche Benutzung der Warnblinkanlage vor.«

»Sie klingen schon wie ein Verkehrspolizist. Der eine, der gerade eine Halterfeststellung macht, wird wohl gleich so was Ähnliches zu mir sagen.«

»Lassen Sie mich mal«, sagte Sebastian und steuerte auf den jungen Streifenpolizisten mit dem Funksprechgerät zu.

»Gehört Ihnen der Wagen?«, begrüßte der ihn sofort.

»Nein«, gab Sebastian schnell zurück und konnte gerade noch seine Entrüstung zurückhalten. »Der gehört einer Kollegin. Wir sind vom LKA Stuttgart.« Er kramte in seiner Tasche und hielt dem Beamten seinen Dienstausweis vor die Nase.

Der kniff die Augen zusammen und betrachtete kurz den Ausweis. »LKA Stuttgart, soso. Auch für Sie gilt die Straßenverkehrsordnung. Und Sie parken hier verkehrswidrig in zweiter Reihe.«

Sebastian steckte seinen Ausweis zurück. »Natürlich. Und normalerweise handelt es sich um eine Ordnungswidrigkeit.«

»Normalerweise?« Der Beamte runzelte die Stirn.

»Normalerweise, ja. Aber in diesem Fall greift eine Ausnahme zu Paragraf 12, Absatz 4.«

Die Falten auf der Stirn des Beamten wurden tiefer. »Und die wäre?«

»Die dringende Verständigung über einen Fahrzeugmangel. Das ist in Satz zwei von Absatz vier geregelt. Deswegen auch die Warnblinkanlage.«

Der Beamte kratzte sich unter seiner Mütze und seufzte. »Wissen Sie was? Machen Sie doch, was Sie wollen, aber sehen Sie zu, dass das Fahrzeug so bald wie möglich hier wegkommt.« Er wandte sich ab und marschierte ohne ein weiteres Wort zu seinem Dienstwagen.

»Sie haben den Polizisten angeschwindelt«, sagte Franziska, nachdem der Streifenwagen losgefahren war.

»›Anschwindeln‹ ist nicht unbedingt der Begriff, den ich dafür benutzen würde.«

»Sondern?«

»Ausrede …« Sebastian räusperte sich. »Ja, Ausrede, das trifft es wohl am besten.«

Franziska lachte auf.

»Warum lachen Sie? Hab ich was Witziges gesagt?«

»Nein, nein. Aber ich habe nicht gedacht, dass Ihnen eine ›Ausrede‹ so leicht über die Lippen kommt.«

Auch Sebastian hätte das vor ein paar Monaten nicht für möglich gehalten. »Vielleicht liegt das ja an der Arbeit im Dezernat. Oder unserer Chefin.«

»Denken Sie, er hat Ihnen geglaubt?«

»Entweder das, oder mein Dienstausweis hat ihn beeindruckt.« Und ganz so ungewöhnlich fand Sebastian die Reaktion des Polizisten dann doch nicht. Schließlich sah der Fiat Panda auch ein wenig nach liegen gebliebenem Fahrzeug aus.

Franziska stieg ein und öffnete die Tür auf Sebastians Seite. Er nahm auf dem Beifahrersitz Platz, und obwohl er nicht zum ersten Mal in dem Wagen saß, versetzte ihn der Innenraum des Pandas immer wieder in Erstaunen. Nicht nur, weil die hintere Sitzbank monströsen Lautsprechern hatte weichen müssen, sondern auch über die Farbe so einiger Einbauteile. Türgriffe, Lüftungsdüsen, Drehschalter und einige andere Details hatte Franziska mit einem schlichten Pinsel pink angemalt. Deswegen auch Pink Lady. Aber im Gegensatz zum ungepflegten Äußeren des Wagens mit den auffälligen pinkfarbenen Felgen und Zierleisten schien der Innenraum wie immer frisch gereinigt und roch nach Putzmittel.

Kurze Zeit später hatte Franziska das Wohngebiet mit der Tempo-dreißig-Zone verlassen und beschleunigte ihren Fiat. Schnell zeigte die Tachonadel über sechzig, doch sie schien sich nicht um ihre Geschwindigkeit zu scheren. An der nächsten Kreuzung drängte sie sich auf die Vorfahrtsstraße und wechselte sogleich auf die linke von zwei Spuren, die in die Stuttgarter Innenstadt führten.

Sebastian tastete nach dem Haltegriff an der Tür. »Ich dachte, solche Veranstaltungen beginnen erst später. Es gibt also keinen Grund, die Geschwindigkeit zu übertreten.«

Franziska ging vom Gas, der Wagen wurde etwas langsamer, und sie wechselte auf die rechte Spur. Aber nur für wenige Augenblicke. Als sie beinahe die Stoßstange eines vorausfahrenden VW Golf erreichte, beschleunigte sie wieder und überholte den Wagen.

Es war aussichtslos. Sebastian klammerte sich an den Haltegriff. »Warum wollen Sie sich eigentlich Cems Auftritt anschauen? Sie mögen doch keinen Rock 'n' Roll.«

»Ich habe nie gesagt, dass ich Rock 'n' Roll nicht mag. Aber sich den ganzen Tag dieses Zeugs im Büro anzuhören, da gehört schon einiges dazu. Deswegen haben wir uns ja darauf geeinigt, morgens Elvis, nachmittags Metal.« Franziska schaltete einen Gang hoch. Inzwischen zeigte der Tacho weit über siebzig an. »Und außerdem ist er mein Arbeitskollege.« Sie wandte Sebastian den Kopf zu. »Ich würde auch kommen, wenn Sie auftreten.«

»Das wird wohl nicht geschehen.«

Franziska lächelte ihn an. »Deshalb der Konjunktiv.«

Sebastian deutete nach vorne. Der Fiat Panda näherte sich beängstigend schnell einer Harley-Davidson, deren beleibter Fahrer auf der linken Spur vor sich hin tuckerte.

»Kann der Dicke nicht die rechte Spur benutzen?« Franziska drückte auf die Hupe.

Nur langsam machte das Motorrad Platz und schwenkte auf die rechte Spur ein. Franziska gab erneut Gas. Doch als sie das Motorrad erreichte, beschleunigte der Fahrer bis auf ihre Geschwindigkeit und wandte ihnen den Kopf zu. Sebastian sah seinen mürrischen Blick aus dem bärtigen Gesicht. Im nächsten Augenblick nahm der Fahrer den linken Arm vom Lenker und hielt ihnen den ausgestreckten Mittelfinger hin. Die Lederbänder unter seinem Ärmel flatterten im Fahrtwind.

»Verdammt, ich werd jetzt gleich supersauer.« Franziska nahm eine Hand vom Lenkrad, beugte sich vor und öffnete den Deckel zum Handschuhfach.

»Franzi! Was machen Sie denn da?«, rief Sebastian aus.

Statt zu antworten, hielt Franziska plötzlich eine Polizeikelle in der Hand und winkte durch die Scheibe auf der Beifahrerseite.

Wie in Zeitlupe breitete sich auf dem bärtigen Gesicht des Fahrers ein ungläubiges Staunen aus. Dann erst schien die Bedeutung der Kelle in ihrer Gänze bei ihm angekommen zu sein. Schlagartig wurde das Motorrad langsamer und ließ den Panda überholen.

Auf Franziskas Gesicht lag ein breites Grinsen, als sie die Kelle wieder im Handschuhfach verstaute. Sie lehnte sich wieder zurück und beschleunigte ihren Wagen. »Geht doch.«

Eine Viertelstunde später erreichten sie das Rocktube auf dem Stuttgarter Killesberg. Wie zu erwarten, waren alle Parkplätze in der Nähe belegt, und Franziska musste ihr Auto in einiger Entfernung abstellen. Doch Sebastians anfängliche Befürchtung, es würde wieder anfangen zu regnen, schien unbegründet. Nur noch vereinzelt zogen Wolken über den Nachthimmel und verdeckten kurz den Blick auf die blasse Mondscheibe.

Nachdem sie den Eintritt bezahlt hatten, ging es eine steile Treppe hinunter in eine Art Keller. Scheinbar Dutzende Stimmen versuchten, sich gegenseitig zu übertönen, obwohl der Raum nur zu etwa zwei Dritteln gefüllt war. Sebastian schätzte, dass rund vierzig bis fünfzig Personen um die nierenförmigen Tische saßen. Einige der Frauen trugen bunte Petticoats, alle davon mit weißen Punkten, die Männer Jeans und T-Shirts zu nach hinten gegelten Haaren.

Die Einrichtung des Raums erinnerte an einen Musikclub, wie er wohl in den fünfziger Jahren ausgesehen haben musste. Im Schachbrettmuster führten schwarze und weiße Fliesen auf eine winzige Bühne, kaum größer als ein Wohnzimmerteppich. Pinkfarbene Neonröhren betonten die Kanten der abgesetzten Decke oberhalb davon und die Konturen der Bartheke links der Treppe. Die Wände schmückten Poster von Rock-'n'-Roll-Größen, in einer Ecke dudelte eine Wurlitzer Musikbox.

Dann entdeckte Sebastian Marga Kronthaler, ihres Zeichens Leiterin des Dezernats T.O.M. und seine direkte Vorgesetzte. Sie saß im hinteren Teil der Bar vor einer Bierflasche. Neben ihr vor einem lebensgroßen Plakat von Bill Haley im karierten Sakko standen zwei freie Barhocker.

Marga sah aus wie immer. Die rotblonden Haare lagen in Wellen auf ihren Schultern. Das eng anliegende dunkelgrüne Shirt betonte ihre schlanke und sportliche Figur, die sie trotz Mitte fünfzig immer noch besaß. Und auch ohne dass Sebastian es von seiner Position aus sehen konnte, wusste er, dass sie eine Röhrenjeans trug. Vermutlich hatte sie überhaupt keine anderen Hosen.

»Jetzt leck mich doch am Arsch«, sagte Marga, als sie vor ihr standen. »Nie hätte ich geglaubt, dass Sie irgendwo zu spät kommen. Ich dachte schon, ich hätte mich im Termin geirrt.«

»Wir wurden … wie soll ich sagen«, druckste Franziska herum, »aufgehalten. Von den Kollegen vom Streifendienst. Herr Franck hat das aber schnell gelöst.«

»Schnell gelöst, soso. Ich will's gar nicht wissen.« Marga musterte Sebastian mit einem Stirnrunzeln.

»Was sehen Sie mich so an?«, fragte er.

»Sie schauen so anders aus. Haben Sie abgenommen?« Marga klatschte sich mit der flachen Hand an die Stirn. »Jetzt seh ich es erst: keine Krawatte und dann auch noch Jeans.« Sie zog ein breites Grinsen auf. »Ich wusste gar nicht, dass Sie so was besitzen, Herr Franck. Das ist doch eine Jeanshose, oder?«

Sebastian musterte sie mit schief gelegtem Kopf.

»Das war ein Scherz«, sagte Marga, als er nach einer Weile immer noch nicht reagiert hatte.

»Ich weiß.« Er hatte sich schon vor einiger Zeit abgewöhnt, ihre ironischen Bemerkungen zu kommentieren.

»Für gewöhnlich lachen Menschen darüber.«

»Ich bin wohl nicht der Typ dafür.«

»Da wär ich jetzt nie drauf gekommen.« Marga deutete auf die Barhocker neben sich. »Setzt euch. Ich musste schon einer Handvoll jungen, gut aussehenden Männern absagen, die sich neben mich setzen wollten.« Sie pustete sich eine Strähne aus der Stirn. »Und ich dachte bisher, der George-Clooney-Effekt wirkt nur auf Frauen.«

Kaum hatten Franziska und Sebastian Platz genommen, trat schon eine jüngere Frau mit wippendem Pferdeschwanz auf sie zu. Sie hatte ihr weißes Hemd zwischen Brust und Bauchnabel verknotet und schien auch sonst wenig Wert auf vollständige Kleidung zu legen. Da schon an den Schenkeln der Hosentaschenstoff hervorragte, dürften die ultrakurzen Jeansshorts auch kaum über ihre Pobacken reichen.

»Und ihr beiden, was soll ich euch bringen?«, flötete sie, und ihr Augenaufschlag verwirrte Sebastian für einen Moment.

Franziska bestellte einen Energydrink mit Wodka.

»Haben Sie Tee?«, fragte Sebastian. »Einen grünen Tee?«

Die Bedienung runzelte kurz die Stirn und lachte dann auf. »Nein, mein Süßer. Grünen Tee gibt's bei uns nicht. Aber ich kann dir einen Club-Mate bringen.«

»Club-Mate? Ist das Tee?« Er schaute sich hilfesuchend nach Franziska um.

»Ein bisschen.« Sie verzog das Gesicht. »Man kann sich daran gewöhnen. Mit Wodka schmeckt's aber lecker.«

Sebastian sah wieder auf. »Dann nehme ich doch lieber ein Glas Mineralwasser. Mit wenig Kohlensäure. Ohne Eiswürfel und ohne Zitrone. Oder doch, ein Spitzer Zitrone ist okay, aber nicht allzu kalt.«

»Nicht allzu kalt?« Die Bedienung musterte ihn. »Der Zitronenspritzer?«

»Nein, das Wasser natürlich.«

»Sonst noch was? Ein Schirmchen im Wasser?«

»Kein Schirmchen. Danke, aber nein.« Sebastian schüttelte den Kopf.

Die Bedienung wandte sich um, schlenderte davon und bestätigte damit auch gleich noch seine Vermutung: Die Shorts waren tatsächlich zu kurz für ihre Pobacken.

»Da ist Atze«, rief Franziska plötzlich aus. »Ich muss da mal hin, Hallo sagen.« Sie rutschte von ihrem Hocker und steuerte schnurstracks auf einen jüngeren Mann mit Hornbrille und hochgestelltem Hemdkragen am gegenüberliegenden Ende der Bartheke zu.

»Was macht die Kunst, Herr Franck?«, fragte Marga eher beiläufig, nachdem Franziska ihren Atze gefunden hatte und mit vollem Körpereinsatz auf ihn einredete.

»Kunst? Meinen Sie damit die Kunst schlechthin, oder war Ihre Frage eher als Redewendung nach meinem Befinden gedacht, wie sie auch Gotthold Ephraim Lessing in seinem Trauerspiel ›Emilia Galotti‹ verwendet hat?«

Marga seufzte. »Himmelarsch, können Sie eine Frage nicht einmal wie jeder andere Mensch beantworten? Ohne dieses saudumme Geschwätz drum herum.«

»Ich habe bereits geahnt, dass Sie sich eher nicht für deutsche

Dichtkunst interessieren. Aber Ihre Frage war nun mal zweideutig.«

»Dann versuche ich's mal unzweideutig: Als Ihre Chefin mache ich mir ernsthaft Sorgen um Sie. Seit Wochen vergraben Sie sich mit Dutzenden Aktenordnern in Ihrem Büro. Cem hat mir erst vor ein paar Tagen erzählt, dass Sie sogar schon dort übernachtet haben.«

»Ich habe bisher nur drei Mal in meinem Büro übernachtet. Und es sind sechsundsiebzig Aktenordner zu drei Fällen, um präzise zu sein.«

»Sapperlot.« Marga nahm einen Schluck von ihrem Bier. »Und warum genau diese drei?«

»Wahrscheinlichkeitsrechnung«, gab Sebastian zurück und hoffte, sich diesmal kurz genug gehalten zu haben.

»Krieg ich das genauer?«

Wie sollte er aus ihr nur schlau werden? »Sie wollten doch, dass ich … wie nannten Sie es gleich noch … auf dieses ›saudumme Geschwätz‹ verzichte.«

Marga verdrehte die Augen. »Herr Franck, eingestellte Ermittlungen wieder aufzunehmen ist aufwendig und teuer. Und es ist kein ›saudummes Geschwätz‹, wenn Sie mir erklären, warum und wofür ich meinen Schädel hinhalten soll.«

»Grund meiner Selektion ist simple Polizeistatistik. Je aktueller ein Fall, desto höher die Wahrscheinlichkeit, dass er noch aufgeklärt wird. Wenn Sie wollen, kann ich Ihnen die entsprechenden Aufklärungsquoten nennen.«

Marga schüttelte den Kopf. »Und diese drei Fälle sind die aktuellsten bei uns im Dezernat?«

»Richtig.«

»Wollen Sie alle drei auf einmal angehen?« Auf Margas Stirn bildete sich eine senkrechte Falte. Vielleicht sollte sie ihm besser zuhören.

»Nein, ich habe mich Ende letzter Woche für einen davon entschieden.«

»Und warum genau für diesen? Ist da irgendwas besonders an dem Fall?«

Die Bedienung drängte sich an den Tresen. Mit einem

knappen Lächeln stellte sie die Getränke ab und stapfte mit wippendem Pferdeschwanz davon.

Sebastian nahm einen Schluck von seinem Mineralwasser und wartete, bis sie sich außer Hörweite befand. »Es gibt keine Leiche.«

2

»Keine Leiche?«, entfuhr es Marga, und ein unangenehmes Gefühl zerrte an ihr.

Sie griff nach der Bierflasche. Und ahnte bereits, für welche Akten er sich entschieden hatte.

»Ich denke, Sie kennen den Fall«, sagte Sebastian. »Das verschwundene Fildermädchen. So jedenfalls hat die Presse monatelang davon berichtet.«

»Jasmin Leibrand.« Marga schluckte. »Jeder Polizist in Stuttgart kennt diesen Fall. Das war vor …«

»… sechs Jahren und drei Monaten.«

Eine raue, ärgerliche Stimme ganz in der Nähe drängte sich durch das Gewirr der anderen in den Vordergrund.

»Damals gab es einen Beitrag in ›Aktenzeichen XY‹.« Sie ließ die Bierflasche wieder los. »Jasmin war siebzehn, so alt wie Alex. Die beiden kannten sich.« Marga dachte an ihren ältesten Sohn, der inzwischen in Offenburg studierte und dort auch mit seiner Freundin wohnte. »Sie ist nachmittags von der Schule nicht nach Hause gekommen.«

Eine weibliche Stimme versuchte, zu beschwichtigen. Doch sie schien chancenlos. Die raue Stimme wurde nur noch lauter. Und erst jetzt erfasste Marga, dass die von Atze stammte, der am anderen Ende der Bartheke drauf und dran war, mit Franziska einen Streit vom Zaun zu brechen.

»Hatten Sie mit dem Fall zu tun?«

»Nein. Ich war zu der Zeit schon beim Rauschgiftdezernat. Aber wir haben natürlich so einiges mitbekommen.« Vor ihrem geistigen Auge sah Marga die Bilder von Jasmins blutgetränkten Kleidungsstücken, die Tage später in der Nähe des Jägerhauses im Sauhag, einem weitläufigen Waldgebiet auf den Fildern, gefunden wurden. Als dann die Einstiche im T-Shirt eindeutig einem Messer zugeschrieben werden konnten, gingen die Kollegen von einem Tötungsdelikt aus. »Das Letzte, was ich gehört habe, ist, dass ihr Vater sie für tot erklären ließ. Das war vor zwei Jahren oder so. Aber warum liegt der Fall bei uns? Ist das nicht viel zu früh?«

Sebastian schüttelte den Kopf. »Es gibt keine neuen Ermittlungsansätze. Der Täter muss sehr sorgsam vorgegangen sein. Am vermuteten Tatort, dort, wo ihre Kleidung aufgefunden wurde, fehlten konkrete Fremdspuren. Auch dem zeitweiligen Hauptverdächtigen konnte nichts nachgewiesen werden.«

»Berthold Hauer, Jasmins früherer Lehrer.« Nach dem Namen musste sie in ihrer Erinnerung keine Sekunde suchen.

»Richtig. Lehrer für Mathematik und Sport. Geboren am 17. Dezember 1972.«

Natürlich waren auch alle anderen Personen überprüft worden, die irgendwie mit Jasmin in Verbindung gestanden hatten. Bestimmt ein halbes Dutzend Mal. Aber nur gegen Berthold Hauer häuften sich letztlich die Verdachtsmomente, weil er offensichtlich die Finger nicht von ihr hatte lassen können. Männer eben. Auch manche Lehrer dachten wohl nur mit ihrem Schwanz. Als er sich dann noch während eines Verhörs in Widersprüche verstrickt hatte, wurde er für die ermittelnden Beamten zum Hauptverdächtigen. Denn nichts war schlimmer für einen Verdächtigen als Widersprüche in seiner Aussage. Sie kannte das von ihren eigenen Verhören. »Hauer soll ein Verhältnis mit ihr gehabt haben.«

Der Streit zwischen Franziska und Atze gewann an Schärfe. Mittlerweile konnte sich Marga problemlos zusammenreimen, um was es ging. Offenbar hatte Franziska mit einem anderen Mann ein Konzert besucht, und Atze hatte es mitbekommen. Der schien sich jedoch ob Franziskas Konzertbegleitung überhaupt nicht mehr beruhigen zu wollen. Die Augen unter seiner gerunzelten Stirn fixierten sie angriffslustig.

»Damals haben sich alle den Mund über ihn zerrissen. Auch kein Wunder, er hätte fast Jasmins Vater sein können.« Marga konnte sich noch gut an die Zeitungsberichte über Hauer erinnern. »Für die Presse-Seckel war er nicht nur verdächtig, sondern gleich Jasmins Mörder. Noch bevor er überhaupt wusste, wie um ihn geschehen war.«

»Und was glauben Sie?«

»Da gibt es nichts zu glauben.« Marga nahm einen Schluck von ihrem Bier. »Die Tatzeit konnte wegen der Blutrückstände an den Kleidungsstücken auf ein paar Stunden genau bestimmt werden. Und für die Zeit hatte Hauer ein Alibi von Jasmins Freundin … wie hieß die noch gleich?« Bisher hatte Marga gedacht, sie werde die bitteren Details zu diesem Fall nie vergessen können. Doch offenbar hatte hier die Zeit geholfen.

»Pauline Arendt.«

»Pauline Arendt … stimmt.«

Sebastian wiegte mit dem Kopf. »Ich bin mir da nicht mehr so sicher.«

Inzwischen verstand Marga jedes einzelne Wort der beiden Streithähne am anderen Ende der Bartheke, und die Konfrontation steuerte unausweichlich ihrem dramatischen Höhepunkt entgegen. Und der kam rascher, als sie erwartet hatte. Atze sprang von seinem Barhocker auf und eilte im Stechschritt zum Ausgang. Franziska folgte ihm, und im nächsten Moment waren beide auf die Treppe verschwunden. Wenigstens herrschte jetzt wieder etwas Ruhe.

»Mit was sind Sie sich nicht mehr so sicher?« Marga versuchte, in Sebastians Gesicht zu lesen, konnte sich jedoch keinen Reim auf seine Andeutungen machen.

»Mit dem Alibi von Berthold Hauer«, gab der schließlich zurück. »Aus heutiger Perspektive sollten wir es anders bewerten.«

»Aus heutiger Perspektive? Anders bewerten?« Was zum Teufel meinte er damit?

»Ja. Hauer und diese Pauline Arendt haben letztes Jahr geheiratet.«

Marga brauchte einen Moment, um die neuen Informationen aufzunehmen. Sie einzuordnen oder gar zu bewerten, wie Sebastian es ausgedrückt hatte, vermochte sie allerdings nicht. »Das Dezernat elf hat damals eine vierzigköpfige Soko auf den Fall angesetzt und konnte weder Hauer noch jemand anderem was nachweisen. Trotz einiger tausend Hinweise. Und Sie wollen den Fall jetzt wieder aufnehmen, nur weil der damalige Hauptverdächtige geheiratet hat?«

»Ich spreche nicht von einer gewöhnlichen Heirat.« Er reckte das Kinn. »Sondern davon, dass der ehemalige Hauptverdächtige Hauer just die Zeugin ehelicht, die ihn einige Jahre zuvor entlastet hat.«

Langsam lichtete sich der Nebel in ihrem Kopf. »Wollen Sie damit andeuten, dass …?«

»Genau das will ich«, unterbrach Sebastian. »Insofern erscheint es mir angebracht, dass wir darüber nachdenken, ob dieses Alibi wirklich so viel wert ist wie damals gedacht.«

»Ein weniger zuverlässiges Alibi macht Hauer noch lange nicht zu Jasmins Mörder.«

»Aber wieder zu einem Verdächtigen«, gab Sebastian zurück. Er nahm sein Mineralwasserglas zur Hand, betrachtete es mit einem zusammengekniffenen Auge, als wolle er prüfen, ob Schmutz am Glasrand haftete. »Und Verdächtige neigen dazu, die Unwahrheit zu sagen. Ich denke, das ist Grund genug, um uns den Fall näher anzuschauen.«

Marga nickte. Vermutlich hatte Sebastian recht. »Diese Pauline Arendt, hatte die damals schon ein Verhältnis mit Hauer?«

»Das geht aus den Akten nicht hervor. Es gibt nur Gerüchte über ein Verhältnis zum Mordopfer.«

»Und von wem stammen die Aussagen?«

Sebastian stellte sein Glas wieder ab, ohne dass er davon getrunken hatte. »Von zwei damaligen Schülerinnen am Humboldt-Gymnasium. Wollen Sie die Namen?«

»Nein.« Marga schüttelte den Kopf. »Aber bevor wir in dem Fall die Ermittlungen wieder aufnehmen, sollten Sie mit den beiden mal reden. Und am besten auch mit Berthold Hauer.« Sie nahm erneut einen Schluck von ihrem Bier. »Was macht der eigentlich jetzt?«

»Er unterrichtet immer noch am Humboldt-Gymnasium.«

»Was?« Marga glaubte, sich verhört zu haben. »Die haben ihn nicht entlassen?«

»Doch, schon. Aber er hat auf Wiedereinstellung geklagt und recht bekommen.« Sebastian nahm erneut sein Glas in die Hand. Diesmal trank er daraus, anstatt es nur zu betrachten, und stellte es vorsichtig wieder ab.

»Das war ja klar. Die stecken doch alle unter einem Hut.«

Sebastian hob die Augenbrauen. »Decke.«

»Was?«

»Decke. Man steckt unter einer Decke, nicht unter einem Hut. Man kann Dinge unter einen Hut bringen.«

Marga legte den Kopf schief, musterte ihn. »Machen Sie das bei Ihrer Freundin auch?«

Sebastian runzelte die Stirn, sah sie an, als hätte er nicht verstanden. »Was machen?«

»Klugscheißen.«

»Ich habe keine Freundin.«

»Dann wissen Sie ja jetzt, warum.« Marga nahm einen Schluck von ihrem Bier.

Franziska kam zurück, ließ sich auf den Barhocker fallen. Ihrer Miene nach zu urteilen, war der Streit mit Atze so ausgegangen, wie es sich angedeutet hatte.

Marga musterte sie. »Welche Laus ist Ihnen denn über die Leber gelaufen?«

Franziska atmete scharf aus. »Schlechtes Karma. Ganz schlechtes Karma.«

»Schlechtes Karma? Wer?«

»Atze.« Sie deutete mit dem Kinn in Richtung Treppe. »In seiner Gegenwart wird bestimmt sogar die Milch sauer.«

Marga musste lachen. »Beziehungsstress?«

»Könnte man sagen.« Franziska presste die Lippen aufeinander.

Sebastian räusperte sich. »Schluss mit Beziehungsstress. Die Kunst, Konflikte mit Herz zu meistern.«

Marga riss den Kopf herum. Hatte er das wirklich gesagt? Sie sah kurz zu Franziska, die vermutlich genauso ungläubig dreinschaute wie sie selbst, und dann wieder zu Sebastian. Er hatte es tatsächlich gesagt.

»Das ist der Titel eines Buches.« Er hob abwehrend die Hände. »Ich wollte nur helfen.«

»*Sie* lesen so was?« Marga hatte Mühe, ihre Erheiterung zu verbergen.

»Ich habe es überflogen. Es handelt sich wohl um triviale

Ratgeber-Literatur. Aber vermutlich nicht uninteressant für junge Menschen mit Beziehungsproblemen.«

Marga biss sich auf die Zunge, um nicht sofort laut loszulachen.

»Ich habe keine Beziehungsprobleme.« Franziska klang, als wäre der Ratschlag eine persönliche Beleidigung für sie gewesen. »Es ist Atze, der ein Problem hat.«

»Atze?« Sebastian schien tatsächlich den Beziehungsberater spielen zu wollen.

»Ja.« Franziska umfasste ihr Glas, drehte es im Kreis. »Da war vor Kurzem ein Konzert in der Schleyer-Halle.« Sie senkte ihren Blick. »Grabnebelfürsten – das hätte ihm bestimmt auch gefallen. Aber er wollte nicht. Dann bin ich eben mit Fabian hin. Der hatte früher mal Probleme mit Atze, ist jetzt aber voll korrekt drauf.« Sie sah wieder auf. »Ich wäre auch mit Ihnen hingegangen, Chef.«

Sebastian zuckte zusammen, als hätte er einen Schlag bekommen. »Mit mir? Grabnebelfürsten?«

»Was ist mit den Grabnebelfürsten?«

»Nun ja«, druckste Sebastian herum. »Die sind nicht jedermanns Geschmack.«

»Und jetzt wird's wohl auch nichts mehr mit Wacken nächstes Jahr.« Franziska redete einfach weiter. Offenbar hatte sie seine Antwort überhört.

»Wacken?« Sebastian hielt sich an seinem Glas fest, als könnte er sonst umfallen. Es war zu schön, die Veränderung in seinem Gesicht zu beobachten. Er schien die Luft anzuhalten, seine Augen wurden größer. Offenbar bereute er bereits, sich zu Franziskas Beziehungsstress geäußert zu haben.

»Ja, Wacken«, wiederholte die und zuckte mit den Schultern. »Aber vielleicht geht ja Fabian dann mit. Ich muss ihm gleich noch 'ne WhatsApp schreiben.« Sie nahm ihr Smartphone zur Hand und tippte darauf herum.

Je länger sich Franziska mit ihrem Telefon beschäftigte, desto entspannter wirkte Sebastians Gesichtsausdruck.

»Vielleicht wollten Sie ja mit?«, wandte Marga sich an ihn. »Ich habe gehört, dass es nächstes Jahr mehr Bands geben wird als jemals zuvor. Und vielleicht ist es nicht ganz so versifft wie zuletzt.«

Sebastian schüttelte kaum merklich den Kopf. Es schien, als wolle er Franziskas Aufmerksamkeit nicht noch zusätzlich auf sich lenken. »Sie gehen doch sicherlich noch eine rauchen, bevor es losgeht. Und hier gibt es keine Aschenbecher.«

»Ich hab mich entschlossen, aufzuhören.«

»Und das sagen Sie mit einem Lächeln im Gesicht?«

»Nein, mit einem Nikotinpflaster am Arm.« Marga deutete auf eine Stelle ein paar Zentimeter unterhalb ihrer linken Schulter.

Die Musik aus der Wurlitzer verstummte schlagartig, und ein Tusch erklang, der jeden anderen Laut im Rocktube übertönte. Sofort flogen alle Köpfe Richtung Bühne, auch Marga drehte sich auf ihrem Barhocker um hundertachtzig Grad. Auf der Bühne hinter dem Ständer eines nostalgisch wirkenden verchromten Mikrofons hatte sich ein sandblonder, breitschultriger Hüne mit Monster-Koteletten aufgebaut.

»Good evening, Rocktube«, schrie er in Robin-Williams-Manier ins Mikro, als auch die letzten Stimmen schwiegen.

Applaus brandete auf.

»Das ist Pete, der Inhaber«, rief Franziska gerade so laut, dass sie das Klatschen übertönte.

Mit einem zufriedenen Lächeln ließ Pete seine wasserblauen Augen über das Publikum schweifen. »Wie ihr es von uns gewohnt seid, bieten wir euch auch heute Abend ein ganz besonderes Rock-'n'-Roll-Event.«

Pete machte eine Pause, um den aufkommenden Applaus nicht übertönen zu müssen. »Viele kennen unseren heutigen Star schon von verschiedenen Werbeveranstaltungen, und wer ihn noch nicht kennt, wird ihn nach heute Abend nicht mehr vergessen. Wir haben ihn exklusiv für euch hierhergebracht.« Er deutete zu dem dunklen Vorhang hinter sich. »Und nun Bühne frei für den türkischen Elvis: Cem Akay.«

Erneut erklang ein Tusch, der Vorhang bewegte sich, und im nächsten Moment trat, mit einer Akustikgitarre in der Hand, ein kleiner, eher rundlicher Mann auf die Bühne. Trotz Plateauschuhen und perfekt modellierter Elvis-Perücke auf seinem

Kopf überragte ihn Pete deutlich. Das weiße Schlaghosen-Kostüm mit Stehkragen und den Dutzenden sternförmiger Nieten wirkte wie direkt aus Las Vegas importiert, schien jedoch ziemlich knapp um die Taille zu sein. Womöglich war es aus diesem Grund auch nur bis zur Brust zugeknöpft. Die Fülle jedoch, die dort an Haaren spross, würde Dieter Thomas Kuhn mit seinem Brusthaar-Toupet vor Neid erblassen lassen.

Franziska kicherte hinter vorgehaltener Hand. »Cem sieht tatsächlich aus wie Elvis.«

Marga seufzte. »Eher wie Elvis im Endstadium und zwei Köpfe kleiner.« Hoffentlich brachte der seinen Auftritt hinter sich, ohne dass es peinlich wurde.

»Hallo, Rocktube.« Cem alias Elvis Presley wirkte wider Erwarten nicht nervös, sondern grinste lässig ins Publikum. In dem ungewohnt glatt rasierten Gesicht wirkte sein Grinsen ganz besonders strahlend. Pete gab seinen Platz frei, und als die Bühne schließlich ganz Cem gehörte, lehnte der seine Gitarre an die rückwärtige Wand, kam zurück und umfasste den Mikrofonständer mit einer Hand. Dann presste er die Knie zusammen, kippte nach vorne auf die Zehenspitzen und zeigte mit dem freien Arm ins Publikum. Wie zur Salzsäule erstarrt, hielt er so einige Augenblicke inne.

»You ain't nothin' but a hound dog«, intonierte Cem im typisch röhrigen Elvis-Timbre. Playback-Musik setzte ein, schallte durch den Kellerraum. »Cryin' all the time.« Er sang weiter, ließ mit gespreizten Beinen die Hüften kreisen und bewegte sich dabei, als bestünden seine Gelenke nur aus Gummi. Ein ungewohntes Bild. Bisher dachte Marga, dass sie mit dem Kriminalkommissar Cem Akay eher an einen Mitarbeiter der langsameren Sorte geraten war. Wie man sich doch täuschen konnte.

Die Zuschauer pfiffen und johlten. Applaus brandete auf und steigerte sich während seiner Darbietung weiter.

Nachdem Cem »Hound Dog« beendet hatte, griff er nach seiner Gitarre und legte sie um. Als der Applaus sich schließlich gelegt hatte, trat er näher ans Mikro, schaute in die Runde. »Der nächste Song wird was ganz Spezielles. Elvis sang ihn als ›Don't Be Cruel‹. Hört genau zu.«

Ein weiteres Mal machte Cem eine Handbewegung, die Musik begann erneut, und sogleich zupfte er die Akkorde auf seiner Gitarre mit. Kurze Zeit später setzte sein Gesang ein. Doch irgendwas daran kam Marga fremd vor. Es war nicht der Rhythmus, und es war auch nicht die Stimme, die beeindruckend authentisch klang. Sie brauchte einige Zeit, um zu erkennen, dass es sich nicht um den Originaltext handelte, sondern um Cems Interpretation von »Don't Be Cruel« – und zwar in türkischer Sprache.

Inzwischen standen einige der Zuschauer vor ihren Stühlen, wippten und klatschten im Takt. Mit Ausnahme von Sebastian, der Cem kritisch beäugte, schien allen die Show zu gefallen. Cem war meilenweit davon entfernt, sich zu blamieren. Nie im Leben hätte Marga gedacht, dass ihr sonst so behäbiger Mitarbeiter sich derart leichtfüßig bewegen, derart gut singen konnte. Auch auf Türkisch hörte es sich tatsächlich an wie Elvis' stammelnder Singstil. Doch noch beeindruckender als seine Stimme war seine Verkleidung, sein Auftreten. Wenn Marga nicht wüsste, dass da vorne auf der Bühne ihr Mitarbeiter Cem stand, hätte sie ihn wohl kaum erkannt.

Es war immer wieder erstaunlich, was mit einer Verkleidung möglich war. Durch Cems Kostüm und seine Perücke konnte sich wohl keiner der Zuschauer vorstellen, dass es sich bei ihm um einen Kriminalpolizisten handelte, der hier lediglich seinem Hobby nachging.

Mit diesem Gedanken nahm in Margas Kopf eine Idee Gestalt an. Und als sie länger darüber nachdachte, ging diese Idee allmählich in einen Plan über. Das Beste jedoch war, dass sie so zwei Fliegen mit einer Klappe schlagen konnte. Genauer gesagt, zwei Fälle: Zum einen den Fildermädchen-Fall, und da Sebastian ihrem Plan nach eine Zeit lang nicht im Büro sein würde, konnte sie sich endlich den Fall um den Mord an seinem Bruder Daniel genauer anschauen. Noch wusste er nicht, dass seit einigen Tagen die Ermittlungsakten aus Hannover in ihrem Schreibtisch lagen. Jetzt musste sie nur noch Sebastian dazu kriegen, mitzuspielen. Und sie wusste auch schon, wie.

3

Wer die Stuttgarter Bernhardstraße mit ihren mächtigen alten Laubbäumen stadtauswärts ging, wähnte sich in einer vornehmen Wohngegend. Nur wer genau hinsah, würde neben der doppelflügeligen Eingangstür des Gebäudes mit der Nummer 22 das weiße Schild mit dem baden-württembergischen Landeswappen sowie der Bezeichnung »Landeskriminalamt Außenstelle B5« bemerken. Im zweiten Stock der durch einen Pförtner und eine Schleuse gesicherten Jugendstilvilla befand sich die Dienststelle des neu geschaffenen Dezernats T.O.M. – »Tote ohne Mörder«. Ein recht hochtrabender Name für vier Mitarbeiter, drei Büroräume und Dutzende Kilometer Akten, die niemand mehr haben wollte.

Von ihrem Bürofenster aus konnte Marga die alten knorrigen Laubbäume sehen, die die Straße säumten. An diesem Morgen jedoch hatte sie dafür keinen Blick. Noch am Abend zuvor, nachdem sie von Cems Auftritt nach Hause gekommen war, hatte sie die alten Elternbriefe ihres Sohnes ausgegraben und Elenora Steinhoffs Telefonnummer gewählt. Alex' ehemalige Klassenlehrerin besetzte mittlerweile die Direktorenstelle am Humboldt-Gymnasium und war somit die erste Anlaufstelle, um ihren Plan auf den Weg zu bringen. Und wie erhofft hatte Marga sie dazu bewegen können, gleich heute Morgen in der Bernhardstraße 22 vorbeizukommen. Vermutlich ging es Steinhoff wie allen anderen, die die Mauern dieser Schule jemals betreten hatten. Auch noch nach über sechs Jahren ließ Jasmins ungeklärter Todesfall Lehrer, Eltern und Schüler nicht zur Ruhe kommen. Es war wie eine offene Wunde, die nie zu heilen schien.

Marga kniff die Augen zusammen. Das quietschbunte Ziffernblatt der Wanduhr über der Tür zeigte zwanzig Minuten nach sieben. Somit blieb ihr noch eine gute halbe Stunde bis zum Termin mit Elenora Steinhoff. Sie wandte sich um, schaute hinunter zum Parkplatz. Sebastians protziger Sportwagen fehlte.

Und solange der nicht im Büro war, konnte sie die Zeit für etwas nutzen, bei dem sie ihn keinesfalls in ihrer Nähe haben wollte.

Marga schloss die unterste Schublade ihres Schreibtisches auf, in der sie weit hinten die katalogdicke, grellgelbe Aktenmappe mehr versteckt denn verstaut hatte. Sie kramte danach. Eine giftgrüne Eckstein-Zigarettenschachtel rutschte aus den Tiefen der Schublade in ihr Sichtfeld, und zwar genau neben das Einwegfeuerzeug, das sie als Ersatz aufbewahrte. Sie seufzte, sah zu ihrem linken Oberarm mit dem Nikotinpflaster, dann wieder auf die Zigarettenpackung. Ihr Herzschlag beschleunigte sich. Es war schon verdammt schwierig, mit dem Rauchen aufzuhören – zu schwierig.

Sie riss die Packung auf, nahm das Feuerzeug in die Hand und Sekunden später einen tiefen Zug von der filterlosen Zigarette. Mit einem leichten Brennen schlug der Rauch gegen ihre Kehle. Dennoch schmeckte die Zigarette, und beim nächsten Zug spürte sie bereits den Nikotin-Kick im Kopf. Sie zog noch einige Male genussvoll und schaute dem Rauch nach, wie er sich an der Zimmerdecke auflöste. Leichter Schwindel setzte ein. Erst jetzt bemerkte sie, dass sie nur noch eine Kippe in der Hand hielt. Sie drückte sie schnell im Aschenbecher aus. Vielleicht hätte sie doch etwas langsamer rauchen sollen. Zu spät. Mit einem schlechten Gewissen förderte sie die gelbe Aktenmappe aus der Schublade auf den Schreibtisch.

»Raub mit Todesfolge«, verkündete der Titel und darunter in kleineren Buchstaben: »Stadtsparkasse Hannover, 10. September 2010«. In der Mitte prangte ein goldener Polizeistern mit dem weißen Sachsenross, dem Landeswappen Niedersachsens. Obwohl es sich um die Hauptakte mit Auszügen der Spurenakte handelte, war der Umfang nicht gerade üppig.

Marga löste die Gummizüge an den Ecken und klappte den Aktendeckel auf. Gleich auf der Innenseite, befestigt mit einer Büroklammer, hing das Bild eines Mannes Mitte zwanzig. Das also war Daniel Franck. Äußerlich hatte er nicht viel mit seinem Bruder Sebastian gemein. Im Gegensatz zu dessen beinahe hageren Gesichtszügen waren Daniels eher weich und offen. In Verbindung mit dem lockigen schwarzen Haar und den schelmisch dreinblickenden braunen Augen war er gewiss der Schwarm vieler Frauen gewesen.

Sie überflog den Bericht der Einsatzleitung. Danach hatte an jenem Freitagabend kurz vor sechzehn Uhr jemand den stillen Alarm im Polizeipräsidium Hannover ausgelöst. Sofort wurden Rettungswagen und ein Spezialeinsatzkommando angefordert sowie vier Streifenwagen in Bewegung gesetzt. Als diese jedoch achtzehn Minuten später die Filiale der Stadtsparkasse in der Magdeburger Straße erreichten, waren die Täter bereits flüchtig. Die Beamten konnten gefahrlos die Schalterhalle betreten, wo sie sechs Personen auf dem Boden sitzend und mit Kabelbindern gefesselt vorfanden. Rücklings vor einem Schalter lag ein männlicher lebloser Körper.

Daniel Franck. Scharf sog Marga die Luft ein, schloss für einen Moment die Augen. Mit einer neuen Zigarette in der Hand las sie schließlich weiter.

Der Notarzt konnte nur noch den Tod des Mannes am Boden feststellen. Von den überlebenden Personen war einer leicht im Gesicht verletzt, die anderen körperlich unversehrt, jedoch kaum ansprechbar. Alle sechs standen unter Schock. Lediglich der Filialleiter sowie einer der Kunden konnten zu dem Zeitpunkt angeben, dass es sich um drei mit Tiermasken vermummte Täter gehandelt hatte. Die sogleich ausgelöste Großfahndung blieb trotz vollständiger Abriegelung der Umgebung erfolglos.

Marga erschrak, als es plötzlich an ihrer Tür klopfte. Sie sah erneut zur Uhr. Fünf Minuten nach acht. Verdammt, sie hatte tatsächlich die Zeit vergessen. Schnell drückte sie die Zigarette aus, öffnete das Fenster hinter ihrem Schreibtisch und deponierte den Aschenbecher auf dem Sims.

»Ja.« Marga klappte den Aktendeckel zu und steckte die Mappe zurück in die Schublade.

Im Schlepptau von Franziska trat Elenora Steinhoff durch die Tür. Obwohl die deutlich jünger war als Marga, schien sie seit dem letzten Elternabend um Jahrzehnte gealtert. Steinhoff wirkte bereits jetzt wie eine pensionierte Lehrerin. Die angegrauten Haare endeten in einem kurzen Pferdeschwanz, ihre wässrigen Augen verschwanden halb unter dem Pony, halb hinter einer Janis-Joplin-Nickelbrille. Getreu dem Motto »Dem Alter haben sich alle zu stellen« konnte natürlich jeder zu seinen grauen Haaren stehen, auch mit Anfang vierzig. Aber aus welchem moralischen Anspruch heraus Steinhoff auf jede Form von Make-up verzichtete, erschloss sich Marga beim besten Willen nicht. Ein bisschen Puder, etwas Lidschatten sowie Wimperntusche, und sie würde trotz ihrer geschlechtsneutralen Kleidung aus beigefarbener Hose und einem Oberteil aus Sofakissenstoff um Jahre jünger wirken.

»Guten Morgen, Frau Steinhoff«, begrüßte Marga sie und kam um den Schreibtisch herum.

Steinhoff erwiderte den Gruß, blickte auf die Hand, die sie ihr entgegenhielt, und schüttelte sie schließlich.

»Nehmen Sie doch bitte Platz.« Marga deutete auf die beiden Stühle vor ihrem Schreibtisch.

Steinhoff betrachtete die Stühle, als wollte sie sichergehen, dass die nicht zusammenbrachen, sobald sie sich daraufsetzte. Einen Moment später hatte sie sich endlich dazu durchgerungen und ließ sich vorsichtig auf einem nieder.

»Können Sie sich noch an mich erinnern, Frau Steinhoff?«, begann Marga, als Franziska die Bürotür geschlossen hatte und sie wieder hinter ihrem Schreibtisch saß.

»Ich weiß nicht.« Steinhoff kniff die Augen zusammen. »Aber bei Tausenden Eltern und Schülern, denen ich bereits begegnet bin, sollten Sie das nicht überbewerten.« Ihre Stimme klang, wie sie aussah: ausdruckslos.

»Alexander Kronthaler. Das ist mein Sohn. Sie waren vor einigen Jahren seine Klassenlehrerin.«

Die Stirn oder der Teil, der unter Steinhoffs Pony noch zu sehen war, kräuselte sich. Offenbar durchforstete sie dahinter ihr geistiges Namensregister. Einen Augenblick später hellte sich ihr Gesicht auf. »Alexander, natürlich.« Ein dünnes Lächeln legte sich um ihre Lippen. »Ein aufgeschlossener Junge und trotzdem ziemlich ruhig. Das ist selten heutzutage. Er müsste jetzt so Anfang zwanzig sein.«

»Alex ist Jahrgang dreiundneunzig, nächsten Monat wird er vierundzwanzig.«

»Wie die Zeit vergeht. Und was macht er jetzt?«

»Er studiert Maschinenbau in Offenburg.«

»Ah.« Steinhoff hob den Kopf. Allmählich verlor sich ihre Reserviertheit. »Das passt zu ihm. Er war immer so gut in Mathematik. Und Physik hatte er als Leistungskurs, soweit ich mich noch erinnern kann.«

»Stimmt.« Marga musste für einen Moment an Alex' Abiturzeugnis denken: Mathe, Physik und Chemie vierzehn oder fünfzehn Punkte, alles andere nur einstellig. Und zum Entsetzen seines Vaters, des angehenden Künstlers, nur vier Punkte in Bildender Kunst.

Steinhoff räusperte sich. »Ich habe nicht viel Zeit, Frau Kronthaler. Gestern Abend am Telefon sagten Sie, es gäbe neue Hinweise zu Jasmins Tod.«

»Genau … und zwar …« Marga brach ab, musste sich die Worte zuerst zurechtlegen.

»Was für Hinweise?«

Inzwischen hatte Marga den richtigen Einstieg gefunden und wiederholte Sebastians Formulierung vom Vorabend: »Wir müssen die Bewertung eines Alibis neu überdenken.«

»Wessen Alibi?« Steinhoffs Augen hinter den Brillengläsern blitzten für einen Moment auf.

»Tut mir leid. Aber ich kann den Ermittlungen in diesem frühen Stadium nicht vorgreifen.«

»Ermittlungen? Frühes Stadium? Ich dachte, die wurden eingestellt.«

»Wir werden sie aller Voraussicht nach wieder aufnehmen. Zuerst sind das natürlich nur Vorermittlungen.«

»Vorermittlungen wegen der Neubewertung eines Alibis?« Unter Steinhoffs Pony schien es zu arbeiten. »Dann kann es sich nur um das von Herrn Hauer handeln.«

Marga nickte. Damit hätte sie rechnen müssen. Es war sinnlos, diese Information zurückzuhalten. Schließlich gab es nur ein Alibi, das fallrelevant war. Sie entschied, vorerst nicht weiter darauf einzugehen. »Soviel ich weiß, sind einige der Lehrer von damals noch am Humboldt-Gymnasium. Auch der Herr Hauer.«

»Da haben Sie nicht unrecht. Aber seither hat jeder von uns mit Dutzenden Polizisten gesprochen. Was soll da nach sechs Jahren noch rauskommen?«

Der entscheidende Teil des Gesprächs stand bevor. Marga bemühte sich um einen sachlichen Tonfall. »Wir werden die Vorermittlungen nicht, wie soll ich sagen … konventionell durchführen.«

»Nicht konventionell durchführen?«, echote Steinhoff. »Was soll das heißen?«

»Keine sichtbare Polizei vor Ort, keine Befragungen, keine traditionelle Ermittlungsarbeit«, beeilte sich Marga zu sagen. »Und deshalb habe ich Sie angerufen.«

»Ich bin mir sehr wohl bewusst, was das Wort ›konventionell‹ bedeutet.« Ihr Tonfall klang jetzt fast schnippisch. »Dennoch weiß ich nicht, wie ich Ihnen dabei helfen kann.«

»Frau Steinhoff, wie sieht es auf Ihrer Schule mit Deutschlehrern aus?«

»Ich fürchte, ich verstehe nicht.« Steinhoff rutschte auf ihrem Stuhl nach vorne. »Was haben die Deutschlehrer des Humboldt-Gymnasiums mit Jasmins Tod zu tun?«

Marga entschloss sich zum Frontalangriff. »Wir wollen in Ihrem Gymnasium einen verdeckten Ermittler als Lehrer oder Aushilfslehrer für Deutsch einschleusen.«

Steinhoff blinzelte. Einmal, zweimal, dreimal. »Einen Polizisten als Deutschlehrer? Dazu ist das Studium ›Lehramt an Gymnasien‹ notwendig. Und das hat eine Regelstudienzeit von zehn Semestern.« Sie schüttelte den Kopf, schien nicht mehr damit aufhören zu wollen. »Das kann nicht gut gehen.«

»Sie kennen unseren Herrn Franck nicht. Er hat Literatur studiert und …« Marga brach ab. Mehr musste Steinhoff nicht über Sebastian wissen.

Die sah auf. »Sie meinen bestimmt Germanistik? Wo denn?«

Marga kramte in ihren Erinnerungen und fand tatsächlich den Namen der Universität. »Georg-August-Universität Göttingen.«

»Das trifft sich gut. Dort habe ich auch studiert. Wie alt ist denn der Herr Franck?«

»Mitte dreißig«, gab Marga zurück und war sich plötzlich unsicher, ob sie nicht besser Sebastians Studienabbruch hätte erwähnen sollen. »Herr Franck ist der Sprössling eines angesehenen Hannoveraner Kunstgaleristen, sehr geistreich und beredt.« Und ein Klugscheißer, dachte sie, sagte dann aber: »Ich denke, es gibt kaum ein Gebiet, in dem er sich nicht auskennt.«

»Oh. Solche Menschen liebe ich.« Wieder folgte ein dünnes Lächeln.

Das hätte Steinhoff nicht extra sagen müssen. Die Seelenverwandtschaft der beiden war nur schwer zu übersehen. »Schön. Dann helfen Sie uns dabei? Sie dürfen allerdings mit keinem Menschen darüber reden.«

»Ich weiß nicht.« Sie wiegte mit dem Kopf. »Eigentlich sind alle unsere Planstellen derzeit besetzt.«

Marga spürte, dass sie Steinhoff fast so weit hatte. »Ihnen liegt doch auch die Aufklärung dieses Mordes am Herzen.«

»Natürlich. Aber …«

»Und mit den Planstellen wird Ihnen bestimmt noch etwas einfallen.«

»Ich könnte …« Steinhoff sah an Marga vorbei, hinaus zum offenen Fenster. »Ja das würde vielleicht gehen«, sagte sie und ließ schließlich das erlösende Nicken folgen.

***

Als Sebastian irgendwann nach halb neun seinen Arbeitsplatz aufsuchen wollte, kam ihm auf der Treppe eine Frau undefinierbaren Alters entgegen, die er noch nie im LKA-Gebäude gesehen hatte. Ihr Gesicht verschwand zur Hälfte unter einem angegrauten Pony und einer Nickelbrille.

»Guten Morgen«, grüßte Sebastian.

»Morgen«, war ihre knappe Antwort. Obwohl die Frau es eilig zu haben schien, blieb ihr Blick beim Vorbeigehen einen Moment länger an Sebastian hängen als notwendig.

Schon auf dem Gang hörte Sebastian sein Telefon im Büro

klingeln. Er beschleunigte seinen Schritt, riss die Tür auf und nahm das Telefon ab. »KOK Franck.«

»Kronthaler«, drang Margas Stimme aus dem Hörer. »Ich habe Sie gerade auf den Parkplatz fahren sehen. Kommen Sie kurz bei mir vorbei?«

»Gleich?«

»Klang das, als ob ich es anders gemeint haben könnte?«

So früh am Morgen wollte Sebastian sich nicht auf eine Diskussion mit ihr einlassen. Er legte auf, marschierte über den Gang zu Margas Büro und trat ein, ohne anzuklopfen.

»Morgen, Frau Kronthaler.« Sebastian sah sich um, sog ein paarmal Luft durch die Nase ein. »Hier riecht's nach Rauch. Haben Sie geraucht?«

»Nicht wirklich.« Ihre Antwort klang nur wenig nach der Wahrheit.

Sebastian reckte den Kopf, spähte hinaus durch die geöffneten Fensterflügel. »Ich kann von hier aus den Aschenbecher draußen auf dem Fenstersims sehen. Da sind zwei Kippen drin.«

»Mein lieber Scholli. Haben Sie auch richtig gezählt?«

Sebastian verkniff sich eine Antwort.

»Dann hab ich wohl doch mehr geraucht als gedacht.« Marga zog eine alberne Grimasse.

»Tragen Sie diese Nikotinpflaster noch?«

Margas Blick wanderte zu ihrem Oberarm. Sie nickte.

»Und trotzdem rauchen Sie?«

»Diese Pflaster wirken bei mir nicht. Meine Haut ist wohl zu dick.«

»Sie müssen aufpassen, wenn Sie rauchen und gleichzeitig Nikotinpflaster tragen. Die kumulierte Nikotindosis ist viel zu hoch.« Sebastian bemühte sich, ernst dreinzuschauen. »Auch für Sie.«

»Danke für Ihre Erklärung. Aber ich denke, dass ich alt genug bin, das selbst zu entscheiden.«

»Natürlich.« Einsicht hatte er bei ihr nicht erwartet. »Ich wollte Sie nur darauf hinweisen.«

»Gut. Dann hätten wir das ja geklärt.« Marga deutete auf die Besucherstühle vor ihrem Schreibtisch. »Setzen Sie sich bitte,

Herr Franck. Ich möchte mit Ihnen über den Fildermädchen-Fall reden.«

Das ging schneller, als Sebastian erhofft hatte. »Haben Sie sich meine gestrigen Betrachtungen zu Hauers Alibi durch den Kopf gehen lassen?«

»Ja. Und ich habe auch schon eine Möglichkeit gefunden, wie wir unsere Ermittlungen«, sie reckte das Kinn, »sagen wir, auf einer anderen Ebene durchführen können.«

»Auf einer anderen Ebene?« Sebastian strich seine Krawatte glatt. Er hatte nicht die leiseste Ahnung, worauf sie hinauswollte.

»Ich habe gerade eben mit der Direktorin des Humboldt-Gymnasiums, Elenora Steinhoff, gesprochen.« Ein zufriedenes Lächeln trat auf Margas Lippen.

»Die Frau mit den angegrauten Haaren, Pony und Nickelbrille? Beige Bundfaltenhose, bunte Bluse. Eins siebzig bis eins zweiundsiebzig groß, Gewicht etwa …«

»Das reicht.« Marga verdrehte die Augen. »Noch genauer brauchen wir es nicht.«

»Die ist mir vorhin auf der Treppe begegnet.«

»Schön. Dann kennen Sie sich ja bereits.«

»Nein. Wir haben nicht miteinander gesprochen.«

»Das macht nichts. Sie werden bald die Chance bekommen, sie näher kennenzulernen.« Erneut das zufriedene Lächeln.

Diesmal stieß Sebastian einen Seufzer aus. »Frau Kronthaler, Sie sprechen in Rätseln. Wollen Sie nicht endlich auf den Punkt kommen?«

Marga atmete einmal tief durch, als kosteten die nächsten Worte sie extra Kraft. »Wie Sie wissen, haben die bisherigen Ermittlungsmethoden in diesem Fall nicht zum Erfolg geführt. Eine große Soko, Tausende Hinweise und ein Beitrag bei ›Aktenzeichen XY‹ – trotzdem nichts.«

Sebastian hing an ihren Lippen, nickte knapp.

»Deshalb habe ich mich entschlossen, bei der Wiederaufnahme der Ermittlungen einen anderen Weg einzuschlagen.« Marga setzte kurz ab, um erneut Luft zu holen. »Sie werden in den kommenden Tagen am Humboldt-Gymnasium Ermittlungen anstellen. Verdeckt. Frau Steinhoff wird Sie dort als Deutschlehrer einführen.«

Es dauerte einen Augenblick, bis Sebastian sich der Tragweite von Margas Worten bewusst wurde. Worte, die sie unmöglich ernst gemeint haben konnte. Er schluckte. »Das ist bestimmt wieder einer Ihrer Scherze.«

»Ich scherze nicht«, gab sie schnell zurück. »Oder sehen Sie mich lachen?«

Erneut brauchte Sebastian Zeit, bis er seine Gedanken aussprechen konnte. »Eine Schulklasse? Mit Kindern?«

»Himmelarsch, Herr Franck. Für gewöhnlich bestehen alle Schulklassen aus Kindern.«

»Schulklassen«, wiederholte Sebastian mehr zu sich selbst.

»Sie schaffen das mit links. Schließlich haben Sie ein Literaturstudium … zumindest einige Semester.«

»Der Studiengang nennt sich Deutsche Philologie oder auch Germanistik. Demzufolge steht es außer Zweifel, dass ich für das Lehramt in Deutsch über ausreichende Kenntnisse verfüge. Aber darum geht es nicht.«

»Sondern?«

Vor Sebastians geistigem Auge tauchten Dutzende pickeliger Halbwüchsiger auf: desinteressierte Gesichter, die Hosen in den Kniekehlen, schlurfender Schritt, inakzeptable Artikulation. »Ich kann nicht gut mit pubertierenden Jugendlichen umgehen. Und ehrlich gesagt hege ich auch nicht den Wunsch, daran etwas zu ändern.«

»Frau Steinhoff wird Ihnen unter die Arme greifen. Sie hat übrigens auch in Göttingen studiert.«

»Das Ansehen der Göttinger Georg-August-Universität ist in der Tat nicht zu beanstanden. Besonders die Philosophische Fakultät genießt deutschlandweite Anerkennung. Aber finden Sie nicht, dass Sie Ihren Plan zuvor mit mir hätten absprechen sollen?« Sebastian konnte sich beim besten Willen nicht vorstellen, wie er die Zeit als Lehrer im Humboldt-Gymnasium überstehen sollte.

»Herr Franck, bei uns gibt es keine demokratische Abstimmung über die Vorgehensweise bei Ermittlungen.« Margas Ton wurde rauer. »Das ist auch keine Bitte, sondern eine dienstliche Anweisung.«

An Margas Miene erkannte er, dass jeder weitere Widerspruch sinnlos war. Sie war nun mal seine Vorgesetzte, und ihm blieb nichts anderes übrig, als sich zu fügen. Auch wenn es ihm jetzt schon wie eine Art Bestrafung vorkam. »Und ab wann soll das Ganze stattfinden?« Sebastian spürte eine zunehmende Mattigkeit in seine Glieder kriechen. Er räusperte sich, versuchte das Unabwendbare hinauszuzögern. »Ich denke, dass ich einige Tage Zeit zur Vorbereitung benötige.«

Auf Margas Stirn trat eine senkrechte Falte. »Blödsinn. Das ist doch keine Professur. Sie unterrichten lediglich ein paar Wochen Deutsch bei Schulkindern.«

»Ein paar Wochen Deutsch bei Schulkindern?« Sebastian seufzte. Offensichtlich machte sie sich keine Vorstellung, wie bedeutend und aufwendig anspruchsvoller Deutschunterricht war. »Ich muss mir zuerst die Lehrpläne der Gymnasien anschauen, dann Unterrichtsstunden vorbereiten sowie einige adäquate Schriften zusammenstellen.«

Mit der Hand wischte Marga seine Bedenken einfach beiseite. »Ich denke, Sie sollten aufhören, rumzujammern wie mein Jüngster vor jeder Klausur. Unterrichtsbeginn für Sie ist morgen um halb neun.«

»Morgen um halb neun?«

»Genau, morgen um halb neun. Ich hab Sie bereits bei Frau Steinhoff angekündigt. Und für das ganze Zeugs haben Sie heute noch genug Zeit.«

Das war's. Jede weitere Diskussion wäre Zeitverschwendung. Er wandte sich zum Gehen.

»Ach ja, Herr Franck«, hörte er ihre Stimme in seinem Rücken. »Noch was.«

Sebastian wandte sich wieder Marga zu. Sie hatte eine Zigarette in der Hand, das Feuerzeug in der anderen.

»Verhalten Sie sich so unauffällig wie möglich. Dazu sollten Sie Ihren Sportwagen besser nicht an der Schule parken.« Das Feuerzeug klickte.

»Wieso das denn?«

»Lehrer fahren solche Wagen nicht.« Marga zog ein paarmal an der Zigarette, dicke Qualmwolken stiegen auf. »Denken Sie an Ihre Tarnung und benehmen Sie sich so«, fuhr sie fort, während die Zigarette in einem Mundwinkel hing wie angeklebt. »Das gilt auch für Ihre Kleidung.«

»Kein Anzug und keine Krawatte.« Missmutig sah Sebastian den Rauchschwaden nach, die zur Zimmerdecke stiegen und sich nur langsam auflösten. »Ich weiß.«

Marga legte das Feuerzeug auf den Schreibtisch und lehnte sich zurück. Als sie die Zigarette aus dem Mund nahm, lag ein Grinsen auf ihren Lippen. »Sie sind lernfähiger, als ich dachte, Herr Franck. Aus Ihnen wird bestimmt schnell ein guter verdeckter Ermittler.«

4

Bereits zum dritten Mal an diesem sonnigen, aber kühlen Morgen kurvte Sebastian durch das Areal am Humboldt-Gymnasium. Inzwischen benötigte er länger, um einen Parkplatz für seinen Mercedes SL Roadster zu finden, als für die Fahrt hierher. Schließlich sollte der nicht zu nahe an der Schule liegen und zudem die Möglichkeit bieten, den Wagen bis zum Abend stehen zu lassen. Natürlich hatte Marga recht gehabt: Weder Lehrer noch Schüler fuhren einen derart auffälligen Wagen. Er registrierte hauptsächlich Kleinwagen oder Fahrzeuge der Mittelklasse, meist älteren Baujahres. Und wenn er nicht auffallen wollte, musste er wohl oder übel ein Stück zu Fuß gehen.

Noch am Abend zuvor hatte er überlegt, den Bus zu nehmen. Schnell hatte er den Gedanken wieder verworfen. Es gab kaum etwas, das er weniger ausstehen konnte als öffentliche Verkehrsmittel. Überall schwitzende und schlecht riechende Menschen, die ihm auf die Pelle rückten und ihre Bakterien verbreiteten. Hoffentlich hatten wenigstens seine Schüler die längste Zeit ihrer Pubertät hinter sich.

In seiner vierten Runde um das Schulareal entdeckte er schließlich vor sich einen dunkelblauen Ford Mondeo, der gerade ausparkte. Sebastian wartete geduldig, bis der Fahrer seinen Wagen ziemlich ungeschickt hinter einem roten, etwas in die Jahre gekommenen Renault Twingo auf die Straße manövriert hatte. Langsam ließ er den Mercedes auf den frei gewordenen Platz rollen. Er betrachtete sich kurz im Rückspiegel, nahm seinen viel zu schweren Aktenkoffer vom Beifahrersitz und stieg aus.

»Haben Sie sie noch alle?«, hörte er eine Stimme hinter sich, nachdem die Blinkleuchten signalisiert hatten, dass das Fahrzeug verschlossen war.

Sebastian fuhr herum. Hinter ihm stand eine jüngere Frau, höchstens Ende zwanzig mit kurzen mittelblonden Haaren, Sommersprossen und einer etwas molligen Figur. Ihre Kleidung verstärkte diesen Eindruck noch: Die ausgewaschene Jeans lag viel zu eng an, und ihr Busen drohte die dunkelrote Hemdbluse unter der knielangen weißen Strickjacke zu sprengen.

»Bitte?«, erwiderte Sebastian, obwohl er die Frau sehr gut verstanden hatte.

»Ich hab Sie gefragt, ob Sie noch alle Tassen im Schrank haben.« Die Frau stemmte die Fäuste in die Hüften. Ihre dunklen Augen blitzten angriffslustig.

»Warum fragen Sie?« Sebastian hielt ihrem Blick stand.

Wortlos deutete die Frau hinter sich auf den roten Twingo, der in rund zwanzig Metern Entfernung den rechten Fahrstreifen blockierte. Das einzig Neue an dem Wagen schien der grüne Aufkleber auf dem Kofferraumdeckel zu sein: »Grüne Jugend Stuttgart«. Das konnte ja heiter werden.

»Kann ich Ihnen helfen? Haben Sie eine Panne?«

»Eine Panne?«, stieß sie aus, und Sebastian kam es so vor, als ob die Frau trotz der höflichen Frage ungehaltener wurde.

»Ich dachte – wegen des Warnblinkers.«

»Verdammt noch mal, stellen Sie sich nicht so blöd. Sie haben mir den Parkplatz weggenommen.«

Sebastian musterte seinen Wagen, dann den roten Twingo und schüttelte langsam den Kopf. »Ich habe niemandem den Parkplatz weggenommen. Ich war zuerst da, wie Sie sehen können.« Er würde einen Teufel tun, sich nochmals auf Parkplatzsuche zu begeben. Zumal der Unterricht in einer knappen halben Stunde begann und er zuvor noch Elenora Steinhoff, die Direktorin, aufsuchen musste.

»Sie mit Ihrer fetten Bonzenkarre glauben wohl, was Besonderes zu sein.« Die Frau stellte sich in seinen Weg, schaute ihn von unten herauf an. »Und verpesten damit auch noch übermäßig die Luft.«

»Mein Wagen ist in Schadstoffklasse Euro sechs. Wenn ich mir Ihr altes Auto so anschaue, liegt der höchstens in Euro zwei, wenn überhaupt. Ich denke, Sie sind diejenige, die hier die Luft verpestet.« Sebastian suchte auf der Frontscheibe des Twingos nach dem Aufkleber für die Abgasnorm, fand aber keinen. »Wir befinden uns übrigens in einer Umweltzone. Ich bin mir sicher, dass Sie hier überhaupt nicht fahren dürfen ohne eine Feinstaubplakette.«

Die Frau stieß einen Schwall Luft zwischen ihren Lippen hindurch. »Das geht Sie überhaupt nichts an.«

»So? Und was geht mich etwas an?«

»Dass Sie auf meinem Parkplatz stehen.«

Sebastian atmete einmal tief durch. »Wieso sollte das Ihr Parkplatz sein?«

»Mann, haben Sie was an den Ohren? Ich sagte: Ich war zuerst da. Ich könnte auch die Polizei rufen. Die wird das bestimmt schnell klären.«

»Könnten Sie, ja.« Sebastian hatte Mühe, ein Schmunzeln zurückzuhalten. »Aber das wird teuer.«

»Woher wollen Sie das wissen?« Die Frau klang mit einem Mal nicht mehr so selbstsicher.

»Ich weiß es eben.« Sebastian wechselte den Aktenkoffer in die andere Hand. »Das Bußgeld für Fahren oder Parken in einer Umweltzone ohne entsprechende Plakette beträgt achtzig Euro.« Er drängte sich an ihr vorbei. »Aber Sie hätten Glück.«

»Glück?«

»Ja. Seit Mai 2014 gibt es dafür keinen Punkt in Flensburg mehr.« Sebastian ging einfach weiter, während die Frau ihm etwas nachrief, das er nicht verstand. Wie die meisten Menschen fluchte auch sie in ihrem Dialekt, und mit dem Schwäbischen hatte er noch immer so seine Probleme.

Trotz des Disputs mit der Twingo-Fahrerin erreichte Sebastian das Gelände des Humboldt-Gymnasiums weit vor der Zeit. Auf dem Hof tummelten sich Dutzende Schüler, die Ball spielten, wild umhersprangen oder einfach nur hemmungslos Lärm machten. Als Sebastian sich der Eingangstreppe näherte, meinte er Zigarettenrauch wahrzunehmen. Aus den Augenwinkeln sah er dann die Gruppe von vier älteren Teenagern. Drei Jungen und ein Mädchen mit viel zu kurzem Rock und daumendicken Tunneln in den Ohrläppchen verdeckten mit ihren Händen qualmende Zigaretten. Sebastian verkniff sich einen Kommentar und ging weiter.

Trotz des ordentlichen Gesamteindrucks wirkte der offenbar erst kürzlich renovierte dreistöckige Backsteinbau wie eine Trutzburg. Darüber konnten auch nicht die hellen, freundlichen Kassettenfenster unter den Rundbögen oder die erneuerten Pflastersteine im Hof hinwegtäuschen. Auf die eine oder andere Weise ähnelten sich alle Schulgebäude in Deutschland. Und rochen auch gleich. Sebastian trat durch die massive Tür und fühlte sich sogleich an seine Schulzeit erinnert. Der Geruch von Bohnerwachs und Schweiß stieg ihm in die Nase. Und mit einem Mal hatte er wieder seinen Deutschlehrer vor Augen, der mit den Klassenarbeiten unter dem Arm auf dem Gang entlangschlurfte. Die hatte er immer nach Noten sortiert, und seine lag meist obenauf. Ein Umstand, der ihm bald den Ruf eines Strebers eingebracht hatte.

Ein Rempler an der Hüfte holte ihn zurück in das Hier und Jetzt. Schreiend preschten zwei Schüler an ihm vorbei, den Gang entlang zur Treppe. Der Größe nach zu urteilen, nicht älter als vierzehn. Der hintere der beiden trug eine rote Baseballkappe verkehrt herum und jagte offenbar den anderen.

»Ich krieg dich, du …«, drang seine Drohung an Sebastians Ohren. Als was er den anderen betitelte, entging ihm. Und natürlich mochte sich keiner der beiden für das Rempeln entschuldigen. Sie rannten einfach weiter, bis kurz vor dem Treppenhaus der Gejagte strauchelte, der Länge nach hinfiel und sein Verfolger sich auf ihn stürzte. Ein wildes Gerangel begann. Binnen Sekunden bildete sich ein Kreis um die Kontrahenten am Boden. Gejohle und Anfeuerungsrufe hallten durch den Gang.

Sebastian beschleunigte seinen Schritt und musste sich mit mehr als sanfter Gewalt zwischen einem guten Dutzend Zuschauern hindurchzwängen.

»Hört auf damit!«, rief er.

Enttäuschtes Gemurmel machte sich breit.

Es war ein ungleicher Kampf. Der Verfolger lag obenauf und war seinem Gegner körperlich überlegen. Beide jedoch hatten offenbar das gleiche Problem mit ihren Ohren. Keiner schien sich für Sebastians Aufforderung zu interessieren. Der mit der roten Baseballkappe drosch auf den unten Liegenden ein, während dieser versuchte, ihn mit einer Hand am Hals auf Abstand zu halten. Mit dem anderen Arm schützte er sich vor den Schlägen, sodass Sebastian nichts von seinem Gesicht erkennen konnte. Eine Situation, die er selbst nur zu gut kannte. Als Streber hatte sich das Leben auf seiner früheren Schule ähnlich angefühlt. Und wenn er jetzt nicht bald etwas unternahm, würde die Prügelei ein blutiges Ende nehmen.

Sebastian beugte sich vor und packte den mit der roten Baseballkappe an der Schulter. »Hör sofort auf!«

Diesmal schien er sich tatsächlich Gehör verschafft zu haben. Im Gegensatz zum unten Liegenden, der nur zögerlich seine Hände vom Gesicht nahm, hörten die Schläge abrupt auf.

»Los, aufstehen!«, rief Sebastian und an die Schaulustigen gewandt: »Ihr geht in euer Klassenzimmer. Wer in dreißig Sekunden noch hier steht, den melde ich bei der Schulleitung.«

Mürrisch, aber unerwartet rasch löste sich die Gruppe auf und verstreute sich zwischen den anderen Schülern in den Gängen, Zimmern sowie im Treppenhaus.

»Wie ist dein Name?«, fragte Sebastian den mit der roten Baseballkappe. Trotz seiner jungen Jahre hatte der offenbar schon mit dem Einschuss der ersten großen Portion Testosteron zu kämpfen. Deutlich zeichneten sich seine Muskeln unter dem hautengen, hellen V-Ausschnitt-Pulli ab, das Bart- und Brusthaar spross wie bei einem Zwanzigjährigen. Die Baggy Jeans hatte Dutzende Löcher und Risse, hing weit unterhalb der Hüften und entblößte rot-weiß gestreifte Boxershorts.

Unübersehbar kämpfte der Junge mit einer Antwort. »Moritz«, erwiderte er schließlich mit der Stimme eines Erwachsenen.

»Moritz und wie weiter?«

»Wer sind Sie eigentlich?«, gab Moritz statt einer Antwort zurück. »Ich habe Sie hier noch nie gesehen.«

Sebastian sah zu dem anderen Jungen, der mit gesenktem Kopf danebenstand und sich die Nase zuhielt. Er war etwas kleiner als Moritz, viel schmächtiger und zitterte am ganzen Körper. Auf dem hellblauen Hemd über der karierten Stoffhose glänzten kleinere Blutspritzer. Der Stoff an Ellenbogen und Knien war ausgebeult und schmutzig.

Eigentlich könnte ihm die Prügelei zwischen diesen zwei pubertierenden Dummköpfen herzlich egal sein. Doch obwohl Sebastian als Kind keinerlei Ähnlichkeit mit dem Schmächtigen gehabt hatte, erinnerte ihn der Junge an sich selbst. Es war schon erstaunlich, wie gut er sich in dessen Lage versetzen konnte. Und diese Lage wiederum bewog Sebastian, den Schläger nicht einfach davonkommen zu lassen.

Er wandte sich wieder an Moritz und mühte sich um einen strengen Tonfall. »Nachname, Klasse und Klassenlehrer. Und zwar ein bisschen flott.«

Moritz schien unbeeindruckt. Er kniff die Augen zu Sehschlitzen, funkelte ihn böse an. Es war ihm anzusehen, dass er mit sich rang, ob er überhaupt eine Antwort geben sollte. »Moritz Rebholz, 8c, bei Frau Buhl.«

»Gut, Moritz. Du gehst jetzt in dein Klassenzimmer.«

Er verzog sein Gesicht zu einem schiefen Grinsen. »Wollen Sie sich das nicht aufschreiben?«

»Ich brauche mir nichts aufschreiben.« Sebastian versuchte, Moritz' Grinsen zu ignorieren. »Und damit du es gleich weißt: Wie die disziplinarische Maßnahme gegen dich aussieht, kläre ich nachher mit der Schulleitung.«

Moritz drehte sich um und trottete ohne ein weiteres Wort davon. Mit jedem Schritt rutschte seine Jeans weiter Richtung Kniekehlen und enthüllte Zentimeter um Zentimeter der rotweiß gestreiften Boxershorts darunter. Schließlich blieb er kurz stehen, zog die Hose ein Stück hoch und marschierte dann im gleichen Bummelschritt weiter. Warum zum Teufel besorgte er sich keinen Gürtel?

Sebastian wandte sich dem anderen Jungen zu. Das Zittern schien nachzulassen, doch die Prügelei mit Moritz hatte Spuren in seinem Gesicht hinterlassen. Eine Lippe war aufgeplatzt, und die rechte Wange leuchtete rot. »Wie heißt du?«

»Max Gerber.« Seine Stimme klang hoch und dünn. Offenbar lag der Stimmbruch noch vor ihm. »Auch in der 8c.«

»Tatsächlich – Max und Moritz?«, fragte Sebastian.

Der schmächtige Junge nickte. »Und Max wird von Moritz verprügelt. So hat es Wilhelm Busch bestimmt nicht gewollt.« Ein schüchternes Lächeln huschte über sein Gesicht, und er fügte hinzu: »›Ach, was muss man oft von bösen Kindern hören oder lesen! Wie zum Beispiel hier von diesen, welche Max und Moritz hießen ...‹«

»›Die‹«, fuhr Sebastian fort, »›anstatt durch weise Lehren sich zum Guten zu bekehren, oftmals noch darüber lachten und sich heimlich lustig machten ...‹«

Diesmal unterbrach Max. »›Ja, zur Übeltätigkeit, ja, dazu ist man bereit! Menschen necken, Tiere quälen, Äpfel, Birnen, Zwetschgen stehlen ...‹«

»›Das ist freilich angenehmer und dazu auch viel bequemer, als in Kirche oder Schule festzusitzen auf dem Stuhle‹«, ergänzte Sebastian den letzten Vers von Wilhelm Buschs Vorwort zur Lausbubengeschichte um Max und Moritz. »Und genau das solltest du jetzt schleunigst tun.«

»Was?«

»Dich hinsetzen. Und zwar auf deinen Stuhl im Klassenzimmer der 8c.«

Mit gespieltem Trotz wandte sich Max um, steckte die Hände in die Hosentaschen und wollte davonstapfen.

»Stopp, warte kurz«, rief Sebastian ihm nach.

Sofort drehte Max sich um.

»Wie komme ich zum Zimmer der Direktorin?«

»Sie wollen zur Sultanine?« Schnell schlug Max die Hand vor seinen Mund.

Sebastian konnte gerade noch ein Lachen zurückhalten. Es war wie früher. Schüler kamen auf die seltsamsten Spitznamen.

Max nahm die Hand vom Mund. »Ich könnte Sie hinbringen.«

»Könnte?«

»Ja, wenn Sie niemandem erzählen, dass ich das gesagt habe, dann zeige ich Ihnen den Weg.«

»Was gesagt? Sultanine?«

Max nickte.

»Geht klar.«

»Kommen Sie.« Max winkte ihm, wandte sich der Treppe zu und nahm leichtfüßig immer zwei Stufen auf einmal. Schnell erreichte er das zweite Stockwerk und lief die nächste Treppe hinauf. Sebastian hatte Mühe, zu folgen.

»Wie heißen Sie eigentlich?«, fragte er, als Sebastian etwas außer Atem ebenfalls im Obergeschoss ankam. Max hingegen war keinerlei Anstrengung anzusehen.

»Sebastian Franck.«

»Und warum sind Sie hier?«

»Du bist ganz schön neugierig für dein Alter. Aber wenn du schon so direkt danach fragst: Ich unterrichte ab heute hier im Humboldt-Gymnasium.«

Max riss die Augen auf. »Sie – ein Lehrer?«

Das konnte ja heiter werden, wenn bereits ein dreizehn- oder vierzehnjähriger Junge kurz davor stand, seine Tarnung zu durchschauen. »Was ist daran so ungewöhnlich?«

»Nun«, druckste Max herum. Seine Frage schien ihm im Nachhinein unangenehm zu sein. »Sie sind viel zu jung für einen Lehrer.«

Sebastian fühlte sich gleichermaßen erleichtert und geschmeichelt. »Ich bin mindestens doppelt so alt wie du. Das muss reichen, um Lehrer zu sein. Aber du hast recht, das ist meine erste Stelle nach dem Referendariat.«

Offenbar zufrieden mit der Antwort wandte sich Max wieder um und deutete zum Ende des Flurs. »Hier, die vorletzte Tür auf der rechten Seite, das ist das Büro von Frau Steinhoff.«

»Danke, Max.« Sebastian wartete, bis der auf dem ersten Treppenabsatz verschwunden war. Erst dann steuerte er auf das Dienstzimmer der Direktorin zu.

Sebastian hielt vor der Tür inne und kam sich plötzlich so vor wie damals, als er zum Rapport zur Schulleitung bestellt worden war. Eine eklatante Fehlentscheidung seines Lehrers. Nicht Sebastian hatte den Kleber auf dessen Stuhl ausgegossen, sondern jemand hatte ihm die halb leere Klebertube in den Schulranzen gesteckt.

Sebastian klopfte.

Niemand antwortete.

Der Vorfall damals hatte zur Folge gehabt, dass er eine schlechte Note in Verhalten bekam und den Rest des Schuljahres vor jeder Unterrichtstunde seine Tasche inspiziert wurde.

Sebastian klopfte ein zweites Mal.

»Ja«, drang eine schnarrende Stimme durch die Tür.

Schnell schob Sebastian die Gedanken an seine Schulzeit beiseite und trat ein.

Das Erste, das ihm auffiel, waren die unzähligen Bücher, die sich rechts und links an den Wänden in zimmerhohen Regalen aneinanderreihten. Es mussten Hunderte, wenn nicht gar Tausende sein. Sebastian registrierte Atlanten, ledergebundene Lexika und Jahrbücher mit Goldprägung sowie einige Klassiker von Goethe, Lessing und Schiller. Gleichwohl fanden sich in Steinhoffs Bibliothek auch relativ neue und schlichte Ausgaben literarischer Werke aus dem zwanzigsten Jahrhundert. Er entdeckte Friedrich Dürrenmatts »Der Richter und sein Henker«, Heinrich Bölls »Gruppenbild mit Dame«, dann Stücke von Thomas Mann, Gerhart Hauptmann, Bertolt Brecht und vielen anderen mehr. Schmunzeln musste er, als er zwischen all der gehobenen Literatur eine nagelneue Ausgabe von Wilhelm Buschs »Max und Moritz« entdeckte.

»Guten Morgen«, vernahm er eine Stimme und bemerkte erst jetzt, dass er noch immer die Buchrücken anstarrte.

Sebastian wandte sich um und sah in das Gesicht der Frau mit den ergrauenden Haaren und der dosendeckelgroßen Nickelbrille, die er schon tags zuvor auf der Treppe im Dezernat gesehen hatte.

»Sie müssen der Herr Franck sein.« Sie kam hinter ihrem Schreibtisch hervor und streckte ihm die rechte Hand entgegen. »Frau Kronthaler hat Sie bereits angekündigt.«

Sebastian nickte, nahm die angebotene Hand und schüttelte sie. »Franck mit ck, ja. Guten Tag, Frau Steinhoff.«

Trotz der überquellenden Bücherregale, eines vollgepackten Schreibtischs und des dunklen Fußbodenbelags wirkte ihr Büro groß und hell. Staubkörner tanzten im Licht, das durch die raumhohen Kassettenfenster fiel.

»Sie scheinen sich für Literatur zu interessieren«, begann

Steinhoff und ließ ihren Blick über die Buchrücken schweifen. Eine Spur von Stolz lag in ihren Augen.

»Selbstverständlich.«

»So selbstverständlich ist das heutzutage nicht.« Steinhoff machte ein betrübtes Gesicht.

»Das ist in der Tat bedauerlich. Die Menschen sollten sich viel mehr für Literatur interessieren. Das Wissen der Welt baut schließlich darauf auf.«

»Wahre Worte, Herr Franck. Und Sie werden noch genügend Zeit und Gelegenheit bekommen, auch unsere Kursstufler davon zu begeistern. Aber nehmen Sie doch Platz.« Steinhoff deutete auf die beiden Besucherstühle, die vor dem Schreibtisch standen. »Wir sollten uns zuvor noch über ein paar Kleinigkeiten unterhalten.«

»Aber …« Sebastian sah auf seine Armbanduhr. »Der Unterricht beginnt in sechs Minuten und zwanzig Sekunden.«

»Das ist kein Problem.« Steinhoff nahm hinter ihrem Schreibtisch Platz und schob einen Stapel Papiere beiseite. »Die Kursstufe ist es nicht gewohnt, dass der Unterricht pünktlich anfängt. Vermutlich sind noch nicht einmal alle im Klassenzimmer, sondern rauchen auf dem Schulhof.«

Sebastian setzte sich auf einen der Stühle und war froh, seinen Aktenkoffer endlich am Boden abstellen zu können. »Besteht auf dem Gelände der Schule etwa kein Rauchverbot?« Die vier Jugendlichen kamen ihm in den Sinn, die auf dem Schulhof ihre Zigaretten unter der Hand versteckt hatten.

»Doch, natürlich. Aber das können Sie kaum erzwingen. Ich bin froh, dass sie nicht auf der Toilette rauchen.« Steinhoff schob ihre Brille zurecht. »Aber kommen wir besser gleich zur Sache: Ich werde Sie unserem Kollegium als Vertretungslehrer vorstellen.«

»Vertretungslehrer für wen?«

»Unseren Herrn Braunbach. Er strebt schon länger eine Reha-Maßnahme wegen seines Rückenleidens an. Ich habe gestern zweimal mit ihm telefoniert, und er kann kurzfristig einen Platz in einer Klinik am Bodensee bekommen.«

Steinhoff kramte in einem Stapel Papiere, den sie zuvor

beiseitegeschoben hatte. »Hier muss irgendwo …« Sie zog ein Blatt heraus und legte es vor Sebastian hin. »Das hier ist der Unterrichtsplan von Herrn Braunbach.« Sie deutete auf eine Tabelle mit Wochentagen und Uhrzeiten. »Alle Kästchen, die mit ›D‹ gekennzeichnet sind, betreffen seine Deutschstunden, die Sie ab heute übernehmen. Darunter stehen Klassenstufe und Zimmernummer.«

Sebastian zählte neun Kästchen mit »D« in der Tabelle. »Nur neun Stunden?« Dass Lehrer keine Vierzig-Stunden-Woche hatten, war ihm bekannt. Aber mit derart wenigen Arbeitsstunden hatte er nicht gerechnet.

Über Steinhoffs Gesicht huschte zum ersten Mal so etwas wie ein Lächeln. »Das sind Doppelstunden, Herr Franck.«

»Achtzehn Wochenstunden, gut. Und die Kästchen, die mit ›G‹ oder ›R‹ gekennzeichnet sind?«

»Das sind Geschichte und Religion. Die übernehmen ich und ein anderer Kollege.« Steinhoff kramte in einem anderen Stoß Papier und förderte einen gehefteten, fingerdicken Stapel hervor. »Das ist der Lehrplan für Deutsch, Kursstufe, gültig für Baden-Württemberg. Der ist wichtig, da in einem halben Jahr die Abiturprüfungen beginnen.«

»Den benötige ich nicht.« Sebastian deutete auf seinen Aktenkoffer. »Ich habe mir bereits gestern die Lehrpläne aller Klassenstufen im Internet heruntergeladen und ausgedruckt. Zudem habe ich diverse Themen vorbereitet.«

»Und an was haben Sie gedacht?« Steinhoff schaute auf. »Bei der Kursstufe, meine ich.«

Sebastian vermutete, dass die Frage in erster Linie dem Zweck diente, sein Fachwissen zu beleuchten. »Nun, zuerst an einen Überblick über die literarischen Strömungen von der Jahrhundertwende über die klassische Moderne, die Postmoderne bis hin zu den Entwicklungen in der Gegenwartsliteratur. Ich denke, die Schüler sollten zur Abiturvorbereitung bedeutende Werke kennenlernen und diese auch hinsichtlich Weltsicht, Menschenbild, Form und Sprache interpretieren können. Quasi als Zugabe können wir uns dann über expressionistische Lyrik, parabolisches Erzählen, den modernen Roman und mein absolutes Lieblingsthema, das epische Theater, unterhalten.«

Steinhoff nickte anerkennend. »Ein sportliches Programm haben Sie sich da vorgenommen, Herr Franck. Frau Kronthaler hat zwar erwähnt, dass Sie Germanistik studiert haben, aber nun überraschen Sie mich doch.« Sie legte den Lehrplan wieder zurück und nahm eine Handvoll gehefteter Blätter zur Hand.

»Vorbereitung ist alles.«

Steinhoff streckte ihm die Blätter hin. »Hier sind noch die Schülerlisten Ihrer Klassen mitsamt den bisherigen Klausurnoten.«

Sebastian nahm die Listen entgegen. Obenauf lag die der Kursstufe. Sie umfasste dreiundzwanzig Schüler, davon vierzehn Mädchen. Die Notenpunkte lagen meist zwischen sechs und acht. Er fand nur wenige zweistellige, und die Höchstpunktzahl von fünfzehn war nie erreicht worden.

»Was ist?«, fragte Steinhoff, die wohl seinen enttäuschten Blick bemerkt hatte.

»Der Notendurchschnitt scheint mir nicht gerade berauschend für Schüler so kurz vor dem Abitur.«

»Ich weiß. Sie haben noch viel Arbeit vor sich. Deshalb bringe ich Sie am besten gleich in Ihre Klasse.« Steinhoff stand auf, kam um ihren Schreibtisch herum. »Und«, sie hielt einen Moment inne, »lassen Sie sich nicht provozieren.«

»Bestimmt nicht«, gab er zurück und bemerkte selbst, wie unsicher seine Stimme klang.

»Keine Angst, vor der ersten Unterrichtsstunde ist jeder ein wenig nervös.« Sie lächelte aufmunternd. »Und dann auch gleich noch bei der Kursstufe.«

Sebastian griff nach seinem Aktenkoffer, klappte den Deckel auf und verstaute den Unterrichtsplan sowie die Schülerlisten. »Weiß eigentlich außer Ihnen noch jemand über meine tatsächliche Aufgabe hier Bescheid?«

»Nein.« Steinhoff ging voran zur Tür. »Frau Kronthaler hat mich gebeten, es für mich zu behalten.«

»Dann belassen wir das am besten so.« Sebastian klappte den Deckel des Aktenkoffers wieder zu. Er vernahm hinter sich das

Klopfen an der Tür und einen winzigen Moment später das Herunterdrücken der Türklinke.

»Guten Morgen, Frau Buhl«, hörte er Steinhoffs Stimme. »Grad ist schlecht. Können Sie in einer Viertelstunde nochmals vorbeikommen?«

Sebastian kam von seinem Stuhl hoch und wandte sich um. Im Türrahmen hinter Steinhoff stand eine Frau in knielanger weißer Strickjacke. Er hatte sie an diesem Morgen schon einmal gesehen, wenn auch weniger verschwitzt und abgekämpft: die Twingo-Fahrerin.

5

Schon seit dem frühen Morgen lag auf Margas Schreibtisch die grellgelbe Aktenmappe mit dem weißen Sachsenross im niedersächsischen Polizeistern. Schließlich wollte Marga Sebastians Abwesenheit dafür nutzen, sich in den Fall um den Tod seines Bruders Daniel einzulesen. Und sie hatte sich vorgenommen, die Akte nicht beiseitezulegen, bis sie einen Anhaltspunkt fand, an dem sie mit Nachforschungen ansetzen konnte.

Die Beute von nicht einmal achttausend Euro aus den zeitgesteuerten Kassenschubladen sowie die überhastete Flucht nach dem tödlichen Schuss sprachen für ein dilettantisches Verhalten der Täter. Im Gegensatz zu deren Verkleidung und Auftreten. Offenbar hatten sie die Schalterhalle zuvor genau ausgekundschaftet. Anders war es nicht zu erklären, dass sie es geschafft hatten, innerhalb von zwei Minuten jede Videokamera mit Sprühfarbe unschädlich zu machen. Daniels Tod musste sie dann jedoch völlig aus dem Konzept gebracht haben, dass sie den Überfall abbrachen. Das jedenfalls war Margas Eindruck, nachdem sie einige Videostandbilder aus den ersten beiden Minuten derart gründlich betrachtet hatte, dass sie die Szenen wohl aus dem Gedächtnis nachzeichnen konnte.

Neben den Tiermasken trugen alle drei Täter blaue Overalls ohne Abzeichen oder Schriftzug sowie Schildmützen mit dem Emblem der San Francisco 49ers, jenes weltbekannten Football-Clubs an der amerikanischen Westküste. In Verbindung mit den Masken von Schwein, Bär und Esel vor ihren Gesichtern waren so nur noch einige Haarbüschel seitlich am Kopf zu erkennen. Sie trugen weiße Golfhandschuhe, keine Armbanduhren oder sonstigen sichtbaren Schmuck. Nur ihre Statur verriet, dass es sich um Männer handeln musste.

Und die waren so verschieden, wie sie nur sein konnten. Unter der Schweinemaske steckte ein bulliger Kerl mit breiten Schultern, der offenbar keine, wenige oder kurze Haare hatte, sodass nichts unter Maske und Mütze hervorragte. In seiner

Hand hielt er aufgerollte beige Stofftaschen, die offenbar für den Abtransport der Beute vorgesehen waren. Der mit der Bärenmaske, ein schlaksiger, groß gewachsener Mann mit dunklen kurzen Haaren und ausgeprägtem Adamsapfel, trug als Einziger eine Waffe. Es handelte sich um eine Česká zbrojovka ČZ-75, die mit dem Ende des Warschauer Pakts auf den Schwarzmärkten des ehemaligen Ostblocks zu Tausenden aufgetaucht war. Die Statur des Dritten im Bunde, des Esels, wiederum zeigte eine andere Auffälligkeit. Der kleinste der Männer schien eine Art Haltungsschaden zu haben. Auf jedem Standbild hing eine Schulter herunter, Körper und Kopf neigten sich leicht nach rechts vorne. Lange blonde Haare quollen unter seiner Kappe zwischen Maske und Ohr hervor. Auch er trug die gleichen Stofftaschen unter seinem Arm.

Marga blätterte weiter zum Bericht der KTU. Nicht dass sie sich etwas Aufschlussreiches daraus erhoffte, aber zumindest überfliegen wollte sie die wenigen Seiten. Und ihre Erwartung wurde bestätigt. In der Schalterhalle hatten sich keinerlei Spuren gefunden, die den Tätern zugeordnet werden konnten. Kein Blut, keine DNA, keine Fingerabdrücke, rein gar nichts. Auch die ballistische Untersuchung der Patronenhülse und des Projektils brachte keine Informationen zur Herkunft der Waffe. Kein Wunder bei der enormen Menge von Českás, die allein in Deutschland im Umlauf waren.

Marga griff nach dem Päckchen Zigaretten, pulte eine davon heraus und steckte sie in den Mund, ohne sie anzuzünden. Sie zog einige Male Luft durch die nicht brennende Zigarette und legte sie dann neben die Packung. Eine Methode, die sie in einer Zeitschrift gelesen hatte, um nur bei jedem zweiten Mal der Nikotinsucht nachzugeben.

Das einzig Ungewöhnliche in diesem Fall stellten die Tiermasken der Täter der. Womöglich ein Ansatzpunkt für Ermittlungen. Doch schon mit der Aktennotiz eines der ermittelnden Beamten schwand ihre Zuversicht. Es handelte sich um Masken aus dem Spielwarengeschäft, die weder vor noch nach dem Überfall auf die Hannoveraner Stadtsparkasse ein weiteres Mal in einem Kriminalfall aufgetaucht waren. Gewiss keine Spur, der es sich nachzugehen lohnte. Sonst hätten die Beamten damals schon etwas gefunden.

Sie blätterte zu den Zeugenaussagen. Vielleicht fand sie dort weitere Informationen zu den Tiermasken. Neben dem getöteten Daniel Franck hatten sich zur Zeit des Überfalles insgesamt sechs Personen in der Schalterhalle aufgehalten: der Filialleiter Heinrich Meder, sein Mitarbeiter Ralf Herzsprung, die zweiundzwanzigjährige Auszubildende Amelie Neuburger, das Rentner-Ehepaar Heinz und Elfriede Bauer sowie Paul Scheffler, der Inhaber eines nahen Friseurgeschäfts. Doch es war zum Verrücktwerden: Bereits bei der Frage, welche Tiere die Masken darstellten, widersprachen sich ihre Aussagen.

Während der Filialleiter und sein Mitarbeiter Schwein, Bär und Esel richtig erkannt hatten, wollte die Auszubildende zwar das Schwein, aber statt des Bären und des Esels einen Wolf und eine Ziege gesehen haben. Die psychologische Beurteilung ihrer Aussage sprach von einer Pseudoerinnerung, ausgelöst durch das Trauma des tödlichen Raubüberfalls. Heinz und Elfriede Bauer wiederum hatten die Tiermasken ebenfalls bemerkt, sprachen aber nur von Raubtieren. Wobei ein Psychologe die gesamte Aussage der beiden als zweifelhaft eingestuft hatte, da sie weit über achtzig Jahre alt waren und zumindest der Mann offenbar demente Phasen hatte. Scheffler, der Friseur aus der Nachbarschaft, hatte nur von drei verschiedenen Karnevalsmasken gesprochen, die er nicht weiter spezifizieren konnte.

Die Tiermasken würden sie wohl nicht weiterbringen. Die erste Sackgasse? Marga griff nach der Zigarette neben der Packung, steckte sie an und ließ den Rauch genüsslich durch Mund und Nase entweichen. Eine dicke Wolke schwebte zur Zimmerdecke und löste sich dort nur langsam auf. Warum zum Teufel erkannten nur zwei der sechs Zeugen die Tiermasken richtig? In einem Augenblick, bei dem es ums Überleben ging, musste sich ein Mensch doch daran erinnern können, wie diejenigen aussahen, die ihn mit dem Tod bedrohten.

Ihr Blick fiel auf den Verfasser der psychologischen Gutachten hinsichtlich der Zeugenaussagen von Heinz sowie Elfriede Bauer: »Prof. Dr. Wolf-Dieter Erbmann, Gerichtspsychologe und Gutachter Universität Berlin«. Sie blätterte zurück zur Aussage von Amelie Neuburger. Auch diese hatte derselbe Psychologe beurteilt. Vermutlich wäre es eine gute Idee, sich mit diesem Erbmann zu unterhalten. Und vielleicht konnte er erklären, warum sich von sechs Augenzeugen nur zwei korrekt erinnerten.

Marga suchte und fand eine Telefonnummer unterhalb seiner Büroadresse. An einen derart spektakulären Fall sollte sich Erbmann auch noch nach sieben Jahren erinnern. Hoffentlich. Sie klemmte die Zigarette zwischen ihre Lippen, fischte den Hörer von der Gabel und wählte die Nummer mit Berliner Vorwahl.

Bereits nach dem dritten Klingeln drang eine junge, fast kindliche Frauenstimme an ihr Ohr. »Vorzimmer Professor Dr. Erbmann.«

Dass Erbmann über ein Vorzimmer mit Assistentin verfügte, verwunderte Marga. Anderseits sprach es dafür, dass er noch immer seiner Tätigkeit nachging. »Landeskriminalamt Stuttgart, KHK Kronthaler«, entgegnete sie und musste wegen des Zigarettenqualms ein Auge zusammenkneifen. »Ist Professor Dr. Erbmann zu sprechen?«

»Um was geht es denn?«, flötete die Stimme.

Marga nahm einen letzten Zug von ihrer Zigarette und drückte sie dann aus. »Um die psychologische Beurteilung einiger Zeugenaussagen in einem Tötungsdelikt.«

»Herr Professor Dr. Erbmann erstellt seit Jahren keine gerichtspsychologischen Gutachten mehr. Er widmet sich nur noch seinem Lehrstuhl an der Universität Berlin.«

Das jedoch hörte sich weniger gut an. »Es geht um ein früheres Gutachten.«

»Da müssen Sie schon etwas genauer werden«, kam es aus dem Hörer, und Marga meinte, einen schnippischen Unterton herauszuhören.

Sie klappte den Deckel der Aktenmappe um und las den Titel vor: »Raub mit Todesfolge, Stadtsparkasse Hannover, 10. September 2010.«

»Das war vor sieben Jahren«, kam es mit unüberhörbarer Überraschung zurück.

Marga seufzte. »Ich weiß. Ich kann auch rechnen.«

»Er ist noch nicht im Büro.« Ihre Tonlage hatte sich von schnippisch zu eisig geändert.

»Das hätten Sie mir auch gleich sagen können.« Marga gab sich keine Mühe, ihren Unmut zu verbergen. »Ab wann ist er denn zu sprechen?«

»Normalerweise kommt er so zwischen acht und halb neun, wenn er keine Vorlesung hat.«

»Und, hat er heute Vorlesung?«

Als seine Assistentin sollte sie das wissen, ohne nachzuschauen. Offenbar war dem jedoch nicht so, denn ein Rascheln drang aus dem Hörer, erst dann die kurze Antwort: »Nein.«

»Das trifft sich gut. Können Sie ihm bitte ausrichten, dass er mich zurückrufen soll, sobald er im Büro ist?«

»Ich richte es ihm aus. Er müsste ja gleich kommen.«

»Meine Durchwahl lautet …«

»Die steht in meinem Display«, unterbrach die Frau. »Danke und auf Wiederhören.« Sie hatte aufgelegt, bevor Marga sich verabschieden konnte.

Es dauerte eine gute Viertelstunde und eine weitere Zigarette, bis ihr Telefon mit der Berliner Nummer im Display klingelte. Sie nahm ab und meldete sich.

»Professor Dr. Erbmann«, vernahm sie eine leise, aber zugleich wache Stimme. Aufgrund ihres Klanges stellte sich Marga einen älteren Mann kurz vor seiner Pensionierung vor. »Sie wollten mich sprechen.«

»Guten Morgen, Professor Dr. Erbmann«, begann Marga sogleich. »Es geht um eines Ihrer Gutachten.«

»Ich weiß. Meine Assistentin hat mich bereits informiert.« Er sprach mit einem kaum wahrnehmbaren norddeutschen Dialekt. »Ich habe mir die Akte bereits bringen lassen. Obwohl es eigentlich nicht notwendig gewesen wäre.«

»Nicht notwendig? Warum denn das?«

»Die Beurteilung dieser Zeugenaussagen war eine meiner letzten Tätigkeiten für die Ermittlungsbehörden. Und ich kann mich eigentlich noch an jedes Detail erinnern.«

»Umso besser.« Das Telefonat mit Erbmann begann schon mal vielversprechend.

»Was wollen Sie denn wissen, Frau Kronthaler?«

»Es geht um die damaligen Aussagen der Augenzeugen.« Marga blätterte in der Aktenmappe. »Ich weiß, dass Augenzeugen sich mitunter irren. Aber aus meiner Erfahrung betrifft das eher unbeteiligte Zeugen, die einen kurzen Moment etwas beobachtet haben, mit dem sie nicht rechnen konnten.«

»Da widerspreche ich Ihnen nicht«, gab Erbmann zurück und schnaufte in den Hörer, dass es rauschte wie Wind in den Baumkronen.

»Im vorliegenden Fall jedoch waren die Augenzeugen selbst Opfer. Opfer, die bestimmt eine Viertelstunde den Tätern gegenüberstanden und dabei mit einer Schusswaffe bedroht wurden. Von Angesicht zu Angesicht. Alle haben das Gleiche gesehen. Warum können sich aber nur zwei von sechs Zeugen an die tatsächlichen Begebenheiten erinnern?«

»Das muss man differenziert betrachten. Aber soviel ich weiß, haben alle den Ablauf des Überfalls relativ ähnlich geschildert.«

»Den Ablauf schon. Aber nur der Filialleiter und einer seiner Mitarbeiter konnten die Tiermasken der Täter korrekt benennen, wie sie auch auf der Videoaufzeichnung der Bank zu sehen sind.«

»Ah, jetzt verstehe ich, auf was Sie hinauswollen.« Erbmann räusperte sich, schien diesen Augenblick zu benötigen, um den richtigen Einstieg zu finden. »Sie müssen wissen, Frau Kronthaler, das Gedächtnis eines Menschen speichert keine Filmaufnahmen, die man beliebig zurückspulen und wieder abspielen kann. Unsere Erinnerungen sind fehleranfällig. Wie bei physischen Beweisen können Gedächtnisspuren verschmutzt werden, kaputt- oder verloren gehen.«

»Das hilft mir nicht weiter«, sagte Marga, als Erbmann innehielt. Schließlich hatte sie in bald dreißig Jahren Polizeidienst schon Dutzende Gegenüberstellungen miterlebt, bei der Zeugen einen Täter nicht erkannten oder, viel schlimmer, einen Unbeteiligten als Täter identifizierten. Aus diesem Grund war die Stuttgarter Kriminalpolizei zuletzt dazu übergegangen, mögliche Täter nicht mehr gleichzeitig, sondern nacheinander vorzuführen. Damit sollte verhindert werden, dass Zeugen sich für die Person entschieden, die am wenigsten vom erinnerten Äußeren des Täters abwich. Denn ein junger Mann zwischen vier älteren Damen war derart auffällig, dass er immer der Täter bleiben würde. »Mich interessiert in diesem speziellen Fall, warum das so war.«

»Dazu komme ich gleich, Augenblick noch, Frau Kronthaler«, gab Erbmann zurück und fuhr dann fort: »Zeugenaussagen werden von mir auf mögliche Selbsttäuschungen geprüft. Es gilt hier zu unterscheiden zwischen Pseudoerinnerungen, die durch – meist unbewusste – Manipulation in Befragungen entstanden sind oder durch sogenannte Falschinformationseffekte.«

»Falschinformationseffekte?«

»Ja. Schon seit Jahren gibt es hinreichend Erkenntnisse, welche Effekte oder besser gesagt Einflüsse auf eine Zeugenaussage wirken können.«

»Somit schließen Sie aus, dass die Kriminalpolizei ihre Augenzeugen unbewusst beeinflusst haben könnte?«

»In diesem frühen Stadium der Befragungen, ja.«

»Und an welche Einflüsse denken Sie stattdessen?«

»Auch da muss man zweierlei Dinge in Betracht ziehen. Zum einen hängt die Erinnerung an ein Ereignis vom Zeugen, zum anderen vom Ereignis selbst ab.«

»Können Sie mir Beispiele nennen?« So langsam entwickelte sich das Telefonat mit Erbmann zu einer Vorlesung in Kriminalpsychologie.

»Nun ja, da ist bespielweise das Alter der Zeugen. Kinder, Jugendliche und Senioren erinnern sich weniger zuverlässig an Details.«

»Das haben Sie bereits so ähnlich bei der Beurteilung der Aussagen des Rentner-Ehepaars Bauer in Ihrem Gutachten beschrieben. Aber auch wenn ich die beiden beiseitelasse, bleiben eine zweiundzwanzigjährige Auszubildende und der Friseurmeister aus der Nachbarschaft im Alter von«, Marga blätterte zu der Aussage von Paul Scheffler, »damals vierzig Jahren. Also weder Kinder, Jugendliche noch Senioren.«

»Das ist richtig. Allerdings wurde dieser Paul Scheffler als Erstes von den Tätern gezwungen, sich bäuchlings auf den Boden zu legen. Ich denke, er hatte weder die Zeit noch die Möglichkeit, sich die Tiermasken einzuprägen.«

»Und Amelie Neuburger, die Auszubildende?«

Erbmann antwortete erst einige laute Atemzüge später. »Sie war damals sehr jung.« Erneut zögerte er einen Moment. »Ein sehr schwieriger Fall.«

»Inwiefern?«

»Ihre Aussage war schlicht unbrauchbar.« Erbmann ließ einen Laut der Resignation folgen. »Ich fühlte mich bei ihrer Beurteilung tatsächlich an das Märchen vom Wolf und den sieben Geißlein erinnert.«

Marga glaubte, sich verhört zu haben. »Wolf und die sieben Geißlein?«

»Ja, Sie wissen schon, an dieses Märchen der Brüder Grimm. Statt des Bären will sie einen Wolf und statt des Esels eine Ziege gesehen haben. Ich vermute, dass Amelie Neuburger sich unter dem Schock des Mordes vor ihren Augen mit dem jüngsten Geißlein identifiziert hat.«

Marga kramte in ihrem Gedächtnis. Es musste Jahrzehnte her sein, dass sie das letzte Mal mit Märchen in Berührung gekommen war. »Ist das jüngste Geißlein nicht das einzige, das nicht vom Wolf gefressen wird, weil es sich im Uhrenkasten versteckt?«

»Genau. Der Vergleich war naheliegend. In ihren Augen war es der böse Wolf und nicht ein Mann mit Bärenmaske, der den tödlichen Schuss auf Daniel Franck abgegeben hat.«

Marga verkniff sich einen Kommentar. Vermutlich musste man Psychologe sein, um derartige Vergleiche als »naheliegend« zu bezeichnen.

Erbmann fuhr unbeirrt fort: »Auch Tage nach der Tat ist niemand zu ihr durchgedrungen.«

Margas Hoffnung, etwas Neues von Erbmann zu erfahren, schwand mit jedem seiner Worte. »Und warum sollte das sieben Jahre später anders sein?«

»Vergessen und Erinnern sind keine Schalter«, erwiderte

Erbmann. »Manches bringt man nach einer halben Stunde durcheinander, an andere Dinge und Begebenheiten wiederum erinnert man sich noch nach zehn Jahren exakt. Auch der umgekehrte Fall ist möglich. Etwas, das man vergessen oder verdrängt hat, taucht plötzlich wieder aus den Tiefen des Gedächtnisses auf.«

»Und von was hängt das ab?«

Erneut blies Erbmann Luft in den Hörer. »Wie aufmerksam und emotional beteiligt man die Situation erlebt hat und ob sie für uns von Bedeutung war, zum Beispiel weil sich Täter, Opfer oder Zeugen kannten. Daneben können zu großer Stress, Traumata oder ein Schockzustand dafür verantwortlich sein, dass Gedächtnisspuren verwischen. Auch Menschen, die wie in diesem Fall mit einer Waffe bedroht wurden, entsinnen sich oft schlechter an das Gesicht oder hier die Masken der Täter. Ihre Aufmerksamkeit lag auf dem bedrohlichen Gegenstand. Aber das ist wie gesagt nur eine Momentaufnahme des Gedächtnisses. Nach einer gewissen Zeit kann aus einer verdrängten Ahnung oder gar Beobachtung Gewissheit werden.«

»Wollen Sie damit andeuten, dass eine erneute Befragung von Scheffler oder Neuburger einen Anhaltspunkt für weitere Ermittlungen liefern könnte?«

»Einen Versuch ist es auf jeden Fall wert. Aber konzentrieren Sie sich auf diese Amelie Neuburger. Ich bin mir sicher, dass sie etwas bemerkt oder gar gesehen hat, was ihr Gedächtnis damals erfolgreich verdrängte.«

***

Die Frau in Steinhoffs Türrahmen sah Sebastian und verzog sogleich ihr Gesicht.

»Aber wenn Sie schon mal da sind«, fuhr Steinhoff fort, als sie bemerkte, dass Buhl etwas sagen wollte, »darf ich Ihnen unseren neuen Kollegen, den Herrn Franck, vorstellen. Er wird für einige Wochen den Deutschunterricht von Herrn Braunbach in der Kursstufe übernehmen. Er ist ab heute auf Rekonvaleszenz.«

»Wir kennen uns bereits«, brummte Buhl. »Leider.«

Steinhoffs Miene veränderte sich schlagartig von freundlich-nett zu massiv verunsichert. »Aber … woher?«

»Ich hatte vorhin einen Disput mit ihm um meinen Parkplatz«, entgegnete Buhl, ohne Sebastian eines weiteren Blickes zu würdigen.

»Ihres Parkplatzes?«, entfuhr es ihm.

Buhl ging nicht auf Sebastians Einwand ein. »Das ist auch der Grund, wieso ich zu Ihnen komme. So geht das nicht weiter mit den Parkplätzen. Es sind viel zu wenige. Da müssen Sie der Stadt Dampf machen. Inzwischen brauche ich länger für die Parkplatzsuche vor der Schule als für die Fahrt hierher.«

Das hätte Sebastian bestätigen können, hatte er doch die gleiche Erfahrung gemacht. Gleichwohl behielt er diesen Kommentar für sich.

»Und dann gibt es noch solche Aufschneider«, sie deutete mit dem Kinn auf ihn wie auf einen unartigen Schüler, »die mit ihrer Bonzenkarre gleich zwei Parkplätze belegen.« Ihren Beruf als Lehrer konnte sie wahrlich nicht leugnen.

Lange würde Sebastian sich ihre Vorhaltungen nicht mehr anhören. Auch wenn es sein erster Unterrichtstag am Humboldt-Gymnasium war und er Marga versprochen hatte, sich möglichst unauffällig zu verhalten. »Sie haben nicht nur etwas an den Ohren, sondern offenbar auch etwas an den Augen, Frau Buhl. Mein Wagen steht nicht auf zwei Parkplätzen. Und schon gar nicht auf Ihrem.«

Steinhoff räusperte sich. »Jetzt beruhigen wir uns alle erst einmal. Herr Franck hat heute seinen ersten Tag als Lehrer bei uns.«

Hörbar stieß Buhl Luft zwischen ihren Zähnen hindurch. »Es ist mir vollkommen wurst, ob der Herr Franck heute seinen ersten Tag hat. Ich musste bald einen Kilometer zu Fuß bis hierher gehen, und«, sie deutete auf sich, »ich bin vollkommen verschwitzt.«

»Frau Buhl, bitte.« Steinhoffs Miene spannte sich an. »Ich dulde keinen Streit. Weder hier noch vor den Schülern.«

Buhl neigte den Kopf und atmete ein paarmal geräuschvoll

durch die Nase. Sie wirkte wie ein Nashorn, das sich nur mit Mühe vor einem Angriff zurückhalten konnte.

Es wurde Zeit, den Streit zu beenden, bevor sie weiter Fahrt aufnahm. Sebastian sah auf seine Armbanduhr. Die zeigte bereits nach halb neun Uhr. »Frau Steinhoff, ich denke, wir sollten dann los.«

Er hatte die Rechnung ohne Buhl gemacht. Offensichtlich wollte die sich immer noch nicht beruhigen. Sie hob einen Arm und drohte mit dem Zeigefinger. »Wissen Sie, Herr Franck, was seltsam ist?«

Sebastian holte Luft, sagte jedoch nichts. Die Situation musste nicht noch weiter eskalieren.

»Wie Sie als Vertretungslehrer an solch einen Wagen und diese Armbanduhr kommen. Da stimmt doch etwas nicht.«

»Jetzt ist aber gut, Frau Buhl«, fuhr Steinhoff dazwischen. »Das geht Sie gar nichts an.«

»Das werden wir noch sehen.« Buhl wandte sich an Sebastian und deutete mit zwei Fingern einer Hand auf ihr Gesicht. »Und Sie, Herr Franck, behalte ich im Auge.« Ruckartig drehte sie sich um und stapfte mit schwingender Strickjacke in Richtung Treppenabgang davon.

Trotz aller Vorbereitungen fing sein erster Arbeitstag als Lehrer nicht gut an. Margas Anweisungen lauteten: Kein Aufsehen erregen und nicht mit dem Auto oder der Kleidung auffallen. Das meiste davon hatte er bereits nach einer halben Stunde vermasselt.

6

Niemand hätte Sebastian den Raum zeigen müssen, in dem der Deutschunterricht der Kursstufe zwei stattfand. Er hätte im zweiten Stock nur dem Lärm folgen müssen und wäre zielsicher vor dem letzten Zimmer auf der rechten Seite gelandet. Die Tür stand halb offen, und er trat hinter Steinhoff in das hell erleuchtete Klassenzimmer. Der Geräuschpegel ließ nach, und sofort hefteten sich neugierige Blicke auf ihn.

Steinhoff baute sich neben dem Lehrerpult auf. Während sie wartete, bis der Lärm abebbte, entdeckte Sebastian in der hintersten Reihe das Mädchen mit den Ohrtunneln. Sie und ihre drei Raucherfreunde vom Schulhof lümmelten mehr auf ihren Stühlen, als dass sie saßen.

»Wenn wir dann alle so weit sind«, begann Steinhoff, nachdem nur noch vereinzelt getuschelt wurde, »möchte ich euch den Grund nennen, warum ihr heute so lange warten musstet.«

»Bleibt das morgen so?«, ertönte eine Stimme aus der hinteren Reihe. Sie gehörte einem der Schulhof-Raucher, einem breitschultrigen, strohblonden Jungen mit Bartansatz. Obwohl im Zimmer gewiss keine niedrigen Temperaturen herrschten, trug er noch immer eine Art Kapuzen-Lederjacke. »Dann könnten wir gleich länger im Bett liegen bleiben.«

Sein dunkelhaariger Sitznachbar in weißer Collegejacke, ebenfalls einer der Raucher vom Schulhof, prustete los. Ein Zweiter fiel ein, und ringsum brach Gelächter aus.

»Sehr lustig, Philipp«, sagte Steinhoff und fuhr ungerührt fort: »Aber ich muss dich enttäuschen. Herr Braunbach ist zwar krankgeschrieben. Aber er wird ab heute durch Herrn Franck, das ist der junge Mann neben mir, vertreten.«

Sebastian spürte, dass jeder in der Klasse auf ein Wort oder eine Bewegung von ihm wartete. Und mit einem Mal fühlte er sich nicht mehr so sicher wie noch im Büro der Direktorin, sondern eher wie ein Außerirdischer. Daran würde auch ihr gut gemeinter Hinweis nichts ändern, dass jeder vor seiner ersten

Unterrichtsstunde etwas nervös war. Er war mehr als nur nervös und wäre am liebsten zurück ins Dezernat gefahren.

»Für wie lange?«, fragte eine Schülerin in der vordersten Reihe. Sie trug ihre schulterlangen pechschwarzen Haare offen, reichlich Make-up und eine weinrote Bluse, die für Sebastians Geschmack etwas zu viel Dekolleté zeigte.

»Ich kann im Moment nicht sagen, wann genau Herr Braunbach wieder für den Unterricht zur Verfügung steht. Rechnet mal mit drei bis vier Wochen.«

Gemurmel kam auf.

»Wie alt sind Sie, Herr Franck?«, fragte die mit den pechschwarzen Haaren weiter. Unübersehbar hatte sie ihren Oberkörper weit nach vorne geneigt.

Aus dem Gemurmel wurde Gelächter.

Noch bevor er antworten konnte, räusperte sich Steinhoff geräuschvoll. »Leonie, das geht jetzt aber zu weit.«

Die zog eine gespielt beleidigte Grimasse, lehnte sich zurück und warf ihre Haare über die Schulter.

»Sonst noch Fragen?« Steinhoff zog eine strenge Miene auf und schaute in die Runde.

Niemand meldete sich.

»Dann gutes Gelingen, Herr Franck.« Steinhoff nickte ihm aufmunternd zu und verließ das Zimmer.

Die Tür fiel ins Schloss, und sofort kam sich Sebastian vor, als wäre er eingesperrt worden. Es war mit einem Mal so still, dass man die sprichwörtliche Stecknadel hätte fallen hören können. Dreiundzwanzig Augenpaare klebten förmlich an ihm, und trotz aller Vorbereitungen fiel ihm nicht mehr ein, was er als Erstes sagen wollte.

»Jetzt können Sie uns ja verraten, wie alt Sie sind, Herr Franck.« Leonie lächelte, beugte sich wieder nach vorne. Es war nur schwer möglich, den schwarzen Spitzen-BH in ihrer weit aufgeknöpften Bluse zu übersehen.

Sebastian wandte sich ab und stellte seinen Aktenkoffer auf dem Lehrerpult ab. Er fand ein Kreidestück, schrieb »Sebastian Franck« auf die Tafel und unterstrich das »ck« zweimal. »Franck mit ck«, sagte er und legte das Kreidestück zurück.

»Wie der Franck Ribéry?«, hörte er eine Stimme hinter sich und drehte sich um.

»Wie wer?«, fragte Sebastian und blickte in die Runde.

»Franck Ribéry«, wiederholte ein Junge mit Sommersprossen, drahtigem Körperbau und kurzen Stoppelhaaren in unbestimmter Farbe. »Na, der Fußballspieler von Bayern. Kennen Sie nicht?«

»Tut mir leid, aber ich interessiere mich weniger für Fußball.« Das war schlicht gelogen. Er verstand bis heute nicht, warum Menschen sich dafür begeistern konnten. Sie wurden wegen jeder Kleinigkeit emotional, grölten und prügelten sich. Nicht einmal die Regeln taugten etwas, solange es Schiedsrichter gab, die sie auslegen konnten. Und so fand er auch wöchentliche Fußballspiele bestenfalls überflüssig. »Aber wenn man den Vornamen dieses Herrn Ribéry mit ck schreibt, dann hast du recht.« Sebastian mühte sich um ein Lächeln.

Es sollte ein Scherz sein. Doch niemand reagierte. Wenn er ein paar Lacher auf seiner Seite haben wollte, musste er sich wohl noch steigern. »Und falls sich neben Leonie noch jemand für mein Alter interessiert: Ich bin zweiunddreißig Jahre alt, und das Humboldt-Gymnasium ist meine erste Stelle als Lehrer nach dem Referendariat.«

Während Leonie ihn anlächelte, wirkten die meisten anderen, als hätten sie Mitleid mit ihm.

Sebastian ignorierte das Getuschel. »Nachdem ihr nun meinen Namen kennt, würde ich gern eure erfahren.« Er kramte in seinem Aktenkoffer. »Ich habe Karten mitgebracht. Bitte schreibt groß und deutlich euren Namen darauf und stellt die Karte vor euch hin.« Er reichte einen daumendicken Stapel Karten an Leonie weiter, die eine davon nahm und den Rest nach hinten weitergab.

Während die Schüler die Karten mit ihrem Namen vor sich aufstellten, versuchte Sebastian, sich die Gesichter samt zugehörigen Notenpunkten aus der Schülerliste einzuprägen. Leonie lag im hinteren Mittelfeld. Pia hingegen, die Schulhof-Raucherin mit den Ohrtunneln, hatte bei beiden vorangegangenen Klausuren ein zweistelliges Ergebnis erzielt. Ganz im Gegensatz zu ihren

Freunden Philipp samt den beiden Sitznachbarn Leon und Franz. Die drei lagen im Schnitt bei gerade mal sechs Punkten. Kein Wunder. Sebastian vermutete, dass sie in ihrem Leben noch kein einziges Buch gelesen hatten. Auch die Klausurnoten der meisten anderen Schüler lagen am unteren Ende seiner Vorstellungskraft.

»Zur Abiturvorbereitung laut Lehrplan«, begann Sebastian, nachdem er von Leonie die restlichen Karten zurückbekommen hatte, »gehört ein Überblick der literarischen Strömungen im letzten Jahrhundert. Dazu meine erste Frage an euch: Welche deutschsprachigen Werke der klassischen Moderne kennt ihr?«

Schweigen.

»Keinen einzigen Namen?« Damit hatte Sebastian nicht gerechnet, kannte er doch einige Dutzend und deren Werke. »Rainer Maria Rilke, Franz Kafka, Hermann Hesse, Thomas Mann ... schon mal gehört?« Er sah in befremdete Gesichter, deren Ausdruck teilweise etwas Komisches an sich hatte.

Aus seinem Aktenkoffer entnahm Sebastian jene fünf Bücher, die er am Morgen zur Anschauung für die erste Unterrichtsstunde eingesteckt hatte. Obwohl es sich bei allen um Taschenbuchausgaben handelte, hatten sie das Gewicht seines Aktenkoffers nicht unerheblich erhöht. Der einzige Nachteil, der ihm zu Büchern einfiel.

»Das ist ja fast Bodybuilding«, rief Philipp, dessen Stimme Sebastian erkannte, ohne hinzuschauen.

Das andauernde Gelächter, das auf Philipps Zwischenrufe erklang, ging ihm auf die Nerven. Gleichwohl wollte er sich nicht provozieren lassen. »Thomas Mann, ›Die Buddenbrooks‹.« Sebastian legte das achthundertseitige Buch auf das Pult und hielt das nächste hoch. »›Der Steppenwolf‹ von Hermann Hesse.« Nacheinander stellte Sebastian die anderen drei vor: »›Traumnovelle‹ von Arthur Schnitzler, ›Das Urteil‹ von Franz Kafka, und für die Lyriker unter euch habe ich die ›Neuen Gedichte‹ von Rainer Maria Rilke mitgebracht.«

Sebastian sah auf und blickte in das gelangweilte Schweigen, das sich unterdessen im Klassenzimmer ausgebreitet hatte. Lediglich Pia schien den Büchern Beachtung zu schenken. Sie schaute interessiert auf.

»Wir werden in den folgenden Wochen immer wieder Auszüge lesen und über Form und Sprache der Texte diskutieren. Das Ziel dabei ist, dass jeder in der nächsten Klausur eines der Werke interpretieren kann.«

»Können wir uns den Autor selbst aussuchen?«, fragte Pia.

»Natürlich.« Er freute sich ob der ersten aktiven Teilnahme an seinem Unterricht und hoffte für sie, dass die riesigen Löcher in ihren Ohrläppchen wieder zuwuchsen.

»Kafka.«

»Hast du was gesagt, Philipp?«, fragte Sebastian und musterte ihn eindringlich.

»Nö«, gab der schnell zurück.

»Schade. Ich dachte, ich hätte etwas Brauchbares aus deiner Wortmeldung herausgehört.«

»Gut.« Philipp gab einen gackernden Laut von sich. »Ich nehm dann diesen Kafka«, sagte er schließlich.

»Eines dieser Bücher hier zu lesen wäre in der Tat der erste Schritt zu einer Klausur mit mehr als fünf Punkten.« Sebastian lächelte. »Aber warum gerade Kafka? Interpretationen seiner Werke gelten gemeinhin als schwierig.«

»Kann schon sein.« Auch Philipp lächelte jetzt. Er schien seine nächsten Worte auskosten zu wollen. »Aber dafür ist das Teil da wenigstens dünn.«

Allgemeines Gelächter erscholl.

Auch die restliche Unterrichtszeit entwickelte sich wie von Sebastian tags zuvor befürchtet. Er konnte einfach nicht mit pubertierenden Jugendlichen umgehen. Zwar schienen sich tatsächlich einzelne Schüler für Literatur zu interessieren, doch jede aufkommende Diskussion unterbrach Philipp durch dämliche Zwischenrufe. Offensichtlich ging er förmlich auf in seiner Rolle als Klassenkasper.

Mit dem Läuten der Schulglocke eine gute Stunde später hatte Sebastian dann seine erste Doppelstunde als Lehrer hinter sich gebracht. Da eine längere Pause und darauf eine Hohlstunde für ihn anstanden, suchte er nach dem Lehrerzimmer und fand es schließlich im obersten Stock.

In dem Raum, kaum größer als das Klassenzimmer zuvor, herrschte eine drangvolle Enge. Ringsum an den Wänden quollen die Regale über mit Büchern, Heftern, Aktenordnern, losen Papierstapeln und vollgestopften Plastikboxen. Auf der Fensterseite standen drei Schreibtische mit Computern, die allesamt vor sich hin surrten, obwohl niemand daran zu arbeiten schien. Den Großteil des Raumes jedoch nahmen zwei Tischreihen in der Mitte ein, die etwa zwei Dutzend Personen Platz boten. Nur die Hälfte der Stühle war belegt. Berthold Hauer, dessen Gesicht Sebastian sich von den Fotos aus der Ermittlungsakte eingeprägt hatte, war nicht darunter. Dafür entdeckte er Buhl, die seinen Blick mit unverhohlener Feindseligkeit erwiderte.

»Kommen Sie hierher, Herr Franck«, rief da Steinhoff, als sie ihn bemerkte. Sie winkte ihm zu, und erst jetzt registrierte er, dass nicht nur Buhl ihn anstarrte, sondern alle Augen auf ihn gerichtet waren.

Sebastian stellte seinen Aktenkoffer auf einen leeren Stuhl und kam um den Tisch herum.

»Kann ich bitte kurz Ihre Aufmerksamkeit haben?«, wandte sich Steinhoff an ihr Kollegium. »Wie ich Ihnen vorhin schon mitgeteilt habe, ist unser Herr Braunbach auf Rekonvaleszenz. Herr Franck wird ihn in den nächsten Wochen vertreten. Aus eigener Erfahrung weiß ich, dass er die besten Voraussetzungen dafür mitbringt.« Sie schmunzelte kurz. »Er hat sein Germanistikstudium in Göttingen absolviert.«

»Guten Tag.« Sebastian nickte in die Runde und verkniff sich die Berichtigung, dass er das Studium nur partiell absolviert hatte. »Die erste Unterrichtsstunde habe ich schon mal überstanden.«

»Und wie war's?«, fragte ein älterer Mann mit Halbglatze, kariertem Hemd und hellgrüner Cordhose. Er schenkte Kaffee in eine überdimensionale Tasse mit Herzchenmuster ein.

Sebastian rang sich ein höfliches Lächeln ab. »Ehrlich gesagt habe ich es mir genau so vorgestellt.«

»Schwierig?«

Sebastian nickte. »Könnte man so sagen.«

»Da war zu erwarten. Diese K2 ist der bildungsresistenteste

Jahrgang, der mir je begegnet ist.« Er stellte die Glaskanne zurück auf die Maschine und schlürfte an seiner Kaffeetasse.

»Das ist Oberstudienrat Müller, stellvertretender Direktor bei uns.« Steinhoff rollte mit den Augen und sprach erst dann weiter: »Er übernimmt in unserem Kollegium gern die Disziplin des Schwarzsehens. Und ansonsten gibt er Gemeinschaftskunde und Geschichte, unter anderem in der jetzigen K2.«

»Ich sehe nicht schwarz, Frau Steinhoff. Aber für einige in der K2 wäre es besser, die Schulbücher von außen ans Fenster zu halten. Dann wüssten sie wenigstens, was im Unterricht gerade drankommt.« Er schüttelte den Kopf. »Auf dieses Abitur dürfen wir schon gespannt sein.«

»Das wird sich zeigen.« Steinhoff wandte sich wieder an Sebastian. »Ich stelle Ihnen am besten die anderen Kollegen kurz vor. Frau Buhl kennen Sie ja bereits …«

»Das glaube ich nicht«, knurrte die. »Aber er wird mich schon noch kennenlernen.«

Sebastian hatte es geahnt. Die Frau würde Schwierigkeiten machen. Gleichwohl versuchte er, so teilnahmslos wie möglich dreinzuschauen.

Gerade als Steinhoff fortfahren wollte, schwang die Tür auf, und mit großen Schritten trat ein Mann ein, auf den Sebastian gewartet hatte: Berthold Hauer. Obwohl bereits Mitte vierzig, umgab ihn immer noch der Hauch eines halbstarken Revoluzzers. Dazu trugen nicht nur das unrasierte kantige Gesicht, die schulterlangen dunkelblonden Locken und die sportliche Figur bei, sondern vor allem seine Kleidung. Unter der abgewetzten Lederjacke spannte sich ein weißes Knopfleisten-Shirt über der muskulösen Brust. Die verwaschenen Jeans, modisch mit allerlei Löchern und Rissen verziert, steckten in klobigen Biker-Boots. Obwohl er keinen Helm mit sich trug, war er an diesem Morgen zweifellos mit dem Motorrad unterwegs.

Aus den Augenwinkeln sah Sebastian, wie Buhls Haltung und Miene sich schlagartig änderten. Mit durchgedrücktem Rücken drehte sie sich auf ihrem Stuhl Hauer zu und hatte ein Lächeln im Gesicht. Erst als der sie nicht beachtete, sanken ihre Schultern wieder herunter.

»Guten Morgen, Herr Hauer«, begrüßte Steinhoff ihn. »Gut, dass Sie gerade kommen.«

»Ich hab grad wenig Zeit«, sagte der, statt die Begrüßung zu erwidern. »Ich muss für die Matheklausur nachher noch Kopien machen.«

»Das hier ist der Herr Franck.« Steinhoff deutete auf Sebastian. »Es ist sein erster Arbeitstag bei uns, und er vertritt Herrn Braunbach.«

»Ah. Davon wusste ich gar nichts«, gab Hauer zurück, kam einen Schritt auf Sebastian zu und streckte ihm seine Hand von der Größe einer Schaufel hin.

Sebastian ergriff sie, und eine Art Schraubstock drohte für einen Moment seine Finger zu zerquetschen.

»Wir reden später«, sagte Hauer in einem kumpelhaften Ton und marschierte zur Fensterbank, wo Sebastian erst jetzt einen Kopierer entdeckte. Wie Hauers Auftritt stammte das Gerät bestimmt noch aus dem letzten Jahrhundert.

»Tja, so ist er eben, unser Herr Hauer«, sagte Steinhoff mit hörbarem Sarkasmus. »Immer in Eile.«

Während Hauer seine Kopien anfertigte, stellte sie Sebastian den anderen Lehrern vor. Er schüttelte ein gutes Dutzend Hände, prägte sich Gesichter und Namen ein. Zuweilen erriet er gar die Fachbereiche, die sie unterrichteten, bevor Steinhoff diese nannte. Bald konnte er das Kollegium in zwei Gruppen unterteilen. Zum einen die oft jüngeren Lehrer wie Buhl und Hauer, Kumpeltypen und lockere Geschichtenerzähler, die er meist schon an der Kleidung erkannte. Und ebenjene Lehrer vom alten Schlag, gradlinig und eher streng, zu denen gewiss Oberstudienrat Müller und wohl auch die Schuldirektorin Steinhoff gehörten.

Mit dem Klingeln der Schulglocke, die das Pausenende signalisierte, leerte sich auch das Lehrerzimmer. Binnen Kurzem befanden sich neben Sebastian nur noch Müller und Steinhoff im Raum.

»Sie haben jetzt ebenfalls keinen Unterricht?«, wandte Sebastian sich an Steinhoff.

Sie nickte.

»Zeit für einen Kaffee oder Tee?«, fragte Sebastian in der Hoffnung auf ein erstes Gespräch ohne Zeitdruck mit ihr.

»Wir haben eine ausgezeichnete Kaffeemaschine hier.« Steinhoff deutete zu einem relativ neuen Gerät, auf das sie offenbar stolz war.

»Ich wollte mich eigentlich unter vier Augen mit Ihnen unterhalten«, erwiderte Sebastian mit einem Seitenblick auf Müller.

Steinhoff sah auf ihre Armbanduhr. »Ich kann eine halbe Stunde für Sie freischaufeln.«

»Ich hätte auch noch was mit Ihnen zu bereden«, sagte da Müller, bevor Sebastian antworten konnte. Wie zu erwarten, hatte er mitgehört.

»Herr Müller, bitte«, gab Steinhoff mit hörbarem Widerwillen in der Stimme zurück. »Ich weiß, was Sie mit mir bereden wollen, und meine Antwort ist immer noch Nein.«

»Aber es geht um die Abiturvorbereitungen der K2. Ich befürchte, die Resultate der Prüfungen werfen ein schlechtes Licht auf die Schule.«

Steinhoff stieß einen Seufzer aus. »Das haben Sie mir in den letzten Wochen schon ein halbes Dutzend Mal gesagt. Heute übrigens auch schon.«

»Ich kann das nicht oft genug wiederholen. Schlechte Presse hatten wir in den letzten Jahren genug.« Müller brauchte nicht weiterzureden. Schon an der Miene der beiden ließ sich erahnen, was er mit »schlechter Presse« andeuten wollte.

»Das diskutieren wir ein anderes Mal.« Sie nahm Sebastian beim Arm und schob ihn unter Müllers Protestgemurre aus dem Lehrerzimmer.

Draußen auf dem Gang atmete sie geräuschvoll aus. »Ich kann Ihnen gar nicht sagen, wie froh ich bin, wenn unser Herr Müller nächstes Jahr in Pension geht.« Steinhoff fasste sich an die Stirn. »Jetzt haben wir doch glatt wegen ihm den Kaffee vergessen.«

»Eigentlich trinke ich überhaupt keinen Kaffee. Das ist meist Röstkaffee, und da bildet sich Acrylamid.«

»Acrylamid?«

»Ja. Gehört zur chemischen Gruppe der Amide und steht im Verdacht, krebserregend und erbgutschädigend zu sein.«

»In dem Fall«, Steinhoff setzte sich in Bewegung, »gehen wir eben ohne unsere Portion Acrylamid in mein Büro. Ich hätte da auch was Bekömmlicheres für uns.«

Sebastian folgte ihr und saß wenig später erneut auf dem Besucherstuhl, auf dem er schon zwei Stunden zuvor Platz genommen hatte.

Auch Steinhoff ließ sich in ihren Stuhl fallen. Luft entwich wie ein tiefer Seufzer aus dem Polster. Doch statt sich zurückzulehnen, beugte sie sich vor und kramte in ihrem Schreibtisch. Glas klirrte, und im nächsten Moment hielt sie eine Flasche mit einer dunkelbraunen Flüssigkeit in der Hand. Und da wusste Sebastian, was sie unter »Bekömmlicheres« verstand: schottischen Whisky. »Wollen Sie auch einen?«, fragte sie und stellte zwei dickwandige Kristallgläser neben die halb volle Flasche mit dem roten Etikett.

»Nein, natürlich nicht. Ich trinke keinen Alkohol. Erst recht nicht im Dienst.« Wie kam sie überhaupt auf eine derartige Idee? Und vor allem: Wie konnte sie sich nur so gehen lassen?

»Sie denken jetzt sicherlich, wie ich mich nur so gehen lassen kann. Noch nicht einmal zwölf Uhr und schon der erste Drink im Glas. Aber nach zwanzig Jahren in dem Job …« Sie ließ den Rest des Satzes unausgesprochen.

»Natürlich nicht«, log Sebastian. »Ich maße mir keine Kritik dazu an.«

»Kein Kaffee, kein Alkohol.« Steinhoff ließ eines der Gläser im Schreibtisch verschwinden. Erneut klirrte es. Vermutlich bewahrte sie nicht nur eine Flasche in den Tiefen ihres Schreibtischs auf, sondern den Bestand und die Ausstattung einer kleineren Bar. »Was trinken Sie sonst?«

»Wie gesagt, Tee. Und ich bevorzuge grünen Tee aus der Provinz Phongsaly.«

»Provinz Phongsaly.« Steinhoff schraubte den Deckel von der Flasche. »Ich weiß nicht mal, wo das ist.« Sie füllte zwei oder drei Daumen breit Whisky in ihr Glas und stellte die Flasche wieder ab. Der Geruch von Alkohol und Torf stieg ihm in die

Nase. »Der hier stammt aus der Provinz Islay.« Sie grinste und hielt das Glas vor sich hin.

»Phongsaly liegt im Norden von Laos. Die Teeblätter stammen aus Wildwuchs, sind also ohne Dünger oder Spritzmittel.«

»Ah.« Steinhoff lehnte sich zurück, nahm einen kleinen Schluck und stellte das Glas vor sich hin. »Erzählen Sie doch mal von Göttingen. Kennen Sie Professor Friedrich, den blonden Hünen, der problemlos als Siegfried der Drachentöter aus der Nibelungensaga durchgehen würde?«

»Friedrich?« Sebastian durchforstete sein Gedächtnis nach den Namen und Gesichtern seiner Dozenten. Weder ein Professor Friedrich noch ein blonder Siegfried-Darsteller befanden sich darunter. Er schüttelte den Kopf.

»Und Berger, so ein schmächtiger Zwerg mit mehr Haaren in der Nase als auf dem Kopf. Professor für Literaturgeschichte.« Sie lächelte und wirkte dabei weit entfernt. »Er schlich immer in einem karierten Sakko durch die Gänge. Zu meiner Zeit hielt sich das Gerücht, dass er nur zwei davon besaß. Kein Wunder bei seiner Konfektionsgröße, die eher für Kinder bestimmt war.«

Sebastian schüttelte erneut den Kopf. Auch von einem Professor Berger hatte er nie gehört.

Steinhoff seufzte. »Offenbar ist mein Studium doch schon zu lange her. Sie waren über zehn Jahre nach mir dort.«

»Womöglich ja«, gab Sebastian schnell und in der Hoffnung zurück, nicht weiter über seine Zeit an der Georg-August-Universität sprechen zu müssen. Vielleicht würde ihr ansonsten auffallen, dass er lediglich Kurse für die ersten fünf Semester belegt hatte.

Und Steinhoff tat ihm den Gefallen. »Was wollen Sie denn von mir wissen, Herr Franck?«

Ja, wo sollte er beginnen? Vielleicht am besten mit dem, was ihm bereits aufgefallen war. Und da kam ihm als Erstes nicht Hauer, sondern ein anderer Lehrer in den Sinn. »Gehe ich recht in der Annahme, dass Oberstudienrat Müller vorhin mit ›schlechter Presse‹ die Berichterstattung zum Tod von Jasmin Leibrand meinte?«

Steinhoff nickte.

»Das verschwundene Fildermädchen.«

»Fildermädchen.« Steinhoff spie das Wort beinahe aus. »Wenn ich das schon höre.« Als sie nach dem Whiskyglas griff, schien ihre Hand dabei leicht zu zittern. Diesmal nahm sie einen größeren Schluck. »Diese Berichterstattung hat uns in den letzten Jahren vermutlich Hunderte Schüler gekostet. Oder glauben Sie, ein Gymnasium in einer Stadt wie der unseren hätte gerade mal zweihundert Schüler? Nein.« Sie reckte den Kopf. »Mindestens das Doppelte wäre normal. Und das ist geradezu dramatisch. Es bedeutet nämlich auch, dass uns Zigtausende Euros fehlen.«

»Alles wegen Hauer?«

Sie atmete scharf aus. »Würden Sie Ihr Kind auf eine Schule schicken, auf der ein Mordverdächtiger arbeitet? Zumal das Opfer eine Schülerin von ihm war, mit der er ein Verhältnis gehabt haben soll.«

»Nichts davon ist bewiesen.«

Steinhoff zuckte mit den Schultern. »Glauben Sie, das interessiert jemanden?«

So ähnlich hatte Marga es bereits ausgedrückt. Für die Presse war Hauer schuldig. Spätestens, nachdem er verhaftet worden war. »Sie glauben, er hat nichts mit dem Tod von Jasmin zu tun?«

Steinhoff schob ihre Brille zurecht. »Das Glauben habe ich mir inzwischen abgewöhnt.«

»Aber Sie haben bestimmt eine Meinung.«

»Schauen Sie, Herr Franck, in den sechs Jahren, die in der Zwischenzeit vergangen sind, habe ich mir unzählige Male Gedanken gemacht, was damals passiert ist. Und ich bin immer wieder zu dem Schluss gelangt, dass es selten dämlich von ihm gewesen wäre, auf Wiedereinstellung zu klagen, wenn er etwas mit dem Tod von Jasmin zu tun hätte.«

»Vielleicht hat er es gerade deshalb getan, weil das alle denken würden. Um auf diese perfide Art den Verdacht gegen ihn zu entkräften.«

Steinhoff nahm erneut einen Schluck von ihrem Single Malt. »Sie sind der Polizist. Finden Sie es heraus.«

Es war immer das Gleiche, wenn die Schrecken eines Verbrechens weit in der Vergangenheit lagen. Die meisten Menschen machten irgendwann ihren Frieden damit. Und die Bereitschaft, ein weiteres Mal ernsthaft darüber zu sprechen, sank mit jedem Jahr, das verging. Doch genau das war für Sebastian eher Ansporn, weiterzufragen, der Lösung des Falles näher zu kommen. Schließlich würde auch er nie aufgeben, nach dem Mörder seines Bruders zu suchen. Egal wie viele Jahre vergingen.

»Kannten Sie eigentlich Jasmin?«, fragte er.

»Flüchtig.« Steinhoffs Augen wurden schmal, ihr Blick schweifte in die Ferne. »Ich war damals noch nicht Direktorin, sondern Lehrerin in der Mittelstufe und hatte mit ihr nur zu tun, wenn ich als Vertretung eingesetzt war.«

»Und, was für einen Eindruck hatten Sie von ihr?«

»Ein ausgesprochen kluges Mädchen. Und sehr erwachsen für ihr Alter. Aber …« Sie stockte.

»Aber was?«

»Irgendwie kam sie mir immer so vor, als ob das Leben für sie eine Qual wäre.«

»Und was hat ihr das Leben zur Qual gemacht?«

»Ich weiß nicht, ob das die richtige Frage ist.« Steinhoff sah ihm das erste Mal wieder in die Augen.

»Sondern?«

Steinhoff griff nach dem Whiskyglas, leerte es in einem Zug und knallte es auf den Schreibtisch. »Ich denke, Sie sollten besser nach dem Wer und nicht nach dem Was fragen.«

7

Marga benötigte gerade mal einen Anruf beim Einwohnermeldeamt von Hannover, um Amelie Neuburgers Adresse in Erfahrung zu bringen. Die inzwischen beinahe dreißigjährige Zeugin des Banküberfalls vom September 2010 wohnte seit mehr als zwei Jahren in Marburg. Schon allein wegen der Entfernung konnte sie nicht mehr bei der Stadtsparkasse Hannover arbeiten. Für Neuburgers Telefonnummer jedoch benötigte Marga erheblich länger. Zu ihrem Namen existierte keine Festnetznummer in Marburg und den Vorwahlkreisen in der Umgebung. Erst nach einem Anruf bei der Polizeidirektion Marburg-Biedenkopf sowie einer Rückwärtssuche zur aktuellen Adresse erfuhr sie, dass der Festnetzanschluss offenbar auf einen Mitbewohner mit dem italienischen Namen Matteo Padoan angemeldet worden war. Marga tippte auf ihren Lebensgefährten.

Sie griff ein weiteres Mal nach dem Telefonhörer und wählte die Nummer von Padoan.

Nach dem vierten Klingeln nahm tatsächlich jemand ab, und eine weibliche Stimme meldete sich mit einem knappen »Ja«.

»LKA Stuttgart, KHK Kronthaler.«

Offenbar hatte sie einen Volltreffer gelandet, denn am anderen Ende der Leitung war es für einen Moment still. Dann plärrte ein Baby im Hintergrund los.

»Hallo …?« Marga drückte den Hörer fester ans Ohr.

Keine Antwort.

»Frau Neuburger, spreche ich mit Frau Amelie Neuburger?«, fragte Marga lauter.

»Ja«, kam die knappe Antwort zurück und klang alles andere als wohlwollend.

»Störe ich?«

»Ja. Mein Baby schreit«, entgegnete Neuburger, und wie auf Kommando schwoll das Geschrei im Hintergrund an, als hätte Margas Frage den Anlass dafür gegeben.

»Das tut mir leid, Frau Neuburger. Ich fasse mich kurz.« Marga bemühte sich, freundlich zu bleiben. Schließlich wollte sie eine etwaige Befragung nicht bereits von vornherein unnötig erschweren.

»Was wollen Sie?«

»Es geht um …« Marga setzte ab. Plötzlich fehlten ihr die Worte für das, was sie sagen wollte. Lag es daran, dass sie hinter Sebastians Rücken in dessen Leben, in dessen familiärster Angelegenheit herumwühlte? Hatte sie womöglich deshalb ein schlechtes Gewissen?

»Ja?«

Marga entschied sich für eine Notlüge. »Wir haben neue Erkenntnisse zum Banküberfall auf die Stadtsparkasse Hannover vom September 2010.«

Statt einer Antwort von Neuburger drang nur das Geplärre des Babys aus dem Hörer.

Marga fuhr unbeirrt fort: »Aus diesem Grund möchten wir nochmals mit allen damaligen Zeugen reden.«

»Neue Erkenntnisse? Welche denn?«

»Darüber kann ich am Telefon nicht reden. Aber ich würde Sie gern für ein persönliches Gespräch aufsuchen.«

»Persönliches Gespräch? Hier bei mir?«

»Ja, bei Ihnen in Marburg.«

Geplärre im Hintergrund. »Wann?«

»Ich kann jederzeit vorbeikommen. Idealerweise irgendwann in den nächsten Tagen. Wann passt es Ihnen denn?«

»Hm.« Neuburger schnaufte in den Hörer, schien zu überlegen, ob sie überhaupt einen Zeitpunkt nennen sollte. »Irgendwann nachmittags, vielleicht übermorgen?«

»Übermorgen?«, wiederholte Marga einigermaßen erstaunt ob des kurzfristigen Terminvorschlags. »Das kann ich einrichten. Um wie viel Uhr?«

»Um zwei, da bin ich sicher zu Hause. Und die Kleine ist bei meinen Schwiegereltern.«

»Gut. Dann sehen wir uns kommenden Mittwoch um zwei. Bis dahin, Frau Neuburger.« Marga legte auf.

Das Telefonat war besser gelaufen, als sie gehofft hatte. Vielleicht hatte sie ja Glück, und Neuburger konnte sich wie von Erbmann angedeutet mittlerweile besser an die Vorgänge vor sieben Jahren erinnern als direkt nach der Tat. Einen Versuch war es allemal wert. Auch wenn sie dafür nach Marburg zum siebten Geißlein fahren musste, um nach dem Wolf zu fragen.

***

»Ich fürchte, ich verstehe nicht.« Sebastian konnte sich keinen Reim auf Steinhoffs rätselhafte Aussage machen. Hatte sie womöglich bereits zu viel Whisky getrunken?

Die räusperte sich. »Nun ja. Vielleicht hätte man sich damals nicht auf Berthold Hauer als einzigen Verdächtigen festlegen sollen.«

Das war bereits Steinhoffs zweite Andeutung, mit der sie versuchte, den Verdacht von Hauer abzulenken. Wenn er Buhls Blick und die Wiedereinstellung betrachtete, schien Berthold Hauer viele Fürsprecher im Kollegium zu haben – zumindest viele weibliche. »Sondern?«

»Sie wissen nichts davon?« Steinhoff griff nach der Whiskyflasche und goss sich erneut zwei Fingerbreit daraus ins Glas.

»Von was weiß ich nichts?«

Steinhoff nahm einen großen Schluck, stellte das Glas ab und wischte gedankenverloren mit dem Daumen über das Dekor am unteren Rand. »Jasmins Familie. Das sind religiöse Spinner. Besonders der Vater. Matthias heißt er, glaube ich.«

In der Tat, davon hatte Sebastian bisher nichts gehört. Den Ermittlungsakten lagen zwar die protokollierten Aussagen der Eltern Matthias und Erika Leibrand bei, aber keinerlei Beurteilung über deren religiöse Ansichten. »Eine Sekte?«

Steinhoff sah auf. »Zwölf Stämme.«

»Zwölf Stämme?« Vor nicht allzu langer Zeit hatte Sebastian in einem Nachrichtenmagazin einen Bericht über die Sekte gelesen, die immer wieder mit den Behörden in Konflikt geraten war. Die Anhänger sahen sich als bibeltreu in der Tradition des Urchristentums. »Ich dachte, die leben nur in Kommunen?«

»Ja, eigentlich schon.« Steinhoffs Fingernägel krallten sich förmlich in das Dekor ihres Glases. »Inzwischen sind aber einige nach Tschechien umgesiedelt. Andere haben sich losgesagt, als ihnen die Kinder weggenommen werden sollten.«

»Und Jasmins Familie?«

»Hat sich wohl losgesagt.«

»Vor Jasmins Tod?«

Sie nickte. »Das muss einige Zeit davor gewesen sein. Zumindest vordergründig. Vermutlich steht auch deshalb nichts davon in Ihren Akten.«

»Was wollen Sie damit andeuten?«

Steinhoff holte tief Luft und seufzte. »Denken Sie, dass die so mir nichts, dir nichts ihre Glaubensgrundsätze aufgeben und dann mit ihren Kindern ein bürgerliches Leben führen?« Sie deutete auf sich. »Ich nicht.«

Damit hatte Steinhoff vermutlich recht. Soweit Sebastian sich noch an den Artikel erinnern konnte, sollten die Kinder der Sektenmitglieder unbeeinflusst von modernen Strömungen und streng nach biblischen Grundsätzen aufwachsen. Unter anderem lehnten sie den staatlichen Schulunterricht wegen des Sexualkundeunterrichts und der Evolutionslehre ab.

»Vielleicht sollten Sie mal mit Herrn Hauer über Matthias Leibrand reden.«

Sebastian glaubte, sich verhört zu haben. »Mit Berthold Hauer? Warum das denn?«

Steinhoff nickte. »Jasmins Vater und er waren Kommilitonen. Und soviel ich weiß, waren sie auch während ihrer Studienzeit eng befreundet.«

So interessant sich ihr Vorschlag anhörte, aber daran durfte Sebastian nicht einmal denken. »Ich könnte meine Tarnung als Lehrer kaum aufrechterhalten.«

»Dann eben Frau Kronthaler«, gab Steinhoff zurück, und Sebastian kam es inzwischen so vor, als wolle sie nicht nur den Verdacht von Hauer ablenken, sondern zugleich Matthias Leibrand belasten.

»Womöglich ist das eine gute Idee. Ich werde mit ihr über Ihren Verdacht sprechen.« Sebastian nickte. »Wissen Sie eigentlich, ob die Familie Leibrand noch unter der alten Adresse in Aichtal wohnt?«

»Da bin ich mir sogar sicher. Aber das ist nicht direkt in Aichtal, sondern ein Aussiedlerhof rund zwei oder drei Kilometer nördlich davon.«

»Waren Sie schon mal dort?«

Steinhoff schüttelte den Kopf. »Aber ich bin nicht nur Direktorin, sondern auch Lehrerin. Und die Kinder plappern ihren Eltern eine Menge nach.« Ein schwaches Lächeln huschte über ihr Gesicht. »Das ist wie beim Friseur. Eine Tageszeitung zu Hause ist nicht unbedingt notwendig.«

Sebastian erwiderte ihr Lächeln und nahm sich vor, auf dem Nachhauseweg dem Aussiedlerhof bei Aichtal einen Besuch abzustatten.

Steinhoff sah auf ihre Armbanduhr, griff erneut zum Whiskyglas und leerte es in einem Zug. »Tja, die Pflicht ruft«, sagte sie und ließ Glas und Flasche wieder in ihrem Schreibtisch verschwinden.

Sebastian stand auf, sah ebenfalls auf seine Uhr. »Eine Doppelstunde Deutsch bei der 8c. Das ist Frau Buhls Klasse, richtig?«

Steinhoff nickte und nestelte aus ihrer Hosentasche ein kleines Blechdöschen mit Minzpastillen und hielt sie Sebastian hin. »Wollen Sie auch?«

Sebastian verneinte. Er musste keinen Whiskygeruch übertünchen, bevor die nächste Unterrichtsstunde begann, sondern zwei Telefonate führen.

Draußen auf dem Flur nahm Sebastian sein Mobiltelefon zur Hand und rief zuerst Marga im Dezernat an.

Die meldete sich auch relativ schnell. »Und, Herr Franck, haben Sie Spaß als Lehrer?«

»Ich vermute, Ihnen liegt nicht wirklich etwas an einer Antwort auf Ihre Frage«, gab Sebastian zurück. Für Margas Scherze blieb keine Zeit. Die nächste Unterrichtsstunde begann in ein paar Minuten.

»Reagieren Sie doch nicht gleich so eingeschnappt. Ich wollte Sie nur ein wenig aufheitern.«

»Danke, Frau Kronthaler. Aber geben Sie sich keine Mühe, meine Zeit ist im Moment knapp bemessen.« Sebastian stellte seinen Aktenkoffer auf dem Boden ab. Vielleicht hätte er doch die achthundertseitige Ausgabe von »Die Buddenbrooks« zu Hause lassen sollen. »Nichtsdestotrotz kann ich mit Neuigkeiten zu unserem Fall aufwarten.«

»Wie immer zackig, der Herr Franck. Was gibt's denn Neues?«

Sebastian berichtete Marga von Steinhoffs Verdacht gegenüber Jasmins Eltern, deren ehemaliger Sektenzugehörigkeit und dass Berthold Hauer zu Studienzeiten mit Jasmins Vater Matthias befreundet war.

»Und das hat Ihnen die Steinhoff alles heute Morgen schon erzählt?«

»Ja«, raunte Sebastian. Er schaute sich um, ob ihn jemand hören konnte, und fuhr dann noch leiser fort. »Zwischen zwei Gläsern schottischem Whisky.«

»Schottischem Whisky?« Marga blies leise Luft in den Hörer. Vermutlich rauchte sie schon wieder.

»Vielleicht war sie deswegen auch so redselig. Wie dem auch sei, kommen wir zurück zu Hauer.« Sebastian räusperte sich. »Wenn Sie nicht wollen, dass meine Tarnung bereits nach einem Tag auffliegt, sollte ihn jemand anderes, und das so bald wie möglich, zu seiner Studentenzeit mit Leibrand befragen.«

»So bald wie möglich, soso. Und da dachten Sie an mich?«

»Womöglich ergeben sich Anhaltspunkte, dass Jasmins Vater etwas mit dem Tod seiner Tochter zu tun hat.«

Aus dem Telefonhörer drang ein Rascheln. Es klang, als ob Marga nicht nur nebenher rauchte, sondern auch in irgendetwas blätterte. »Okay«, kam es zögernd zurück. »Ich werde schauen, ob ich heute noch Zeit dafür finde. Sonst noch was?«

Sebastian war einigermaßen überrascht, dass sie mit einem Mal so kurz angebunden war. Anderseits gab ihm das bereits jetzt die Zeit für ein weiteres Telefonat. Er verneinte die Frage, beendete das Gespräch und wählte eine weitere Nummer aus dem Dezernat.

»Hallo, Chef«, drang Franziskas Stimme aus dem Hörer, noch bevor er sich überhaupt gemeldet hatte.

»Morgen, Franzi. Ich hab wenig Zeit«, entgegnete Sebastian. »Sie müssen ein paar Dinge für mich herausfinden.«

»Ja?«, kam es erwartungsvoll von ihr zurück.

»Jasmin Leibrands Eltern sollen in früheren Jahren der Sekte ›Zwölf Stämme‹ angehört haben. Ich möchte, dass Sie abklären, ob und wann sie sich davon losgesagt haben.«

»Hab ich notiert, Chef. Sonst noch was?«

»Alles, was Sie sonst noch in Erfahrung bringen können: Einträge in den Polizeiregistern, mit was die beiden ihr Geld verdienen, ihre Finanzsituation, was sie in ihrer Freizeit machen und so weiter. Namen und Adresse finden Sie in der Ermittlungsakte auf meinem Schreibtisch.«

Sebastian legte auf und machte sich auf den Weg zur 8c, der Klasse von Max und Moritz. Seine Begeisterung war schon zu Schulbeginn nicht groß gewesen. Doch inzwischen lag sie nahe am Nullpunkt. Und so tröstete er sich damit, dass eine Doppelstunde bei Achtklässlern nicht ganz so schwierig sein sollte wie in der Kursstufe.

Schon die Lautstärke, mit der sich die Schüler hinter der geschlossenen Zimmertür bemerkbar machten, belehrte ihn eines Besseren. Er atmete tief durch und trat in den Raum. Waren die Kursstufler einfach nur laut, so könnte man diese Klasse als Club der Schreihälse bezeichnen, die nicht still sitzen konnten. Nur wenige der Schüler saßen überhaupt auf ihren Stühlen, einige rannten um die Tische, während andere mit Gegenständen um sich warfen. Er entdeckte Papierkugeln, Stifte, Radiergummis und andere Dinge auf dem Boden, die dort nicht hingehörten. Offenbar war eine Art Schlacht im Gange.

Sebastian knallte die Tür ins Schloss und brüllte: »Ruhe!« Lautes Kindergeschrei war ihm ein Graus.

Wider Erwarten war es plötzlich vollkommen still. Die Kinder, sitzende wie stehende, verharrten wie festgefroren und starrten ihn an. Sebastian verspürte ein winzig kleines Gefühl von Triumph und konnte nur schwer ein Grinsen zurückhalten.

Betont langsam und mit kraftvollen Schritten marschierte er zum Lehrerpult und knallte seinen Koffer auf die Tischplatte. Alle Augen folgten ihm. »Hinsetzen!«

Eilige Schritte, Flüstern und Rascheln drangen an sein Ohr, Sekunden später war es in dem Zimmer wieder so ruhig, dass er nur noch das schnelle Atmen einiger hören konnte. Es ging also doch leiser. Offenbar musste er der Klasse zuerst Anstand beibringen.

Sebastian sah in die Runde. Lauter neugierige Gesichter, die auf ein Wort von ihm warteten. Dann entdeckte er Max, einer von zwei Schülern, die lächelten. In der hinteren Stuhlreihe saß Moritz, immer noch mit der roten Baseballkappe auf dem Kopf. Sein grimmiger Gesichtsausdruck ließ keinen Zweifel aufkommen, was er von Sebastian als Lehrer hielt.

»Moritz, Mütze runter«, rief er ihm zu, »oder ist dir zu kalt?« Sebastian mühte sich um einen strengen Tonfall. Durchaus mit Erfolg, wie er fand. Moritz zog kommentarlos seine Mütze ab, legte sie auf den Tisch.

Aus einer der vorderen Reihen ertönte der Klingelton eines Mobiltelefons. Irgendeine dämliche Hip-Hop-Melodie.

»'tschuldigung«, kam es schnell von einem Mädchen mit blonden langen Haaren und strahlend blauen Murmelaugen. Sie zog ein teuer aussehendes Smartphone aus einem Eastpak-Rucksack, drückte darauf herum und ließ es sogleich wieder verschwinden. »Hab's ausgeschaltet.«

Sebastian beließ es bei einem mahnenden Blick, schaute wieder auf und verschränkte die Arme hinter dem Rücken. »Mein Name ist Sebastian Franck, Franck mit ck. Ich vertrete für die nächsten Wochen Herrn Braunbach in Deutsch.«

Wie bereits in der letzten Unterrichtsstunde klebten die Schüler an seinen Lippen. Im Gegensatz zur Kursstufe jedoch war keinerlei Raunen oder Tuscheln zu hören.

»Laut Lehrplan solltet ihr in der achten Klasse einen Grundbestand an Rechtschreibregeln anwenden und die häufigsten Regeln zur Zeichensetzung befolgen können.«

Ein erstes, kollektives Aufstöhnen ging durch die Reihen.

»Ihr braucht gar nicht so zu jammern. Rechtschreibung und Zeichensetzung sind wichtige Aspekte der deutschen Sprache. Das ist immerhin die Sprache der Dichter und Denker. Deshalb werden wir auch nachher einen kleinen Test machen, damit ich einen Eindruck bekomme, auf welchem Niveau ihr seid.«

Das Gejammere wurde lauter, klang fast so, als hätte er der Klasse mit Folter gedroht.

»Aber zuvor schreibt bitte eure Namen auf die Pappschilder, die ich mitgebracht habe, und stellt sie vor euch auf.« Sebastian nahm einen Stapel Karten aus dem Aktenkoffer, gab sie weiter und beobachtete die Schüler, während sie ihre Namen notierten.

Sebastian wandte sich der Tafel zu, suchte nach einem Stück Kreide und klappte die Seitenteile auf.

»Max sein Pulli stinkt!!!«, stand da in großen Lettern auf der Innenseite.

Sofort erklang dröhnendes Gelächter hinter ihm.

Sebastian fuhr herum. »Wer hat das geschrieben?« Max schien im Erdboden versinken zu wollen.

Das Gelächter verstummte, die Augen der meisten Schüler wanderten beinahe simultan zu Boden. Natürlich wussten alle, wer für das Gekritzel auf der Tafel verantwortlich war. Und Sebastian hatte ebenfalls eine Vermutung.

»Warst du das, Moritz?« Sebastian musterte ihn.

»Wieso ich?«, rief der wild gestikulierend aus. »Und außerdem stinkt der Pulli von dem Opfer wirklich.«

Es war wie immer: Betroffene Hunde bellen. »Weil du sowohl in deiner Antwort als auch an der Tafel den gleichen grammatikalischen Fehler gemacht hast.«

Moritz schaute drein, als hätte Sebastian in einer fremden Sprache geantwortet.

»Los, komm vor, an die Tafel. Wenn du den Satz fehlerlos und natürlich mit deinem Namen schreiben kannst, werde ich Frau Steinhoff nichts von deiner Prügelei heute Morgen erzählen. Ansonsten gibt's wohl ein paar Tage Schulverweis.«

Moritz sah sich um, machte jedoch keinerlei Anstalten, aufzustehen.

»Wird's bald?«

Moritz murrte, setzte ein überhebliches Lächeln auf und kam dann tatsächlich von seinem Stuhl hoch.

Mit schlurfenden Schritten trat er vor die Tafel. Er zog seine Baggy Jeans hoch, nahm dann ein Kreidestück zur Hand und schrieb »Moritz« unter das Wort »Max«. Er drehte sich um und grinste in Richtung der Klasse.

»Nicht schlecht«, sagte Sebastian. »Immerhin reichen deine Rechtschreibkenntnisse schon mal für den eigenen Namen.«

Moritz schrieb den Rest des Satzes, fügte die drei Ausrufezeichen an und zog dann seine Jeans hoch. »Aber mein Pulli stinkt nicht.«

»Es geht nicht um den Pulli. Schon mal was vom Wes-Fall, dem zweiten Fall, gehört?«

»Ist das der mit dem s hinten?« Seine Stimme klang plötzlich nicht mehr so selbstsicher.

Sebastian seufzte. »Das könnte man so sagen. Dieser Fall wird übrigens auch als Genitiv bezeichnet.«

Moritz wischte das »sein« mit der Hand aus, machte einen Apostroph hinter das »z« in seinem Namen und fügte ein »s« an. Er wandte sich an Sebastian und grinste noch breiter.

»Und das bezeichnet man als Idioten-Apostroph.« Sebastian deutete mit dem Kinn auf die Tafel.

Moritz' Mundwinkel fielen nach unten. »Wieso das denn?«

»Genitiv-s immer ohne Apostroph.«

Moritz wischte den Apostroph weg, sah zu Sebastian.

Der schüttelte den Kopf.

»Zusammen halt.« Die ersten Schweißperlen tauchten auf Moritz' Stirn auf. Allmählich schien er die Lust an seinem Auftritt zu verlieren.

»Auch nicht.« Wenn es nicht so erschreckend wäre, dass Moritz nicht einmal in der Lage war, den Genitiv für seinen eigenen Namen zu bilden, hätte Sebastian Freude daran gehabt, dieses Spiel noch eine Weile weiterzutreiben. So nahm er ihm die Kreide aus der Hand, wischte das s weg und setzte einen Apostroph hinter »Moritz«.

Der neigte den Kopf und sah ihn von unten herauf an. Seine Augen blitzten böse. »Aber Sie haben doch gerade gesagt: ohne Apostroph.«

Sebastian seufzte. Moritz war ein hoffnungsloser Fall. »Bei

der Kennzeichnung des Genitivs von Namen, die auf s, z und x enden, ersetzt der Apostroph das Genitiv-s.« Er legte die Kreide zurück. »Setz dich.«

Moritz stapfte davon, diesmal ohne sich um seine Hose zu kümmern, die immer weiter Richtung Knie rutschte.

»Ach ja«, rief Sebastian ihm nach. »Und *ein* Satzzeichen am Ende eines Satzes ist völlig ausreichend. Wir sind hier nicht bei Facebook.«

Er wandte sich an die Klasse. »Jetzt habt ihr gesehen, wie wichtig Rechtschreibung ist. Es sind ein paar einfache Regeln, die es zu befolgen gilt.«

Niemand sagte etwas.

»Gut, dann beginnen wir jetzt mit dem angekündigten Test. Ich hab hier einen Text, den ich diktieren werde. Achtet auf meine Aussprache. Rechtschreibfehler einen Fehlerpunkt, Zeichensetzung einen halben.«

Kurze Zeit später hatten alle Schüler ein leeres Blatt vor sich liegen, einen Stift in der Hand und sahen erwartungsvoll zu ihm auf.

Sebastian hatte sich einen eigenen Text zusammengestellt. Die Textvorschläge aus dem Schulplan für die achte Klasse erschienen ihm zu trivial.

Nach einer halben Stunde hatte er das Diktat beendet, und Sebastian meinte, das Aufatmen in der Klasse zu hören. Er ließ die Blätter einsammeln und erkannte schon nach einem ersten Überblick, dass einige ihr Papier mit sehr vielen roten Anmerkungen zurückbekommen würden.

Den Rest der Doppelstunde ließ Sebastian reihum einen Text aus dem Deutschbuch vorlesen. Auch hier würde es viel zu tun geben; für seinen Geschmack ließ auch die Lesekompetenz zu wünschen übrig. Mit dem Klingeln schließlich stürzten sich die Schüler förmlich aus dem Zimmer. Auch er packte zusammen. Da tauchte Max neben ihm auf.

»Willst du nicht in die Pause?«, fragte Sebastian und war ebenfalls froh, seinen ersten Tag als Lehrer bald überstanden zu haben.

Max schüttelte den Kopf. »Aber Sie waren vorhin echt cool, Herr Franck.«

»Cool? Was meinst du?«

»Na, dass Sie Moritz an die Tafel geholt haben. Der ist so ein blöder Trottel.«

»Hättest du es denn gewusst?«

»Das mit dem Genitiv-s?« Max zögerte einen Augenblick zu lange. »Natürlich.«

»Du schwindelst.« Sebastian musste lächeln. »Ich seh's dir an der Nase an.«

»Manchmal muss man schwindeln. Sonst nehmen einen die anderen nicht für voll.«

»Tatsächlich?«

Statt zu antworten, warf Max ihm einen langen Blick zu.

»Ist noch was, Max?«

Der druckste herum. »Hatten Sie früher eigentlich viele Freunde in der Schule?« Erst jetzt fiel Sebastian auf, dass Max' Gesicht einen traurigen Ausdruck angenommen hatte. Kopf und Schultern hingen gleichermaßen herunter.

»Viele?« Sebastian benötigte einen Moment, um eine Antwort zu finden. »Ich weiß nicht. Aber bestimmt so einige.« Diesmal war er es, der geschwindelt hatte. Seine sogenannten Klassenkameraden waren keine Freunde gewesen. Er hatte ihnen lediglich Nachhilfe gegeben.

8

Eine gute Viertelstunde später saß Sebastian in seinem Wagen auf dem Weg zu Leibrands Aussiedlerhof. Im Gegensatz zu ihm kannte das Navigationsgerät lediglich die Straße zur Adresse. Egal, einen Bauernhof mit der Hausnummer eins würde er schon finden. Er musste nur lange genug suchen. Zumal das Wetter eine angenehme Fahrt versprach. Nach dem viel zu kalten Morgen sorgte die Sonne mit ihrer Kraft inzwischen dafür, dass die Temperaturen bei rund zwanzig Grad lagen. Und so ließ er das Verdeck des Mercedes Roadster herunter und genoss den fast sommerlichen Fahrtwind an diesem frühen Nachmittag.

Es herrschte ungewöhnlich wenig Verkehr, und bald lag die Stadtgrenze hinter ihm. Sebastian wunderte sich immer wieder, wie schnell sich um Stuttgart dicht besiedeltes Gebiet mit ländlichen Gegenden abwechselte. In grünen und hellbraunen Rechtecken dehnte sich die Filderhochebene bis zum Horizont aus, oft unterbrochen von grauen Asphaltstreifen. Darüber wölbte sich der wolkenlose Himmel wie ein hellblauer Schild. Schon kurz nach Aichtal leitete ihn das Navigationssystem auf eine offenbar seit Jahren vernachlässigte Straße, und je näher er seinem Ziel kam, desto enger und schlechter wurde diese. Daran hatte er zuvor nicht gedacht. Schon die Bezeichnung »Aussiedlerhof« hätte ihn darauf hinweisen können, dass der Anschluss ans Straßennetz rückständig war. Und noch immer zeigte das Display auf dem Armaturenbrett zwei Komma zwei Kilometer bis zur richtigen Straße an.

»Sie haben Ihr Ziel erreicht«, verkündete die Stimme des Navigationssystems, als er nach rund fünf Minuten auf eine Kreuzung traf, von der drei Wege abzweigten. Eine davon, mehr ein Feldweg denn eine Straße, trug tatsächlich den richtigen Namen. Und dort am Horizont entdeckte er auch einige landwirtschaftliche Gebäude, die aus der Entfernung jedoch verlassen wirkten. Was hatte er sich da nur vorgenommen?

Er lenkte seinen Wagen auf den Feldweg. Lang konnte es ja nicht mehr dauern. Doch bald löste eine Schotter-Sand-Schicht die ohnehin schon schwer lädierte Teerdecke der Fahrbahn ab. In den Schlaglöchern stand noch schmutzig braun der Regen der letzten Tage. Reifenspuren von Traktoren hatten tiefe Furchen hinterlassen, weshalb sich schon bald erste Dreckspitzer auf Kotflügel und Motorhaube verteilten. Und wie seine Felgen aussahen, wollte Sebastian gar nicht wissen.

Die Fahrt zog sich in die Länge. Erst nachdem er drei weitere Kilometer in Schrittgeschwindigkeit den Schlaglöchern und Spurrillen ausgewichen war, passierte er das offene Gatter eines Bretterzauns. Der Feldweg endete vor den drei Gebäuden, die er schon aus der Ferne gesehen hatte. Weit und breit gab es keine anderen Bauernhöfe. Er musste Leibrands Aussiedlerhof erreicht haben.

Sebastian steuerte seinen Mercedes um eine Drecklache von der Größe eines kleineren Tümpels herum. Vor dem größten der Gebäude, offenbar einem Wohnhaus, ließ er den Wagen ausrollen und das Verdeck zugleiten. Auf einem Bauernhof konnte man nie wissen, was alles so frei herumlief. Nicht dass er sich nachher noch mit einem Tier oder, weit schlimmer, dessen Hinterlassenschaft auf den roten Ledersitzen herumquälen musste.

Das Geräusch des Verdeckmotors verstummte, und ihn überkam ein seltsames Gefühl. Es dauerte einige Augenblicke, bis er herausfand, woran es lag. Auf dem Hof herrschte eine geradezu unwirkliche Stille. Keine Maschine lärmte, weder der Laut eines Tieres noch ein menschliches Geräusch drangen an seine Ohren. Nur das Klappern einer Tür oder eines Fensters und das Zirpen von Grillen waren zu hören.

Sebastian stieg aus und umrundete den Mercedes. Es war, wie er befürchtet hatte. Dreckspritzer überzogen die Karosserie, und wenn er es nicht besser gewusst hätte, würde er eine Rallyefahrt vermuten. Er betätigte die Zentralverriegelung und schaute sich um.

Der Eindruck aus der Ferne hatte nicht getäuscht. Leibrands Aussiedlerhof wirkte nicht nur verlassen, sondern auch heruntergekommen. Wind wehte Heu und Papierfetzen über eine brüchige Betonschicht, die früher wohl den gesamten Bereich zwischen den Gebäuden bedeckt hatte. Grasbüschel und Gestrüpp hatten den Kampf gegen den Beton längst gewonnen. Allenthalben wucherte das Grünzeug kniehoch und schien als Nächstes den Treppenaufgang und die Außenwände in Besitz nehmen zu wollen. Die allermeisten Fenster des Wohnhauses waren entweder zerbrochen, blind oder hingen einfach nur schief herunter. An zahlreichen Stellen lag der Putz in fladengroßen Stücken vor der Hauswand und hatte das darunterliegende Mauerwerk samt ergrauten Stützbalken freigelegt.

Zwischen Wohnhaus und den beiden anderen Gebäuden rostete ein Uralt-Traktor vor sich hin, dessen platte Reifen nur noch halb auf den Felgen hingen. Sebastian sah zwei blecherne Badewannen, daneben einen wirren Haufen Rohre und Dutzende andere Gegenstände aus Metall, von denen er die meisten nicht einmal benennen konnte. Das Gelände wirkte wie ein Endlager jahrelanger, aber zwischenzeitlich außer Kontrolle geratener Altmetallsammlungen.

Die anderen beiden Gebäude, offenbar eine Scheune und ein Stall, sahen noch baufälliger aus als das Wohnhaus. Türen, Fenster sowie Dutzende Dachziegel fehlten komplett. Spätestens jetzt war Sebastian davon überzeugt, keine Tiere auf dem Hof anzutreffen, und er fürchtete schon, dass auch keine Menschen mehr hier wohnten. Doch dann entdeckte er durch die fehlende Scheunentür hindurch einen VW Taro voller Rostflecken, dessen Auslieferungsfarbe in den neunziger Jahren Weiß gewesen sein musste. Soweit er von seiner Position aus sehen konnte, war die Ladefläche des Pick-ups leer. Der Wagen verfügte über gültige Kennzeichen, und die Fahrspuren am Boden vor der Scheune zeugten davon, dass er erst kürzlich bewegt worden war. Sebastian prägte sich die Autonummer ein und marschierte in Richtung Wohnhaus, immer darauf bedacht, dem gröbsten Dreck am Boden aus dem Weg zu gehen.

Die massive Eingangstür stand einen Spalt offen. Auch sie hatte die besten Tage längst hinter sich. Sebastian würde jede Wette eingehen, dass sie sich nicht mehr richtig verschließen ließ. Kein Briefkasten, keine Klingel verriet etwas über den Namen der Bewohner. Er schirmte sein Gesicht mit den Händen ab und spähte durch eines der Fenster. Die verschmutzte Glasscheibe, Spinnweben und ein halb durchsichtiges Stück Stoff, offenbar der Vorhang, verwehrten ihm jedoch den Blick nach innen.

Er klopfte an die Tür: viel zu leise. Er nahm die Faust, hämmerte dagegen.

Niemand reagierte.

Noch einmal donnerte er mit der Faust gegen das Türblatt. Langsam, beinahe wie in Zeitlupe, schwang die Tür nach innen auf und gab dabei ein knarrendes Geräusch von sich. Sofort drang ihm der Geruch nach Feuchtigkeit und Moder in die Nase. Sebastian kniff die Augen zusammen, starrte in das Halbdunkel, das sich scheinbar endlos vor ihm auftat. Es kam ihm beinahe so vor, als ob er vor einem langen Tunnel stand. Nur langsam nahm der Raum dahinter Gestalt an, ein niedriger schmaler Flur, der an einer Treppe vorbei in die völlige Schwärze führte.

Er schob den Kopf etwas vor. »Hallo!«

Keine Reaktion.

Sebastian machte einen Schritt nach vorne. Zum Geruch nach Moder gesellte sich der nach Schimmel und etwas, das er im Moment nicht zuordnen konnte. Er beugte sich ganz durch die Türöffnung hindurch und schrie, so laut er konnte: »Hallo! Ist jemand zu Hause?«

Wieder keine Antwort.

Sollte er eintreten?

Er hatte keinen Durchsuchungsbeschluss.

Dann doch besser gehen?

Sebastian ließ seinen Blick ein weiteres Mal über das Gelände schweifen. Weit und breit war niemand zu sehen, der Hof wirkte verlassen. Nur sein Mercedes Roadster passte nicht an diesen verwaisten Ort. Und wenn er die Dreckspritzer auf dem Lack betrachtete, wusste er, dass er die Fahrt hierher nicht mehr so schnell wiederholen würde. Zumindest nicht mit seinem Auto.

Ein weiteres Mal musterte er die Tür und das verrostete Schloss. Nichts deutete darauf hin, dass in der letzten Zeit hier jemand abschlossen hatte. Womöglich war der Aussiedlerhof schon seit Jahren nicht mehr bewohnt. Oder er stand vorm falschen Eingang.

Sebastian hielt mit der Hand die Nase zu, trat vorsichtig ein und tastete sich nur mit seinen Augen vorwärts. Rechts des Treppenaufgangs gingen zwei Türen ab. Beide geschlossen. Eine dritte Tür am Ende des Flurs dagegen stand halb offen. Das wenige Licht reichte immer noch nicht aus, um zu erkennen, was sich im Raum dahinter verbarg. Er nahm die Hand herunter und machte den ersten vorsichtigen Atemzug. Der undefinierbare Geruch, den er schon an der Eingangstür bemerkt hatte, war stärker geworden. Trotzdem konnte er ihn immer noch nicht zuordnen.

»Hallo!«, rief er abermals und ging langsam voran. »Herr Leibrand?«

Bei jedem Schritt knarrten die fleckigen Holzdielen unter seinen Füßen. Wie von selbst wurden seine Schritte zögernder, während sich die Augen allmählich an das wenige Licht gewöhnten. Von einem Wandkreuz, das durch seine Größe auch in einer Kirche hätte hängen können, starrte ihn eine Jesusfigur ohne Arme an. An den ehemals weißen Wänden am Treppenaufgang kroch schwarzer Schimmel empor. Der fremdartige Geruch jedoch kam nicht nur vom Moder, der in der feuchten Luft lag. Es roch eher süßlich-abgestanden, stammte vielleicht von Pflanzen, die vor sich hin rotteten. Und mit einem Mal wusste Sebastian, was es war: der Geruch von Fäulnis.

***

Eigentlich hatte Marga überhaupt keine Zeit, sich auf die Befragung von Berthold Hauer vorzubereiten. Sie hatte bisher weit weniger als die Hälfte der Ermittlungsakte zum Überfall auf die Stadtsparkasse Hannover und Daniel Francks Tod durchgearbeitet. Aber wenn sie sich nicht an den Ermittlungen im Fildermädchen-Fall beteiligte, würde Sebastian schnell Verdacht schöpfen, dass sie sich mit etwas anderem beschäftigte. Und er würde keine Ruhe geben, bis er wusste, womit.

Berthold Hauer, der Name war damals in aller Munde gewesen. Marga konnte sich noch gut an die zahllosen Artikel in den Zeitungen erinnern. Schon kurz nachdem bekannt geworden war, dass Jasmin ein Verhältnis mit Hauer gehabt haben sollte, wurde er von der Klatschpresse in die Nähe einer Täterschaft gerückt. Zuerst endeten die Schlagzeilen noch mit Fragezeichen, später fielen auch die weg. Eine Illustrierte hatte gar mit privaten Fotos, an den Haaren herbeigezogenen Beweisen und erfundenen Indizien versucht, den Nachmittag ihres Verschwindens zu rekonstruieren. Artikel über das Fildermädchen versprachen damals eine hohe Auflage.

Der schlimmste Tag für Berthold Hauer musste allerdings jener Sonntagmorgen gewesen sein, als ihn Polizeibeamte medienwirksam vor seinem Haus in Handschellen abführten. Damals schon kursierte die Vermutung, dass der Termin den Medien zugespielt worden war. Erst mit dem Alibi von Pauline Arendt und der anschließenden Entlassung aus der Untersuchungshaft verlor auch die Presse das Interesse an Berthold Hauers vermeintlicher Täterschaft.

Marga schrak auf, als sie mit einem Mal Cem vor ihrem Schreibtisch bemerkte. Er kaute auf einer Butterbrezel herum, während seine schwarzen Knopfaugen durch den Raum huschten.

»Heilandsack!«, entfuhr es ihr. »Können Sie nicht anklopfen?« Sie klappte die grellgelbe Aktenmappe zu. »Sonst sind Sie doch auch nicht so stürmisch.«

Cem Akay, Kriminalkommissar beim Dezernat T.O.M., ähnelte nur auf den ersten Blick seinen anatolischen Vorfahren. Besonders wenn er sich wie heute mit Jeans und rot-schwarz kariertem Flanellhemd kleidete, war sein Migrationshintergrund geradezu unsichtbar. Das einzig Türkische neben seinem Namen schien der enorme Bartwuchs zu sein. Mit seiner kleinen, eher rundlichen Statur wirkte er behäbig und gutmütig. Auch seine Sprechgeschwindigkeit samt schwäbischer Dialektfärbung trug nicht unbedingt dazu bei, ihn als agilen Zeitgenossen zu kennzeichnen. Doch spätestens mit seinem Elvis-Auftritt war Marga klar geworden, dass Cem nur vermeintlich zur gemächlichen Sorte Mensch gehörte. Offensichtlich war eher das Gegenteil der Fall. Und auch wenn er Schlussfolgerungen nicht sofort zum Ausdruck bringen konnte oder wollte, so besaß er doch eine blitzschnelle Auffassungsgabe.

Cem unterbrach das Kauen. »Aber ich habe angeklopft.« Im nächsten Augenblick hefteten sich seine dunklen Augen unter den raupenartigen Brauen auf den Aktendeckel.

Marga lehnte sich vor und versuchte, einen möglichst großen Teil mit ihren Unterarmen zu bedecken.

»Das da«, Cem deutete mit dem Kinn auf ihren Schreibtisch, »ist doch eine Akte aus Niedersachsen.«

Verdammt. Marga versuchte, sich arglos zu stellen. »Wie kommen Sie darauf?«

Cem stopfte den Rest seiner Brezel in den Mund und wischte sich die Krümel vom Kinn. Es klang wie Schleifpapier, obwohl er sich garantiert am Morgen noch rasiert hatte. »Bei dem Wappen kann sie wohl kaum aus Baden-Württemberg stammen. Das ist doch das Sachsenross.«

»Tatsächlich?« Marga ahnte schon im Ansatz, dass er ihr die gespielte Gleichgültigkeit nicht abnehmen würde.

»Warum liegt die denn bei uns?« Cem schob den Kopf vor, gab sich keine Mühe, seine Neugier zu verbergen.

»Das geht Sie schon mal gar nichts an«, entgegnete sie. Es klang schroffer, als sie beabsichtigt hatte.

Cem gab sich unbeeindruckt von ihrem Tonfall. »Ist das ein Amtshilfeersuchen?«

»Nein.« Nur keine Diskussion aufkommen lassen.

»Raub mit Todesfolge, Stadtsparkasse Hannover.« Über Cems Stirn zogen sich tiefe Falten. »Aber da kommt doch unser Herr Franck her.«

»Da müssen Sie sich irren.« Sie fühlte sich ertappt. Ertappt von ihrem eigenen Mitarbeiter. Bereits am zweiten Tag, den sie sich mit dem Tod von Sebastians Bruder beschäftigte, wusste Cem mehr, als ihr lieb sein konnte. Marga drehte die Aktenmappe um. »Was wollen Sie eigentlich von mir? Sollten Sie nicht irgendwelche Akten heraussuchen oder so?«

Cem druckste herum. »Franzi ist vorhin weggefahren«, kam es schließlich zögernd von ihm.

»Sind Sie jetzt unter die Petzen gegangen?«

»Ich petze nicht.« Er machte ein ernstes Gesicht. »Aber sie hat gesagt, dass sie ein paar Dingen nachgehen muss.«

»Nachgehen? Ja und? Sie ist Polizistin.«

»Franzi ist noch in der Ausbildung. Ich mache mir Sorgen, wenn sie so allein da draußen Nachforschungen anstellt.« Cems Worte klangen ehrlich. »Herr Franck kann ja nicht dabei sein, wenn er verdeckt im Humboldt-Gymnasium ermittelt.«

»Ich werde mit ihr reden, versprochen. Und mit Herrn Franck natürlich auch. Sobald die beiden zurück sind.« Um Franziska machte sie sich weit weniger Sorgen als um Sebastian.

Cem nickte. »Ich dachte, Sie sollten das wissen.«

»Jetzt weiß ich's ja.« Marga griff nach der Aktenmappe, verstaute sie in ihrer Schreibtischschublade und schloss ab. Sie hievte sich aus dem Sessel. »Ich muss mich jetzt auf eine Befragung vorbereiten. Und die Akten liegen drüben, bei Herrn Franck im Büro.«

Marga wartete, bis Cem durch die Tür verschwunden war, und stapfte dann über den Gang in Sebastians Büro, das gewiss den Preis für die schönste Einrichtung im Dezernat verdient hätte. Kein Wunder, mit Ausnahme des Schreibtischs sowie des Bürostuhls hatte er alles aus eigener Tasche bezahlt. Bis heute wollte sie sich nicht festlegen, ob sie das arrogant oder klug finden sollte. Sebastian hatte nie ein Wort darüber verloren, und vermutlich war es ihm einfach nur egal. Bei der Bonzenfamilie, aus der er stammte, brauchte er sich bestimmt keine Sorgen um Geld zu machen. Ganz im Gegensatz zu ihr, die jeden Euro zweimal umdrehen musste. Nach der Scheidung wäre ansonsten das Haus längst weg.

Wie immer wirkte Sebastians Büro sauber, fast pedantisch aufgeräumt. Alles lag perfekt geschichtet, aufgereiht oder ausgerichtet da. Marga konnte sich nicht vorstellen, wie er es schaffte, sein Büro, in dem er sich beinahe täglich von morgens bis abends aufhielt, derart ordentlich zu verlassen. Offenbar führte er vor dem Nachhausegehen einen Rundgang samt Reinigung durch. Sie hingegen ließ meist alles dort stehen und liegen, wo sie es zuletzt verwendet hatte. Zumal sie sich sicher war, dass es auch beim Aufräumen eine Art Jo-Jo-Effekt ähnlich wie beim Abnehmen gab.

Nicht so bei Sebastian. Die Bücher in den weiß lackierten Holzregalen an der rechten Wand schienen auf den ersten Blick alphabetisch, nach den Namen der Autoren, sortiert. Nicht der kleinste Staubkrümel haftete auf dem Bildschirm des LCD-Fernsehers, der auf dem Sideboard stand. Daneben parallel ausgerichtet DVD-Player, ein Tablet und zwei Fernbedienungen. Bei ihr zu Hause sammelte sich in der Nähe des TV-Schranks täglich so viel Staub, dass sie ihn wegpusten konnte. Marga würde jede Wette eingehen, dass der Inhalt seiner Schränke und der des Schreibtischs vor dem Fenster ebenfalls perfekt angeordnet waren. Genauso wie die vier orangenen Kissen auf der Couch neben der Tür, die Sebastian wohl als Schlafstätte benutzte, falls er, wie Cem vor einigen Tagen angedeutet hatte, im Büro übernachtete.

Die vier gerahmten Bilder über der Couch hatte sie bisher noch nicht bemerkt. Mit den Motiven konnte sie nichts anfangen, irgendetwas Abstraktes, Modernes mit blassen Farben, vielleicht Bereiche eines menschlichen Körpers. Offenbar eine neue Anschaffung von ihm oder ein Geschenk seines Vaters, dem ehemaligen Inhaber der Hannoveraner »franck & franck galeries d'art«. Alle vier Bilder hingen exakt im gleichen Abstand nebeneinander. Marga konnte nicht widerstehen. Mit dem Daumen schob sie die Ecken der beiden mittleren Bilder etwas zur Seite, sodass die Rahmen nicht mehr parallel zueinander verliefen.

Eine Reihe von drei Tischen vor der anderen Wand diente als Ablageplatz für Ordner. Davor ein Flipchart sowie ein zwei Meter langes emailliertes Whiteboard mit einigen Bildern. Ohne den Namen zu lesen, erkannte Marga auf einem Schwarz-Weiß-Foto Jasmin Leibrand als dreizehn- oder vierzehnjähriges, etwas pummeliges Mädchen. Obwohl sie bei dem Verbrechen fast volljährig gewesen war, hatte die Polizei damals keine aktuellere Aufnahme auftreiben können. Es gab schlicht keine. Gleichwohl würde sich auch heute noch jeder an ihr Gesicht erinnern, wie an das von Berthold Hauer, dessen Foto danebenhing. Schließlich waren genau diese beiden Bilder monatelang durch die Presse gegangen.

Die anderen Fotos gehörten fraglos ebenfalls zum Filder-mädchen-Fall, obwohl sie nur drei der Namen kannte: die Eltern Matthias und Erika Leibrand sowie Pauline Arendt, die inzwischen mit Berthold Hauer verheiratet war. Weiter rechts hingen die Fotos von zwei Männern und zwei Frauen mittleren Alters, die ihr schon aufgrund von Aussehen und Kleidung suspekt vorkamen. Die Männer unterschieden sich lediglich in der Länge ihrer Zottelbärte, die Frauen in der Farbe ihrer geflochtenen Haarkränze. Sie könnten dem Umfeld der Sekte zuzurechnen sein, über die Steinhoff am Morgen mit Sebastian gesprochen hatte.

Am unten Rand des Whiteboards hingen fünf Fotos, die aus verschiedenen Perspektiven alle dasselbe zeigten: die Fundstelle von Jasmins Kleidung in der Nähe des Jägerhauses im Sauhag. Sie registrierte das blutgetränkte T-Shirt mit den Einstichen im Brustbereich, die Jeanshose, ebenfalls mit Blutflecken, und die Unterwäsche.

Marga wandte sich den Aktenordnern auf den Tischen dahinter zu. Die mit »H« gezeichnete Hauptakte, die bei allen Tötungsdelikten chronologisch als roter Faden geführt wurde, umfasste sechs volle Leitz-Ordner, die Spurenakte sogar acht. Doch ihr Interesse galt den Personenakten, auf deren Rückenschild ein großes »P« prangte. Davon gab es lediglich zwei. Marga ergriff beide Ordner und marschierte damit zurück in ihr Büro.

Sie schaffte Platz auf ihrem Schreibtisch und klappte die beiden Ordner nebeneinander auf. Das erste Inhaltsverzeichnis listete Aussagen von Jasmins Vater sowie einiger Schüler auf. Der zweite Ordner umfasste Aussagen der Lehrer samt der von Berthold Hauer. Marga blätterte zu seiner ersten von drei Aussagen, die zwei Tage nach Jasmins Verschwinden aufgenommen worden war, im Zuge der routinemäßigen Lehrerbefragung. Zu diesem Zeitpunkt waren die Ermittler noch von dem klassischen Fall eines ausgerissenen Teenagers ausgegangen. Entsprechend unterschied sich auch Hauers Aussage kaum von denen der anderen.

Die zweite, schon deutlich umfangreichere Aussage stammte aus der Zeit, nachdem Jasmins blutgetränkte Kleidung gefunden worden war. Zum ersten Mal gingen die Ermittler von einem Tötungsdelikt aus, und Berthold Hauer wurde beschuldigt, etwas mit Jasmins Tod zu tun zu haben.

Auf die Frage, wann er Jasmin zuletzt gesehen habe, antwortete der Verdächtige zuerst, dass er sich nicht mehr erinnern könne, später jedoch verstrickte er sich bei derselben Frage in Widersprüche. Schließlich gab er zu, sie nach der Schule am Tag ihres Verschwindens getroffen zu haben, um mit ihr einige schulische Dinge durchzusprechen. Dummerweise gab er bei jeder Wiederholung der Frage eine andere Zeit an. Inzwischen konnte die Tatzeit durch die Blutrückstände an den Kleidungsstücken auf ein paar Stunden genau bestimmt werden. Die wurde zwar zu diesem Zeitpunkt noch als Täterwissen zurückgehalten, stimmte allerdings mit einer von Hauer genannten Zeit überein. Gleichwohl hatte er an diesem Tag noch Glück, dass ihn der Haftrichter aufgrund seines festen Wohnsitzes und des gefestigten sozialen Umfelds laufen ließ.

Die dritte Aussage wiederum stammte aus der Zeit nach Hauers Verhaftung. Sie war weniger umfangreich als die zweite, was hauptsächlich seinem rechtsanwaltlichen Beistand geschuldet war. Öfter, als es gut für ihn war, machte Hauer von seinem Aussageverweigerungsrecht Gebrauch und ließ fast jede Gelegenheit aus, sich zu verteidigen. Lediglich den Vorwurf der Tötung seiner Schülerin Jasmin Leibrand wies er mit aller Macht von sich.

Alle drei Aussagen brachten Marga nicht weiter. Wenn sie die Namen geschwärzt hätte, wären sie kaum von einem halben Dutzend anderer Verhöre zu unterscheiden gewesen. Somit blieb noch Pauline Arendts Aussage im anderen Ordner.

Auf den ersten Blick sprach nichts dafür, dass das Alibi nicht stimmte. Besonders wenn man in Betracht zog, dass nur die ermittelnden Beamten die Tatzeit kannten. Und natürlich Berthold Hauer sowie sein Anwalt, die während der letzten beiden Verhöre damit konfrontiert worden waren.

Nicht jedoch Pauline Arendt zum Zeitpunkt ihrer Aussage.

Es sei denn, sie hatte nach Hauers und vor ihrer Aussage Kontakt zu ihm gehabt. Was im Laufe einer Untersuchungshaft jedoch als schwierig galt. Für jeden Besuch bedurfte es einer gerichtlichen Erlaubnis, die im Voraus beantragt werden musste und meist nur für Angehörige ausgestellt wurde. Eine Erlaubnis wiederum hatte den Vorteil, dass sie auch noch nach Jahren leicht nachzuverfolgen war.

Sie benötigte weniger als fünf Minuten sowie einen Anruf beim Archiv der Justizvollzugsanstalt Stuttgart, um zu wissen, dass genau eine solche Erlaubnis für Pauline Arendt ausgestellt worden war. Und zwar zwei Tage vor ihrer Aussage zu Hauers Alibi. Unverständlich, warum die Ermittler dieser Auffälligkeit damals nicht nachgegangen waren.

Sebastian hatte mal wieder den richtigen Riecher gehabt. Wenn sie den Fildermädchen-Fall aufklären wollten, führte der Weg über die Tatzeit und das alles entscheidende Alibi von Pauline Arendt.

9

Sollte er weiter den Flur entlanggehen oder die Treppe hinauf in den nächsten Stock nehmen? Sebastian lauschte in die Stille. Nur das leise rhythmische Klappern, das er schon von draußen wahrgenommen hatte, drang an seine Ohren. Dann ein Knarren. Verdammt. Was, wenn sich doch jemand im Haus befand? Womöglich jemand, der überhaupt nicht hierhergehörte. Er hatte nicht einmal seine Waffe dabei, um sich notfalls zu verteidigen. Schließlich hätte er ja schlecht mit einer Pistole im Holster in der Schule aufkreuzen können.

Inzwischen bereute Sebastian seinen Entschluss, Leibrands Aussiedlerhof einen Besuch abzustatten. Und deshalb würde er auch nicht die Treppe nehmen, sondern wieder gehen, nachdem er einen kurzen Blick in den Raum mit der halb offen stehenden Tür geworfen hatte.

Sebastian erreichte das Ende des Flurs und lauschte erneut. Nichts. Allerdings war der abgestandene, faulige Geruch mittlerweile so stark geworden, dass er keinen Zweifel hegte, woher der stammte: aus dem Raum vor ihm.

Mit der Fußspitze drückte Sebastian die Tür auf. Auch sie schwang langsam und knarrend nach innen. Sofort schlug ihm eine wahre Wolke aus Gestank entgegen, sodass er unwillkürlich den Atem anhielt. Staubpartikel tanzten in den Sonnenstrahlen, die durch die Schlitze der hohen Fensterläden hereinfielen. Trotz des wenigen Lichts schimmerte und funkelte es über seinem Kopf. Erst auf den zweiten Blick erkannte er den Grund dafür: Dutzende Kruzifixe in unterschiedlichen Größen baumelten an Schnüren von der Zimmerdecke. Er entdeckte Kreuze aus Holz und Metall, manche schlicht, andere kunstvoll verziert, mit und ohne Jesusfigur. Ein bizarrer Anblick, der Sebastian an das Funkeln von Juwelen erinnerte.

Ringsum auf dem Boden und beinahe mannshoch stapelten sich derart viele Kartons, Körbe und Plastiktüten, dass dazwischen gerade mal Platz für einige schmale Gänge blieb. Und im nächsten Augenblick wurde Sebastian klar, was den fauligen Geruch verursachte. Das Zeug, das hier gelagert war – alte Zeitungen, Schuhe, Stoff- oder Kleidungsstücke, Polster, Plastikflaschen und zahllose andere Dinge, die er unmöglich sofort erfassen konnte –, verströmte den Geruch einer Müllkippe. Offenbar diente der Raum als Aufbewahrungsort für all das Gerümpel, das schon allein wegen der Witterung nicht draußen beim Altmetall lagern konnte.

Ein knarrendes Geräusch ließ Sebastian zusammenzucken. Er fuhr herum. Vor ihm stand eine hochgewachsene Gestalt, deren Gesicht im Halbdunkel des Flurs nur schemenhaft zu erkennen war. Der Mann trug ein schneeweißes Oberhemd, zugeknöpft bis zum Kragen, das genauso wenig zu der blauen fleckigen Latzhose passte wie die feinen Lederschuhe. Trotz der ausgebeulten Brusttasche, die aussah, als wäre ein Tennisball darin verstaut, schlotterte seine Kleidung an dem dürren Körper. Er verharrte reglos wie eine Statue. Am meisten jedoch irritierte Sebastian das Klappmesser in der rechten Hand. Trotz des wenigen Lichts blitzte die blanke Klinge auf und zeigte in seine Richtung. Ein verstörender Anblick, der ihm einen Schauer über den Rücken jagte.

Mit einem Mal kam Bewegung in den Mann. Er straffte die Schultern und drückte den Rücken durch. »Was machen Sie hier?«, kam es mit einem Krächzen von ihm.

»Oberkommissar Franck«, beeilte Sebastian sich zu sagen. In Anbetracht des Messers wollte er jedes Missverständnis von vornherein ausschließen. »Ich bin vom LKA Stuttgart und möchte zu Matthias Leibrand.«

»Weshalb?« Die Klinge des Messers schien mit einem Mal näher, bedrohlicher. Auch kam es Sebastian so vor, als ob der Mann den Schaft noch fester umklammerte, womöglich in der Absicht, blitzartig zuzustechen. Trotz der Gefahr registrierte er die schmutzigen Fingernägel.

»Hallo, Chef«, hörte Sebastian plötzlich eine Stimme, die ihm bekannt vorkam.

Er riss den Kopf herum. Im grellen Licht, das durch die Eingangstür drang, stand Franziska. Ihre Anwesenheit wirkte in diesem Moment und an diesem Ort so irreal, dass er für einen Augenblick zu träumen glaubte.

Die Hand mit dem Messer sank herunter, die Klinge klappte zu und verschwand im Griff. Erleichtert atmete Sebastian aus. Er konnte sich des Eindrucks nicht erwehren, dass Franziskas Gegenwart den Mann von dem abhielt, was auch immer er vorgehabt hatte. Aber wieso tauchte sie plötzlich hier auf? Und woher wusste sie überhaupt, dass er sich hier befand?

Das würde er später klären. Der Mann mit dem Messer musste nicht wissen, dass er eigentlich allein gekommen war.

»Wir haben ein paar Fragen«, sagte Sebastian schließlich so beiläufig wie möglich.

»Fragen? Was für Fragen?« Der Mann drängte sich an Sebastian vorbei und knallte die Tür zu seiner Müllhalde zu. Sofort ließ der faulige Gestank nach.

Als er sich wieder umdrehte, fiel Licht auf sein glatt rasiertes Gesicht mit den kurzen struppigen Haaren, die wirkten wie selbst geschnitten. Sie verliehen dem Mann in Verbindung mit dem breiten froschartigen Mund einen eher einfältigen Ausdruck. Und sogleich wusste Sebastian, wer da vor ihm stand. Schließlich hing das Foto dieses Mannes seit Wochen in seinem Büro, wenn auch dort um zehn bis fünfzehn Kilo schwerer: Matthias Leibrand.

Der legte den Kopf schief und starrte Sebastian aus rot unterlaufenen Augen an. Seine Wangen über dem breiten Mund wirkten eingefallen, und zahlreiche Runzeln durchzogen die Stirn wie eine Art Netz.

»Sie sind doch Matthias Leibrand«, sagte da Franziska neben ihm. Diesmal hatte sie blonde Extensions als Strähnen in ihren Haaren. Es sah ein bisschen aus wie dunkle Schokolade mit Milchcremefüllung. »Jedenfalls sehen Sie so aus wie der Typ auf dem Foto in Matthias Leibrands Akte.«

»Das geht Sie nichts an.« Leibrand hob die Hand mit dem Messer wieder an. Mit einem Schnappen klappte die Klinge heraus und rastete ein.

Instinktiv machte Sebastian einen schnellen Schritt zurück. Aus den Augenwinkeln bemerkte er, dass Franziska es ihm gleichtat. »Hey, hey. Bleiben Sie ruhig.« Er versuchte, ihn mit einer Geste zu beschwichtigen. »Wir wollen nur reden.«

Wortlos und mit versteinerter Miene kramte Leibrand mit der anderen Hand in der Brusttasche seiner Latzhose und förderte einen Apfel zutage. Das war also der Grund für die Beule: kein Tennisball, sondern ein bräunlich-grüner, schon etwas verschrumpelter Apfel.

Diesmal war es Franziska, die erleichtert aufatmete.

»Was wollen Sie von mir?«, fragte Leibrand und stach unnötig kraftvoll mit dem Messer neben den Apfelstiel. Er legte den Daumen auf die Klinge, trennte den Stiel ringsum vom Fruchtfleisch, bis der zu Boden fiel.

»Es geht um Ihre Tochter Jasmin«, fuhr Sebastian fort und ließ das Messer nicht aus den Augen.

Leibrand setzte an einer anderen Stelle an und begann die Schale mit der Klinge ringsum abzulösen. »Meine Tochter ist tot«, sagte er, ohne aufzuschauen.

»Ich weiß«, entgegnete Sebastian. »Und genau deswegen wollen wir mit Ihnen reden. Wir suchen noch immer denjenigen, der dafür verantwortlich ist.«

»Ich hab schon Dutzende Male mit der Polizei gesprochen.« Ein Schalenkringel löste sich vom Apfel und fiel zu Boden. Leibrand setzte das Messer ein weiteres Mal an.

»Ist Ihre Frau auch da?«, fragte Franziska.

Leibrand sah auf, die Klinge rutschte ab und hinterließ einen Schnitt in der Mitte seiner Handfläche. Blut trat aus. Doch es schien ihn nicht zu interessieren. »Nein«, gab er knapp zurück.

Sebastian war doch einigermaßen überrascht, warum Franziska Leibrands Frau angesprochen hatte, noch mehr allerdings von dessen Reaktion.

Erneut drückte Leibrand die Klinge ins Fruchtfleisch. Diesmal jedoch so heftig, dass es spritzte und seine Hand zu zittern begann.

Franziska schien nicht einverstanden mit der knappen Antwort. »Was ist mit Ihrer Frau?«

»Das geht Sie nichts an«, sagte er, während ein weiterer Schalenkringel zu Boden fiel.

»Lassen wir das.« Sebastian warf Franziska einen strafenden Blick zu und wandte sich wieder an Leibrand. »Sprechen wir über die ›Zwölf Stämme‹.«

Sebastian hätte von ihm eine energische Reaktion erwartet. Doch Leibrand sagte nur: »Von dem Verein habe ich mich schon lange losgesagt.« Er schnitt ein Stück vom Apfel ab und ließ es in seinem riesigen Mund verschwinden.

»Das wissen wir bereits. Aber es gibt Stimmen, die glauben, dass Jasmins Tod etwas damit zu tun haben könnte.«

»Mit was zu tun?«

»Stellen Sie sich nicht so dumm. Wir können Sie auch zu einer Befragung mit ins Dezernat nehmen.«

Leibrand schien unbeeindruckt von Sebastians Drohung, jedenfalls zeigte er keinerlei Reaktion.

»Der Hof hier eignet sich bestimmt ganz gut, um in einer Art Kommune zu leben. Ein Stall, in dem man Tiere halten kann, Felder und eine Scheune für die Ernte, alles, was man so zur Selbstversorgung braucht. Und in diesem Fall wäre Jasmin inmitten dieser, wie soll ich sagen … Sektenmitglieder … aufgewachsen.«

»Was wollen Sie damit andeuten?«

»Machen wir uns doch nichts vor, Herr Leibrand. Die ›Zwölf Stämme‹ sind nicht unbedingt dafür bekannt, dass sie sich an die Gesetze halten. Sie sind in der Vergangenheit des Öfteren mit den Behörden in Konflikt geraten, unter anderem auch wegen Kindesmisshandlung.«

»Das interessiert nicht mehr.«

Sebastian seufzte. Entweder verbarg Leibrand etwas, oder er hatte mit dem Kapitel tatsächlich abgeschlossen. »Haben nun Mitglieder der Sekte ›Zwölf Stämme‹ hier in einer Art Kommune gelebt oder nicht?«

»Das ist schon lange her.«

»Also ja?«

»Ja.« Leibrand schob sich ungerührt ein zweites Stück Apfel in seinen Froschmund.

»Und bis wann?«

»Als im Jahr vor Jasmins Tod die Ernte eingebracht war, haben sie alles zusammengepackt und sind dann nach Tschechien übergesiedelt.«

»Alle?«, fragte da Franziska. »Und Ihre Frau?«

»Was haben Sie eigentlich immer mit meiner Frau?« Bis auf das Kerngehäuse hatte Leibrand inzwischen den gesamten Apfel zerschnitten und aufgegessen.

»Weil ich weiß, dass sie nicht mehr hier wohnt«, antwortete Franziska. »Wissen Sie, wohin sie gezogen ist?«

Leibrand steckte sich das Kerngehäuse in den Mund und kaute darauf herum. Das sah bei ihm beinahe so aus wie bei einer wiederkäuenden Kuh. »Versuchen Sie es irgendwo an der Schweizer Grenze.«

Sebastian seufzte. »Geht das auch etwas genauer?«

»Nein. Ich habe keine Ahnung.« Leibrand schüttelte den Kopf. »Wirklich nicht.«

Es war das erste Mal, dass Sebastian ihm eine Antwort sogleich glaubte. »Kann ich Sie fragen, warum Sie sich getrennt haben?«

»Fragen ja.« Leibrand zog seinen Froschmund noch breiter, was wohl ein Lächeln darstellen sollte. »Für die Antwort müssen Sie zu Erika gehen.«

Sebastian kam Steinhoffs Bemerkung in den Sinn. Sie hatte Jasmins Vater als einen religiösen Spinner bezeichnet. War das der Grund für die Trennung? »Wie dem auch sei. Kommen wir nochmals zu den ›Zwölf Stämmen‹ zurück. Sagen wir, ich glaube Ihnen, dass Sie sich losgesagt haben. Fällt Ihnen unter den Sektenmitgliedern jemand ein, dem Sie zutrauen, Jasmin etwas angetan zu haben?«

Leibrand klappte das Messer zusammen und verstaute es in der Brusttasche seiner Latzhose. Er runzelte die Stirn, schien tatsächlich nachzudenken. »Sie dürfen nicht alles glauben, was in den Medien stand. Wir waren eine friedliebende Kommune. Und niemand hat Jasmin etwas angetan.«

»Keine Prügelstrafe, keine körperliche Züchtigung?« Er glaubte den Medien mehr als diesem verwahrlosten, sperrigen Typen.

Leibrand hob das Kinn. »Ich denke nicht, dass mir gefällt, wie Sie mit mir reden.«

»Das ist mir völlig egal«, gab Sebastian nicht ohne Trotz zurück. »Sollte ich herausfinden, dass Sie uns belügen, kommen wir mit einem Haftbefehl wieder.«

Leibrand sah an Sebastian vorbei und begann dann mit seltsam feierlicher Stimme zu reden. »Sag nicht: Ich will das Böse vergelten, vertrau auf den Herrn. Er wird dir helfen.«

»Meiner Erfahrung nach tut er das nicht.«

»Gott hat einen Plan.«

»Falls dem so sein sollte, wie kommen Sie darauf, dass es ein guter Plan ist?«

Leibrands Lippen umspielte ein Lächeln, das Nachsichtigkeit signalisierte. »Sie glauben also nicht an einen gerechten Gott?«

»Die vier physikalischen Grundkräfte und der gesunde Menschenverstand stehen mir ehrlich gesagt näher.« Sebastian hatte kein Interesse, sich auf eine Diskussion über Glaube und Religion einzulassen. Er war noch nie gläubig gewesen, und spätestens mit Daniels Tod hatte er gänzlich damit abgeschlossen. Zugleich aber wollte er Leibrand nicht verletzen. Vielleicht hatte ihm sein Glaube geholfen, über den Verlust seiner Tochter hinwegzukommen.

»Wir arbeiten all die Stunden, die Gott uns schenkt, und am Ende verlieren wir den Durchblick. Aber Ihren Glauben, den dürfen Sie nie verlieren.« Leibrand presste die Lippen aufeinander und nickte bedächtig wie im Gebet.

Sebastian musste das Gespräch wieder auf das Wesentliche lenken. »Haben Sie eigentlich noch Kontakt zu Ihrem früheren Kommilitonen Berthold Hauer?«

»Zu Berthold? Nein.«

»Glauben Sie, was damals herumerzählt wurde, dass er ein Verhältnis mit Ihrer Tochter hatte?«

»Das kann nicht sein.«

Eine Antwort, die Sebastian so oder so ähnlich erwartet hatte. Aus den Augenwinkeln sah er, wie Franziska den Kopf hob und Leibrand musterte. »Kann nicht oder durfte nicht?«

Dessen Gesicht verfinsterte sich. »Jasmins Freundin, diese Pauline, hat sie vom richtigen Weg abgebracht. Trotz allem, Jasmin war ohne Sünde, sie war unbefleckt.«

»Unbefleckt?« Franziskas Frage klang mehr nach einem bedrohlichen Knurren. Sebastian sah ihr an, dass sie sich kaum zurückhalten konnte.

»Warum reden Sie so verächtlich? Wollen Sie nicht auch irgendwann das Ehegelübde ablegen? Es muss das Bestreben jeder Frau sein, dem Mann, den sie heiratet, ihre Jungfräulichkeit zu schenken. Das hat Gott so gewollt.«

»Genau.« Franziska gab einen Laut der Empörung von sich. »Und wenn Gott will, dass Sie kleine Mädchen anfassen, dann tun Sie das auch.«

»Blödsinn. Aber Sie«, ein abfälliges Lächeln, das beinahe von Ohr zu Ohr reichte, trat auf sein Gesicht, »brauchen sich da sicherlich keine Sorgen zu machen.«

»Was wollen Sie damit sagen?« Franziskas Augen verengten sich zu schmalen Schlitzen.

»Mit dem vielen Metall in Ihrem Gesicht und der Kleidung, die Sie tragen, schaut Sie eh kein Mann an.«

»Bei Männern wie Ihnen bin ich auch ganz froh darüber.« Franziska spie ihm die Worte beinahe ins Gesicht. »Lesen Sie's von meinen Lippen ab.« Sie deutete auf ihren Mund und formte zwei stumme Silben, die leicht als das Wort »Arschloch« zu erkennen waren. Dann wandte sie sich ab und stapfte mit wütenden Schritten in Richtung Eingangstür davon.

Vielleicht war es doch besser, dass sie draußen wartete. Sebastian wandte sich wieder an Leibrand. »Wer hat den Kontakt mit Berthold Hauer eigentlich abgebrochen?«

»Ich.«

»Und warum?«

»Wegen dieser kleinen Hexe.«

»Kleinen Hexe? Sie meinen Pauline Arendt?«

Leibrand nickte. »Sie war es, die damals das Gerücht in die Welt gesetzt hat, Jasmin hätte mit Berthold ein Verhältnis.«

»Und warum hätte Sie das tun sollen?«

Leibrand zuckte mit den Schultern. »Um Jasmin und Berthold auseinanderzubringen. Sie ist ja, gleich nachdem sie mit der Schule fertig war, zu ihm gezogen.«

Und hat ihn inzwischen geheiratet, ergänzte Sebastian in

Gedanken. Falls es tatsächlich beide Teenager auf Hauer abgesehen hatten, waren sie schlicht Konkurrentinnen gewesen. Womit es neben Hauer und Jasmins Vater noch jemanden mit einem Eins-a-Motiv gab.

»Sonst noch was?«, fragte Leibrand. »Ich hab vorhin noch ein paar Dinge zusammengetragen und muss das Zeug gleich noch reinigen. Sonst stinkt's hier drinnen.«

Sebastian glaubte zwar nicht, dass der Gestank noch schlimmer werden konnte, aber er hatte tatsächlich keine weiteren Fragen. Er verabschiedete sich von Mattias Leibrand und marschierte zur Eingangstür.

Draußen lehnte Franziska mit verschränkten Armen und einem mürrischen Gesicht an der Tür ihrer Pink Lady.

»Ich habe den Eindruck«, sagte Sebastian, »dass Sie mit Jasmins Vater Ihren persönlichen Favoriten unter den Verdächtigen ausgemacht haben.«

»Zuerst hab ich ja gedacht, vielleicht hat der Gestank da drinnen die Gehirnzellen von Mister Arschloch beeinträchtigt. Aber der tickt wirklich so.«

»Was diesen Punkt betrifft, haben Sie recht«, entgegnete Sebastian. »Leibrand ist in der Tat ein unangenehmer Zeitgenosse.«

»Am liebsten würde ich Mister Arschloch ununterbrochen eine reinhauen.« Noch immer schien Franziska sich nicht beruhigen zu wollen.

»Wie dem auch sei. Aber ich denke, er hat seine Tochter geliebt und nicht getötet.« Sebastian blickte zurück zum Haus. Die Tür war inzwischen wieder angelehnt. Hinter einem der Fenster im zweiten Stock, einem der wenigen unbeschädigten, bewegte sich für einen Moment der Vorhang. »Aufschlussreich hingegen könnte ein Gespräch mit seiner Ex-Frau werden. Sofern wir herausbekommen, wo sie wohnt. Zur Fahndung können wir sie ja schlecht ausschreiben.«

Franziska nickte. »Ich schau mal, ob ich etwas über ihren Aufenthaltsort herausfinden kann.«

»Dann ist da noch Pauline Arendt, Jasmins ehemalige Freundin. Leibrand hat uns mit ihr möglicherweise eine neue Verdächtige geliefert. Ich kann mich des Eindrucks nicht erwehren, dass sie in dem Fall eine größere Rolle spielt, als nur Hauers Alibi zu sein. Deshalb würde ich mich gern mit ihr unterhalten.«

»Und warum tun Sie's nicht?«

»Das geht nicht so einfach.«

Franziska runzelte die Stirn. »Wieso?«

»Sie wohnt mit Hauer zusammen, ist mit ihm verheiratet. Sobald ich dort aufkreuze, ist meine Tarnung hin.«

»Aber ich könnte das doch für Sie übernehmen.« Franziska löste sich von der Fahrzeugtür.

Sebastian lächelte. »Ich denke, Frau Kronthaler sollte das tun. Sie will schon Hauer befragen.«

»Ah.« Franziska konnte ihre Enttäuschung nur schwer verbergen. »Übrigens, Chef, der Tatort ist hier in der Nähe, keine fünf Kilometer entfernt. Wollen Sie nicht mal schauen? Sie haben da doch dieses Dingens, können sich diese krassen Sachen vorstellen, die andere nicht sehen.«

Daran hatte Sebastian selbst schon gedacht. Er brauchte die Bilder, die Eindrücke möglichst nah am Ort des Geschehens. Als Kind hatte er sich oft gefürchtet, sobald die Bilder kamen. Heute kontrollierte er diese im Fachjargon auch *visual imagery* genannte Wahrnehmung ohne Sinnesreize. In seinem Kopf spielte sich dann Vergangenes derart realistisch ab, dass er dem Geschehen folgen konnte wie in einem Film. »Das bringt mich allerdings zu der Frage: Was machen *Sie* hier eigentlich, Franzi?«

»Sie haben mich angewiesen, alles über Matthias Leibrand herauszubekommen.«

»Ja schon. Aber ich dachte da an Recherchearbeit von Ihrem Schreibtisch im Dezernat aus.«

»Ich hab auch recherchiert, Chef.« Franziskas Lächeln kam zurück. »Beim Einwohnermeldeamt, sogar bei der Arbeitsagentur. Und der Mitarbeiter, der vor Jahren für Erika Leibrand zuständig war, hatte wohl Bock auf ein längeres Gespräch. Er hat mir erzählt, dass bei ihr Leistungsmissbrauch vermutet wurde.«

»Leistungsmissbrauch?«

»Nun ja, die Adresse laut Melderegister ist die hier, aber

alle Anschreiben blieben unbeantwortet, und auch Vorladungen kam sie nie nach. Sie haben dann einfach die Hartz-IV-Zahlungen eingestellt. Niemand hat sich beschwert.« Auch Franziska sah jetzt zur Eingangstür. »Da wollte ich einfach mal vorbeifahren und nachschauen …«

»Das hätte ich Ihnen nie genehmigt.«

»Deswegen hab ich auch gar nicht erst gefragt.« Franziska ließ ihr Piercing zwischen den Schneidezähnen aufblitzen. »Als ich dann auch noch Ihr Auto und die offene Tür gesehen habe, Sie aber nirgends waren, musste ich schon aus Pflichtgefühl in die Bruchbude reinschauen. Da hab ich dann Mister Arschloch mit dem Messer gesehen.«

Sebastian atmete erleichtert aus, spürte erst jetzt, wie angespannt er gewesen war. »Ist ja noch mal gut gegangen.« Er wusste selbst, dass dies nur ein Teil der Wahrheit war. In Anbetracht von Leibrands Messer hatte Franziska womöglich etwas verhindert, an das er gar nicht denken wollte.

10

Südlich der Bundesautobahn 8, rund fünf Kilometer östlich des Stuttgarter Flughafens, lag das größte zusammenhängende Waldgebiet der Filderhochebene. Seit der Sauhag, so der typisch schwäbische Name, in den frühen siebziger Jahren als Landschaftsschutzgebiet ausgewiesen worden war, erfreute es sich großer Beliebtheit bei der Bevölkerung. Rund zwei Dutzend Wanderwege, Jogging- und Radstrecken durchzogen beinahe acht Quadratkilometer Waldfläche. Die schiere Größe in Verbindung mit der Unübersichtlichkeit des Geländes boten fast unendliche Möglichkeiten, eine Leiche für immer verschwinden zu lassen. Diese Erfahrung hatten auch die damaligen Ermittler machen müssen. Als Jasmin Leibrands blutgetränkte Kleidungsstücke gefunden worden waren, verlief die Suche nach ihrer Leiche trotz einer Hundertschaft Polizisten erfolglos.

Für einen Augenblick hatte Sebastian mit sich gerungen, ob er überhaupt seinen Wagen für die Fahrt in den Sauhag nehmen sollte. Schließlich versprach ein Waldgebiet mit Forstwegen nicht unbedingt bessere Straßenverhältnisse als die Anfahrt zu Leibrands Aussiedlerhof. Doch er konnte unmöglich seinen Wagen irgendwo stehen lassen und Franziska dann bitten, ihn mitzunehmen. Und außerdem war der Mercedes Roadster bereits jetzt reif für eine Fahrzeugwäsche.

Franziska kannte den Weg zu einem Parkplatz nahe der Fundstelle der Kleidungsstücke und fuhr voraus. Sebastian folgte ihr, obwohl es kaum eine Geschwindigkeitsbeschränkung gab, die sie nicht mindestens um zehn Stundenkilometer überschritt. Auch Vorfahrtsregeln oder Überholverbote verstand sie eher als gut gemeinten Ratschlag denn als Vorschrift. Sie passierten zwei oder drei Dörfer, die trotz ihrer geringen Größe vom Verkehr nahezu überflutet wurden.

Hinter einer Kapelle, am Rand des nächsten Dorfes, führte ein geteerter Weg einen Hügel hinauf, direkt auf ein Waldgebiet zu. Sebastian rechnete schon damit, dass auch dieses Sträßchen unvermittelt in einen geschotterten Feldweg überging. Doch diesmal schien es beim geteerten Fahrbahnbelag zu bleiben, und das, obwohl sie bald von Wald umgeben waren. Stellenweise wuchsen die Bäume derart dicht, dass deren Kronen eine Art Dach über der Straße bildeten. Schnell sank die Temperatur um einige Grad, und Sebastian ließ das Verdeck seines Wagens zugleiten.

Schilder kündigten das Ende des Zufahrtweges an, und bald darauf erreichten sie einen Wanderparkplatz, zugleich die letzte Wendemöglichkeit vor einer rot-weißen Schranke. Der geschotterte Bereich war mit rund einem Dutzend Autos, einige davon mit Fahrradträgern auf dem Dach, bereits gut gefüllt. Offenbar hatten sich die ersten Spaziergänger und Radfahrer nach dem Feierabend eingefunden. Franziska stellte ihren Wagen neben einem schwarzen BMW-Kombi ab, Sebastian fand einen Parkplatz auf der gegenüberliegenden Seite.

Vielleicht sollte er zuerst Marga anrufen und sie über die neueste Entwicklung informieren. Schließlich wollte sie demnächst Berthold Hauer befragen. Sebastian tastete die Taschen seiner Jacke nach dem Mobiltelefon ab: nichts; ebenso in den Hosentaschen. Er inspizierte den Beifahrersitz. Auch dort lag kein Telefon. Verdammt! Möglicherweise hatte er es auf Leibrands Aussiedlerhof verloren. So etwas war ihm noch nie passiert.

Die Beifahrertür ging auf, und Franziskas Kopf erschien. »Was ist, Chef?«

»Mein Telefon. Ich kann es nicht finden«, gab Sebastian zurück. Ein weiteres Mal tastete er seine Jacken- und Hosentaschen ab.

»Ist es das hier?« Franziska beugte sich weiter herein und hielt plötzlich sein Smartphone in den Händen. Sie lächelte.

»Ja, aber …«

»Es hat hier gesteckt.« Franziska deutete auf den Spalt zwischen Beifahrersitz und Mittelkonsole. »Muss wohl beim Einsteigen reingerutscht sein.«

»Danke.« Sebastian nahm das Telefon entgegen. »Sie können

gern hier im Wagen warten. Ich muss nur noch kurz im Dezernat anrufen.«

Franziska ließ sich auf den Beifahrersitz fallen. »Geile Karre«, sagte sie und schien mit ihren Augen jeden Zentimeter des Innenraums zu verschlingen. Sie strich mit der Hand über das Leder des Armaturenbretts, dann die Innenverkleidung auf der rechten Seite.

»Freut mich, dass Ihnen der Wagen gefällt.« Sebastian drückte die Wahlwiederholung.

»Haben Sie Hauer schon vorgeladen?«, fragte er, nachdem Marga sich gemeldet hatte.

»Ich lade ihn nicht vor, sondern fahr nachher einfach bei ihm vorbei. Das liegt zwar nicht auf meinem Heimweg, aber ich hab heute nichts anderes mehr vor. Und unangekündigte Besuche bei alten Kunden haben sich immer bewährt.«

»Tatsächlich?«, entgegnete Sebastian doch überrascht, dass Marga so schnell seiner Bitte nachkommen wollte.

Ein leises Surren vom Beifahrersitz drang an seine Ohren. Franziska spielte an der elektrischen Sitzverstellung herum.

Er beobachtete sie aus den Augenwinkeln und berichtete Marga von Leibrands Verdacht gegenüber Jasmins ehemaliger Freundin Pauline Arendt. »Ich denke, das sollten Sie wissen, bevor Sie Hauer befragen.«

»Ich weiß nicht«, gab Marga zurück. »Wieso sollte Pauline Arendt das Gerücht um Hauers Verhältnis zu Jasmin überhaupt in die Welt setzen?«

»Das hab ich mich zuerst auch gefragt. Aber Jasmins Vater meint, dass Pauline seiner Tochter schaden wollte. Und das wohl schon eine Weile. Er hat sie sogar als Hexe bezeichnet.«

Franziskas hatte ihren Sitz inzwischen so weit nach hinten gefahren, dass sie die Beine waagerecht ausstrecken konnte.

»Sie hätte damit auch Hauer geschadet.« Ein skeptischer Unterton schwang in Margas Stimme mit.

»Nun, in Ermangelung eines besseren Wortes würde ich die beiden wohl als Rivalinnen bezeichnen. Und ich denke, es liegt im Bereich des Möglichen, ein derart falsches wie böses Gerücht in die Welt zu setzen, nur um eine Rivalin auszustechen.

Besonders in dem Alter, in dem sich die beiden damals befanden.« Sebastian registrierte, dass Franziska ihre Rückenlehne mittlerweile fast in Schlafposition gestellt hatte. »Oder haben Sie etwa den Eindruck, das fällt nicht unter Motiv?«

»Ich denk drüber nach«, kam es zwei Atemzüge später aus dem Hörer. »Vielleicht ist ja zwischen den beiden Mädchen etwas schiefgelaufen.«

»Boah ey, voll der geile Scheiß«, rief da Franziska aus. Sie machte das surrende Geräusch des Elektromotors nach und spielte weiter an den Tasten der Sitzverstellung.

»Ist Franziska bei Ihnen?«, fragte Marga sogleich.

»Ja.« Sebastian wandte seinen Kopf nach rechts und seufzte. »Und sie nimmt gerade meinen Wagen auseinander.«

Die Rückenlehne fuhr langsam wieder in die vertikale Position. Franziska lächelte dabei wie ein kleines Kind vor dem Weihnachtsbaum.

»Himmelarsch. Was macht sie denn bei Ihnen?«

Ein glücklicher Zufall, hätte er am liebsten geantwortet. »Sie sollte etwas für mich eruieren«, entgegnete er stattdessen.

»Dann haben Sie ihr die Anweisung gegeben, Nachforschungen im Außendienst anzustellen?« Es klang mehr nach einem Vorwurf als nach einer Frage.

Was sollte er antworten? Sebastian ließ einige Sekunden verstreichen. »Nachforschungen ja – Außendienst nein«, gab er schließlich zurück.

»Mein lieber Scholli.« Marga hob ihre Stimme. »Beachten Sie für die Zukunft, dass Franziska noch in der Ausbildung ist. Somit darf sie keinen Außendienst machen. Und schon gar nicht allein. Aber da Sie dabei sind und auf sie aufpassen, drücke ich diesmal beide Augen zu.«

Sebastian verkniff sich die Bemerkung, dass es eigentlich Franziska war, die im richtigen Augenblick auf *ihn* aufgepasst hatte. Vermutlich war es besser, die Angelegenheit einfach auf sich beruhen zu lassen. Er beendete das Gespräch.

»Kommen Sie, Franzi. Gehen wir.« Sebastian steckte das Telefon ein und wartete, bis Franziska den Sitz wieder in die Ausgangsposition gefahren hatte.

»Der Sitz ist voll krass.«

»Ich weiß, Franzi.« Sebastian warf ihr einen vorwurfsvollen Blick zu. »Aber kein Spielzeug.«

»Sorry.« Ihre reumütige Miene hielt nur so lange, bis sie ausgestiegen war. »Lässt sich bestimmt klasse cruisen mit dem Wagen. Nehmen Sie mich mal mit?«

»Cruisen?« Er stieg ebenfalls aus und schloss den Wagen ab.

Franziska runzelte die Stirn, schien nicht glauben zu können, dass er ihr nicht folgen konnte. »Rumfahren.«

»Ah.« Sebastian grinste. »Kein Problem. Solange Sie die Sitzverstellung in Ruhe lassen.«

»Wenn's unbedingt sein muss«, gab sie zurück und lächelte.

»Wie weit ist es denn?« Sebastian sah sich um. Einen Steinwurf entfernt, dort, wo der geschotterte Bereich des Parkplatzes endete, faulte ein umgefallener Baum vor sich hin. Das Wurzelgeäst sah aus wie die erstarrten Tentakel eines Monsterkraken.

Franziska zuckte mit den Schultern. »Fünf Minuten, vielleicht auch etwas mehr.« Sie setzte sich Richtung Schranke in Bewegung.

»Gibt's noch eine weitere Zufahrt zu der Stelle?« Sebastian folgte ihr. Vogelgezwitscher und das Hämmern eines Spechtes schallten ihm entgegen. Es roch nach Tannennadeln, auch der süßsaure Geruch von Beeren lag in der Luft.

»Es gibt bestimmt vier oder fünf dieser Parkplätze im Sauhag. Und ich denke, alle haben eine Schranke. Um mit dem Auto direkt zum Fundort fahren zu können, braucht man die Schlüssel.«

Hinter der Schranke breitete sich ein relativ breiter Waldweg aus. Lediglich Fußspuren und die Reifenspuren von Fahrrädern zeichneten sich auf dem sandigen Untergrund ab. Bereits nach kurzer Zeit überlagerten laute Stimmen die Geräusche des Waldes, ohne dass Sebastian jemanden sehen konnte. Sekunden später kam ihnen eine Gruppe Walkerinnen in bunter Sportkleidung entgegen. Die vier Frauen nahmen die gesamte Breite des Weges ein und schienen sich prächtig zu unterhalten. Er konnte sich des Eindrucks nicht erwehren, dass ihre sportliche Betätigung mehr der zwischenmenschlichen Kommunikation als der Fitness diente.

Während sie tiefer in den Wald hineingingen, kamen ihnen weitere Gruppen von Spaziergängern und Fahrradfahrern entgegen. Die Bäume rückten näher zusammen und drängten das helle Tageslicht zurück. Obwohl sie ein halbes Dutzend Gabelungen passierten, schien Franziska jederzeit zu wissen, welchen Weg sie nehmen musste.

Wenngleich Sebastian noch nie hier gewesen war, wusste er an der nächsten Kreuzung, dass sie ihr Ziel erreicht hatte. Die steinerne Hütte kannte er von den Fotos aus den Akten. Er blieb stehen. Moos und Flechten überzogen die Ziegel. Das Mauerwerk zwischen den Fachwerkbalken lag teilweise offen. Ein hölzernes Tor versperrte den Blick ins Innere.

Franziska blieb ebenfalls stehen. »Das Jägerhaus.«

Sebastian musterte die Hütte, die kaum größer war als eine Doppelgarage. »Dann ist der Fundort nicht mehr weit.«

»Genau. Dort hinten.« Franziska deutete auf einen schmalen Weg, der links abging und zwischen der Hütte und einem rund zwanzig Meter langen Holzstapel hindurchführte. »Links neben dem Weg, keine dreißig Meter weiter, haben sie Jasmins Kleidungsstücke gefunden.«

Sebastian marschierte bis zum Ende des Holzstapels. Dort blieb er stehen, betrachtete den Weg vom Jägerhaus bis hierher. Damals wurden keine Reifenspuren, keine Schleifspuren gefunden. *Aber warum?*

Du läufst den Weg entlang, immer tiefer in den Wald. In der Nacht davor hat es geregnet, und deine Schuhe hinterlassen Abdrücke auf dem sandigen Boden. Obwohl es Sommer ist, trägst du keine kurzen Hosen, kein schulterfreies Oberteil wie die anderen Mädchen in deiner Klasse. Dein Vater hat es dir verboten wie das Schminken, wie eigentlich alles, das Spaß macht. Manche in der Klasse machen deswegen einen Bogen um dich, halten dich für eigenartig.

Du schaust dich um. Ist da jemand, der dir folgt? Dein Schulrucksack auf dem Rücken wird langsam schwer. Du brauchst eine Pause. Du erreichst die Steinhütte und denkst, dass du dich darin verstecken kannst.

»Kann man in dieses Jägerhaus rein?«, fragte Sebastian.

»Keine Ahnung«, entgegnete Franziska, die inzwischen ebenfalls das Ende des Holzstapels erreicht hatte.

Sebastian umrundete das Jägerhaus. Es gab nur ein schmales Oberlicht, aber keine weitere Tür, und so blieb er vor dem Scheunentor stehen. Risse durchzogen das gräulich fleckige Holz. Es musste schon vor Jahrzehnten hier verbaut worden sein. Erst jetzt bemerkte er, dass im Tor eine schmale Tür eingelassen war, an der ein uraltes Vorhängeschloss hing. Er rüttelte daran. Abgeschlossen.

»Das rostige Ding da fällt ja fast von selbst ab«, hörte er Franziskas Stimme neben sich. »Wir müssen nur ein klein wenig nachhelfen.«

»Das halte ich für keine gute Idee. Die Hütte gehört bestimmt jemandem.«

»Kann schon sein.«

Sebastian setzte einen tadelnden Blick auf. »Das wäre dann neben Sachbeschädigung auch noch Hausfriedensbruch, Paragraf 123 Absatz 1 StGB.«

»Nennen wir es Hausdurchsuchung.«

»Wir haben aber keinen Durchsuchungsbeschluss. Und ich denke, wir sollten uns an die Regeln halten.«

»Die Regeln? Hier im Wald?«

»Regeln gelten auch im Wald. Oder kennen Sie da eine Ausnahme im Strafgesetzbuch?«

Franziska stieß einen Seufzer aus. »Wollen Sie da jetzt rein oder nicht?« Sie hatte offenbar kein Problem damit, etwas nachzuhelfen.

Selbstverständlich wollte Sebastian einen Blick ins Innere des Jägerhauses werfen, wenngleich er sich noch immer nicht erklären konnte, warum. »Eigentlich schon.«

Statt etwas darauf zu erwidern, trat Franziska mit dem Fuß gegen die Tür. Es knarrte, dann ein Klirren, und im nächsten Moment lag das Vorhängeschloss samt Schließblech auf dem Boden. »War doch fast offen«, sagte Franziska mit einem Schulterzucken.

»So was lernen Sie auf der Polizeihochschule?« Er konnte es

fast nicht glauben, dass Franziska gerade vor seinen Augen die Tür eingetreten hatte.

»Nein«, gab sie unumwunden zurück. »Aber ich schau mir gern Krimis an.« Sie ließ ihr Zahnpiercing aufblitzen. »Kennen Sie eigentlich ›Elementary‹?«

»Elementary?«

»Ja, eine Krimiserie auf Netflix.«

Sebastian schüttelte den Kopf. Nein, »Elementary« kannte er nicht. »Ich schaue eher weniger … Netflix.«

»Verdammt cool. So eine moderne Sherlock-Holmes-Geschichte. Holmes lebt im New York der Gegenwart, und sein Assistent ist Jane Watson, eine Frau.«

»Jane Watson, eine Frau … aha.« Sebastian seufzte. Im Grunde konnte er wohl froh sein, dass sie nicht James Bond schaute. Er drückte die Tür nach innen auf, kniff die Augen zusammen und spähte hinein.

Die Hütte bestand lediglich aus einem Raum. Der war kleiner, als er von außen wirkte, und schien hauptsächlich für die Lagerung von Werkzeugen und Maschinen benutzt zu werden. Relativ unordentlich lagen Sägen in allen Größen, dann Äxte, Beile, Ketten und Spaltkeile herum. An der linken Wand stand eine Maschine, offenbar ein hydraulischer Holzspalter. Ein Regal aus rotem Metallprofil nahm Motorsägen, Benzinkanister, Ölkannen, Ersatzteile, Lappen und Decken auf. In der abgestandenen Luft lagen die Ausdünstungen von altem Motorenöl und Benzin, vermischt mit dem Geruch von Holzspänen.

»Und?«, fragte Franziska.

»Was, und?« Erst jetzt registrierte Sebastian, dass sie ihn die ganze Zeit über angestarrt hatte.

»Sehen Sie was?«

Sebastian ließ seinen Blick weiter durch den Raum schweifen. Ein einfaches Holzbrett mit mehreren Kleiderhaken an der rechten Wandseite diente als Garderobe für Bauhelme und die knallbunte Sicherheitskleidung, wie sie oft Holzarbeiter im Wald trugen.

Du kauerst in der Ecke neben dem roten Metallregal, hältst deinen Schulrucksack vor dich wie einen Schutzschild. Hier drinnen ist es dunkler und kälter, als du vermutet hast. Allmählich beginnst du zu frieren. Hat dich jemand gesehen, als du ins Jägerhaus bist? Du konzentrierst dich auf die Geräusche von draußen. War da wer?

Das Bild in Sebastians Kopf verschwand. Irgendetwas passte nicht zusammen.

***

Marga hatte sich dafür entschieden, Cem zur Befragung von Hauer und Arendt mitzunehmen. Es konnte nicht schaden, ihn von der Ermittlungsakte in ihrem Schreibtisch abzulenken. Vielleicht ergaben sich im Zusammenhang mit der Befragung noch weitere Aufgaben, die er übernehmen konnte. Schon bei ihrem ersten und bisher einzigen Fall, dem Tod des Bankierssohns Anselm Friedmann in den neunziger Jahren, hatte sich relativ schnell der Erfolg eingestellt, nachdem das ganze Team darauf angesetzt war. Und ein zweiter aufgeklärter Mord innerhalb so kurzer Zeit würde dem Dezernat sicherlich gut stehen.

Cem zeigte sich anfangs überrascht. Als sie jedoch auf den Parkplatz trat, wartete er bereits neben ihrem orangenen VW-Campingbus. Eigentlich wollte sie ihr privates Auto nicht mehr benutzen, doch noch immer gab es nichts Neues zum Dienstwagen, den sie schon vor Wochen beantragt hatte.

»Ist das Ihre erste Befragung im Dezernat?«, fragte Marga, nachdem sie eine Weile im dichten Verkehr einer zweispurigen Straße mitgeschwommen waren.

Cem nickte.

»Haben Sie noch Zeit gefunden, sich in den Fildermädchen-Fall einzulesen?«

Cem nickte erneut, sagte jedoch weiter nichts.

»Dann ist Ihnen sicherlich klar, dass wir den damaligen Hauptverdächtigen befragen.«

Cem nickte ein drittes Mal.

»Sind Sie plötzlich stumm?« Marga kam es so vor, als hielte

er etwas zurück. »Zur nächsten Befragung nehme ich einen Polizeihund mit. Der redet auch nicht weniger wie Sie.«

»Können wir da vorne kurz halten?« Cem deutete auf die Reklametafel eines Supermarktes. »Ich muss mir noch was zu essen besorgen.«

»Beim Edeka?«

»Mein Cousin hat dort einen Imbiss.«

Warum nicht? Marga verspürte ebenfalls Hunger. Inzwischen war es nach fünf Uhr, und ihr Mittagessen hatte nur aus einem Brötchen bestanden.

Sie bog in den Parkplatz ein und steuerte auf ein kleines Nebengebäude zu, das wie ein verglaster Wintergarten am Supermarkt angebaut war. Noch von draußen konnte sie ein halbes Dutzend leerer Stehtische entlang der Fensterfront erkennen. An einer Seite breitete sich die Theke aus. Dahinter drehte sich der obligatorische Dönerspieß.

Sie stiegen aus und betraten den Imbiss. Der Geruch von Zwiebeln, Knoblauch und orientalischen Gewürzen lag in der Luft. Marga zählte gerade mal zwei Personen im Gastraum. Ein älterer Mann im olivgrünen Parka saß mit einem halb leeren Pils am lärmenden Geldspielautomaten neben der Theke. Der Mann hinter der Theke, ein bulliger Typ mit einem Oberlippenbart breit wie eine Waschbürste, wirkte fast wie die vergrößerte Kopie von Cem. Im nächsten Moment brach ein wahres Stakkato an Wörtern über sie herein. Erst als der Mann endlich absetzte, registrierte Marga, dass er nicht Türkisch, sondern Deutsch gesprochen hatte.

»Das ist Murat, mein Cousin mütterlicherseits. Er spricht immer so schnell.« Auf Cems Gesicht lag ein freudiges Strahlen. »Das liegt in unserer Familie.«

Marga verkniff sich die Bemerkung, dass Cem in dem Fall nicht mit Murat verwandt sein konnte. Vielleicht lag aber Cems Sprechgeschwindigkeit einfach nur am unteren Ende des Familiendurchschnitts.

»Und das, Cousin, ist meine Chefin, Frau Kronthaler.« Cem deutete auf Marga.

Murat musterte sie für einen Augenblick. »Die war bestimmt

teuer.« Er legte den Kopf schief und brach einen Herzschlag später in schallendes Gelächter aus. Sein Bart spannte sich dabei über die gesamte Gesichtsbreite.

Marga zeigte mit dem Daumen zur Theke und sagte an Cem gewandt: »Er weiß aber schon, dass ich Hauptkommissarin bin.«

»Murat, bitte.« Cem schien der kleine Spaß sichtlich peinlich zu sein. »Ich bring nie mehr eine Frau mit, wenn du sie so erschreckst.« Er blickte zu Marga und hob die Achseln. »Wenn ich gewusst hätte, dass er wieder diesen Spruch bringt, wäre ich zum Bäcker gegenüber gegangen und hätte mir eine Butterbrezel gekauft.«

Nur allmählich ließ Murats Lachen nach. »Butterbrezeln sind doch fürs Frühstück. Bei mir bekommen Sie was, das Polizisten satt macht.« Er klopfte mit beiden Händen ein paarmal auf seinen Bauch. »Mögen Sie Döner, Frau Hauptkommissar?«

Marga sah zur Speisekarte über der Theke: Döner, Pizza, Pide, Lahmacun in unterschiedlichen Varianten.

»Zwei Döner spezial?« Murats fragender Blick pendelte zwischen Marga und Cem hin und her.

»Was ist denn daran ›spezial‹?« Ihr Blick wanderte zur Thekenauslage. Die sah aus wie in jedem anderen Döner-Imbiss: Rotkohl, Gurken, Tomaten, Zwiebeln.

»Einfach alles.« Erneut zog sich Murats Bart in die Breite, und seine weißen Zähne blitzten hervor.

»Okay. Dann eben zwei Döner spezial«, sagte Marga und an Cem gewandt: »Nehmen wir doch einen der Stehtische dort.« Sie setzte sich in Bewegung.

Viel zu laut dudelte der Geldspielautomat neben der Theke seine einfältige Melodie vor sich hin.

Marga nahm den ersten Tisch an der Fensterfront und stützte sich mit den Ellenbogen ab. Cem tat es ihr auf der Seite gegenüber nach.

Da erklang ein Fluchen, dann ein lautes Klatschen auf Metall. Marga musterte den Mann auf dem Barhocker neben der Theke. Er sah schäbig aus in seinem Parka. Wie viel Geld hatte er wohl schon in diesen dämlichen Spielautomaten geworfen? So wie er aussah, vermutlich mehr, als gut für ihn war.

»Ihr Cousin scheint ein Spaßvogel zu sein«, sagte Marga und sah Murat dabei zu, wie er mit einem elektrischen Messer Fleischfetzen vom Dönerspieß abrasierte.

»Da könnten Sie recht haben.« Cem lächelte knapp, wandte dann seinen Blick durch das Fenster hinaus und schien die zahllosen Menschen mit ihren Einkaufswagen auf dem Parkplatz zu beobachten.

»Was ist? Sie wirken abgelenkt.«

»Ich …«, kam es zögerlich zurück, während er weiterhin nach draußen sah. »Ich hab das Datum gelesen.«

»Welches Datum?«

»Das auf der Akte, die Sie vorhin in Ihren Schreibtisch eingeschlossen haben.« Es sah beinahe so aus, als ob er mit seinem blassen Spiegelbild in der Fensterscheibe sprach.

»Und?«, fragte Marga, obwohl sie bereits ahnte, worauf er hinauswollte.

»Dann habe ich mich gefragt …«, Cem stockte, »warum Sie die Akte in Ihrem Schreibtisch einschließen.«

Marga hätte sich ohrfeigen können. Sie hatte sich zu auffällig verhalten. »Haben Sie eine Antwort gefunden?«

Cem schien ihre Frage überhört zu haben. »10. September 2010. Raub mit Todesfolge, Stadtsparkasse Hannover.«

Marga schluckte. Er wusste Bescheid.

Cem wandte ihr endlich den Kopf zu. »Als Kriminalbeamter braucht's nicht viel, um herauszufinden, was an diesem Tag in Hannover geschehen ist.« Er hob eine seiner buschigen Brauen. »Bei diesem Banküberfall wurde ein junger Mann namens Daniel Franck erschossen. Sebastians Bruder.« Er senkte kurz seinen Blick. Als er wieder aufsah, war die Braue wieder an der gewohnten Stelle. »Der Fall ist bis heute nicht aufgeklärt, und ich denke, wir sollten das ändern.«

»Wir?«

Cem nickte. Es wirkte, als wäre er bereits mit ihrer Frage zufrieden. »Ja, wir.«

11

Franziska musterte Sebastian, als könnte sie dadurch seine Gedanken lesen. »Ich weiß, was Sie denken: Jasmins Mörder könnte hier auf sie gewartet haben.«

»Vielleicht«, gab er zurück. »Aber auch Jasmin könnte sich hier drinnen versteckt haben.«

»Klar«, stieß Franziska aus. »Und zwar vor ihrem Mörder.« Sie reckte ihr Kinn. »Wow. Haben Sie das gerade auf so eine magische, telepathische Art rausbekommen?«

»Ich habe nachgedacht. Und ich glaube, wir müssen einen Schritt zurückgehen.«

Auf Franziskas Stirn standen zwei senkrechte Falten. »Einen Schritt zurück?«

»Zwischen dem Ende der Schule und der Tatzeit liegen rund fünf Stunden. Wo könnte Jasmin in dieser Zeit gewesen sein, wenn wir mal annehmen, dass sie nicht hier war?«

»Im Haus ihres Mörders.«

Davon war auch Sebastian bisher ausgegangen. »Und nachdem sie getötet wurde, hat er ihre Kleidung dort hinten auf dem Boden drapiert? Warum?«

»Um uns auf eine falsche Spur zu locken.«

»Ohne ihre Schultasche?« Sebastian schüttelte langsam den Kopf. »Das ergibt keinen Sinn.«

»Vielleicht hat er die vergessen?« Sie starrte einen Moment vor sich hin, kratzte sich den Handrücken. »Womöglich sogar in dem Auto, mit dem er Jasmins Leiche hierhertransportiert hat.«

Sebastian verzog das Gesicht. »Keine Reifen- oder Schleifspuren. Nirgends hier in der Nähe.«

»Stimmt.« Franziska schlug ihren Blick nieder. »Auch wenn er eine andere Zufahrt benutzt hätte, bräuchte er zumindest die Schlüssel für die Schranke.«

»Entweder hat er tatsächlich ihre Kleidung vom Tatort hierher getragen, was ich für unwahrscheinlich halte. Er hätte sie in einer Tasche verstecken müssen. Oder hier irgendwo sind der Tatort und die Stelle …«

Franziska sah wieder auf. Ihre Augen wurden größer, runder. »… an der Jasmins Leiche vergraben liegt.«

»Richtig.« Das war jedoch nur der einfachere Teil seiner These. Fast zu viel sprach gegen den Rest. »Ab hier wird es kompliziert.«

»Wieso?«

»Eine Hundertschaft Polizisten hat damals jeden Zentimeter im Umkreis des Jägerhauses abgesucht.« Sebastian spürte einen Anflug von Ratlosigkeit in sich aufsteigen. »Erfolglos.«

»Er könnte die Leiche perfekt versteckt haben.«

»Gut. Nehmen wir mal an, er hat einen Platz gefunden, den alle übersehen haben. Aber es wurden auch keine Hinweise entdeckt, dass Jasmin oder der Täter im Jägerhaus waren. Und wie sollten sie reingekommen sein?«

Franziska stemmte ihre Fäuste in die Hüften. »Sie haben gesehen, wie einfach man durch die Tür kommt.«

»Von einem kaputten Türschloss am Jägerhaus stand nichts in den Akten.«

»Und das Fenster da oben?« Sie deutete zur anderen Wandseite.

Sebastian betrachtete das Oberlicht, das sich knapp zwei Meter über dem Boden befand. Auch von einer kaputten Scheibe stand nichts in den Akten. Aber das musste nichts heißen. Das Fenster könnte offen gestanden haben.

Franziska stellte sich vor der Wand auf die Zehenspitzen und schob ihre Finger zwischen Fenster und Rahmen. Es knackte kurz, dann sprang das Fenster nach innen auf. Triumphierend sah sie zu ihm. »So offen wie die Tür.«

Sebastian verkniff sich die Bemerkung, dass sie mit dem aufgebrochenen Fenster inzwischen die zweite Sachbeschädigung begangen hatte. »Das beweist immerhin, dass man ins Jägerhaus eindringen kann, ohne groß Spuren zu hinterlassen.« Und damit lag es auch im Bereich des Möglichen, dass Jasmin sich hier drinnen aufgehalten hatte. Gleichwohl hätte Sebastian nicht sagen können, warum er ausschloss, dass der Täter im Jägerhaus auf sie gewartet hatte.

»Das ist mal echt creepy hier drinnen«, sagte Franziska, während ihr Blick langsam durch den Raum schweifte.

»Creepy?«

»Ja. Schauen Sie sich die ganzen Sägen, Messer, Ketten und die anderen Werkzeuge an.« Franziska schüttelte sich. »Wie in einem krassen Horrorfilm.«

Sebastian fehlte die Phantasie, ihr zu folgen. Ihm drängte sich jedoch allmählich ein anderer Gedanke auf: Die Spur im Sauhag hätte niemals so kalt werden dürfen.

***

Schweigend verdrückten Marga und Cem die Döner, an denen das einzig Spezielle eine zu scharfe Soße war. Wohl deshalb hatte Murat ihnen auch einen halben Liter Mineralwasser grinsend dazugestellt.

Mit einem Wortschwall verabschiedete er die beiden Polizisten. Weitergehen konnte es allerdings erst, nachdem Cem im Edeka verschwunden und kurz danach mit einer Papiertüte zurückkehrt war.

»Immer noch Hunger?« Trotz des Mineralwassers schien sich in ihrem Mund ein kleiner Feuer speiender Drache auszutoben.

»Murats Döner waren auch schon mal größer.«

»Ich könnt platzen.« Sie startete den Motor und reihte sich in den stärker werdenden Verkehr ein.

»Schauen Sie mich an.« Cem fischte eine Brezel aus der Papiertüte. »Ich bin nicht groß, aber um neunzig Kilo am Leben zu erhalten, reicht so ein Miniatur-Döner nun mal nicht aus.«

»Diesmal ohne Butter?«

»Sie hatten keine mehr.« Cem nahm einen großen Bissen von der Brezel.

»Und deswegen haben Sie gleich zwei gekauft?« Sie deutete auf die Papiertüte in seiner Hand.

Cem kaute und nickte simultan.

Marga verkniff sich einen weiteren Kommentar. Solange Cem aß, krümelte er zwar, ließ sie aber mit seinem Ansinnen in Ruhe, bei den Ermittlungen zu Daniel Francks Tod mitzuwirken. Gleichwohl wollte Marga sich nicht festlegen, ob sie seine Mitarbeit hilfreich oder gefährlich finden sollte. Zum einen konnte Unterstützung nicht schaden, anderseits bestand das Risiko, dass Cem sich im Beisein von Sebastian oder Franziska verplapperte oder einer der beiden etwas mitbekam. Zum Glück konnte sie die Entscheidung wegen der Befragung von Hauer und Arendt hinauszögern.

Zum gefühlt zehnten Mal musste Marga an der nächsten Ampel anhalten. Auf allen Fahrspuren, die zur Kreuzung führten, stauten sich unzählige Autos, Lastwagen und Zweiräder. Irgendwann, sie hatte schon nicht mehr damit gerechnet, ging es weiter voran. Allerdings nur schleppend, bis der Verkehr schließlich ohne sichtbaren Grund erneut zum Erliegen kam. Genau in dem Augenblick, als sie mit ihrem VW-Campingbus mitten auf der Kreuzung stand. Ein Hupkonzert erklang, das jeder italienischen Stadt alle Ehre gemacht hätte. Und das, was an Flüchen hinter den Frontscheiben in ihre Richtung geschmettert wurde, wollte sie gar nicht wissen.

Jetzt erst recht. Sie fischte sich eine Zigarette aus der Packung auf dem Armaturenbrett, zündete sie an und schielte zu Cem. Der hatte inzwischen seine erste Brezel verdrückt. Es schien ihm schlicht egal, dass sie rauchte. Schnell breitete sich der Rauch im Innenraum aus. Sebastian hätte vermutlich einen Herzanfall bekommen. Sie kurbelte die Seitenscheibe hinunter. Ein Fehler. Die Luft draußen war weitaus schlechter als der Rauch im Innenraum. Es stank nach Abgasen und Benzin. Schnell schloss sie das Fenster wieder.

Das Hupkonzert wurde leiser, und tatsächlich löste sich der Stau auf der Kreuzung auf. Und je weiter sie sich von der Innenstadt entfernten, desto zügiger floss der Verkehr. Marga nutzte die restliche Fahrzeit dazu, Cem auf den aktuellen Ermittlungsstand im Fildermädchen-Fall zu bringen. »Beide haben ein Motiv. Berthold Hauer soll ein Verhältnis mit Jasmin gehabt haben. Ein Gerücht, dass von Pauline Arendt, seiner jetzigen Frau und der damaligen Freundin von Jasmin, in die Welt gesetzt worden sein soll. So behauptet es jedenfalls Jasmins Vater Matthias. Ein interessanter Aspekt ist auch, dass sich Berthold

Hauer und Jasmins Vater schon seit der Studienzeit kennen. Sie waren Kommilitonen.«

»Was wollen wir denn wissen?«, fragte Cem.

Marga zuckte mit den Schultern. »Da bin ich mir selbst noch nicht sicher. Ein bisschen herumstochern, ein bisschen nerven. Am besten, Sie überlassen mir das Fragen.«

»Okay.« Cem klopfte auf die Brusttasche seines Flanellhemdes. »Ich mach dann Notizen.« Ihr Vorschlag schien ihm nichts auszumachen.

»Und Pauline Arendt darf nicht den Eindruck gewinnen, dass wir sie verdächtigen – noch nicht.«

Cem wandte ihr den Kopf zu, schob die Brauen zusammen. »Sollten wir sie nicht besser unter Druck setzen?«

»Typischer Anfängerfehler.« Marga mühte sich zu einem Lächeln. »Jemand, der sich in Sicherheit wiegt, redet mehr und freier als ein Verdächtiger.«

Cem nickte und lehnte sich wieder zurück.

»Achten Sie auf die Gesichter der beiden, sobald ich eine Frage stelle. Interessanter als die Antwort selbst ist meist die Mimik davor.«

Einige Zeit später erreichten sie Hauers Adresse, eine Sackgasse in einem ruhigen Stuttgarter Außenbezirk. Die Nummer zehn gehörte zu einem mehrstöckigen, verwinkelten Holzhaus am Hang und lag halb versteckt hinter hohen Bambussträuchern. Marga stellte ihren Wagen vor der offenen Doppelgarage ab, in der ein roter Mini Cooper und ein schwarzer Mercedes Kombi standen. Die Chancen, dass sie sowohl Berthold Hauer als auch Pauline Arendt antreffen würden, standen nicht schlecht.

Ein Kiesweg führte vom Platz vor der Garage zur Haustür. »Hauer/Arendt«, stand da auf Briefkasten und Klingel. Entweder hatte Pauline Arendt ihren Nachnamen auch nach der Heirat behalten, oder die beiden hatten noch keine Zeit gehabt, die Schilder auszutauschen.

Marga drückte den Klingelknopf.

»Ja«, quäkte gleich darauf eine weibliche Stimme aus der Sprechanlage.

Marga beugte sich vor. »LKA Stuttgart.«

Der Türsummer erklang, und sie drückte die Tür auf.

»Ziemlich leichtgläubig«, raunte Cem und folgte ihr in den Bereich dahinter, einen Windfang mit Glastür zum Wohnraum.

Drinnen empfing sie eine wasserstoffblonde Frau Mitte zwanzig, deren pralle Lippen schon von Weitem unecht wirkten. Über ihrer grauen Jogginghose trug sie ein weit geschnittenes pinkfarbenes Oberteil, dazu Crocs in der gleichen Farbe. Marga konnte sich des Eindrucks nicht erwehren, dass sie mit ihrer lockeren Kleidung ein Bäuchlein kaschieren wollte. Sie tippte auf den vierten oder fünften Schwangerschaftsmonat.

»Hauptkommissarin Kronthaler«, begann Marga sogleich und hielt ihren Dienstausweis hoch. »Das ist mein Kollege Cem Akay.« Sie steckte ihren Ausweis zurück. »Sie sind Frau Arendt? Pauline Arendt?«

Die Augen der jungen Frau huschten ein paarmal hin und her, dann nickte sie kaum merklich.

»Ist Ihr Mann auch da?« Marga spähte durch die Glastür. Männerschuhe auf dem Boden und eine braune Lederjacke an der Garderobe, die bestimmt nicht ihr gehörte.

»Berthold?« Arendt nickte erneut. Diesmal etwas fester, sodass ihr eine weißblonde Strähne ins Gesicht fiel. Mit einer energischen Bewegung strich sie die sogleich wieder hinter das Ohr. »Um was geht's denn?« Ihre Stimme klang hoch und dünn, fast wie das Piepen eines Vogels. Gleichwohl schien sie der abendliche Besuch zweier Polizisten nicht zu beeindrucken.

»Das würden wir gern mit Ihnen beiden besprechen.« Marga versuchte, einen betont gleichgültigen Blick aufzusetzen.

Arendt blieb stur. »Warum?«

»Dürfen wir reinkommen?«, gab Marga schnell zurück. »Es handelt sich nur um eine Routinebefragung.«

»Warten Sie kurz.« Sie wandte sich ab, verschwand durch die Glastür und hinter der nächsten Zimmerecke.

»Die sieht aus wie die Katze«, raunte Marga, als Arendt außer Hörweite war.

Langsam wandte Cem ihr den Kopf zu. Er machte ein Gesicht, als hätte sie Chinesisch gesprochen. »Wie eine Katze?«

»Nicht wie *eine* Katze, sondern wie *die* Katze: Daniela Katzenberger. Kennen Sie doch bestimmt. Die hat vor einiger Zeit diesen Lucas Cordalis geheiratet.« Marga musste grinsen. »Sogar der Altersunterschied könnte passen. Der Cordalis ist ja auch schon fünfzig.«

Cem trällerte leise vor sich hin: »Ich fand sie irgendwo, allein in Mexiko«, er hob die Stimme, »Anita.«

»Genau.« Sie nickte. »Dieser Schlagerfuzzi ist der Vater.«

»Ich hasse Schlager.«

Gerade als Marga »ich auch« sagen wollte, kam Arendt mit einem großen breitschultrigen Mann in Jeanshose und -hemd zurück. Obwohl Berthold Hauer mit seinem Dreitagebart, dem kantigen Gesicht und seinen lockigen Haaren schon auf den Polizeifotos recht ansehnlich wirkte, sah er auch nach all den Jahren noch gut aus. Marga musste sich eingestehen, dass ihn etwas umgab, das ihn interessant machte. Jedenfalls für sie. Und es hatte mit der Art zu tun, wie er sein Gegenüber aus den wasserblauen Augen ansah.

»Sie wollten uns sprechen?«, fragte er in einem tiefen männlichen Bariton.

»LKA Stuttgart«, gab Cem zurück.

Erst jetzt bemerkte Marga, dass sie offenbar einen Moment zu lange für die Antwort benötigt hatte. Schnell stellte sie sich und Cem vor. »Können wir drinnen weiterreden?«

»Meinetwegen.« Hauer ging voran durch die Glastür.

Den Raum dahinter dominierte eine Wohnküche mit Kochinsel und angeschlossenem Esszimmer in Echtholz. Beides hatte vermutlich mehr gekostet als Margas gesamte Hauseinrichtung. Offenbar lag die Besoldungsgruppe von Lehrern weit über der von Kriminalbeamten.

Hauer deutete auf die mit schwarzem Leder bezogenen Stühle im Esszimmer. »Nehmen Sie doch Platz.«

Marga setzte sich. Cem tat es ihr nach und hielt mit einem Mal einen kleinen Spiralblock samt Stift in Händen.

»Wollen Sie etwas trinken?«, fragte Hauer.

»Ja bitte, ein Wasser«, sagte Marga schnell. Noch immer brannte Murats Spezialdöner in ihrem Mund.

Während Hauer das Wasser holte, ließ Marga ihren Blick durch das Zimmer schweifen: ein Kaminofen, ein Holztischchen mit einer altertümlichen Nähmaschine, daneben eine antiquarische Kommode sowie zwei Glasvitrinen. Eine davon nahm Kristallgläser auf, die andere eine kitschige, aber zweifellos kostbare Sammlung von Porzellanfiguren. Das Haus, die beiden Autos, die Einrichtung und eine Küche, die jeden Hobbykoch neidisch machen würde, schienen nicht zu Hauers Lehrergehalt zu passen. Marga tippte auf reiche Eltern. Oder aber Arendt verdiente besser als ihr Mann. Etwas, über das sie sich im Voraus hätte informieren sollen. »Schön haben Sie's hier.«

»Freut mich, dass es Ihnen gefällt.« Hauer schenkte Cem und ihr ein Glas Wasser ein. Er stellte die Wasserflasche auf den Tisch und setzte sich ebenfalls. Ein vorsichtiges Lächeln huschte über sein Gesicht.

Marga trank das Glas bis auf einen Anstandsrest leer.

Arendt hatte sich inzwischen an einen Küchenschrank gelehnt und verschränkte die Arme vor der Brust wie ein trotziges Kind. »Um was geht es denn?«

Obwohl Marga sich nach beinahe dreißig Dienstjahren nur noch selten auf Befragungen vorbereiten musste, fiel ihr dieses Mal der Einstieg schwer. Sie holte tief Luft. »Jasmin Leibrand.«

»Jasmin?«, entfuhr es Hauer viel zu laut. Er sah kurz zu seiner Frau, ohne dass Marga den Blick deuten konnte.

Arendt runzelte kaum merklich die Stirn. Ansonsten war ihr keinerlei Gemütsregung anzusehen. »Jasmin ist tot, und Berthold hat nichts mit ihrem Tod zu tun. Das hat er schon vor Jahren mit Ihren Kollegen geklärt. Gibt's einen Grund, warum er Ihnen jetzt eine Zugabe geben sollte?«

Gute Frage, nächste Frage, hätte Marga am liebsten geantwortet, entschied sich dann aber für eine unverfängliche Begründung. Zuerst musste sie das Vertrauen der beiden gewinnen. »Vor einigen Monaten wurde dem LKA Stuttgart ein neu gegründetes Dezernat zugeordnet, deren Leiterin ich bin. Wir untersuchen ungeklärte Tötungsdelikte.«

»Und als Ihren ersten Fall haben Sie sich dann Jasmin rausgesucht?« Arendts Frage klang mehr wie ein Vorwurf.

»Je aktueller ein Fall, desto höher die Wahrscheinlichkeit für neue Ermittlungsansätze.«

»Haben Sie denn neue Ermittlungsansätze gefunden?« Arendt klang skeptisch, fast so, als hätte Marga etwas gänzlich Unwahrscheinliches behauptet.

»Es gibt einen Anfangsverdacht«, antwortete sie viel zu schnell und hätte sich im nächsten Moment auf die Lippen beißen können.

»Und gegen wen?« Arendts Augen funkelten böse, schienen sie durchbohren zu wollen.

Was zum Teufel war los mit ihr? Wenn sie nicht aufpasste, würde Arendt sie mit ihren Fragen an die Wand spielen.

»Darüber können wir im Moment noch nicht sprechen.« Marga sah zu Cem, der bereits einige Zeilen auf seinem Block notiert hatte.

»Warum sind Sie dann hier?«

Marga entschied, die Frage zu ignorieren, und wandte sich an Hauer. »Jasmins Vater, Matthias Leibrand, und Sie waren zur Studienzeit Kommilitonen, richtig?«

Der nickte knapp.

»Wann haben Sie sich denn das letzte Mal gesehen?«

»Schon seit der Studienzeit nicht mehr. Trotz der räumlichen Nähe haben wir es geschafft, uns aus dem Weg zu gehen.« Hauer ließ ein missglücktes Lächeln folgen.

»Und warum sind Sie sich aus dem Weg gegangen?«

»Matthias war immer ganz speziell.«

»Das müssen Sie mir schon näher erklären.«

Hauer runzelte die Stirn, schien nachzudenken. »Wir haben Mathematik studiert. Das ist eine Naturwissenschaft par excellence. Aber Matthias beschloss irgendwann, dass ihm das nicht reicht. Er suchte wohl nach der Erkenntnis.«

»Welcher Erkenntnis?«

Hauer zuckte mit den Schultern. »Vielleicht nach einer göttlich-metaphysischen. Ich weiß es nicht. Er hat es danach noch mit ein paar Semestern Theologie versucht.«

»Göttlich-metaphysische Erkenntnis, soso«, gab Marga zurück. Das könnte zwar Matthias Leibrands krude Einstellung zur Religion und seine Sektenzugehörigkeit erklären, würde sie aber der Lösung des Falles kaum näherbringen. »Kommen wir zu dem Nachmittag von Jasmins Verschwinden.«

»Hören Sie, Frau Kronthaler«, sagte da Arendt lauter als notwendig. »Berthold und ich haben das schon hinlänglich zu Protokoll gegeben. Und seither hat sich daran auch nichts geändert.«

Liebend gern hätte Marga ihr darauf geantwortet, dass sich sehr wohl etwas geändert hatte, und zwar Hauers Heirat mit ihr, seiner Hauptentlastungszeugin. Aber dann wäre die Befragung im nächsten Moment beendet gewesen. Vielleicht hätte sie sich doch vorbereiten sollen.

»Wir würden es aber gern noch einmal hören«, sagte da Cem, und alle Blicke richteten sich auf ihn. Unbeeindruckt sah er in die Runde.

»Wenn Sie uns danach in Ruhe lassen.« Offenbar hatte auch Hauer bereits jetzt genug von der Befragung.

Cem hob die Hand. »Bitte.«

Arendt kniff die Augen etwas zusammen und fixierte ihren Mann. Noch immer hatte sie die Arme vor der Brust verschränkt.

Der sah zur Decke, schien in seinen Erinnerungen zu kramen. »Das ist über sechs Jahre her.«

Cem nickte verständnisvoll. »Wir haben Zeit.«

»Es war ein ganz normaler Freitag in der Schule.« Hauers Blick huschte für einen winzigen Moment zu seiner Frau. »Am Nachmittag hatte ich keinen Unterricht und bin dann nach Hause gefahren.«

»Um wie viel Uhr war das?«, fragte Cem weiter.

Hauer blies Luft zwischen den Lippen hindurch. »Soviel ich noch weiß, hatte ich nach der sechsten Stunde frei. Das müsste dann so gegen eins gewesen sein.«

»Falls Sie es genauer brauchen, schauen Sie am besten in den Protokollen nach. Da gibt's ja genug.« Ein spöttisch-überhebliches Lächeln lag auf Arendts Mund.

Cem notierte sich erneut etwas.

Marga rutschte auf ihrem Stuhl nach vorne. Das Leder knarrte. »Und was haben Sie zu Hause gemacht?«

»Gegessen natürlich.«

»Wann und wo haben Sie Jasmin zuletzt gesehen?«

»An diesem Vormittag in der Schule.«

Allmählich näherten sie sich der zentralen Frage. Marga räusperte sich. »Sie haben damals zu Protokoll gegeben, dass Sie nachmittags noch einige schulische Dinge mit Jasmin besprochen haben.«

Wieder der kurze Blick zu seiner Frau. »Das habe ich gesagt ...« Er stockte.

»Das war aber nicht korrekt, oder?«

»Doch.« Hauer nickte, seine Locken wippten im Takt. »Aber wir haben uns nicht gesehen, sondern nur telefoniert.«

»Telefoniert?«, wiederholte Cem und sah dabei nicht Hauer, sondern Arendt an.

»Sag ich doch«, Hauer hob seine Stimme an, »telefoniert. Das widerspricht sich nicht.«

»Aber Sie haben sich einige Male bei der Uhrzeit widersprochen.«

»Ich stand damals schwer unter Druck. Sie wissen schon: die endlose Fragerei, die Hausdurchsuchung. Die haben sogar mein Auto mit dem Tieflader abgeholt. Hier in der Straße. Was meinen Sie, was das für ein Auflauf war.« Er schüttelte den Kopf. »Dann einen Tag später die Verhaftung vor der versammelten Stuttgarter Presse.«

Marga sah kurz zu Cem, der inzwischen eine neue Seite in seinem Notizblock begonnen hatte. Sie wandte sich wieder an Hauer. »Natürlich. Das kann eine ziemliche Belastung sein, besonders mit den Nachbarn.«

Arendt stieß sich vom Küchenschrank ab. Eine Strähne fiel ihr ins Gesicht. »Sie haben doch keine Ahnung. Er hätte die gesamte Stuttgarter Polizei verklagen sollen.«

»So wie die Schule?« Die Zeit des Abtastens war vorbei. Würde sie die beiden so weit aus der Reserve locken, dass sie Dinge sagten, die sie eigentlich nicht sagen wollten?

Arendt tat ihr schon mal nicht den Gefallen. Sie strich die Strähne zurück und nahm wieder ihre Position am Küchenschrank ein. »Warum nicht?«

Marga ließ die Frage unbeantwortet. Für einen Moment war nur das Geräusch von Cems Bleistift auf dem Papier zu hören.

Der sah auf und lächelte in die Runde.

»Wo waren Sie eigentlich an diesem Nachmittag?«

»Auch zu Hause, Mittagessen.«

»Mittagessen, soso«, wiederholte Marga. »Und dann?«

»Bin ich zu Berthold.«

»Warum?«

»Die Mathehausaufgabe.« Arendt zog ein Gesicht, das wohl heißen sollte: Mädchen eben, keine Ahnung von Mathematik.

»Waren Sie damals schon ein Paar?« Aus den Augenwinkeln versuchte Marga, Hauers Reaktion zu erhaschen. Doch der blieb ruhig. Er hatte es auch lange genug üben können.

»Natürlich nicht«, gab Arendt zurück. Ein wenig zu laut. Ein wenig zu entrüstet. »Das wäre verboten gewesen.«

»Nun ja«, entgegnete Marga, »es klang vorhin, als ob Sie die Belastung Ihres Mannes durch die damaligen Ermittlungen miterlebt hätten. Da bin ich davon ausgegangen, dass Sie damals schon ein Paar waren. Aber wo haben Sie sich denn näher kennengelernt?« Mit dem erneuten verstohlenen Blickkontakt der beiden wusste Marga, dass es die richtige Frage war. Eine Frage, die Arendt offenbar noch nie gestellt worden war und auf die sie deshalb auch keine Antwort parat hatte.

Hauer sprang ihr prompt zur Seite. »Das Ehemaligentreffen, weißt du noch? Das muss vor vier oder fünf Jahren gewesen sein.« Er sah zu Marga, versuchte sich an einem Lächeln. »Oft sind da auch wir Lehrer eingeladen.«

»Ehemaligentreffen, wo denn?«

»So was kann ich mir nicht merken. Ich war schon auf so vielen.« Sein eh schon dürftiges Lächeln geriet gänzlich ins Wanken. »Aber bestimmt in irgendeiner Hütte.«

Marga wandte sich wieder an Arendt. »Wissen *Sie* denn, wo dieses Ehemaligentreffen war?«

Diesmal sah sie Arendt an, dass ihr die Frage Unbehagen

bereitete. Die zögerte einen Moment und schüttelte dann kaum merklich den Kopf.

Sie durfte jetzt nicht lockerlassen. »Aber vielleicht wissen Sie noch, wann es stattgefunden hat?«

Arendt löste sich ein weiteres Mal vom Küchenschrank, wechselte das Standbein und lehnte sich wieder an. Ihre Nervosität war nicht mehr zu übersehen, als sie erneut den Kopf schüttelte.

»Wirklich nicht?« Marga ließ ihren Blick ein paarmal zwischen Hauer und Arendt hin- und herwandern. »Lassen Sie's uns wissen, sobald es Ihnen wieder einfällt.«

Cem schlug eine neue Seite in seinem Notizblock auf.

»Kommen wir nochmals zu dem Nachmittag, als Frau Arendt Sie, Herr Hauer, wegen der Mathematikaufgaben aufgesucht hat.«

Er warf Arendt einen Blick zu, der kaum zu übersehen war.

»Wissen Sie noch, was für Wetter war, als Frau Arendt bei Ihnen ankam? Sie war doch zu Fuß unterwegs, oder?«

»Zu Fuß gegangen? Wetter?« Hauer zog die Stirn kraus. »Vor über sechs Jahren?« Kopfschütteln auf Kopfschütteln folgte.

Arendt löste sich mit einem energischen Schritt vom Küchenschrank. »Frau Kronthaler, ich habe den Eindruck, dass sich Ihr sogenannter Anfangsverdacht erneut gegen meinen Mann richtet.« Sie hatte den letzten Anschein von Freundlichkeit fallen gelassen. »Ich denke, es ist besser, Sie gehen jetzt.«

»Wir sind sowieso durch mit unseren Fragen.« Marga sah zu Cem. »Oder haben Sie noch welche?«

Der klappte seinen Notizblock zusammen. »Nein, keine mehr.« Langsam, als müsse er ein Gewicht stemmen, verstaute Cem den Block in der Brusttasche seines Flanellhemdes und kam dann von seinem Stuhl hoch.

Auch Marga stand auf, während Hauer einfach sitzen blieb. »Wiedersehen, Herr Hauer.«

Der hob kurz den Kopf. »Wiedersehen«, sagte er knapp und stierte dann wieder die Tischplatte an.

Marga folgte Arendt nach draußen. Die öffnete die Haustür

und ließ sie ohne ein weiteres Wort hinter ihnen wieder ins Schloss fallen.

Als sie schließlich im Campingbus saßen, fragte Marga: »Was halten Sie denn von unserem Liebespaar und ihrem kollektiven Gedächtnisverlust?«

Statt einer Antwort griff Cem nach der Edeka-Papiertüte, zog die zweite Brezel heraus und biss hinein.

»Himmelarsch. Müssen Sie eigentlich immer essen?«

»Müssen Sie eigentlich immer rauchen?«, erwiderte er und nahm einen zweiten Bissen. »Und außerdem esse ich nicht ›immer‹, sondern nur, wenn ich Hunger habe.«

Marga seufzte. Offensichtlich hatte er oft Hunger.

»Ich hab die meiste Zeit Berthold Hauer beobachtet.« Cem kaute ungeniert weiter, während er sprach. »Er hat immer wieder seine Frau angeschaut, so als ob er ihre Zustimmung für die nächste Antwort benötigte.« Er schluckte. »Das passt überhaupt nicht zu dieser cowboyhaften Männlichkeit, die er zur Schau trägt. Viel zu sagen hat der zu Hause bestimmt nicht.«

Marga klickte den Sicherheitsgurt ein. »Ist das alles, oder kommt noch was, wenn Sie fertig gegessen haben?«

Als ob Cem ihre Anspielung nicht gehört hätte, nahm er einen weiteren Bissen von seiner Brezel. »Da müsste ich in meinen Notizen nachschauen.« Seine freie Hand tastete nach dem Block in der Brusttasche.

»Dort werden Sie's nicht finden.« Sie steckte den Zündschlüssel ins Schloss, startete den Motor.

Cem ließ seine Hand sinken.

Marga legte den Rückwärtsgang ein. »Dazu braucht es eine Kommissarin. Nur eine Frau kann sich nicht vorstellen, dass sie irgendwann vergessen könnte, wo und wann sie das erste Mal ihren Mann geküsst hat.« Sie fuhr rückwärts aus der Ausfahrt bis zur Straße und bremste den Wagen ab.

»Sie denken an dieses Ehemaligentreffen?«

Marga nickte. »Das war sicher eine Frage, die den beiden bisher nie gestellt wurde. Und somit haben sie auch keine Veranlassung gesehen, sich eine Antwort zurechtzulegen.«

Cem schob sich den Rest der Brezel, groß wie ein Stück Kuchen, zwischen die Zähne. Mit vollem Mund sagte er: »Arendt hat gelogen, das liegt auf der Hand. Und sie hat Hauer wohl damals schon ein falsches Alibi gegeben.«

Marga legte den Vorwärtsgang ein und fuhr los. »Es ist wie immer: Beide lügen, und wir können niemandem etwas nachweisen.« Sebastian hatte mal wieder den richtigen Riecher gehabt. Und Marga war sich jetzt ebenfalls sicher: Hauer hatte für die Tatzeit kein Alibi.

12

Es sollte noch bis zum übernächsten Tag dauern, bis Sebastian endlich die Gelegenheit bekam, seiner eigentlichen Aufgabe im Humboldt-Gymnasium nachzugehen: einen Lehrer über Jasmins Verschwinden auszufragen. Das lag zum einen daran, dass es nicht jeder x-beliebige Lehrer sein durfte, sondern nur jemand mit einer Dienstzeit von wenigstens sieben Jahren. Und außerdem musste er denjenigen allein antreffen. In einer Gruppe von Personen neugierige Fragen zu stellen hätte schiefgehen können. Einzelpersonen schöpften in solchen Fällen meist weniger Verdacht.

Die ersten Unterrichtsstunden an diesem Morgen verliefen ähnlich wie an den beiden Tagen zuvor: aufmüpfige Schüler und katastrophale Leistungen in Deutsch. Wenn nicht einige der Schüler wie Max in der achten Klasse oder Leonie und Pia aus der Kursstufe tatsächlich Interesse gezeigt hätten, so wäre ihm der wenige Spaß, den er noch hatte, ganz vergangen. Auch ein Telefonat mit Marga trug trotz aller neuen Erkenntnisse nicht unbedingt zu einer Verbesserung seiner Stimmung bei. Sie informierte ihn über die Befragung zwei Tage zuvor sowie über Arendts Besuchsgenehmigung während Hauers Untersuchungshaft. Ein Umstand, auf den er eigentlich selbst hätte kommen können. Hauers Alibi war falsch. Davon ging mittlerweile auch Marga aus. Das jedoch bedeutete zugleich, dass Sebastian diese unwürdige Lehrerrolle noch einige Zeit spielen musste.

Nach der nächsten Einzelstunde war es dann tatsächlich so weit. Im Lehrerzimmer saß Oberstudienrat Müller vor seiner riesigen Tasse mit Herzchenmuster und blätterte durch einen Stapel Papier. Ansonsten war niemand zu sehen.

»Ah, der Herr Franck«, rief Müller, als er Sebastian in der Tür erblickte. Ein dicker roter Filzstift in seiner Hand deutete darauf hin, dass es sich bei dem Papierstapel um Klausuren handelte, die er korrigierte.

»Morgen, Herr Müller.« Sebastian suchte fieberhaft nach einem unverfänglichen Einstieg. Etwas Small Talk konnte nie schaden, und so versuchte er es mit Margas Floskel und ahmte deren kumpelhaften Tonfall nach. »Und, was macht die Kunst?«

Müller runzelte die Stirn. »Kunst? Ich unterrichte keine Kunst, sondern Geschichte und Gemeinschaftskunde.«

Vielleicht sollte er das noch üben. Sebastian lächelte, spürte aber schon im Ansatz, dass es misslang. »Darf ich mich trotzdem neben Sie setzen?«

»Natürlich.« Müller legte seinen Filzstift auf den Stapel Klausuren und lehnte sich zurück. »Junge Kollegen muss man immer unterstützen. So viele gibt's davon nicht mehr.« Er grinste, wurde aber sofort wieder ernst. »Bei uns jedenfalls.«

»Tatsächlich?« Sebastian stellte seinen Aktenkoffer auf dem Tisch ab und setzte sich neben ihn. Interesse zeigen hatte oberste Priorität. »Aber wir haben doch genügend Lehrkräfte für unsere Schüler.«

»Das mag auf den ersten Blick so wirken. Aber das liegt nicht an der Anzahl von Lehrern, sondern an der Schülerzahl. Früher«, Müller sah kurz zur Decke, als ob dort oben die guten alten Zeiten hingen, »hatten wir im Humboldt-Gymnasium über fünfhundert Schüler.«

»Fünfhundert?«

»Klar.« Die Resignation in Müllers Gesicht war nur schwer zu übersehen. »Und das Niveau war auch höher.«

Sebastian verkniff sich die Bemerkung, dass ein höheres Niveau auch bitter notwendig wäre. »Was bringt Sie zu der Annahme?«

Er griff nach seinem Filzstift, drehte an der Kappe. »Seit es keine Grundschulempfehlung mehr gibt, glauben viele Eltern, dass ihre Sprösslinge das Talent von Einstein und Goethe gleichzeitig haben.«

»So bedauernswert das sein mag, aber das trifft bestimmt auf viele, wenn nicht gar alle Gymnasien im Land zu.«

Müller schüttelte den Kopf. »Wir haben hier noch ein ganz anderes Problem.«

»Ein ganz anderes Problem?« Sebastian tat so, als ob er nachdachte. »Ah – Sie meinen die schlechte Presse, die Sie vor Kurzem erwähnten.«

»Schlechte Presse, ja.«

Fast von selbst steuerte das Gespräch auf das Thema zu, das ihn brennend interessierte. »Was war der Auslöser?«

Müller musterte ihn mit gerunzelter Stirn. Sebastian kam sich sogleich unsicher vor. »Sie wissen's wirklich nicht.«

»Was weiß ich wirklich nicht?«, fragte Sebastian mit gespielter Überraschung.

»Vor sechs Jahren gab es einen außergewöhnlichen Todesfall.« Müller beugte sich näher heran, und seine Stimme wurde leiser, als wolle er mögliche Zuhörer ausschließen. »Eine Schülerin wurde auf dem Nachhauseweg von der Schule ermordet.«

»Ermordet?« Sebastian hielt sich die Hand vor den Mund. Hoffentlich nahm ihm Müller die Bestürzung ab. Trotz seiner kaum vorhandenen Schauspielkünste.

Der klopfte mit dem Filzstift auf den Stapel Klausuren. Die Kappe fiel ab, und bei jedem Klopfen gab es einen dicken roten Strich auf seinem Zeigefinger und einen Punkt auf dem obersten Blatt. »Ein schrecklicher Vorfall.«

»Das wusste ich nicht.« Sebastian hob die Achseln. »Ich stamme aus Hannover und habe dann einige Jahre in Göttingen studiert. Aus Stuttgart bekommt man da wenig mit.«

Während in Müllers Gedanken offenbar die Ereignisse von damals erneut abliefen, traf der Filzstift ein ums andere Mal Finger und Klausuren. Inzwischen sah der Zeigefinger aus, als hätte er ihn in ein rotes Tintenfässchen getaucht.

»Kannten Sie die Schülerin?«

Müller presste die Lippen aufeinander und nickte. »Jasmin. Jasmin Leibrand war ihr Name.«

»Wie ist sie denn genau gestorben?«

»Das ist es ja gerade. Man hat ihre Leiche nicht gefunden. Immer noch nicht, nach über sechs Jahren. Nur ihre Kleidung. Und die war blutverschmiert.«

»Unheimlich.« Sebastian ließ langsam Luft entweichen. »Und deswegen hat das Humboldt-Gymnasium weniger Schüler?«

»Nicht nur deshalb. Jasmin soll auch ein Verhältnis mit ihrem

Klassenlehrer gehabt haben. Und der«, Müller sah sich kurz um, »war zu allem Übel dann der Hauptverdächtige.«

»Ist dieser Lehrer noch bei uns auf der Schule?« Sebastian fiel es immer schwerer, den Anschein der Ahnungslosigkeit aufrechtzuerhalten.

Die Tür ging auf, und Buhl trat ein. Sie sah Sebastian, wandte ihren Kopf ab und stapfte ohne ein Wort zum anderen Ende des Zimmers.

Müller verfolgte Buhl mit den Augen. Erst nachdem sie sich auf einen weit entfernten Platz gesetzt hatte, deutete er ein Kopfnicken an.

»Wer?« Auch Sebastian hatte seine Stimme gesenkt. Buhl musste nicht mitbekommen, worüber sie sich unterhielten.

Müller hielt seinen Kopf näher an Sebastians. »Hauer.« Es war beinahe ein Flüstern.

»Der Mathematiklehrer?«

»Genau der«, raunte Müller mit einem Seitenblick auf Buhl.

Die hatte es sich inzwischen bequem gemacht und ein Paar weißer Kopfhörer in die Ohren gesteckt.

Eigentlich sollte sich Sebastian für Buhls Missachtung bedanken. So konnten sie sich wenigstens wieder in normaler Lautstärke unterhalten. »Ist das glaubwürdig?«

Müller hob die Achseln. »Bei dem Verhältnis soll es sich nur um ein Gerücht gehandelt haben. Und für die Tatzeit hatte er ein Alibi.«

Seit gestern Abend nicht mehr, vervollständigte Sebastian in Gedanken und fragte dann: »Und ihre Mitschüler? Haben die nichts mitbekommen?«

»Offenbar nicht. Jasmin war in ihrer Klasse so etwas wie ein Außenseiter.« Erst jetzt bemerkte Müller, dass sein Finger mit roter Farbe beschmiert war. Er steckte die Kappe auf den Filzstift und legte ihn wieder neben den Stapel Klausuren. Unbeeindruckt fuhr er fort: »Aber warten Sie's ab. Sie werden die Jugendlichen schon noch kennenlernen. Wer anders ist als der oder die Anführer in der Klasse, wird gemobbt.«

Sebastian brauchte nicht abzuwarten. Sowohl Mobbing-Opfer als auch vermeintliche Anführer hatte er in den drei

Tagen, seit er die Lehrerrolle spielte, zur Genüge kennengelernt.

»Keine Freunde? Aber jeder hat doch irgendwie Freunde.« Erst jetzt bemerkte Sebastian, wie falsch seine übereilte Feststellung war. Zumindest für ihn selbst. Auch wenn er die Mitschüler mitzählte, denen er früher Nachhilfe gegeben hatte, kam er gerade mal auf eine einstellige Zahl.

»Da gab es mal eine Freundin, Pauline hieß sie, glaube ich. Aber letztlich hatten sie wohl doch unterschiedliche Interessen.«

»Gab es Streit zwischen den beiden?«

Müller lehnte sich wieder zurück und musterte ihn. Auf seiner gerunzelten Stirn konnte Sebastian die unausgesprochene Frage lesen, warum er das wissen wollte.

»Nun ja«, schob Sebastian schnell nach, »das gibt es doch oft bei Mädchen in diesem Alter.« Er musste vorsichtiger sein. Sonst würde Müller noch Verdacht schöpfen.

»Jasmin hat ihre freien Stunden oft allein im Computerraum zugebracht.« Die Runzeln auf seiner Stirn verschwanden so schnell, wie sie gekommen waren. »Sie müssen wissen, wir haben damals unsere neuen Computer bekommen. Inzwischen wurden die schon zweimal ausgetauscht. Das Zeug ist ja heutzutage so schnell veraltet.«

»Allein im Computerraum? Das klingt nicht unbedingt nach einem Mädchen.«

»Es war damals die Zeit, in der Facebook ganz groß in Mode kam.« Müller lächelte vor sich hin. »Und Jasmin hat es sich offensichtlich zur Aufgabe gemacht, mir beizubringen, wie man damit umgeht.« Er hielt kurz inne, musterte ihn. »Sind Sie eigentlich auf Facebook?«

»Manchmal schon, ja.«

»Ich kann immer noch nicht damit umgehen.«

»Vielleicht hatte Jasmin ja da ihre Freunde.« Sebastian zuckte mit den Schultern. »Andererseits, in Facebook wird auch viel gemobbt.«

»Jetzt, wo Sie's erwähnen. Sie hat mir mal ganz stolz ihre Freundesliste gezeigt, Dutzende Einträge. So heißt das doch, Freundesliste?«

Sebastian nickte. »Bei einigen ist das Sammeln von Freunden die Hauptbetätigung in Facebook. Und wer viele vorweisen kann, prahlt oft damit.«

»Vielleicht war das ja so eine Art Ersatzfreundeskreis für Jasmin. Jedenfalls hat sie mit einem Mädchen immer diese Lebensweisheiten ausgetauscht. Sie wissen schon, dieses Teenie-Zeugs: Liebe, Glück, tralala ...« Über Müllers Gesicht huschte unvermittelt ein Lächeln.

»Was ist?«

»Merkwürdig. Ich weiß sogar noch ihren Namen: Lilli Bakutz. Bakutz, wie diese österreichische Menschenrechtsaktivistin, die in der Türkei verhaftet wurde.«

»Denken Sie bloß nicht, ich hätte Sie vergessen«, hörte da Sebastian Buhls Stimme. »Ich hab mich erkundigt.«

Er wandte sich um. Buhl stand mit den Fäusten in den Hüften hinter ihm und blickte auf ihn herab.

»Nach was haben Sie sich denn erkundigt?«

»Tun Sie nicht so, als ob Sie nicht wüssten, dass ich von der Feinstaubplakette rede.«

Sebastian glaubte, sich verhört zu haben. Wegen dieses verdammten Aufklebers musste er das Gespräch mit Müller jetzt abbrechen und sich mit dieser Furie herumschlagen.

»Ich brauche nämlich gar keine.« Sie legte den Kopf schief und lächelte falsch.

»Natürlich brauchen Sie eine.« Eigentlich sollte er sich auf diese Diskussion überhaupt nicht einlassen.

»Mein Nachbar ist bei der Polizei. Und der hat gesagt, dass ich keine brauche.« Buhl machte ein überlegenes Gesicht.

»Dann sitzt Ihr Polizisten-Nachbar einem Irrtum auf. Eine Umweltzone bedingt grundsätzlich eine Plakette.«

»Sie müssen wohl immer das letzte Wort haben.«

Sebastian stand auf, sah ihr in die Augen. »Nicht immer. Nur wenn ich damit etwas richtigstellen kann.«

Buhl stieß einen Schwall Luft durch die Lippen, drehte sich um und stapfte aus dem Zimmer.

»Mit ihr sollten Sie sich nicht anlegen«, sagte Müller, als der Türknall verhallt war. »Die hat Haare auf den Zähnen.«

»Danke für den Tipp.« Sebastian sah auf seine Armbanduhr. »Aber ich muss dann jetzt auch wieder, was vorbereiten.« Er nahm seinen Aktenkoffer vom Tisch.

Müller nickte verständnisvoll und beugte sich wieder über seinen Stapel Klausuren.

Sebastian setzte sich ein paar Stühle weiter. Freilich musste er sich nicht vorbereiten. Auf dem Niveau seiner Schüler könnte er ein halbes Jahr unterrichten, ohne etwas nachzuschlagen. Stattdessen nahm er sein Mobiltelefon zur Hand, rief die Startseite von Facebook auf und gab »Lilli Bakutz« in das Suchfeld ein. Dieser ungewöhnliche Name sollte nicht allzu viele Treffer ergeben.

Es waren deren vier: zwei in den USA in Daytona und Bristol, einer in Bad Gastein in Österreich und ein weiterer in Rheinfelden an der Schweizer Grenze. Mit Leibrands Aussage zum Aufenthaltsort seiner Frau war das bereits das zweite Mal, dass die Schweizer Grenze in diesem Fall eine Rolle spielte. Sein Gefühl sagte ihm, dass das kein Zufall sein konnte. Seine nächste Dienstreise würde zu Lilli Bakutz nach Rheinfelden gehen.

***

Marga war spät dran an diesem Vormittag, die Zeit rannte. Um zwei Uhr sollte sie in Marburg bei Amelie Neuburger sein, der Zeugin des Banküberfalls auf die Stadtsparkasse Hannover. Doch der Bericht zur Befragung von Hauer und Arendt hatte nicht nur die Hälfte des gestrigen Tages in Anspruch genommen, sondern sie auch noch an diesem Morgen lange beschäftigt. Wider Erwarten hatte sie immerhin das Telefonat mit Sebastian schnell hinter sich bringen können, obwohl er noch immer mit seiner Rolle als Lehrer haderte.

Zudem stand inzwischen ihr Entschluss fest, Cem bei den Ermittlungen zu Daniel Francks Tod mit ins Boot zu holen. Denn auch hier galt: Vier Augen sahen mehr als zwei. Und bei der Befragung von Hauer und Arendt hatte er bewiesen, dass er über eine gute Beobachtungsgabe verfügte. Außerdem hatte er hoch und heilig versprochen, zu niemandem ein Wort über die Akte in ihrem Schreibtisch zu sagen.

Gegen halb zwölf schaffte sie es dann, den Parkplatz vor dem Dezernat zu verlassen. Bei geschätzten zweieinhalb Stunden Fahrzeit durfte nicht mehr viel dazwischenkommen. Auf dem mittleren Sitzplatz des Campingbusses hatte Cem eine Aktentasche aus braunem Narbenleder deponiert, die auch aus dem Nachlass ihres Urgroßvaters hätte stammen können. Sie vermutete, dass er damit seinen Reiseproviant – vermutlich in Form von Butterbrezeln – transportierte. Und sie sollte recht behalten. Nicht mit den Brezeln, aber mit dem Proviant. Noch vor Karlsruhe kramte er in seiner Aktentasche und schob sich ein erstes Käsebrot in den Mund.

Knapp drei Stunden später und damit eine halbe Stunde zu spät erreichten sie schließlich die Marburger Innenstadt. Mit dem Oberstadtaufzug ging es direkt vom Parkhaus hoch in die Altstadt. Hinter Neuburgers Adresse verbarg sich eine schmale Straße. Hohe Fachwerkhäuser mit steilen Dächern ließen sie noch enger, beinahe wie eine Gasse wirken.

Keine der fünf Klingeln am Fachwerkhaus mit der Nummer vierzehn trug die Beschriftung »Amelie Neuburger«. Dafür entdeckte Marga ganz oben den Namen ihres Mitbewohners oder Lebensgefährten Matteo Padoan und drückte diesen Klingelknopf. Wie schon bei der Telefonnummer schien Amelie Neuburger auch bei ihrer Wohnung keinen Wert darauf zu legen, dass ihr Name genannt wurde.

»Ja?«, erklang Sekunden später eine Frauenstimme.

»LKA Stuttgart.« Marga stellte sich und Cem vor. »Wir haben einen Termin.«

Statt den Türsummer zu betätigen, sagte die Frau: »Sie sind ziemlich spät. Ich muss nachher gleich weg.«

Marga beugte sich vor die Sprechanlage. »Es dauert nicht lange, Frau Neuburger. In einer Viertelstunde sind wir schon wieder weg.«

Diesmal ertönte der Summer. Cem drückte die Tür auf, und sie fanden sich in einem kleinen Vorraum wieder, der im

Halbdunkel lag. Direkt vor ihnen führte eine schmale und steile Treppe in den nächsten Stock.

Cem sah nach oben und verzog das Gesicht.

»Was ist?« Marga konnte ein Grinsen nicht zurückhalten. »Sie wissen doch, oberste Klingel heißt auch oberster Stock.«

Cem seufzte lange und tief. »Und das ohne Aufzug.«

»Hopp, hopp. Wir haben nicht den ganzen Tag Zeit. Und nach den vielen Käsebroten sollten Sie auch genügend Energie für die paar Treppenabsätze haben.«

»Das waren nur drei – und mein Mittagessen.« Schimpfend ging Cem voran. Jede der Stufen quittierte sein Körpergewicht mit einem unüberhörbaren Knarren.

»Warum verdammt«, ächzte Cem, als sie oben ankamen, »müssen Zeugen immer im obersten Stock wohnen?«

Marga warf ihm einen gespielt mitleidigen Blick zu und klopfte an der angelehnten Wohnungstür, die auf Kopfhöhe ein kleines Kränzchen an einem bunten Band schmückte.

Die Tür ging auf. Amelie Neuburger entpuppte sich als relativ kleine, hagere Frau mit blasser Gesichtsfarbe und krausen blonden Haaren. Ihr Oberkörper wirkte fast zierlich. Eine enge Röhrenjeans, vermutlich in Kindergröße, spannte sich um Schenkel, die kaum dicker waren als Cems Arme. Wenn Marga ihr Alter nicht bereits wüsste, hätte sie sie einige Jahre jünger geschätzt.

»Kann ich Ihre Ausweise sehen?«, fragte Neuburger und musterte sie mit wachen Augen.

Marga und Cem präsentierten ihre Dienstausweise.

Neuburger nickte und machte den Platz hinter der Tür frei, damit sie eintreten konnten.

»Sie haben ein Baby?«, fragte Marga, als Neuburger die Tür hinter sich geschlossen hatte.

»Frida, sie wird nächsten Monat ein Jahr alt«, sagte sie nicht ohne Stolz und ging voran.

Neuburger führte sie in eine Küche, die gerade mal so groß war, dass vor dem Fenster, zwischen Küchenzeile und Wand, ein kleinerer Tisch mit zwei Stühlen Platz fand.

»Ist sie nicht da?« Marga sah sich um. Am Kühlschrank klebten ein halbes Dutzend Babybilder, einige nur mit ihr, andere zusammen mit einem dunkelhaarigen Mann. Die Küchenzeile stammte vermutlich aus dem Baumarkt und stellte das völlige Gegenteil von Hauers prachtvoller Wohnküche mit Kochinsel dar. Trotz des wenigen Platzes wirkte alles sehr aufgeräumt. Lediglich im Spülbecken stand eine Kaffeetasse.

»Sie ist bei Matteos Eltern. In einer halben Stunde muss ich sie dort abholen.«

»Wir beeilen uns«, gab Marga schnell zurück und fühlte sich bestätigt, dass Matteo Padoan nicht nur ihr Mitbewohner, sondern auch der Lebensgefährte und Vater ihres Kindes war.

»Setzen Sie sich doch.« Neuburger deutete auf die Stühle am Küchentisch und lehnte sich an den Kühlschrank.

»Ich hab Ihnen ja schon am Telefon gesagt, warum wir mit Ihnen sprechen wollen«, begann Marga, als sie saßen.

»Befragen Sie eigentlich auch die anderen …?« Neuburger geriet ins Stocken.

»… Zeugen?«, vervollständigte Marga den Satz. »Später vielleicht, ja.«

»Und warum zuerst mich?«

»Ich habe mit Herrn Professor Erbmann, dem Psychologen, gesprochen, der damals die Zeugenaussagen bewertet hat.« Marga hatte sich bereits auf der Anfahrt entschlossen, mit offenen Karten zu spielen. »Kennen Sie ihn noch?«

Neuburger nickte. »Ein netter Mann. Er hat mir damals viel geholfen.« Während sie sprach, geriet ihr Gesichtsausdruck ein wenig unsicher. »Ich habe immer noch irgendwo seine Telefonnummer herumliegen.«

»Geholfen? Bei Ihrer Aussage?«

Sie schüttelte den Kopf, sah zu Boden.

»Bei was dann?«

Ein Schatten huschte über Neuburgers Gesicht, als sie den Kopf hob. Für einen kurzen Augenblick sah sie älter aus. »Können Sie sich das nicht denken?«

»Eigentlich nicht.« Margas Blick huschte zu Cem, der bereits wieder Notizblock und Stift gezückt hatte.

Neuburger verschränkte nervös ihre Finger. »Glauben Sie, die Zeit heilt alle Wunden?«

Marga hatte keine Idee, was sie darauf erwidern sollte, und zuckte mit den Schultern.

»Ich glaube das nämlich nicht«, beantworte Neuburger die eigene Frage, und ihre Gesichtszüge verhärteten sich. »Ich war zehn Minuten mit diesen Tiermonstern in einem Raum und hab zugesehen, wie sie einen wehrlosen Menschen erschossen haben.«

»Daniel Franck.« Zu spät bemerkte Marga, dass sie den Namen von Sebastians Bruder nicht gedacht, sondern tatsächlich ausgesprochen hatte.

»Glauben Sie mir, das wird man nie mehr los.« Neuburger konnte ihre Mutlosigkeit nicht verbergen. »Die Zeit heilt keine Wunden. Jedes Mal, wenn es irgendwo knallt, eine Tür zufällt oder ich die Fehlzündung eines Autos höre, läuft dieser verfluchte Moment nochmals vor meinen Augen ab. Das ist wie in einem Film: der Schussknall, das Mündungsfeuer, dann der Ausdruck im Gesicht dieses jungen Mannes, als er von der Kugel getroffen wird.«

Aus den Augenwinkeln sah Marga, dass Cem Neuburger anstarrte, als hätte er einen Geist vor sich. Und obwohl sein aufgeschlagener Block vor ihm lag, hatte er bisher keine einzige Zeile notiert.

»Daniel Franck, so hieß er doch, sagten Sie.« Neuburger hatte ihre Finger inzwischen so fest verschränkt, dass das Weiß der Knöchel hervortrat. »Er war noch so jung. Und ich bin mir sicher, er wusste in dem Augenblick, als auf ihn geschossen wurde, dass er sterben wird.«

Marga ließ die Worte verklingen, hilflos angesichts der traumatischen Erfahrung Neuburgers.

Es war Cem, der als Erster seine Sprache wiederfand. »Den Mann, der geschossen hat, können Sie ihn uns noch einmal beschreiben?«

Statt darauf zu antworten, schaute Neuburger ihn mit einer Mischung aus Überraschung und Widerwillen an.

Marga räusperte sich. »Professor Erbmann meint, dass Sie sich nach all der Zeit vielleicht an Dinge erinnern können, die Ihr Gedächtnis damals verdrängt hat.«

Neuburgers Blick änderte sich nur wenig. Offenbar teilte sie Erbmanns Ansicht nicht.

»Versuchen Sie's einfach«, sagte Marga in der Hoffnung, sie so zu motivieren. »Sie können nichts falsch machen.«

Neuburger schloss die Augen und begann dann tatsächlich zu reden. »Die hatten alle blaue Overalls an, so amerikanische Schildmützen und eben diese Tiermasken. Der mit der Wolfsmaske hat geschossen.«

Marga unterdrückte den Impuls, sie darauf hinzuweisen, dass der Schütze eine Bärenmaske aufhatte.

Neuburger öffnete wieder die Augen und sah auf. »Da ist nicht mehr. Und warum sollte ich mich nach all der Zeit besser daran erinnern?«

»War irgendetwas besonders an dem Typen mit der Wolfsmaske? Schuhe, Kleidung, Haare oder Schmuck?«, fragte Cem.

Wieder schloss Neuburger die Augen. Diesmal aber weitaus kürzer. »Nein«, sagte sie dann und hob die Achseln. »Die sahen doch alle gleich aus, bis auf die Schuhe.«

Alles, was sie bisher gesagt hatte, wusste Marga bereits von den Videostandbildern. Ihre Zuversicht schwand, von Neuburger überhaupt etwas zu erfahren, das sie weiterbringen könnte. Dieser Professor Erbmann hatte sich mit seiner Theorie über den vorübergehenden Verlust von Gedächtnisspuren offenbar getäuscht. Vermutlich waren die bei Neuburger für immer in ihrem Gehirn verschollen.

»Halt«, sagte sie da plötzlich.

Marga blickte auf.

»Die Schuhe. Dieser Mann mit der Wolfsmaske hatte andere Schuhe als seine Komplizen.«

Auch das wusste Marga bereits. »Das ist bekannt: Adidas bei dem Schützen und zweimal Nike bei den beiden anderen.«

»Nicht nur«, fuhr sie mit einem Mal hastiger fort. »Der dritte Streifen fehlte.«

»Der dritte Streifen?« Noch konnte Marga sich keinen Reim darauf machen, worauf sie hinauswollte.

»Sie wissen schon.« Nun hatte Neuburger auch ihre Stimme angehoben. »Jeder Adidas-Schuh hat drei Streifen, und zwar auf beiden Seiten. Und am linken Schuh, auf der Innenseite, fehlte einer davon.«

»Davon steht nichts in den Akten.«

»Dieser fehlende Streifen ist bestimmt auch Daniel Franck aufgefallen, bevor er ... erschossen wurde. Er hat diese Schuhe auch angestarrt.«

Marga stellten sich die Nackenhaare auf. »Was haben Sie da gerade gesagt?«

»Er hat diese Schuhe auch angestarrt.« Neuburger sah zwischen Marga und Cem hin und her, als wären sie beide schwer von Begriff.

»Nein, davor.«

»Bevor er ... erschossen wurde.«

Marga beschlich eine vage Ahnung. »Versuchen Sie sich bitte genau an die Sekunden vor dem Schuss zu erinnern. Wie hat sich Daniel Franck da verhalten?«

»Er hat diese blöden Schuhe angestarrt und ... den Arm gehoben, als wolle er darauf zeigen.« Neuburger stockte, schüttelte dann schnell den Kopf. »Nein, es sah sogar so aus, als ob er was sagen wollte.« Sie ließ Kopf und Schultern hängen. »Da ist auch schon der Schuss gefallen.«

»In dem Moment, als er etwas sagen wollte?«

»Ja.« Neuburger presste die Lippen aufeinander.

»Könnte es sein, dass Daniel Franck diesen Schuh mit dem fehlenden Streifen schon mal gesehen hatte? Und in dem Moment wusste, wo?«

Sie zögerte und nickte dann schwach.

Marga schluckte. Diese winzige Kopfbewegung von Neuburger reichte aus, dass sich aus ihrer vagen Ahnung ein konkreter Verdacht entwickelte: Daniel Franck könnte seinen Mörder in der Bank wiedererkannt haben.

13

»… hat Atze mir gesagt, dass ich ihn nicht nerven soll mit dem Konzert. Natürlich hab ich dann gleich Fabian angerufen. Ich hatte ja zwei Karten …«

Wie das tosende Frühjahrs-Schmelzwasser von einer Felswand ergoss sich der Wortschwall über ihn. In seinem Kopf setzte hämmernder Schmerz ein.

»… die waren verdammt teuer. Und dann Grabnebelfürsten, so was gibt's nur einmal in Stuttgart …« Ungebremst drangen die Wörter weiter in sein Bewusstsein.

Wie konnte er die Stimme nur zur Ruhe bringen? »Leiser … bitte«, versuchte er zu sagen, doch nur ein Krächzen entwich seiner ausgetrockneten Kehle.

»Chef?«, sagte eine junge Frauenstimme leiser, sodass sich andere dumpfe Geräusche in den Vordergrund drängten. Trotzdem kannte er die Stimme.

Die wurde lauter. »Chef? Sind Sie wach?«

Wer war dieser Chef?

Er versuchte, die Augen zu öffnen, wollte das Gesicht hinter dieser Stimme sehen. Seine Lider flatterten, verschwommene Konturen und blasse Farben projizierten nur allmählich Bilder auf seine Netzhaut: eine weiße Zimmerdecke, unterhalb davon, an einem verchromten Metallrohr ein Plastikgriff in Form einer Triangel. Daneben ein Ständer mit einem Beutel, prall gefüllt mit einer glasklaren Flüssigkeit. Ein transparenter Plastikschlauch führte davon weg und verschwand irgendwo links neben ihm.

»Hören Sie mich, Chef?«, sagte ein bleiches Gesicht. Es gehörte einer jungen Frau mit schwarzen halblangen Haaren und einer grünen Strähne an der rechten Seite. Sie lächelte, und zwischen ihren Schneidezähnen blitzte ein Piercing auf.

»Franziska?« Wieder nur ein Krächzen. Hatte er tatsächlich etwas gesagt? Er räusperte sich. »Franzi?«

»Yeah«, rief sie und klatschte so laut in die Hände, dass seine

Kopfschmerzen förmlich explodierten. »Sie sind wirklich wach. Es hat funktioniert.«

»Leiser … bitte.«

»Es hat funktioniert«, wiederholte Franziska etwas leiser.

»Was hat … funktioniert?«

»Der Arzt hat gesagt, ich soll ruhig mit Ihnen reden. Das schadet nicht.«

»Der Arzt?« Seine Augen blieben an einem Holzkreuz mit Jesusfigur an der gegenüberliegenden Wand hängen. Der LCD-Fernseher daneben war kaum größer als ein Computermonitor. Darunter, neben einem winzigen Tisch, ein einzelner Holzstuhl mit grünlichem Sitzpolster. Zwei identische weiße Schränkchen von der Größe einer mittleren Reisetasche schlossen sich an. »Wo bin ich?«

»Kreiskrankenhaus Rheinfelden, Zimmer 205.«

»Krankenhaus?«

Natürlich, der Infusionsbeutel, der Plastikgriff, der aussah wie eine Triangel. Sebastian riss den Kopf hoch. Er würde es nie mehr tun. Es fühlte sich an, als ob ein Messer sich durch seine Schädeldecke bohrte. Sofort sank er wieder zurück, schloss die Augen und sehnte nichts stärker herbei, als dass der Schmerz abebbte.

»Sie sollten sich nicht so schnell bewegen.« In Franziskas Stimme schwang ein sorgenvoller Unterton mit.

»Das weiß ich jetzt auch.« Sebastian öffnete wieder die Lider. Helle Lichtpunkte tanzten vor seinen Augen auf und ab, folgten seinem Blick und verschwanden dann.

Krankenhaus bedeutete nichts Gutes. Etwas musste mit ihm passiert sein. Ein Unfall? Eine schwere Erkrankung? Sebastian hob zuerst den linken, dann den rechten Arm. Er betrachtete seine beiden Hände mit zehn unverletzten Fingern. Der transparente Plastikschlauch aus dem Infusionsbeutel endete unter einem Verband in seiner linken Ellenbogenbeuge. Er versuchte, die Füße zu bewegen. Seine Beine fühlten sich schwer wie Blei an, jede Regung war eine Qual. Aber was interessierte das schon, wenn sich am Bettende die Decke simultan mit seinen Füßen und Zehen bewegte. Erleichterung machte sich in ihm breit. Offensichtlich besaß er noch alle Gliedmaßen, und die reagierten so, wie sie sollten.

»Wie geht's Ihnen?«

»Kopfschmerzen.« Er atmete tief durch. »Aber wie bin ich überhaupt hierhergekommen?«

Franziska legte ihre Stirn in Falten. »Wissen Sie das wirklich nicht?«

Fieberhaft durchforschte Sebastian sein Gedächtnis. Seinen Namen kannte er, Franziska hatte er ebenfalls sofort erkannt. Er wusste auch, wo er wohnte und dass er als Kriminalbeamter im Dezernat T.O.M. für unaufgeklärte Mordfälle arbeitete. Das beruhigte ihn etwas. Aber warum in aller Welt lag er in diesem Krankenhaus? Er kramte weiter in seinen Erinnerungen. Doch da existierte nichts, nicht der geringste Hinweis. Gerade noch rechtzeitig konnte er ein Kopfschütteln unterdrücken. »Ich habe nicht die leiseste Ahnung.«

»Man hat Sie«, Franziska druckste herum, schien nach den richtigen Worten zu suchen, »mit einer Kopfwunde aufgefunden. Hier in Rheinfelden, in einer Hofeinfahrt. Jemand muss Sie niedergeschlagen haben.«

Von was redete sie da? Wollte Franziska ihn auf den Arm nehmen? »Niedergeschlagen? Kopfwunde? Hofeinfahrt?«

Sie nickte.

»Von wem?«

»Das wollte ich Sie eigentlich gerade fragen.«

»Da suchen Sie sich besser eine andere Frage.« Das klang lockerer, als ihm zumute war.

»Wissen Sie, wo ihr Auto ist?«

Der Mercedes. Natürlich. Darüber hatte er noch gar nicht nachgedacht. Irgendwie musste er ja nach Rheinfelden gekommen sein. Aber wo hatte er ihn abgestellt? »Vielleicht wurde ich überfallen und … der Wagen gestohlen.«

Franziska schüttelte vehement den Kopf. »Das können wir ausschließen. In dem Schrank liegen Ihre persönlichen Sachen: Geldbörse, Handy, auch die Autoschlüssel.«

»Also kein Raubüberfall.«

»Sie können sich nicht daran erinnern, was geschehen ist?«

Franziskas knappes Lächeln sollte wohl seiner Aufmunterung dienen. »Sagt Ihnen der Fildermädchen-Fall was?«

Sebastian nickte ganz vorsichtig. »Jasmin Leibrand. Der Mord ohne Leiche im Sauhag. Vor mehr als sechs Jahren.« Sein aktueller Fall. Die Aktenordner stapelten sich in seinem Büro. Auch das wusste er.

»Was ist denn das Letzte, an das Sie sich erinnern können?«

Sebastian schloss die Lider. Bilder trieben durch seinen Kopf: Berthold Hauer, der damalige Hauptverdächtige, der Aussiedlerhof bei Aichtal, dann Matthias Leibrand in blauer Latzhose und mit Klappmesser, ein dreistöckiger Backsteinbau mit Kassettenfenstern, davor grölende Kinder. Schlagartig endete alles wie bei einem Filmriss. Er schlug die Augen auf. »Das Klingen einer Schulglocke.«

»Schulglocke?« Franziska ließ für einen Moment ihren Mund offen stehen. »Meinen Sie den Unterrichtsbeginn im Humboldt-Gymnasium am Donnerstag?«

»Vermutlich.« Auch davon wusste er. Er hatte dort einige Tage als Lehrer verdeckt ermittelt. Die Gedanken daran lösten ein unangenehmes Gefühl in ihm aus. Steinhoff, die Whisky trinkende Direktorin, und Oberstudienrat Müller kamen ihm in den Sinn.

»Sie haben mich am Donnerstagnachmittag angerufen. Ich sollte für Sie die Adresse einer Lilli Bakutz in Rheinfelden herausfinden.«

»Und, haben Sie?«

»Klar.« Franziska nickte. »Ich hab Sie dann auch gleich zurückgerufen. Da waren Sie schon auf dem Weg hierher.«

»Und wer ist diese Lilli Bakutz?« Sebastian hatte den Namen noch nie gehört.

Franziska musterte ihn kritisch. »Sie war eine Facebook-Freundin von Jasmin Leibrand.«

»Donnerstagnachmittag, sagen Sie?«

»Ich hol dann mal eine Krankenschwester.« Franziska kam von ihrem Stuhl hoch, schickte sich an, das Zimmer zu verlassen.

»Warten Sie. Was für ein Tag ist heute?«

Franziska verharrte, sah aus, als hätte sie Mitleid mit ihm. »Samstag.«

»Ich liege seit zwei Tagen hier?« Sebastian glaubte, sich verhört zu haben.

»Nein, erst seit heute. Gestern lagen Sie noch einen Stock höher auf der Intensivstation.«

Zwei Tage Bewusstlosigkeit. Und davor? »Um welche Uhrzeit hat man mich denn gefunden?«

»Der Notruf kam um siebzehn Uhr zweiundzwanzig.«

Damit fehlten neben den letzten beiden Tagen knapp zwölf Stunden seiner Erinnerung: von Unterrichtsbeginn bis zum späten Nachmittag, als er aufgefunden wurde.

»Wer hat mich gefunden?«

»Das wissen wir nicht. Als der Rettungswagen ankam, waren da nicht einmal Schaulustige. Die Sanitäter mussten Sie sogar suchen.«

»Und dieser Notruf bringt uns nicht weiter?« Vorsichtig hob Sebastian den Oberkörper an, stützte sich mit einem Ellenbogen ab. Sofort verstärkte sich der Kopfschmerz wieder. »Vielleicht hat der Anrufer was gesehen.«

Franziska zuckte mit den Schultern. »Es war eine weibliche Stimme. Den Rest versuchen die Rheinfelder Kollegen gerade rauszubekommen. Aber bei einer unterdrückten Rufnummer kann das eine Weile dauern.« Sie huschte aus dem Zimmer und zog die Tür hinter sich zu.

Wie zum Teufel konnte es sein, dass er sich an zwölf Stunden nicht erinnern konnte? Etwas wie Vergessen gab es für sein Gehirn nicht. Er beherrschte ein halbes Dutzend Kniffe, um sich Dinge samt allen Details einzuprägen. So konnte er Namen, Daten, Stimmen, Gesichter auch noch nach Jahren abrufen, als hätte er sie gerade erst wahrgenommen. Und nun hatte er das erste Mal etwas wirklich Wichtiges vergessen. Zwölf Stunden waren in seinem Kopf verschwunden wie in einem schwarzen Loch.

Der Kopf! Er riss die Hände hoch. Der Infusionsbeutel am Ständer wackelte bedenklich. Er befühlte sein Gesicht: Kinn, Mund, Nase, Augen, Stirn. Es fühlte sich an wie immer. Er wollte nach seinen Ohren greifen und spürte oberhalb davon einen dicken Verband, der offensichtlich den gesamten Hinterkopf umschloss.

Mit einem leichten Drücken tastete er sich weiter. Dann schrie Sebastian auf. Rund fünf Zentimeter hinter dem rechten Ohr musste ihn der Schlag getroffen haben. Langsam ließ er sich zurück auf das Kissen sinken.

Einige Minuten später schwang die Tür auf, und Franziska kam in Begleitung eines glatzköpfigen Mannes im weißen Kittel zurück. Um seinen Hals schwang ein Stethoskop.

»Ich ruf dann mal die Chefin an, draußen.« Franziska wandte sich um und schloss die Tür.

»Hallo, Herr Franck, mein Name ist Dr. Petronović.« Die dunkle Stimme mit dem unüberhörbaren slawischen Akzent, die wachen Augen und die gefurchte Stirn verliehen dem Mediziner fraglos Autorität.

Sebastian nickte. »Guten Morgen.«

»Guten Morgen?« Ein nachsichtiges Lächeln umspielte seinen Mund. »Wir haben späten Nachmittag, Herr Franck.«

Sebastian sah zum Fenster hinaus. Ein fünfstöckiger Betonbau umschloss von zwei Seiten eine parkähnliche Gartenanlage in der Größe zweier Fußballfelder. Der jeweils andere Gebäudeteil spiegelte sich in den Glasscheiben. Vier mit rötlichem Sand bestreute Fußwege führten diagonal aus jeder Ecke des Parks zur Mitte einer Rasenfläche. Weit entfernt ragten die weißen Gipfel der Alpen in einen blauen Himmel mit nur wenigen Federwölkchen. Die Sonne stand tief, verströmte jedoch nicht dieses klare, morgendliche Licht, sondern den warmen, gelblichen Glanz des frühen Abends.

»Aber das kann passieren, wenn man zwei Tage verschläft.« Petronović hatte plötzlich eine winzige Stablampe in der Hand und leuchtete in seine Augen.

Sebastian stöhnte auf.

Petronović stellte die Lampe aus. »Was ist?«

»Mein Kopf. Ich hab heftige Kopfschmerzen.«

»Da brauchen Sie sich nicht wundern. Das war ein ziemlicher Schlag, den Sie abbekommen haben. Aber keine Angst, die Schädelbasis ist unverletzt. Auch ansonsten ist nichts gebrochen.« Er schlug die Decke am Bettende zurück. »Können Sie Ihre Zehen bewegen?«

Sebastian wackelte mit den Zehen.

»Gut.« Petronović beugte sich vor. Auf seiner Glatze spiegelte sich das Deckenlicht. Er strich mit der Stablampe nacheinander über beide Fußsohlen. »Spüren Sie das?«

»Es kitzelt.«

»Kein Kribbeln in den Beinen?«

»Nein.«

»Noch besser.« Petronović lächelte knapp.

Sebastian fragte sich, ob der eine andere Miene ziehen würde, wenn er statt des Kitzelns ein Kribbeln in seinen Beinen gespürt hätte. Vermutlich nicht.

Erst jetzt registrierte Sebastian, dass die Mitte der Parkanlage, dort, wo die vier Sandwege sich trafen, offenbar die Raucherecke des Krankenhauses darstellte. Eine Handvoll Personen, einige in Jogginganzügen, andere in Morgenmänteln, saßen auf Stahlbänken oder standen daneben und sorgten dafür, dass die hellgraue Qualmwolke über ihren Köpfen keine Chance hatte, sich aufzulösen.

Petronović klappte die Bettdecke wieder zurück. »Das wird alles ganz schnell wieder.« Er musterte Sebastians Kopf wie ein Kunstkritiker, der ein Gemälde begutachtete. »Bis auf Ihre Frisur. Die ist erst mal futsch. Wir mussten die Wunde mit acht Stichen schließen.«

Ein einbeiniger Mann an Krücken, aber mit brennender Zigarette im Mund humpelte den Sandweg entlang in Richtung der Stahlbänke. Offenbar hatte er sich vorgenommen, noch das verbliebene Bein wegzurauchen.

»Geben Sie mir was gegen diese verdammten Schmerzen?«, fragte Sebastian.

Petronović nickte. »Ich schreib Ihnen Ibuprofen achthundert Milligramm auf.«

»Ibuprofen? Das wird wohl kaum reichen.«

»Dann versuchen wir es eben mit Tramadol.« Petronović hob das Kinn. »Das ist ein Arzneistoff aus der Gruppe der Opioide.

Der unterdrückt die Schmerzreize bereits im zentralen Nervensystem.«

»Wegen mir«, knurrte Sebastian.

»Als Nebenwirkung treten jedoch manchmal Benommenheit oder Schwindelgefühle auf. Sie haben doch keine Unverträglichkeiten gegen Opioide, oder?

Sebastian verneinte. Alles war besser als diese verdammten Schmerzen.

In der Parkanlage hatte sich der Einbeinige inzwischen auf einer Stahlbank neben einem aufgedunsenen älteren Mann mit weißen Haaren niedergelassen. In dessen Mund steckte eine daumendicke Zigarre.

»Sonst fühlen Sie sich gut?«, frage Petronović.

»Nein«, gab Sebastian zurück und musterte ihn. »Mir fehlen zwölf Stunden.«

»Zwölf Stunden?« Petronović machte ein Gesicht, als würde er mit einem Kind sprechen.

»Zwölf Stunden meiner Erinnerung. Die sind einfach weg, als ob sie nie passiert wären.«

»Sie können sich nicht erinnern?«

»Das sag ich doch gerade.«

Petronović atmete einmal kurz durch, als müsse er extra Kraft für die Antwort sammeln. »Sie wurden niedergeschlagen. Mindestens einmal, und zwar mit einem stumpfen Gegenstand.« Er deutete auf seine rechte Kopfseite. »Hier, gleich hinter dem Ohr.«

Sebastian wollte nach der Stelle tasten, konnte sich aber gerade noch zurückhalten.

»Als der Rettungswagen eintraf, hatten Sie noch einen schwachen Puls, aber keinen Blutdruck mehr. Ihre Atmung hat ausgesetzt. Sie können der Ärztin danken, dass Sie überhaupt noch leben. Sie hat Sie zurückgeholt. Und demjenigen, der den Notruf gewählt hat. Nur fünf Minuten später, und Sie wären nicht mehr am Leben.«

Sebastian schluckte. »Gibt es bleibende Schäden?«

»Wollen Sie die Kurz- oder die Langversion?« Petronovićs Lächeln geriet etwas schief.

»Die ehrliche.«

»Einer der Schläge, die Sie abbekommen haben, hat neben dieser Platzwunde von rund acht Zentimetern Durchmesser ein Schädel-Hirn-Trauma zweiten Grades verursacht. Man spricht dabei auch von einer Contusio cerebri, einer Gehirnprellung. Wir haben Sie einen Tag in ein künstliches Koma versetzt, damit die Schwellung nachlässt.«

»Das beantwortet nicht meine Frage.«

Petronović seufzte und vergrub die Hände in den Taschen seines Kittels. »In Ihrem Fall können wir davon ausgehen, dass wir es mit einer gedeckten, aber offensichtlich reversiblen Schädigung der Hirnsubstanz zu tun haben.«

»Heißt reversibel auch, dass ich mich wieder an die fehlenden zwölf Stunden erinnern kann?« Ohne diese Erinnerung würde er wohl nie in Erfahrung bringen können, wer ihn halb totgeschlagen hatte. Und mindestens so wichtig wie das Wer erschien ihm auch das Warum. Möglicherweise hatte es sogar mit dem Fildermädchen-Fall zu tun.

»Das ist nicht mein Fachgebiet. Ich kann bildgebende Verfahren und eine neurologische Untersuchung veranlassen, wenn Sie wollen.«

»Und wie lange dauert so was?«

»Zwei, drei Tage schon.« Petronović zögerte einen Moment, bevor er fortfuhr: »Aber vermutlich liegt sowieso kein pathologischer Befund vor.«

Mit dem heutigen Tag würden »reversibel« und »kein pathologischer Befund« zu seinen Lieblingsbegriffen gehören. Es gab wohl kaum etwas Erlösenderes als einen Arzt, der bescheinigte, dass alles wieder so wurde, wie es war.

»Sondern?«, fragte Sebastian.

»Retrograde Amnesie. Eine Form des Gedächtnisverlustes, bei der Patienten sich nicht mehr an die Geschehnisse vor dem Eintreten des schädigenden Ereignisses erinnern können. Eine relativ weitverbreitete Diagnose.«

Sebastian ließ seinen Blick nach draußen schweifen. Der Einbeinige auf der Stahlbank hatte sich in der Zwischenzeit eine zweite Zigarette angezündet und unterhielt sich angeregt mit dem dicken Weißhaarigen.

Er wandte den Kopf wieder Petronović zu. »Und wann geht das vorüber?«

Statt etwas darauf zu erwidern, zuckte der so heftig mit den Schultern, dass das Stethoskop auf seinem Bauch hin und her hüpfte.

»Was? Keine Prognose?« Warum ließen sich Ärzte immer alles aus der Nase ziehen?

»Das ist schwierig. Die im Gedächtnis gespeicherten Bilder und Zusammenhänge sind ja da, können nur nicht ins Bewusstsein geholt werden. Ob und wann das wieder funktioniert, also die Erinnerungen zurückkommen, hängt von einer ganzen Reihe Faktoren ab.«

»Zum Beispiel?«

»Zuerst mal von Ihnen selbst. Vielleicht verdrängen Sie, besser gesagt Ihr Gedächtnis, die Bilder aufgrund eines traumatischen Erlebnisses.«

»Nein.«

Mit einem gespielt mitleidigen Blick schien Petronović seine Überlegenheit im medizinischen Bereich demonstrieren zu wollen. »Was macht Sie da so sicher, Herr Franck?«

Sebastian hätte jetzt antworten können, dass er genügend Fachliteratur zu den kognitiven Fähigkeiten eines Menschen studiert hatte. Oder dass er über eine enorme visuelle Vorstellungskraft verfügte und Dinge manchmal gänzlich ohne Sinnesreize wahrnehmen konnte. Petronović hätte es nicht verstanden, und so beließ er es bei der knappen wie trotzigen Antwort: »Ich verdränge nie etwas.«

Petronović gab sich uneinsichtig. »Das können Sie nicht beeinflussen.«

Dieses Gespräch drehte sich im Kreis. An der Stelle könnte er genauso gut die Diskussion mit Petronović beenden. Woher sollte der überhaupt wissen, wozu er fähig war? »Wie geht's jetzt weiter?«

»Sie bleiben noch ein paar Tage hier. In der Zeit können Sie entscheiden, ob Sie eine neurologische Untersuchung vornehmen lassen wollen.«

Der dicke Weißhaarige hatte seine Zigarre fertig geraucht

und hievte sich von der Stahlbank hoch. Er winkte dem Einbeinigen kurz zu und schlurfte dann wie in Zeitlupe einen der Sandwege entlang.

»Und von wie vielen Tagen reden wir?« Er musste hier raus. Und zwar schnell.

Erneut zuckte Petronović mit den Schultern, das Stethoskop auf seiner Brust wackelte. »Bestimmt eine Woche.«

Sebastian hatte sich bereits jetzt genug vage Ausführungen angehört. Für die nebelhaften Aussagen anderer Ärzte fehlte ihm die Geduld. »Ich bin Kriminalpolizist und habe derzeit einen Fall aufzuklären.«

»Oh, wir haben es mit einem Superman zu tun. Oder Batman? Ich kann mir diese amerikanischen Superhelden einfach nicht merken.« In Petronovićs Augen lag ein amüsiertes Funkeln. »Aber sogar Kriminalpolizisten müssen ihrem Körper Zeit zur Heilung geben. Auch wenn sie an einem dringenden Fall arbeiten.«

Sebastian ließ seine Bemerkung unkommentiert. Es hätte sowieso nichts geändert.

»Ich muss dann auch wieder weiter, Herr Franck. Morgen früh ist offizielle Visite. Ich schaue mal, ob ich die Kollegin von der Neurologie mitbringen kann. Falls Ihnen bis dahin etwas fehlt, klingeln Sie am besten gleich nach der Schwester. Sie bringt Ihnen nachher auch die Schmerztabletten.« Damit wandte Petronović sich um und verschwand durch die Tür.

Sebastian sah nach draußen, wo der Einbeinige dabei war, seine dritte Zigarette anzuzünden. Der Mann verlor keine Zeit, auch seinem anderen Bein den Garaus zu machen. Da drang ein Dröhnen an seine Ohren, das schnell lauter wurde. Hinter dem Gebäudeteil auf der rechten Seite tauchte ein rot-weißer Rettungshubschrauber auf, neigte die Nase und verschwand binnen Sekunden aus seinem Blickfeld. Mit ihm ließ auch schnell das Geknatter nach.

Die Tür schwang auf. Hoffentlich bekam er endlich diese verdammten Schmerztabletten.

Statt der Krankenschwester kam Franziska herein und trat wieder neben sein Bett. »Die Chefin und Cem lassen Sie herzlich grüßen. Sie wollen morgen im Laufe des Tages vorbeischauen.«

»Schön«, gab er zurück, obwohl ihm überhaupt nicht nach Besuch zumute war.

»Und? Was sagt der Arzt?«

»Retrograde Amnesie«, knurrte Sebastian. »Geht irgendwann vorbei. Vielleicht.« Er stieß Luft zwischen den Lippen hervor. »Hätte ich auch ohne Arzt gewusst.«

»Das geht schneller, als Sie vielleicht denken, Chef.«

»Ihr Wunsch möge erhört werden.«

»In der Zwischenzeit hab ich schon mal voll die Breaking News für Sie.« Franziska deutete mit den Händen eine imaginäre Schlagzeile in der Luft an.

»Breaking News?«

»Ja.« Ein Grinsen stahl sich auf ihr Gesicht. »Es gibt schon erste Neuigkeiten.«

»Machen Sie's nicht so spannend.«

»Die Kollegen vom Rheinfeldener Polizeirevier haben gerade eben Ihren Wagen gefunden.«

»Tatsächlich? Wo denn?«

»Zentrale Verwahrstelle für abgeschleppte Fahrzeuge.« Ihr Grinsen wurde noch eine Spur breiter. Das Piercing zwischen ihren Schneidezähnen blitzte auf. »Sie haben wohl die Parkzeit um ein paar Tage überschritten.«

14

Marga stand am Fenster und betrachtete die alten knorrigen Laubbäume vor ihrem Büro. In den Baumwipfeln und an den äußeren Zweigen verblasste bereits das Grün der Blätter, und wenn sie genauer hinsah, entdeckte sie die ersten gelben Spitzen. Der Herbst rückte unaufhörlich näher. Nicht mehr lange, und die Menschen würden nach dem Heizöl in den Tanks schauen, und viel zu schnell kam dann die Kälte.

Einen gehörigen Schrecken hatte Sebastian ihr da eingejagt. Aber nach zwei Tagen Bewusstlosigkeit schien er mittlerweile auf dem Weg der Besserung. So jedenfalls war ihr Eindruck nach dem Telefonat mit Franziska. Dieser Dr. Petronović, den sie danach angerufen hatte, war zwar nicht gesprächig gewesen, aber schon die Floskel »den Umständen entsprechend« schien Franziskas Annahme zu bestärken. Am morgigen Sonntag, so Margas Plan, würde sie ihn besuchen und sich selbst ein Bild von seinem Zustand machen. Gleichzeitig hoffte sie, dass Sebastian etwas Licht in die Sache brachte. War er nur zur falschen Zeit am falschen Ort gewesen, oder steckte mehr dahinter? An das zufällige Opfer Sebastian Franck wollte Marga nicht so recht glauben. Bei ihm geschah selten etwas zufällig. Hatte der Überfall mit dem Fildermädchen-Fall zu tun? Und hatte sie ihn womöglich mit den verdeckten Ermittlungen an der Schule in Gefahr gebracht? Vielleicht war er aufgrund dessen jemandem in Rheinfelden zu nahe gekommen. Von der Beantwortung dieser Fragen würde sie ihre weitere Vorgehensweise in dem Fall abhängig machen.

Im Büro hingegen hatte Marga die beiden letzten Tage Zeit gehabt, sich vollständig durch die Akte zum Überfall auf die Stadtsparkasse Hannover zu arbeiten. Ein weiteres Mal hatte sie mit Professor Erbmann, dem Psychologen, gesprochen, der sich in seiner Vermutung bestätigt fühlte, dass Amelie Neubauer mehr wusste, als in den Aussageprotokollen zu finden war. Auch maß Erbmann ihrer Aussage zum fehlenden Streifen an den

Turnschuhen und zu ihrer Vermutung, dass Daniel Franck seinen Mörder gekannt haben könnte, große Bedeutung bei.

Bei der Kontaktaufnahme zu den anderen Zeugen hatte sie jedoch weniger Glück gehabt. Der Filialleiter Heinrich Meder und sein Mitarbeiter Ralf Herzsprung, die noch in derselben Bankfiliale arbeiteten, wollten einer weiteren Befragung erst nach Rücksprache mit dem Vorstand zustimmen. Und das wiederum schien länger zu dauern, denn seither hatte sie von keinem der beiden etwas gehört. Das greise Ehepaar Heinz und Elfriede Bauer war mittlerweile verstorben. Blieb noch Paul Scheffler, der Inhaber eines Friseurgeschäftes aus der Nachbarschaft. Inzwischen wusste Marga, dass er seinen Laden aufgegeben und sich in der Nähe von Málaga zur Ruhe gesetzt hatte. Doch trotz seiner vielen Freizeit schaffte sie es nicht, ihn ans Telefon zu bekommen.

Vielleicht hatte sie ja am heutigen Samstag mehr Glück. Marga griff nach dem Telefonhörer und wählte Schefflers spanische Telefonnummer in der Wahlwiederholungsliste aus, die sie von seiner Nachfolgerin, der Filialleiterin einer Friseurkette, erhalten hatte.

Eine schier endlose Anzahl von Klingeltönen folgte. Schon wollte sie wieder auflegen, als sich tatsächlich ein jüngerer Mann meldete und ein Schwall spanischer Wörter auf sie einprasselte.

Marga kramte in ihrem Gedächtnis nach übrig gebliebenen Vokabeln aus dem letzten Spanienurlaub. »LKA Stuttgart … *Policía alemán. Está … señor* Paul Scheffler … *aquí*?« Sie hatte nicht die geringste Ahnung, ob ihr Gestammel für einen Spanier überhaupt Sinn ergab.

»Momento por favor«, kam es einen Augenblick später zurück, ein Knacken in der Leitung, und schlurfende Schritte entfernten sich. Offenbar waren ihre nicht vorhandenen Spanisch-Kenntnisse doch ausreichend.

Es dauerte eine ganze Weile, bis sich jemand meldete. Diesmal erkannte sie schon an der Sprachmelodie, dass es sich um einen Deutschen handelte. »Wer ist da?«

»LKA Stuttgart, Kronthaler ist mein Name«, stellte Marga sich vor. »Spreche ich mit Herrn Scheffler, Paul Scheffler?«

»Ja«, kam es lang gezogen und nach einem Zögern vom anderen Ende der Leitung.

Marga schlug Schefflers Aussage in der Ermittlungsakte auf. Das Foto zeigte einen gutmütig wirkenden Mann in den Fünfzigern mit gräulichem Dreitagebart und buntem Tuch um den Hals. Als Friseur hatte er sich gewiss andere Gene gewünscht. Mit dem spärlichen grauen Haarkranz dürfte er in seinem Beruf nicht glücklich gewesen sein, konnte er doch keine seiner Frisuren selbst vorführen. »Herr Scheffler, ich komme am besten gleich zur Sache.«

»Um was geht es denn?« Die Stimme klang überraschend jung für sein Alter.

»September 2010, Banküberfall auf die Stadtsparkasse Hannover und das Tötungsdelikt an Daniel Franck.«

Im Telefon rauschte es, dann ein Knacken. Offenbar war die Verbindung nach Málaga nicht sonderlich gut.

Marga presste den Hörer stärker ans Ohr. »Herr Scheffler? Sind Sie noch da?«

»Ja, bin ich.«

»Ich weiß, es ist schon einige Jahre her. Aber es gibt neue Anhaltspunkte in dem Fall. Fühlen Sie sich in der Lage, mir ein paar Fragen zu beantworten?«

Scheffler atmete hörbar aus. »Fragen Sie.«

Marga klemmte den Telefonhörer zwischen Schulter und Ohr und pulte eine Zigarette aus der Schachtel. Sie brannte sie an und nahm einen tiefen Zug. »Sie können sich doch bestimmt noch an jenen Nachmittag in der Bank erinnern.«

»So was vergisst man nie.«

»Das kann ich mir vorstellen als Zeuge bei einem derart schrecklichen Ereignis.« Margas Blick folgte dem Rauch bis zur Zimmerdecke.

»Nicht nur das. Daniel ist als Kind oft zum Haareschneiden in mein Geschäft gekommen.«

»Sie kannten ihn?«

»So wie man seine Kunden eben kennt. Daniels Elternhaus lag ja nur ein paar Straßen entfernt.«

Marga dachte für einen Moment darüber nach, ob sie dieser

Information weiter nachgehen sollte, verwarf aber den Gedanken sogleich wieder. Nach Amelie Neuburgers Aussage brannte ihr etwas anderes unter den Nägeln. »Ich interessiere mich für einen der Bankräuber.«

»Ich weiß nicht, ob ich Ihnen da weiterhelfen kann. Ich musste mich ja gleich auf den Boden legen. Viel hab ich von diesen Typen nicht gesehen.«

»Versuchen Sie sich bitte trotzdem an den Mann zu erinnern, der auf Daniel Franck geschossen hat.« Marga zog ein weiteres Mal an der Zigarette.

»Der Mann mit der Bärenmaske«, kam es postwendend zurück, und sie spürte die Anspannung in seiner Stimme.

»Genau der.« Margas Blick wanderte wieder zum Protokoll seiner Aussage.

»Hm«, machte Scheffler, dann noch einmal. »Das war ein groß gewachsener Mann, ziemlich schlank, fast dürr. Unter dieser Kappe, die er aufhatte, konnte man schwarze Koteletten erkennen. Ich denke, er hatte dunkle, kurze Haare. Glatt, keine Locken oder Wellen.«

Das entsprach in etwa seiner damaligen Aussage. »Sonst noch was? Teile der Kleidung, Schuhe?«

»Die hatten alle die gleichen Overalls an. So blaue, wie sie Handwerker tragen, aber ohne Abzeichen oder Schriftzug. Mehr hab ich davon nicht gesehen. Ich hab ja mit dem Gesicht nach unten auf dem Boden gelegen.«

»Und die Schuhe. Die konnten Sie doch bestimmt aus Ihrer Position auf dem Boden gut erkennen.«

Scheffler blies Luft in den Hörer. »Der Typ hatte solche gelben Sportschuhe an. Heute sagt man wohl Sneakers.«

»Irgendwas besonders an den Schuhen?«

»Besonderes? Meinen Sie, ob die Schuhe schmutzig waren? Das weiß ich nicht mehr.«

»Das meine ich nicht.«

»Nein, es waren einfache gelbe Sportschuhe mit schwarzen Streifen.« Kratzgeräusche drangen an ihr Ohr, als ob Scheffler sich an seinen Dreitagebart rieb. »Aber warten Sie mal …«

Marga hörte, wie er das Telefon beiseitelegte.

Ein kurzer spanischer Wortwechsel folgte, dann erklang wieder Schefflers Stimme: »Das waren gelbe Adidas Samba mit schwarzen Streifen.«

»Und das wissen Sie noch so genau?«

»Das ist nicht schwer. Manuel hatte eine Zeit lang das gleiche Modell.«

»Wer ist Manuel?«

»Mein Mitbewohner«, gab Scheffler zurück, und Marga meinte, dass da ein Zögern vor seiner Antwort war. Aber vielleicht lag es nur an der schlechten Leitung nach Málaga, oder sie bildete es sich schlicht ein. »Er war es auch, der vorhin das Telefon abgenommen hat.«

»Gut, Herr Scheffler.« Wieso fühlte sie sich schon wieder ertappt? Sie nahm einen weiten Zug von der Zigarette und ließ langsam den Rauch entweichen. »Was denken Sie, wie alt der Mann mit der Bärenmaske war? Jünger als dreißig, jünger als vierzig oder älter?«

»Ich glaube, die waren alle drei jünger als dreißig.«

»Wie kommen Sie darauf?«

»Das ist schwer zu sagen.« Scheffler machte eine längere Pause, bevor er weitersprach. »Aber ich hatte damals schon das Gefühl, dass da drei Halbstarke einen Banküberfall verüben wollten, bei dem verdammt viel schiefging.«

Sportschuhe, Halbstarke, Amateure. Dazu passte auch, dass die Bankräuber durch Daniel Francks Tod offensichtlich völlig aus dem Konzept gebracht worden waren und sie den Überfall mit gerade mal achttausend Euro abgebrochen hatten.

»Wollen Sie sonst noch etwas wissen?«, fragte er, als sie nach einer Weile nichts mehr gesagt hatte.

»Nein. Ich denke, das reicht mir für heute, Herr Scheffler. Aber darf ich Sie unter dieser Nummer nochmals anrufen, falls weitere Fragen auftauchen?«

»Natürlich.«

Marga bedankte sich, legte auf und drückte die Zigarette im Aschenbecher aus.

Wie sollte sie nun die beiden Aussagen von Neuburger und Scheffler nach all der Zeit bewerten? Auffällig war, dass sich beide viel genauer an die Schuhe des Schützen erinnern konnten, als aus den Akten hervorging. Dort stand lediglich etwas von Adidas-Schuhen. Sie hingegen wusste inzwischen sogar das Modell und dass an einem Schuh ein Streifen fehlte.

Marga nahm die Videostandbilder zur Hand. Dutzende Male hatte sie die Ausdrucke schon angeschaut: Tiermasken, Schildmützen, weiße Golfhandschuhe und blaue Overalls. So weit, so bekannt. Was sie jedoch nicht zeigten, waren die Schuhe der Täter. Alle Ausschnitte der Kameras reichten immer nur bis knapp unter die Knie. Und innerhalb von zwei Minuten hatten sie jede Videokamera im Schalterraum mit Farbe übersprüht. Somit hatte es für die damaligen Ermittler außer den Aussagen der Zeugen keine anderen Anhaltspunkte zu den Schuhen des Schützen gegeben.

Marga klappte die Akte zu, steckte sich eine neue Zigarette an. Inzwischen wusste sie so einiges über Daniel Francks Mörder, jenen schlanken, groß gewachsenen Mann mit ausgeprägtem Adamsapfel. Vermutlich war der damals jünger als dreißig, trug die schwarzen glatten Haare kurz und mit ausgeprägten Koteletten. Und zumindest im September 2010 hatte er gelbschwarze Adidas Samba mit einem fehlenden Streifen auf einer Innenseite des rechten Schuhs besessen. Ihr Verdacht jedoch schien sich weiter zu verfestigen: Trotz der Maske vor dem Gesicht hatte Daniel Franck offenbar seinen Mörder erkannt.

***

Franziska war schon vor Stunden gegangen. Sebastian hatte ihr die Schlüssel mitgegeben und eine Liste geschrieben, was er aus seiner Wohnung benötigte. Sie wollte dafür sorgen, dass der Mercedes auf dem Krankenhausparkplatz abgestellt wurde, hatte versprochen, die Guppys zu füttern und beim nächsten Mal alles mitzubringen, was auf der Liste stand. Ansonsten, so fürchtete er, drohten ihm hier drinnen einige trostlose Tage, in denen er langsam verblöden würde.

Die Tür ging auf, und eine jüngere Krankenschwester mit strengem Kurzhaarschnitt, aber freundlichem Lächeln kam herein. In einer Hand balancierte sie ein Tablett mit dem Abendessen und hoffentlich seinem Schmerzmittel.

»Ich bin Schwester Elvira«, sagte sie lächelnd. »Wie geht's Ihnen, Herr Franck?« Ihr Lächeln wurde so strahlend, dass er zurücklächelte, obwohl ihm überhaupt nicht danach war.

»Besser, wenn die Schmerzen am Hinterkopf nicht wären.«

»Ich hab für Sie Schmerztabletten dabei, dann wird das bestimmt schnell besser.« Schwester Elvira stellte das Tablett auf dem Nachttisch ab.

Der Geruch von Fenchel, der ganz offensichtlich aus der metallenen Kanne strömte, drang an seine Nase. Er hasste Fencheltee, mehr noch, es war ein wahrhaftiges Fencheltrauma. Schon seit er denken konnte, hatte seine Mutter ihm Fencheltee einfiltriert, sobald ihm nur unwohl war. Auch der Rest auf dem Tablett, zwei Stück Graubrot, etwas Butter, Wurst und Käse, sorgten bei ihm nicht unbedingt für ein Bedürfnis nach Abendessen.

»Bis auf die Tabletten können Sie alles gleich wieder mitnehmen.«

»Och, Herr Franck, Sie müssen aber was essen. Sonst schließe ich nachher wieder eine Infusion an.« Sie zeigte auf den Chromständer mit dem leeren Infusionsbeutel und grinste.

»Ich habe keinen Hunger.«

»Der kommt vielleicht noch. Aber wissen Sie was? Ich lass alles hier stehen, dann können Sie später davon essen.«

»Einverstanden, aber dann da drüben.« Sebastian deutete zum Besuchertisch an der gegenüberliegenden Wand. Nur von dort würde er vom Fenchelgeruch verschont bleiben.

Nachdem Schwester Elvira seinem Wunsch nachgekommen war, förderte sie einen kleinen Tablettenspender aus ihrer Kitteltasche. Sie zeigte auf ein winziges ovales Dragee. »Das hier ist für die Schmerzen, und die Blaue hier ist ein leichtes Schlafmittel. Sie werden es brauchen.« Erneut präsentierte sie ein strahlendes Lächeln.

Sie schenkte ihm ein Glas Wasser halb voll, schüttelte das Kissen auf und strich die Decke glatt. Sekunden später war Schwester Elvira wieder verschwundenen.

Die Schmerzen am Hinterkopf ließen schon bald nach Einnahme der Tramadol und des Schlafmittels nach, allerdings fühlte er sich seither tatsächlich benommen. Es war, als umhüllte ihn eine Wolke aus Watte, die ihn seine Sinneseindrücke verzögert wahrnehmen ließ. Das Schlafmittel jedoch schien nicht wirken zu wollen. Kein Wunder nach zwei Tagen Bewusstlosigkeit.

Er schaltete den Miniatur-Fernseher ein und zappte durch das Programm: zweitklassige Dokumentationen und dämliche Spielshows. Aber was hatte er erwartet? Eine klassische Literaturverfilmung?

Ein paar Kanäle weiter stieß er dann mit »Goldenes Gift« immerhin auf einen Film-noir-Klassiker, den er bisher nur in der englischen Originalfassung gesehen hatte. Doch schon bald kamen Bild und Ton der intrigenspinnenden Jane Greer nicht mehr simultan in seinem Gehirn an, und so musste er den Fernseher ausschalten. Vielleicht hätte er doch besser nur Ibuprofen nehmen sollen.

Missmutig ließ er seinen Blick zum Fenster hinausgleiten. Längst war die Dämmerung hereingebrochen. Schwarze oder gelb leuchtende Rechtecke hatten inzwischen die Spiegelbilder aus den Fenstern der beiden Gebäudeteile verdrängt. Halbhohe Leuchten schütteten ihr fahles Licht auf die sandbestreuten Wege der Parkanlage. Die Lichtkegel reichten nur wenige Meter weit, alles jenseits davon versank im Halbdunkel. Die Sitzbänke in der Mitte sahen mit ihren Stahlfüßen beinahe aus wie kleine feststeckende Käfer. Gleichwohl diente der Platz weiterhin als Zufluchtsort für die Krankenhausraucher. Immer wieder glommen Zigarettenspitzen auf, die wie Glühwürmchen in der Dunkelheit umhertanzten.

Er hatte niemanden kommen gehört. Mit einem Mal jedoch spürte Sebastian, dass sich noch jemand im Zimmer befand. Er wandte den Kopf und blickte auf übereinandergeschlagene nackte Knie und Oberschenkel. Im Halbdunkel schimmerte die Haut weiß wie Porzellan, und im ersten Augenblick dachte Sebastian, dass Franziska wieder auf dem Stuhl neben seinem Bett saß. Doch so schnell konnte auch sie ihre halblangen, pechschwarzen Haare nicht gegen diese feuerrote Mähne tauschen, die unter dem dunklen Fedora hervorquoll. Die breite Hutkrempe warf einen Schatten über Stirn und Augen der Frau und sorgte dafür, dass er vom Rest des Gesichts nicht viel erkennen konnte. Bis auf die knallrot geschminkten Lippen und den winzigen Schönheitsfleck auf der rechten Wange. Der Film noir hatte offenbar seine Wahrnehmung vollkommen durcheinandergebracht.

Er zwang sich, hinaus zu den glimmenden Zigarettenspitzen zu schauen, zählte sie und drehte den Kopf wieder zur anderen Seite: nackte Oberschenkel und Knie, knallrote Lippen und ein Schönheitsfleck auf weißer Haut.

»Was machen Sie hier?« Sebastian bemerkte, wie das Gefühl der Benommenheit weiter zunahm. Offensichtlich begann das Schlafmittel, nun doch zu wirken.

Ein Lächeln trat auf die knallroten Lippen, und zwei strahlend weiße Zahnreihen blitzten hervor. »Ich wollte nach Ihnen schauen.«

Der Duft von Parfum drang an seine Nase – irgendetwas sommerlich Frisches nach Blumen oder Früchten. Die Frau saß tatsächlich neben seinem Bett. Eine Sinnestäuschung oder gar ein Traum schienen ausgeschlossen. Alles wirkte so realistisch wie ein Blick aus dem Fenster.

»Nach mir schauen? Ich kenne Sie nicht.« Seine Verwirrung nahm weiter zu.

»Aber ich kenne Sie.« Die Frau hatte eine angenehm leise Stimme, die ihn an Samt erinnerte. »Ich hab Sie vor zwei Tagen bewusstlos in einer Hofeinfahrt gefunden.«

»Sie waren das? Sie haben mich gefunden?« Sebastian wollte sich aufrichten, doch Schwindel setzte ein, und im nächsten Moment verschwamm das Gesicht der Frau zu einem hellen Fleck. Erst nachdem er sich mühsam auf dem Ellenbogen abgestützt hatte, bildeten sich allmählich wieder Konturen vor seinen Augen: der schwarze Hut, die feuerroten Lippen, die weiße Haut. Die Frau saß immer noch neben ihm auf dem Stuhl und hatte die Beine übereinandergeschlagen – lange, wohlgeformte Beine, die in schwarzen Pumps endeten.

Sie deutete ein Kopfnicken an, und für einen winzigen Moment sah Sebastian ihre grünen Augen, ehe der Schatten der Hutkrempe wieder über sie fiel. Scharf trennte der den oberen, dunklen Teil des Gesichtes bis etwa zur Nase vom helleren unteren Bereich.

»Dann hab ich Ihnen wohl mein Leben zu verdanken.« Diese wenigen Worte reichten nicht annähernd, ihr seine Dankbarkeit auszudrücken. Aber für eine andere Form des Danks fühlte er sich zu müde, zu kraftlos.

»War es tatsächlich so schlimm um Sie bestellt?« Die Frau wechselte die übereinandergeschlagenen Beine. Das Kleid – ein buntes Etwas – war schon verdammt kurz und endete bereits eine Handbreit über ihren Knien.

Wie Blei legte sich die Müdigkeit in seine Glieder. Kaum noch konnte er seine Augenlider offen halten, und das Gesicht der Frau drohte erneut konturlos zu werden. Sebastian ließ sich zurück auf das Kissen sinken. Er blinzelte, schaffte es jedoch nicht mehr, seinen Blick zu fokussieren. »Der Arzt hat gesagt, nur ein paar Minuten später, und ich wäre nicht mehr am Leben.«

»Wenn er recht hat, dann haben Sie tatsächlich ziemlich viel Glück gehabt.«

»Ich kenne nicht mal … Ihren Namen.« Sebastian bemerkte, dass es ihm schwerfiel, ganze Sätze zu bilden. Die Zunge fühlte sich an wie ein geschwollener Klumpen Fleisch, wie ein Fremdkörper im Mund. Die Augen fielen ihm zu, und der Schlaf griff nach ihm, ohne dass er etwas dagegen tun konnte.

»Mein Name ist Lilli.«

Lilli? Hatte die Frau das wirklich gesagt, oder spielte ihm sein übermüdeter Verstand einen Streich?

Etwas knirschte wie Sandkörner unter einem Stuhlbein, dann das Rascheln von Stoff. Bisher hatte er immer gedacht, dass Träume geräuschlos endeten.

15

Schlagartig drang grelles Licht an seine Netzhaut, obwohl er die Lider geschlossen hatte. Die Helligkeit brannte sich förmlich in sein Gehirn, und der Schmerz vereinigte sich mit dem am Hinterkopf.

»Guten Morgen«, rief da jemand in einer Lautstärke, die überhaupt nicht zu einem guten Morgen passen wollte.

Probeweise öffnete Sebastian ein Auge, vorsichtig und langsam. Eine beleibte Krankenschwester mit strengem Blick und Damenbart hatte sich vor seinem Bett aufgebaut. Eine Faust umklammerte ein Fieberthermometer, die andere eine Blutdruckmanschette.

»Wollen Sie selbst?«, fragte sie und hielt ihm das Fieberthermometer vor die Nase.

Sebastian öffnete beide Augen, nickte schnell. Mit je weniger er hier drinnen in Berührung kam, desto weniger Bakterien würden ihn attackieren. Multiresistente Keime lauerten bestimmt auch in diesem Krankenhaus.

Schwester Damenbart deponierte das Thermometer auf dem Nachttisch.

»Wo ist denn Ihre nette Kollegin von gestern Abend?« Der Schmerz an seinem Hinterkopf nahm weiter zu. Er brauchte dringend eine neue Schmerztablette.

»Sie hat sonntags frei. Heute gibt's ohne nett.«

»Das ist nur schwer zu überhören.« Sebastian beschloss, dass er Schwester Damenbart nicht mochte.

»Wie geht's uns denn heute Morgen?«, fragte sie, und schon am Tonfall hörte Sebastian, dass sie sich nicht wirklich für die Antwort interessierte.

»Ihnen.«

»Was?«

»Das richtige Personalpronomen lautet ›Ihnen‹. Außer Sie wollen tatsächlich wissen, wie es uns beiden *zusammen* geht – was ich mir allerdings nicht vorstellen kann.«

Ohne ein weiteres Wort zog Schwester Damenbart mit ihrer eiskalten Hand an seinem Arm. Sie fixierte die Manschette und pumpte sie auf, bis er glaubte, sein Oberarm werde zerquetscht. Vermutlich die Rache für das Personalpronomen.

Langsam ließ sie die Luft ab und horchte mit dem Stethoskop in seiner Ellenbeuge. »Ziemlich niedrig«, sagte sie schließlich und ließ das Instrument samt Manschette in einer Kitteltasche verschwinden.

»Kein Wunder, ich schlafe eigentlich noch.«

Schwester Damenbart zog einen kleinen Block aus der anderen Tasche und notierte etwas. »Ich bring Ihnen nachher gleich das Frühstück.«

»Kann ich zuvor eine Schmerztablette haben, bitte?« Das Echo seiner eigenen Worte dröhnte im Kopf.

»Das muss warten bis nach dem Frühstück.« Sie steckte den Block zurück und schaute auf wie eine Lehrerin, die ihrer Schulklasse Anweisungen gab.

»Nein, muss es nicht.«

Schwester Damenbart stieß einen Laut der Belustigung aus. »Beruht diese Einschätzung auf Ihrer großen medizinischen Erfahrung?«

»Nein. Aber ich habe gestern noch den Beipackzettel für Tramadol gegoogelt. Im Abschnitt Dosierung ist nicht vermerkt, dass es nur nach dem Essen eingenommen werden darf.«

»Ich spreche gleich mit dem Arzt.« Sie wechselte das Standbein, kam mit ihrer ausladenden Hüfte an die Lehne des Besucherstuhls und schob ihn so etwas zur Seite. Sand knirschte unter den Stuhlbeinen. »Und denken Sie daran, gleich noch Ihre Temperatur zu messen.«

Sebastian hätte nicht sagen können, wie lange Schwester Damenbart noch neben ihm stand. Für ihn existierte nur noch das, was sein Bewusstsein mit den knirschenden Sandkörnern verband. Und zwar eine Frau mit schwarzem Hut, feuerroten Lippen, einer weißen Haut wie Porzellan und diesem winzigen Schönheitsfleck an der Wange.

Sie hatte gesagt, er habe bewusstlos in einer Hofeinfahrt

gelegen. Ein Traum? Niemals. Das Knirschen des Sandes bewies das Gegenteil. Die Frau, die gestern auf dem Besucherstuhl neben seinem Bett gesessen hatte, existierte tatsächlich. Sie war so real wie Schwester Damenbart. Sogar einen Namen hatte sie genannt: Lilli. Und er kannte nur eine Lilli. Lilli Bakutz, die Facebook-Freundin von Jasmin Leibrand.

Doch war sie es wirklich? Für einen Vergleich der Gesichter brauchte er sein Smartphone aus dem Schrank drüben an der Wand.

Sebastian versuchte, seine Beine anzuheben, was überraschenderweise ganz gut klappte. Er hievte sich an dem grauen Triangelgriff über ihm hoch und schaffte es, sich aufrecht hinzusetzen. Doch es hatte ihn einige Kraft gekostet, und sein Hinterkopf drohte zu explodieren. Erst einige Atemzüge später hatte er den Schmerz zurückgedrängt und fühlte sich stark genug, ganz aufzustehen. Er schob den Nachttisch etwas zur Seite und ließ sich vom Bett gleiten. Barfuß, mit einer Hand am Nachttisch, landete er auf zitternden Beinen. Auf dem kalten Linoleumboden spürte er die Sandkörner.

Er löste seine Hand vom Nachttisch und schob sich mit Trippelschritten vorwärts in Richtung Schrank. Noch vor fünf Minuten hätte er nicht gedacht, dass er überhaupt in der Lage war, aufzustehen, geschweige denn diese drei Meter zu gehen. Doch nun stand er vor der geöffneten Schranktür und erschrak. Kragen und Oberarm seines Jacketts und des Hemds waren auf der rechten Seite mit einer rotbraunen, angetrockneten Masse bedeckt. Zweifellos handelte es sich um Blut. Sein Blut.

Das Telefon fand Sebastian schließlich in einem Fach oberhalb seiner Kleidung, und tatsächlich zeigte es noch eine Akkukapazität von knapp zwanzig Prozent an. Er machte sich auf den Rückweg, ließ sich wieder auf das Bett fallen. Noch nie hatten ihn sechs Meter Fußweg derart angestrengt.

Er öffnete den Browser und rief die Facebook-Seite von Lilli Bakutz auf. Doch das Profilfoto zeigte nur ein Blumenmotiv. Auch sonst fand er kein Foto, auf dem sie so zu sehen war, dass er es mit dem Gesicht in seinem Gedächtnis vergleichen konnte. Mit Facebook allein würde er wohl nicht weiterkommen.

***

Es war nicht viel los gewesen auf der Rheintalautobahn an diesem Sonntagmorgen, und so hatten Marga und Cem die dreihundert Kilometer bis nach Rheinfelden unerwartet schnell hinter sich gebracht. Eigentlich hätten sie schon viel früher in Stuttgart losfahren können. Und das lag nicht an Cems Essen, denn seinen Reiseproviant hatte er dabei, sondern an zwei paketgroßen Plastikkisten, die sie bei Franziska hatten abholen müssen. Marga wollte gar nicht wissen, was Sebastian alles unter seinem »Nötigsten« – so Franziskas scherzhafter Ausdruck – verstand. Sie wusste jedoch, dass es zu viel und vor allem zu schwer war. Besonders als sie eine der Kisten vom Parkplatz zum Aufzug und von da aus den Gang entlangtragen musste. Sogar Cem schnaufte wie ein Schwerarbeiter, als sie vor Zimmer 205 standen.

Mit einem Ächzen stellte sie ihre Plastikkiste vor der Tür ab und nahm den Blumenstrauß zur Hand, den sie auf den Deckel gelegt hatte. Sie wickelte das Papier ab, klopfte.

»Ja«, drang es dumpf durch die geschlossene Tür. Im ersten Moment hätte Marga nicht sagen können, ob es sich um Sebastians Stimme handelte.

Sie öffnete die Tür und trat in ein helles Krankenzimmer mit nur einem Bett. Daraus stierte sie ein Mann mit einem dicken Mullverband an, der einen Großteil seines Kopfes bedeckte. Nur das Gesicht war ausgespart. Wegen der blauen und roten Flecken, der kleineren Schwellungen und Schrammen musste sie jedoch zweimal hinschauen, um Sebastian zu erkennen. Er sah arg mitgenommen aus.

»Hallo, Herr Franck.« Marga steckte das Blumenpapier in eine Tasche und trat neben das Bett.

»Frau Kronthaler, Cem, hallo«, kam es überraschend klar von ihm zurück. Sie hatte angesichts seiner Verletzungen eher mit einem Stöhnen gerechnet.

»Hallo«, sagte da Cem neben ihr. »Ich bring gleich noch die Plastikkisten rein.«

»Plastikkisten?«, fragte Sebastian sichtlich verwirrt. »Welche Plastikkisten?«

»Da ist das Zeugs drin, das Sie Franzi auf die Liste geschrieben haben. Sie lässt Ihnen übrigens ausrichten, dass sie die Fische gefüttert hat.« Cem setzte sich in Bewegung, packte die erste Kiste und zog sie auf dem Boden entlang durchs Zimmer. Es quietschte. »Wenn wir gewusst hätten, dass Sie umziehen, hätten wir für die Kisten ein Umzugsunternehmen beauftragt.« Er bugsierte die Kiste neben den Schrank an die Wand. »Sind die schwer.« Cem kam ächzend hoch und drückte seinen Rücken ins Hohlkreuz.

»Ich hab ihr doch gar nicht so viel aufgeschrieben. Ein paar Bücher, mein Notebook und das Tablet, dann die Ladegeräte dazu, etwas Kleidung und Waschutensilien. Ach ja, und den Wasserkocher noch.«

»Wasserkocher?« Marga glaubte, sich verhört zu haben. »Wozu brauchen Sie im Krankenhaus einen Wasserkocher?«

»Um mir Tee aufzubrühen.«

»Hier gibt's doch wohl heißes Wasser?«

»Bestimmt.« Sebastian stieß einen Schwall Luft zwischen den Lippen hindurch. »Aber wissen Sie, wie viele Menschen jährlich an multiresistenten Keimen in deutschen Krankenhäusern und Arztpraxen sterben?«

»Nein, weiß ich nicht.« Marga ahnte bereits, dass sie besser nach einer anderen Antwort hätte suchen sollen.

Cem hatte sich von seinem kurzen Schwächeanfall erholt, zog die Hose ein Stück höher und stapfte ein weiteres Mal zur Tür.

»Bis zu sechstausend Menschen«, fuhr Sebastian fort und sah Cem zu, wie der schwer atmend die zweite Kiste neben die erste schob. »Und das sind noch vorsichtige Schätzungen des Robert-Koch-Instituts.«

»Und darum trinken Sie keinen fertigen Tee wie alle anderen Patienten hier?«, fragte Marga.

»Auch.« Sebastian verschränkte die Arme vor der Brust. Ein

trotziges Kind würde nicht anders dreinschauen. »Und weil es nur Fenchel, Kamille und Hagebutte gibt.«

»Und da ist nichts für Sie dabei?«

»Nein. Wenn ich Tee trinke, dann sollte es schon grüner Tee sein. Am besten aus der laotischen Provinz Phongsaly. Ach ja, der müsste übrigens auch in einer der Kisten sein.«

»Phongsaly, soso.« Marga unterdrückte einen Seufzer. »Wenn Sie meinen.« Sie musste das Thema wechseln und deutete auf den Blumenstrauß in ihrer Hand. Erst jetzt fiel ihr ein, dass sie nicht wusste, ob Sebastian überhaupt Blumen mochte.

»Danke.« Er ließ ein missglücktes Lächeln folgen. »Aber Sie müssen sich selbst um eine Vase kümmern. Hier drinnen hab ich keine gesehen.«

»Das machen Sie.« Marga drückte Cem den Blumenstrauß in die Hand. Noch immer hatte sich sein Atem von der Kistenschieberei nicht wieder beruhigt. »Vorne bei der Stationsschwester gibt's bestimmt eine.«

Cem verzog das Gesicht, stapfte dann aber wortlos davon.

»Mein lieber Scholli. Sie sehen aus wie schon mal gegessen.« Marga zog den Besucherstuhl näher an das Bett und nahm Platz. »Wie geht's Ihnen denn?«

»Ich hab mich schon besser gefühlt.« Sebastian setzte sich vorsichtig auf, stopfte das Kissen hinter den Rücken und lehnte sich an. »Die Wunde am Hinterkopf wurde genäht, deswegen auch der Verband.«

»Und, tut's noch weh?« Marga musterte ihn. Der enorme Verband um seinen Kopf sah ein bisschen aus wie ein Halbschalenhelm, wie ihn Rollerfahrer manchmal trugen.

»Weniger als gestern.«

»Sie haben uns ganz schön erschreckt. Wir wussten einen Tag lang nicht, wo Sie steckten, und dann hat Franziska Sie hier auf der Intensivstation aufgespürt.«

»Das ist bedauerlich, aber ich hätte es auch gern weniger dramatisch gehabt. Und vor allem weniger schmerzhaft.« Ein weiteres Mal versuchte er zu lächeln. »Aber wie habt ihr mich eigentlich gefunden?«

»Als Sie nicht in der Schule auftauchten, hat Frau Steinhoff bei uns im Dezernat angerufen. Franziska konnte sie telefonisch nicht erreichen, ist sogar bei Ihnen zu Hause vorbeigefahren. Sie waren wie vom Erdboden verschluckt.« Marga kam von ihrem Stuhl hoch, zog die Jacke aus. Sie legte sie über die Stuhllehne und setzte sich wieder. »Am Abend hat sie dann die Polizeidienststellen und Krankenhäuser entlang der Autobahn angerufen, weil sie dachte, dass Sie vielleicht einen Unfall hatten. Ja, und hier in Rheinfelden hat sie Sie schließlich gefunden.«

»Lange Geschichte.« Sebastian tastete nach seinem Verband, zog aber schnell wieder die Hand zurück. »Und ich weiß nicht einmal, wie ich hierhergekommen bin.«

Die Tür ging auf, und Cem kam mit dem Blumenstrauß in einer Vase zurück. »Ich stell das mal auf den Tisch da.«

Marga nickte und wandte sich wieder an Sebastian. »Wie meinen Sie das?«

Bevor er antworten konnte, vernahm sie hinter sich Cems Stimme: »Was ist das?«

Sebastian reckte den Kopf. »Mein Mittagessen.«

»Essen Sie das noch?«

Sebastian deutete ein Kopfschütteln an. »Nein.«

»Kann ich es haben?«

»Ja«, entgegnete Sebastian. »Ich hab vor ein paar Stunden gefrühstückt und noch keinen Hunger.«

»Auch den Schokopudding?« Cems Freude über das unerwartete Mittagessen war kaum zu überhören.

»Klar. Auch den Schokopudding.«

Marga unterdrückte erneut ein Seufzen. Aber immerhin würde Cem jetzt Ruhe geben. Zumindest, solange er aß. Sie wandte sich erneut an Sebastian. »Sie haben gerade gesagt, dass Sie nicht wissen, wie Sie hierhergekommen sind.«

»Ja. Das nennt sich retrograde Amnesie. Der ganze Tag von morgens bis abends fehlt in meiner Erinnerung. Das sind zwölf Stunden, die einfach weg sind.« Ein bitterer Zug lag plötzlich um seinen Mund.

»Sie können sich an nichts erinnern?« Zwar hatte sie schon mit Zeugen und hauptsächlich Tätern zu tun gehabt, die sagten, dass sie an einer retrograden Amnesie litten. Doch meist war sie davon ausgegangen, dass es sich dabei um eine Schutzbehauptung gehandelt hatte. Zu einfach war es, sich auf Gedächtnisverlust zu berufen. Und niemand konnte das Gegenteil beweisen.

»Nicht einmal, dass ich nach Rheinfelden gefahren bin. Die Erinnerungen enden mit der Schulglocke an dem Morgen, als ich niedergeschlagen wurde.«

Hinter sich hörte sie Cem mit dem Besteck klirren, dann das Stochern eines Löffels in einem Plastikbecher. Offensichtlich war er bereits beim Schokopudding angelangt.

»Das wird doch sicher wieder, oder?«, fragte Marga. Solange Sebastian sich an nichts erinnern konnte, tappten auch sie im Dunkeln.

»Es ist sehr wahrscheinlich, hat der Arzt gesagt, dass die Erinnerungen zurückkommen. Aber das kann Tage, Wochen oder gar Monate dauern.«

»Tage, Wochen oder gar Monate?« Das hatte Marga sich anders vorgestellt. »Das heißt dann wohl, dass wir vorerst kaum eine Chance haben, herauszubekommen, ob der Überfall auf Sie mit dem Fildermädchen-Fall zu tun hat.«

»Womöglich doch«, sagte Sebastian, und sie spürte, dass er eine entscheidende Information zurückhielt.

»Machen Sie's nicht so spannend.«

»Ich hatte gestern noch Besuch«, sagte er mit einem fast geheimnisvollen Unterton.

»Das weiß ich. Franziska war bei Ihnen.«

»Nicht nur sie«, gab Sebastian zurück.

Wie so oft gestalteten sich Gespräche mit ihm nach kurzer Zeit anstrengend. Entweder musste man ihm alles aus der Nase ziehen, oder er überhäufte einen mit unnötigen Details. »Wer sonst …«, begann Marga, doch sein Blick ließ sie verstummen.

Sebastian drückte den Rücken durch und setzte sich dann ganz auf. »Eine junge Frau, die behauptet, dass sie mich bewusstlos in einer Hofeinfahrt gefunden hat.«

Sie sagte nichts, brauchte einige Zeit, um die neue Information einzuordnen.

»Ich denke, dass es Jasmins frühere Facebook-Freundin Lilli Bakutz war, die mich gestern Abend noch besucht hat.«

***

Sebastian hatte noch einige Details zur Befragung von Arendt und Hauer in Erfahrung bringen können, bevor Marga und Cem die Rückfahrt antraten. Besonders interessant fand er, dass Berthold Hauer zu Hause nicht viel zu sagen hatte, unter dem Pantoffel seiner Frau stand, wie Marga es nannte. Ein Umstand, mit dem Sebastian nach dessen Macho-Auftritt in der Schule nicht gerechnet hatte. Auch der Grund für die Heirat der beiden stand mit Arendts offensichtlicher Schwangerschaft fest. Das hatte er bereits vermutet.

Cem hatte noch den Wasserkocher samt Teeblättern und -sieb auf den Nachttisch gestellt und ihn mit den Ladegeräten für Notebook, Mobiltelefon und Tablet über eine Steckerleiste irgendwo unter dem Bett angeschlossen. Welche Steckdose dafür herhalten musste, blieb sein Geheimnis. Hoffentlich nichts Wichtiges. Bei grünem Tee und seinem Notebook auf dem Schoß versuchte Sebastian seither, im Internet ein Foto von Lilli Bakutz aufzutreiben. Vielleicht, so seine Hoffnung, würde er mit ihrem Foto auch einen Teil seiner Erinnerung wiederfinden. Doch es war wie verhext: nicht ein einziges Bild von ihr. Missmutig klappte er den Deckel zu und schob das Notebook in eine der Nachttischschubladen.

Der Lärm auf den Fluren und vor dem Gebäude hatte nachgelassen. Der sonntägliche Besucheransturm neigte sich seinem Ende entgegen, entsprechend nahm die Anzahl der Krankenhausraucher im Park sprunghaft zu. Auch der Einbeinige und der weißhaarige ältere Mann saßen seit einiger Zeit auf den Stahlbänken und qualmten schweigend vor sich hin. Offenbar hatten sich zwei Gleichgesinnte gefunden, die sich verstanden, ohne viel miteinander zu reden.

Einige Zeit später, Sebastian war vertieft in eine Taschenbuchausgabe von Oscar Wildes »Das Bildnis des Dorian Gray«, klopfte es an der Tür. Er schreckte hoch. Besuch für ihn? Niemand außer seinen Kollegen im Dezernat wusste, dass er hier drinnen lag. »Ja!«, rief er.

Die Tür ging auf, und eine rothaarige jüngere Frau mit hautengen Jeans, grünen Sneakers und einem ebenso grünen Oberteil trat ein. Eine braune kofferförmige Handtasche hing um ihre Schultern.

Auch ohne Hut erkannte Sebastian, wer da in sein Zimmer trat: Lilli.

»Hallo, Herr Franck«, sagte sie und blieb vor dem Besucherstuhl neben seinem Bett stehen. Sogleich drang der blumige Duft ihres Parfums an seine Nase.

»Lilli, richtig? Lilli Bakutz.«

Sie nickte. »Darf ich mich setzen?«

»Natürlich.« Sebastian hievte sich mit einem Ächzen hoch, setzte sich auf.

Lilli nahm Platz, stellte ihre Handtasche auf den Schoß.

»Ein weiterer Besuch meiner Lebensretterin. Was verschafft mir die Ehre, Frau Bakutz?«, fragte er, überrascht, sie so bald wiederzusehen. Etwas Besseres fiel ihm in der Situation nicht ein.

»Nur Lilli, bitte ... Sebastian.« Mit ihrer schneeweißen feingliedrigen Hand strich sie eine kupferfarbene Strähne zurück, dann landete ihr Blick aus den grünen Augen direkt auf ihm. »Ich wollte schauen, ob es dir heute besser geht.«

Sebastian mochte es eigentlich nicht, fremde Menschen nach so kurzer Zeit zu duzen. Und genauso wenig wollte er per Du angeredet werden. Zu schnell ging die nötige Distanz verloren. Aber bei Lilli würde er eine Ausnahme machen. Schließlich hatte sie ihm das Leben gerettet. »Heute Morgen war ich noch überzeugt davon, dass ich Ihren ... äh ... deinen Besuch nur geträumt habe.«

Als sie lächelte, wanderte der Schönheitsfleck auf ihrer rechten Wange nach oben. »Bisher dachte ich immer, dass ich ganz real bin.«

»Natürlich bist du das.« Sebastian versuchte, ihr Lächeln zu erwidern. »Das lag wohl mehr an meinem Dämmerzustand durch die Schlafmittel, die ich genommen habe.«

»Ah.« Lilli öffnete die Handtasche auf ihrem Schoß, entnahm eine aufgerollte Zeitschrift und hielt sie ihm hin. Ihr Nagellack hatte die gleiche knallrote Farbe wie die Lippen.

»Ist das für mich?« Sebastian runzelte die Stirn, nahm die Zeitschriftenrolle entgegen.

Lilli stellte die Handtasche neben dem Stuhl ab. »Ich wusste nicht, wofür du dich interessierst. Da hab ich einfach den Playboy mitgebracht. Oder war das zu frech?«

»Nein, nein«, beeilte sich Sebastian zu sagen. Er spürte, dass er rot wurde, und deponierte die Zeitschrift in seinem Nachttisch, ohne sie abzurollen.

Er sah wieder auf. Leuchtend grüne Augen begegneten seinem Blick, und eine Zeit lang drangen nur die Geräusche vom Flur an seine Ohren.

Lilli brach das Schweigen. »Was hast du eigentlich in dieser Hofeinfahrt gemacht, wo ich dich gefunden habe?«

»Darauf sollte ich eigentlich eine Antwort parat haben, richtig? Aber leider ist dem nicht so. Mir fehlt genau dieser Teil meiner Erinnerungen, und so kann ich dazu nur Vermutungen anstellen.«

»Und?« Lilli lehnte sich zurück. »Was für Vermutungen stellst du an?«

»Dass ich mit dir reden wollte.«

Lilli zog die Brauen zusammen. »Du treibst dich nachts in einer Hofeinfahrt herum, um mit mir zu reden? Wie kommst du denn überhaupt darauf, dass ich dort auftauche?«

»Auch das kann ich nur vermuten.«

Statt etwas darauf zu erwidern, neigte sie den Kopf und musterte ihn kritisch aus ihren grünen Augen.

Sebastian zuckte mit den Schultern. »Vielleicht liegt das an meinem Beruf.«

»Und der wäre?«

Sebastian dachte für einen Moment darüber nach, das Gespräch weiter dahinplätschern zu lassen. So angenehm, so ungezwungen fühlte er sich, seit sie neben seinem Bett saß. Doch zugleich drängte sich ihm eine Frage auf, die überhaupt nicht in diese Atmosphäre passen wollte. »Warum hast du eigentlich nicht auf die Polizei gewartet, nachdem du den Rettungswagen gerufen hast?«

»Ich war auf dem Weg zur Arbeit und wollte nicht zu spät kommen«, gab sie hastig zurück, hielt dann aber kurz inne. »Ich hab eh schon ziemlichen Stress mit meinem Chef. Da brauch ich nicht noch welchen mit der Polizei.«

»Kein Arbeitgeber kann dir deswegen Sanktionen androhen. Du hast völlig richtig gehandelt. Alles andere wäre unterlassene Hilfeleistung nach Paragraf 323c StGB.«

Sie runzelte die Stirn. »Du scheinst dich gut mit Gesetzen auszukennen. Bist du Jurist?«

»Oberkommissar beim LKA Stuttgart.«

Lilli nickte anerkennend. »Und was will ein Oberkommissar vom LKA Stuttgart von mir?«

Die Gelegenheit, mehr über Lilli Bakutz zu erfahren, wollte er nicht ungenutzt lassen. Auch nicht, während sie an seinem Krankenbett saß. »Dein Name ist bei Ermittlungen aufgetaucht.«

»Was für Ermittlungen?«

Sebastian zögerte einen Moment. »Ermittlungen zu einem Tötungsdelikt in der Umgebung von Stuttgart.«

Lilli beugte sich vor und stützte die Ellenbogen auf den Oberschenkeln ab. »Mein Name bei einem Tötungsdelikt?« Die Überraschung spiegelte sich in ihren grünen Augen.

»Sagt dir der Name Jasmin Leibrand etwas?« Sebastian hatte Mühe, einen geschäftsmäßigen Ton anzuschlagen.

Lilli runzelte die Stirn, schüttelte dann aber vehement den Kopf. »Sollte er denn?«

»Vielleicht«, gab Sebastian zurück. »Jasmin Leibrand könnte eine Facebook-Freundin von dir gewesen sein. Allerdings ist das schon eine Weile her.«

»Wie lange?«

»Über sechs Jahre.«

»Sechs Jahre, sagst du. Das war dann 2011 oder so.« Lilli sah zur Decke. »Warte mal … klar. Sie war irgendwo aus der Nähe von Stuttgart. Aber …«

»Aber was?«

»Jetzt, wo du's sagst. Damals haben wir oft Nachrichten ausgetauscht.« Sie sah ihn blinzelnd an. »Aber ich hab schon Jahre nichts mehr von ihr gehört.«

»Wie alt warst du damals?«

Sie hielt den Kopf schief, lächelte knapp. »Ich bin 1992 geboren, also neunzehn oder zwanzig.«

»Zwei Jahre älter als Jasmin.« Sebastian wollte nach der Wasserflasche auf seinem Nachttisch greifen. Doch die stand zu weit entfernt, als dass er sie von seiner Position aus hätte erreichen können.

»Ich helf dir«, sagte Lilli. Schon hatte sie die Flasche in der Hand und schenkte das Glas voll. Sie kam von ihrem Stuhl hoch und reichte es ihm.

Sebastian konnte ihren Körper beinahe spüren, so nah stand sie mit einem Mal. Er nahm ihr das Wasser ab und genoss für einen Augenblick den Duft ihres Parfums. Erst dann trank er.

»Weißt du noch, was ihr euch damals so geschrieben habt?« Er streckte ihr das halb leere Glas entgegen.

»Das ist verdammt lange her.« Sie stellte das Glas zurück und setzte sich wieder. »Wie soll ich das noch wissen?«

Damit hätte Sebastian rechnen können. Wer konnte sich schon daran erinnern, was er vor sechs Jahren gepostet hatte? »Kannst du mal in deiner Facebook-Chronik nachschauen? Es wäre wirklich wichtig für uns.«

»Wenn du willst, klar kann ich das machen.«

»Habt ihr beiden auch miteinander telefoniert oder euch irgendwann getroffen?«

»Nein, nie.«

»Was ist mit Berthold Hauer oder Pauline Arendt? Sagt dir einer der Namen etwas?«

Für einen Moment war Sebastian überzeugt, dass ihre roten Lippen kurz gezuckt hatten, bevor sie stumm den Kopf schüttelte. Doch das konnte er sich auch eingebildet haben.

16

Am nächsten Morgen war es Schwester Elvira, die ihn aus dem Tiefschlaf holte. Gleichwohl empfand Sebastian es als weniger unsanft als zuletzt. Die Sonne ging gerade auf und tauchte den Horizont in ein rotgoldenes Licht. Nur einige hauchdünne Nebelschleier schwebten wie Federn über dem taubenetzten Gras der Rasenfläche im Park. Er hatte gut geschlafen und spürte das erste Mal keine Schmerzen am Hinterkopf. Womöglich konnte er den heutigen Tag ganz auf Schmerzmittel verzichten, und so nahm er sich vor, mit Petronović über einen Entlassungstermin zu sprechen.

Nach dem morgendlichen Blutdruckmessen und noch vor dem Frühstück machte Sebastian einige wackelige Schritte zur Toilette. Er blickte in den Spiegel und erschrak. Der Verband um seinen Kopf hatte beinahe die Dimension eines Turbans, und sein unrasiertes Gesicht sah aus wie das eines Preisboxers, der bei seinem letzten Kampf viel hatte einstecken müssen. Schwellungen verunstalteten Kinn, Nase und Jochbein. Die Haut schillerte in den Farben des Regenbogens. Dunkle Bartstoppeln und tiefe schwarze Ringe unter den Augen ließen ihn erschöpfter aussehen, als er sich fühlte.

Er wusch sich, legte sich wieder aufs Bett und bemerkte, wie sein Magen knurrte. Er hatte einen Bärenhunger. Es sollte jedoch eine weitere halbe Stunde und zwei Tassen grünen Tees dauern, bis eine andere Krankenschwester ihm das Tablett mit seinem Frühstück aufs Bett stellte. Und noch nie hatten zwei Scheiben Graubrot mit Kirschmarmelade so gut geschmeckt. Sogar noch die vier Wurstscheiben stopfte er sich ohne Brot in den Mund.

Wenig später kam Schwester Elvira mit einer verpackten Verbandsrolle und einem Mullkissen in der Hand zurück. »Sie sehen heute besser aus.«

»Mir geht's auch besser. Ich werde nachher gleich mit dem Arzt sprechen, wann ich hier rauskann.«

»Hier raus?« Schwester Elvira lachte auf. »Das scheint mir doch noch ein bisschen zu früh. Jetzt wechseln wir erst mal Ihren Verband.«

»Wann ist denn Visite?«, fragte Sebastian.

»Das kann nicht mehr lange dauern. Die haben schon vorne im ersten Zimmer angefangen.« Sie deponierte die Verbandsrolle und das Mullkissen auf dem letzten freien Platz neben dem Wasserkocher.

Er setzte sich auf, ließ die Beine aus dem Bett baumeln.

»Sie sind Kriminalkommissar, richtig?«, fragte sie und machte sich an seinem Kopf zu schaffen.

»Genau. Kriminaloberkommissar.«

»Mordkommission?«

»So ähnlich.« Sebastian spürte, wie das Gewicht der Mullmasse auf seinem Kopf nachließ. »Dezernat für ungeklärte Mordfälle.«

»Und wie kommen Sie da nach Rheinfelden? Hier gab's, seit ich denken kann, keinen Mordfall.«

»Ich kann mich immer noch nicht erinnern.«

»Oh, tut mir leid. Ich hab ganz vergessen, dass …«, sagte sie und verstummte.

So schmerzfrei, wie Sebastian erhofft hatte, ging der Verbandswechsel nicht vonstatten. Es ziepte, drückte und brannte. Irgendwann stöhnte er sogar auf, und Schwester Elvira setzte ab.

»Wenn Sie wollen, kann ich Ihnen eine örtliche Betäubung geben«, sagte Schwester Elvira. »So eine Spritze macht nur einmal piks, dann spüren Sie nichts mehr.«

»Nein«, stieß Sebastian hervor, und erst jetzt bemerkte er die Ironie in ihrer Stimme.

»Das ist nur ein Verbandswechsel. Alter Verband runter, neuer Verband drauf. Das sollte eigentlich nicht wehtun.«

»Tut es auch nicht«, gab er zurück, und sofort begann das Ziepen und Brennen erneut. Er war froh, als sie nach einigen Minuten endlich ganz von ihm abließ.

»Brauchen Sie noch Schmerzmittel?« Schwester Elvira musterte ihn kritisch, während sie den alten Verband über ihrer Hand aufrollte.

»Nein«, gab Sebastian schnell zurück. Die Blöße würde er sich nicht geben.

Nachdem Schwester Elvira mitsamt Frühstückstablett das Zimmer schließlich verlassen hatte, tastete er behutsam über den neuen Verband. Er fühlte sich deutlich kleiner an: statt Turbangröße nur noch die Größe einer Kappe.

Viel später als erwartet betrat Petronović gefolgt von einem halben Dutzend meist jüngerer Personen in weißen Kitteln das Zimmer.

»Herr Franck, wie geht es Ihnen heute Morgen?«, fragte Petronović. Sein Blick galt nicht ihm, sondern dem übervollen Nachttisch neben seinem Bett.

»Ich bin zufrieden.«

Ohne erkennbares Interesse an Sebastians Antwort machte Petronović eine Notiz auf dem Klemmbrett in seiner Hand. Auf seiner offenbar frisch rasierten und eingecremten Glatze spiegelten sich die Deckenleuchten noch eine Spur intensiver als tags zuvor.

»Zufrieden, gut. Das freut mich für Sie.« Petronović deutete auf eine Frau mittleren Alters, deren halblange Haare zwischen weißblond und grau schwankten. Eine Brille steckte wie ein Haarreif auf ihrem Kopf, eine zweite mit Hornfassung in der Brusttasche. »Das ist Dr. Steffens, unsere Neurologin.«

Die setzte ein hölzernes Lächeln zu ihrem Kopfnicken auf und schaute sogleich wieder auf ihr eigenes Klemmbrett. Sebastian fragte sich, wie sie ohne eine der Brillen überhaupt etwas sehen konnte.

»Unser Herr Franck«, fuhr Petronović fort, als alle einen Kreis um sein Bett gebildet hatten und ihn beäugten wie das sprichwörtliche Versuchskaninchen, »ist ein gutes Beispiel für eine retrograde Amnesie ohne pathologischen Befund. Er wurde Donnerstag letzter Woche mit einer Hirnprellung eingeliefert. Es gibt keinerlei Hinweise auf Verletzungen des Schädels oder eine Hirnblutung.«

Sebastian konnte sich gerade noch seine Zustimmung in Form eines Kopfnickens verkneifen.

»Aufgrund seiner Konstitution gehen wir davon aus, dass wir es mit einem unkomplizierten Verlauf …« Petronović brach ab und sah erneut auf das Klemmbrett in seiner Hand.

»Wann können Sie mich entlassen?«, fragte Sebastian, als der Arzt erneut ansetzte.

Petronović sah für einen Augenblick so aus, als hätte Sebastian etwas Unerhörtes von ihm verlangt. »Entlassen? Nach vier Tagen? Mit einer Hirnprellung?«

»Entlassen, ja«, wiederholte Sebastian. »Sie wollten doch sicherlich gerade sagen, dass durch meine Konstitution ein unkomplizierter Verlauf zu erwarten ist.«

Petronović sah zu Steffens, die wie ein Fisch ihre Unterlippe über die Oberlippe schob. Schließlich sagte er mit einer Stimme, die keinen Widerspruch duldete: »Bevor wir über Ihre Entlassung entscheiden, müssen wir einige neurologische Tests durchführen.«

»Neurologische Tests? Meinen Sie, mit dem Reflexhammer oder Empfindungstests mit Nadeln? Das haben wir bereits hinter uns. Ich spüre jeden Millimeter meiner Haut.«

Steffens schüttelte den Kopf. »Mein Kollege hat sich vielleicht falsch ausgedrückt.« Sie sprach langsam, als würde sie jedes Wort aus einer separaten Liste auswählen, bevor sie es sagte. »Ich bevorzuge den Terminus ›neuropsychologisch‹. Der beschreibt besser die Zusammenhänge von Funktionen der Gehirnaktivität mit psychischen Prozessen.«

»Wie lange wird das dauern?«

Erneut sah Steffens auf ihr Klemmbrett. Diesmal bemerkte sie offenbar, dass sie schlecht sehen konnte, und schob die Brille vom Kopf auf die Nase. »Wenn Sie wollen, können wir nachher gleich mit den Tests beginnen.«

»Und wann haben wir dann die Ergebnisse?«

»Einen Tag später. Falls keine Störungen vorliegen und mein Kollege hier«, sie sah kurz zu Petronović und wartete dessen Kopfnicken ab, »keine Einwände hat, können Sie womöglich am kommenden Mittwoch oder Donnerstag schon entlassen werden.«

Trotz Steffens Ankündigung, dass die Tests »nachher gleich« beginnen könnten, sollte es noch fast eine Stunde dauern, bis sie endlich in sein Zimmer trat. Diesmal hatte sie die Hornbrille aus der Brusttasche auf der Nase, während die andere weiter auf dem Kopf steckte. Unter ihrem Arm klemmte eine katalogdicke Mappe.

»So, Herr Franck«, begann Steffens und schob den Besucherstuhl näher an sein Bett. Sie setzte sich und legte die Mappe auf ihren Schoß. »Wenn Sie wollen, können wir beginnen.«

Sebastian wollte nichts mehr als das. »Natürlich.«

»Gut. Dann kläre ich Sie zuerst über den dreiteiligen Test auf, den ich für Sie vorbereitet habe. Der erste Teil ist der sogenannte Zahlen-Verbindungs-Test, der ganz gut das Ausmaß von Leistungseinbußen durch äußere Einflüsse dokumentiert. Der zweite Teil ist ein standardisierter neuropsychologischer Test zur Prüfung von Gedächtnisleistungen. Mit seiner Hilfe kann man feststellen, ob eine Störung des Gedächtnisses für neue Lerninhalte vorliegt. Ja, und der dritte, abschließende Teil dient dazu, Sie näher an Ihre Erinnerungen heranzuführen.«

»Einverstanden.«

Steffens schlug die Mappe auf ihrem Schoß auf, bemerkte, dass sie die falsche Brille aufhatte, und tauschte sie mit der auf dem Kopf. »Sind Sie dann so weit?«

Ich schon, dachte er und nickte.

Steffens reichte Sebastian einen Stift sowie ein Blatt Papier, auf dem in den Zellen von vier Tabellen Zahlen angeordnet waren.

»Soll ich die sortieren?«

»Sortieren und verbinden, Herr Franck.« Steffens sah auf ihre Armbanduhr. »Und ich stoppe die Zeit.«

Sebastian startete mit der ersten Tabelle und verband die Zahlen der Reihenfolge nach aufsteigend, die in der zweiten Tabelle absteigend. Es folgten Tabelle drei und vier. Er hielt Steffens den Zettel hin.

Die sah auf die Uhr, nickte anerkennend mit dem Kopf. »Nicht schlecht, Herr Franck. Achtundvierzig Sekunden.« Sie nahm das Blatt Papier entgegen und runzelte die Stirn. »Aber … aber …« Ihre Augen huschten hin und her.

»Was ist? Habe ich was falsch gemacht?«

»Tabelle eins ist aufsteigend, Tabelle zwei absteigend sortiert. Aber die Zahlen in drei und in vier sind vollkommen wirr miteinander verbunden.«

»Sie sagten nicht, wie ich sortieren soll. Ich habe mich für vier Varianten entschieden. Eins und zwei haben Sie ja bereits richtig erkannt. Tabelle drei ist alphabetisch nach dem Zahlwort und vier nach Modulo sieben sortiert.«

Ein paar Sekunden blieb Steffens' Mund offen stehen, ehe sie es schaffte, eine Frage zu formulieren. »Modulo sieben?«

»Ja, dem Teilungsrest von sieben.«

Erneut dauerte es einen Moment, bis sie reagierte. Schnell ließ sie den Zettel in der Mappe auf ihrem Schoß verschwinden. »Gut, Herr Franck«, sie blätterte weiter, »Leistungseinbußen können wir bei Ihnen wohl ausschließen.«

Sebastian verkniff sich jeden Kommentar zu diesem Test, den in der standardisierten Form wohl auch Demenzkranke problemlos hätten lösen können.

Steffens hielt ihm ein weiteres Blatt Papier hin. »Hierauf finden Sie zwanzig Substantive. Sie haben drei Minuten Zeit, sie sich einzuprägen.«

Sebastian nahm den Zettel zur Hand, las sich die Wörter durch und gab ihn zurück.

»Schon fertig?« Steffens wirkte weniger verwirrt als noch zuvor. »Sind Sie sicher?«

Er nickte.

Steffens nahm den Zettel entgegen, tauschte ihn gegen einen anderen aus der Mappe und streckte ihn Sebastian hin. »Das ist ein Text. Lesen Sie ihn gründlich durch und unterstreichen Sie die Wörter, die Sie sich gerade eingeprägt haben.«

Sebastian nahm den Stift zur Hand. Da er nur Substantive unterstreichen sollte, reichte es, die groß geschriebenen Wörter querzulesen. Der Text hatte Grundschulniveau, und mit Ausnahme von vier Substantiven kamen alle nur einmal vor. Er korrigierte noch zwei Rechtschreibfehler und gab ihr dann den Zettel zurück.

»Sehr gut, Herr Franck. Vielleicht sollten wir diesen Teil

des Tests überspringen.« Sie steckte den Zettel in die Mappe. »Kommen wir zum letzten Teil. Ich stelle Fragen, und Sie versuchen, eine Antwort darauf zu geben. Womöglich können wir Ihre Erinnerungen etwas auffrischen.«

»Und wenn ich mich nicht erinnern kann?«

»Das ist nicht weiter schlimm, dann antworten Sie das, was Ihnen naheliegend erscheint.« Sie ließ ihr hölzernes Lächeln samt Kopfnicken folgen. »Wann und wo sind Sie geboren, Herr Franck?«

»18. November 1984 in Hannover.«

»Die Vornamen Ihrer Eltern?«

»Arthur und Barbara.«

»Haben Sie Geschwister?«

Sebastian zögerte. »Nein.« Genauer musste sie es nicht wissen. Test hin oder her.

Steffens neigte den Kopf und schaute über den Rand ihrer Brille. »Was sind Sie von Beruf?«

»Kriminalpolizist.«

Steffens nickte knapp, sah wieder in ihre Unterlagen und notierte sich etwas. »Kommen wir zum Donnerstag letzter Woche. Was für Wetter hatten wir?«

»Wetter?« Sebastian schaute nach draußen. Die ersten Krankenhausraucher hatten sich bereits wieder bei den Stahlbänken eingefunden. »So wie heute.«

»Wie und wann sind Sie nach Rheinfelden gekommen?«

»Mit meinem Auto.« Erneut zögerte Sebastian. Franziska hatte etwas von abends gesagt. »So gegen fünf oder sechs, glaube ich.«

»Wo haben Sie Ihren Wagen abgestellt?«

Um die Frage zu beantworten, müsste er bei der zentralen Verwahrstelle für abgeschleppte Fahrzeuge nachfragen. »Ich weiß es nicht.«

»Dann versuchen wir jetzt etwas.« Steffens lehnte sich zurück, schlug die Beine übereinander. »Schließen Sie bitte Ihre Augen.«

Er schloss die Lider. Dunkelheit.

»Es ist Donnerstagnachmittag, fünf Uhr«, vernahm Sebastian

ihre Stimme, die sich mit einem Mal so leicht und monoton anhörte. »Sie steigen aus Ihrem Wagen und schauen sich um. Fällt Ihnen irgendetwas auf?«

Sebastian spürte, wie seine Augen zuckten. Die Dunkelheit hinter den Lidern flackerte.

»Vielleicht die Fassade eines Hauses, ein ungewöhnliches Reklameschild oder ein besonderes Fahrzeug?«

Bilder wirbelten in seinem Kopf umher, viel zu schnell, als dass er etwas erkennen könnte. Dann bemerkte er, dass sich einige wiederholten: eine viel befahrene Straße, das Hupen eines Autos, eine bronzefarbene Metalltafel mit zwei Sternen. »Ein Hotel.«

»Ein Hotel. Sehr gut«, wiederholte Steffens. »Können Sie den Namen erkennen?«

»Kein Name. Auf dem Schild steht nur: ›Hotelkategorie‹. Es ist ein Zwei-Sterne Hotel.«

»Was tun Sie dann?«

»Ich schließe meinen Wagen ab, will über die Straße gehen. Ein Auto hupt. Ich muss warten.«

»Nehmen Sie mich mit?«

Sebastian ergriff Steffens' Hand, die sie ihm plötzlich vor seinem geistigen Auge entgegenstreckte.

»Was sehen Sie?«

»Viele Geschäfte, Leute mit Einkaufstaschen auf dem Gehweg. Ein alter Straßenmusikant mit wirren grauen Haaren. Er spielt eine slawische Melodie auf dem Akkordeon.«

»Sonst noch was?«

Er schüttelte den Kopf.

»Wollen Sie in dem Hotel übernachten?«

»Ich weiß es nicht.« Sebastian atmete tief durch. Das Stakkato an Bildern ließ nach. »Da ist noch ein anderes Haus.«

»Welche Farbe hat die Fassade dieses Hauses?«

»Orangerot«, gab Sebastian schnell zurück. Er durfte die Bilder in seinem Kopf nicht verlieren.

»Fällt Ihnen ein anderes Detail an dem Haus auf? Die Farbe der Fensterläden oder der Haustür?«

Eines der Bilder in seinem Kopf fror ein. Ein dunkelblaues

Schild mit weißer Schrift blitzte auf, als würde es von einem Scheinwerfer angestrahlt werden: ein Straßenname. Sebastian schlug die Augen auf. »Adlerstraße.«

Für einen Moment herrschte Schweigen. Nur die entfernten Stimmen auf dem Flur drangen an seine Ohren.

»Schauen Sie, Herr Franck, es klappt mit den Erinnerungen.« Steffens notierte sich etwas, sah wieder auf und musterte ihn über die Brille. »Es ist zwar ein langer Prozess, aber ich bin sicher, dass Ihnen früher oder später alles wieder einfällt.«

»Machen wir weiter?«, fragte Sebastian, noch immer überrascht von den ersten bruchstückhaften Erinnerungen an die fehlenden zwölf Stunden.

Steffens kam von ihrem Stuhl hoch. »Für den Augenblick lassen wir es gut sein. Ich schaue morgen noch mal bei Ihnen vorbei.«

Sebastian wartete, bis sie die Zimmertür hinter sich geschlossen hatte, nahm dann sein Mobiltelefon zur Hand und wählte Franziskas Nummer im Dezernat.

»Hallo, Chef«, meldete die sich schon nach dem zweiten Klingeln. »Wie geht's Ihnen?«

»Gut, Franzi«, antwortete er knapp und in der Hoffnung, sich nicht allzu lange mit Unwichtigem aufhalten zu müssen.

Eine Illusion. Franziska wäre nicht Franziska, wenn sie ihn so einfach davonkommen lassen würde. »Haben Sie denn alles gekriegt?«, fragte sie.

»Alles dabei, danke, Franzi.« Sebastian verkniff sich den Hinweis, dass sie den Nasenhaartrimmer und die Gesichtscreme vergessen hatte.

»Ich hab ja das ganze Zeug in diese blauen Plastikkisten von meiner Oma gepackt. Eigentlich hätte ich ja drei Kisten gebraucht bei dem vielen Zeug.«

»Gute Idee, ja«, gab er schnell zurück. Doch zu mehr reichte es nicht.

»Aber wissen Sie was?«, sprudelte es nur so aus ihr heraus. »Sie hatte keine mehr. Puh, das war vielleicht ein Drama, bis ich alles in die zwei Kisten gestopft hatte. Und dann waren die ja so schwer. Ich hab dann einfach Cem angerufen.« Sie ließ ein

Kichern folgen. »Wenn jemand so viel futtert wie er, dann hat er bestimmt auch genug Kraft, um die beiden Kisten ins Auto zu tragen.« Franziska setzte ab und holte Luft.

Diese Gelegenheit wollte Sebastian sich nicht entgehen lassen. »Vielleicht werde ich bald entlassen. Dann hab ich sowieso zu viel hier.«

»Entlassen?«

»Ja, am Mittwoch oder Donnerstag.«

»Krass. Da freu ich mich aber für Sie.«

Jetzt musste er schnell das Thema wechseln. »Aber warum ich anrufe: Die Straße, in der mein Auto abgeschleppt wurde, können Sie mir den Namen nennen?«

»Ich hab sogar eine Kopie der Ordnungswidrigkeit hier. Warten Sie mal.« Es raschelte im Hörer. »Hier ist sie: Rheinfelden, Adlerstraße, ausgestellt letzte Woche Donnerstag um zwanzig Uhr zehn.«

»War da auch der Einsatz des Rettungswagens?«

»Richtig. Sie wurden in einer Hofeinfahrt gefunden. Die Hausnummer hab ich jetzt aber nicht parat.«

»Egal. Die Adresse von Lilli Bakutz, die Sie mir gegeben haben, liegt die auch in der Adlerstraße?«

»Nein. Warten Sie mal …« Erneut drang ein Rascheln aus dem Hörer, diesmal viel länger. »Sie ist in der Herzogenstraße 4 gemeldet.«

»Liegt die weit entfernt?«

»Das muss ich mir in Google Maps anschauen.«

Sebastian vernahm Tastaturgeklapper, einige Zeit später folgte ihre Antwort: »Rund drei Kilometer.«

»Drei Kilometer? So weit?«

»Ja, fast.« Franziska schnaufte in den Hörer.

»Liegt in der Adlerstraße ein Hotel?«

»Ein Hotel? Wollen Sie nach Ihrer Entlassung für weitere Ermittlungen in Rheinfelden bleiben?«

»Nein, ich … ach vergessen Sie es. Sagen Sie mir einfach, ob es in der Adlerstraße ein Hotel gibt.«

Erneut dauerte es einige Zeit, bis sie antwortete. »Nein, kein Hotel. Nicht einmal eine Jugendherberge.«

Ganz so einfach funktionierten Erinnerungen dann wohl doch nicht. Aber vielleicht fand er durch Lilli einen Hinweis. Und außerdem konnte es nicht schaden, wenn er mehr über die Frau wusste, der er sein Leben zu verdanken hatte. »Versuchen Sie bitte, so viel wie möglich über Lilli Bakutz herauszubekommen. Sie wissen schon: im Internet, in den sozialen Medien, und telefonieren Sie ein bisschen herum. Ach ja, und sagen Sie Cem, dass er die polizeilichen Datenbanken und Register nach ihr durchforsten soll.«

»Und wie immer sofort?«

»Natürlich.«

»Sonst noch was?«

»Da fällt mir ein, konnten Sie was zum Aufenthaltsort von Matthias Leibrands Ex-Frau Erika in Erfahrung bringen? Noch immer würde ich gern wissen, warum sie sich von ihrem Mann getrennt hat.«

»Irgendwo an der Schweizer Grenze, hat er gesagt.« Franziska ließ einen tiefen Seufzer folgen. »Das ist nicht unbedingt eine präzise Angabe. Kann noch ein bisschen dauern.«

»Gut. Bleiben Sie dran.« Sebastian bedankte sich bei Franziska und legte auf.

Sollte er enttäuscht sein oder sich freuen? Einerseits hatte er sich korrekt an die Adlerstraße erinnert, anderseits erschien es ihm wenig logisch, was er dort verloren hatte, drei Kilometer von Lillis Adresse entfernt. Und welche Rolle spielte das Hotel in seinen Erinnerungen?

Nichts passte zusammen.

17

Nach dem Mittagessen fühlte Sebastian sich fett und träge, obwohl er nur Schonkost in Form eines bunten Gemüseeintopfs mit Kartoffelscheiben gewählt hatte. Aber nach vier Tagen im Krankenbett musste er sich endlich bewegen, um nicht vom dauernden Liegen auch noch Rückenschmerzen zu bekommen. Er zog seinen seidenen Morgenmantel über und machte sich auf den Weg. Schon nach den ersten Schritten auf dem Krankenhausflur vor seinem Zimmer funktionierte das so gut, dass er sich zu einem Rundgang durch den Park entschloss. Um die Krankenhausraucher an den Stahlbänken konnte er ja einen großen Bogen machen.

Gierig atmete er die frische Luft ein, die ihn hinter den automatischen Türen empfing. Leichter Wind strich durch die Krone einer Birke und ließ die Blätter rascheln. Nach dem Geruch von Bohnerwachs und Desinfektionsmitteln roch er das erste Mal wieder Gras und Blumen. Er setzte sich in Richtung Park in Bewegung und spürte, dass ihm das Gehen mit jedem Schritt leichterfiel. Nur noch ein schwaches Pochen am Hinterkopf erinnerte ihn an seine Verletzung. Nicht weit vom Ausgang entfernt erreichte er einen sandbestreuten Weg und blieb ein weiteres Mal stehen. Mit geschlossenen Augen lauschte er den Geräuschen um sich herum: Vögel zwitscherten, Bienen summten, und auf einer entfernten Landstraße rauschten vereinzelt Autos entlang.

Er hätte nicht sagen können, wie lange er so dastand, aber irgendwann vernahm er eine Männerstimme in seinem Rücken. »Ja, mit Ihnen rede ich.«

Hinter ihm stand ein Rollstuhl mit Krücken an der Lehne, darin der Einbeinige. Der hatte seinen Morgenmantel weit offen stehen und präsentierte seinen verbundenen Beinstumpf, der direkt unterhalb des rechten Knies endete. Der Mann musterte ihn von unten herauf, und Sebastian meinte, dass in seinem Blick etwas Vorwurfsvolles lag.

»Bitte was?«, fragte Sebastian. Er hatte keine Ahnung, was der Einbeinige von ihm wollte.

»Ich komm hier nicht durch, wenn Sie im Weg stehen.« Die Stimme in einem rauen, unangenehmen Tonfall wurde lauter, während er sprach.

»Oh, tut mir leid.« Sebastian machte einen Schritt auf die Grasfläche. »Bitte.«

Ohne ein weiteres Wort und so ungeschickt, als müsste er erst Erfahrung mit dem Rollstuhl sammeln, schob der Einbeinige sich an ihm vorbei. Die Krücken hinter der Lehne hüpften im Takt auf und hab.

Gerade als Sebastian wieder auf den Weg treten wollte, hörte er ein Schnaufen. Mit schweren, stampfenden Schritten kam der ältere weißhaarige Mann auf ihn zu. In seinem Mund steckte eine dicke brennende Zigarre, die qualmte wie eine alte Dampflok. Von Nahem betrachtet, war sein Körperumfang noch beeindruckender als aus der Ferne. Er benötigte fast die gesamte Breite des Weges. Auch sein Morgenmantel stand offen, allerdings nicht, so vermutete Sebastian, weil ihm zu warm war, sondern weil er ihn nicht über seinen massigen Bauch brachte. Ohne ihn eines Blickes zu würdigen, stampfte der Weißhaarige an ihm vorbei. Offenbar wollte er den Einbeinigen einholen.

Sebastian wartete, bis sich der Rauch der Zigarre verzogen hatte, und machte sich dann ebenfalls auf den Weg. Schon von Weitem roch er, dass er sich den Stahlbänken näherte. Neben dem Einbeinigen und dem Weißhaarigen befanden sich noch weitere fünf Raucher. Als er die Rauchwolke über ihren Köpfen sah, drehte er um und trat den Rückweg an.

Zurück im Krankenzimmer fühlte er sich klar im Kopf und war voller Tatendrang. Es erschien ihm schlicht unmöglich, sich jetzt ins Bett zu legen, so aufgekratzt, wie er sich fühlte. Er schob den Tisch sowie einen Besucherstuhl ans Fenster, nahm mit seinem Notebook Platz und bearbeitete seine E-Mails.

Obwohl sich kaum etwas Wichtiges in seinem Postfach befand, brauchte er einen guten Teil des Nachmittags, um alles zu beantworten oder zu löschen. Am meisten Zeit beanspruchte die Antwort auf eine E-Mail seines Vaters, der ihn wegen eines Computerkaufs um Rat fragte und gleich drei Angebote beigefügt hatte. Offenbar wusste Arthur Franck nicht, dass er niedergeschlagen worden war und im Krankenhaus lag. Und dabei wollte er es auch belassen.

Gegen halb sechs brachte eine Krankenschwester, die er noch nie gesehen hatte, sein Abendessen: Brot, Wurst, Gemüse und Obst. Erneut schlang er es hinunter, als hätte er seit Tagen nichts gegessen.

Allmählich neigte sich die Sonne dem westlichen Horizont zu, und die Schatten der Bäume wurden länger. Er verstaute das Notebook wieder im Nachttisch und legte sich mit Oscar Wildes dekadenter Betrachtung der englischen Oberschicht aufs Bett. Für den Abend hatte er sich die letzten Kapitel vorgenommen, die vergeblichen Versuche Dorian Grays, seinem Leben eine Wendung zum Besseren zu geben.

Doch weit sollte er mit der Lektüre nicht kommen. Nach kurzem Klopfen trat Lilli Bakutz in sein Zimmer. Erneut trug sie ihren Fedora, hatte ihn diesmal aber auf dem Hinterkopf sitzen, sodass ihr einige kupferfarbene Strähnen ins Gesicht fielen. Das helle Kleid unter der dunkelblauen Strickweste endete weit über den Knien und betonte mit den schwarzen Pumps ihre wohlgeformten langen Beine. Eine passende Handtasche am Unterarm ließ ihr Auftreten beinahe wirken wie auf einem Laufsteg.

Lilli nahm auf dem Besucherstuhl neben seinem Bett Platz und stellte ihre Handtasche ab. Sofort drang der blumige Parfumduft in seine Nase. »Hallo, Sebastian.« Um ihre knallrot geschminkten Lippen lag ein charmantes Lächeln, das ihn für einen Moment verunsicherte.

»Hallo, Lilli«, gab Sebastian zurück. Er setzte sich auf und legte das Buch zurück auf den Nachttisch. »Fast könnte ich den Eindruck gewinnen, dass du dir Sorgen um mich machst.«

»Und, stört dich das?« Ihre intensiv grün schimmernden Augen hefteten sich auf die seinen.

»Nein, aber es überrascht mich schon ein bisschen. Du kennst mich ja kaum.«

Draußen auf dem Krankenhausflur, offenbar direkt vor seiner Tür, unterhielt sich eine ältere Frau mit einer jüngeren derart lautstark über die Ursachen von Bluthochdruck, dass er einen Teil des Gesprächs mitbekam.

Wieder lächelte Lilli, und wieder wanderte ihr Schönheitsfleck nach oben. »Ich kenne dich jedenfalls schon so gut, dass mir deine Genesung am Herzen liegt.«

Sebastian spürte ein merkwürdiges Gefühl in sich aufsteigen, eine Art Kribbeln, das seinen ganzen Körper erfasste. Eine angenehme Empfindung, die ihn jedoch in ihrer Plötzlichkeit und Intensität überraschte. Er ertappte sich dabei, wie er ihrem Blick auswich.

Die ältere Frau vor der Tür jammerte vor sich hin. Mit hundertachtzig zu hundertzehn hatte sie in der Tat einen zu hohen Blutdruck. Der der jüngeren lag mit hundertdreißig zu neunzig jedoch bestimmt niedriger als seiner im Moment.

»Ich sehe«, brach Lilli das Schweigen, »du liest ›Das Bildnis des Dorian Gray‹.«

»Zum fünften Mal schon, ja.« Sebastian sah zum Buch, nur um irgendwohin zu schauen. »Du kennst die Geschichte?«

»Natürlich. Allerdings habe ich das Buch nur einmal gelesen.« Sie strich sich eine Strähne aus der Stirn. Ihre Fingernägel wiesen den gleichen knallroten Farbton auf wie ihre Lippen. »Ein Roman um Dekadenz und Degeneration im neunzehnten Jahrhundert. Das ist lange her. Seither hat sich viel geändert.«

»Nicht unbedingt zum Guten. Vielleicht ist alles schlimmer geworden«, entgegnete Sebastian, überrascht, dass Lilli sich mit Klassikern der Weltliteratur auskannte.

»Glaubst du?«, fragte sie in einem Ton, aus dem Sebastian tatsächliches Interesse heraushörte.

»Ich bin mir sogar sicher.«

Die Frauen vor der Tür wurden lauter. Es hörte sich an, als würden sie sich verabschieden. Gleich darauf verstummten beide Stimmen. Offenbar hatten sie endlich alle Details zu ihrem Blutdruck ausgetauscht.

»Schon während meiner Ausbildung«, fuhr Sebastian fort, »als ich den ersten Kontakt zu wirklichen Verbrechen hatte, wurde mir klar, dass die Grausamkeit der Menschen keine Grenzen kennt. Und die Täter hatten immer die gleichen Motive, die gleichen sieben Todsünden: Hochmut, Geiz, Wollust, Zorn, Maßlosigkeit, Neid oder Faulheit.«

»Trotzdem kommen Täter immer wieder davon.« Lilli faltete ihre weißen, feingliedrigen Hände und legte sie in den Schoß. »Und begangene Sünden kann man einem Menschen nicht ansehen.«

»Da wäre ich mir nicht so sicher. Irgendwann holt die Vergangenheit jeden ein.«

»In dem Fall wäre ein Porträt wie das von Dorian eine verlockende Vorstellung. Dort würden sich dann die Spuren der eigenen Sünden eingraben, und als angenehmer Nebeneffekt würde es gleich noch statt des eigenen Ichs altern. Man könnte weiter maßlos und grausam sein, und gleichzeitig bliebe das Äußere jung und makellos schön.« Lilli beugte sich weit nach vorne, zog ihre Strickjacke aus und legte sie über ihren Schoß. Das ärmellose Kleid, das zum Vorschein kam, lag eng an. Einzelne kupferfarbene Strähnen fielen über die weiße Haut ihrer nackten Schultern.

»So was brauchst du nicht. Du bist jung und makellos schön.« Sebastian biss sich auf die Lippen. Aber es war bereits zu spät. Er konnte seine Worte nicht mehr rückgängig machen und sah wieder zum Buch auf dem Nachttisch.

»Vielleicht besitze ich ja schon ein solches Porträt.«

Sebastian sah wieder zu ihr. »So viele Sünden kannst du in deinem Leben noch nicht begangen haben. Außerdem geht es in der Geschichte von Dorian Gray nicht nur um Dekadenz und Degeneration.«

»Sondern?«

»Es geht auch um Moral und …«, Sebastians Blick streifte über ihre langen Beine, »… Sinnlichkeit.«

»Sinnlichkeit?« Lilli schlug die Beine übereinander und lehnte sich zurück.

»Nun ja«, Sebastian holte tief Luft, »Dorian Gray wurde dazu verführt, sich ganz der sinnlichen Lust und dem Vergnügen hinzugeben.«

»Zu Sex, Drugs and Rock 'n' Roll.« Sie lachte auf. »Das ist noch lange nicht das Schlechteste.«

»So würde man heute wohl dazu sagen.«

Lilli wechselte die übereinandergeschlagenen Beine und ließ ihre grünen Augen über seinen Körper wandern.

Sebastian hatte den Eindruck, dass seine Wangen plötzlich glühten. Wovon hatte er gerade gesprochen? Dorian Grays Verführung? »Und zwar von jemandem, der sich bewusst wird, dass er Macht über ihn ausüben kann.«

»Niemand ist ohne Macht.« Sie lächelte vielsagend.

»Richtig.« Sebastian räusperte sich. »Aber ich denke, wir sollten jetzt das Thema wechseln.«

»Wie du willst.« Sie nestelte in ihrer Handtasche neben dem Stuhl und zog ein zusammengefaltetes Blatt Papier heraus. »Du hast mich beim letzten Mal gebeten, in meiner Facebook-Chronik nach Posts von Jasmin Leibrand zu suchen.«

Das hatte Sebastian tatsächlich ganz vergessen. »Hast du was gefunden?«

Sie verzog das Gesicht. »Nein, da ist nichts. Ich hab sie wohl irgendwann als Freundin bei mir rausgeschmissen. Nur ein paar alte Chats gibt es noch.«

»Und was habt ihr euch da so geschrieben?«

»Ich wusste, dass du das fragen würdest, deswegen hab ich gleich was ausgedruckt.« Lilli entfaltete den Zettel in ihrer Hand. »Manche Sachen sind mir nach so vielen Jahren ja ein bisschen peinlich.«

»Zum Beispiel?«

»Das sind so Dinge, die sich Mädchen früher ins Poesiealbum geschrieben haben. ›Bleibe frisch und munter wie ein Fisch und geh nicht unter‹, dann ›Das Glück ist ein Vögelein, man meint, man hätt's schon ...‹. Bla, bla. Oder hier, ist mein absolutes Highlight: ›Sei glücklich und froh wie ein Pferd im Stroh‹.« Sie sah auf. »Nicht wirklich interessant für deine Ermittlungen, oder?«

»Nicht wirklich«, entgegnete Sebastian. »Lässt du mir den Zettel trotzdem hier?«

»Klar.« Sie streckte ihm das Papier hin.

Sebastian überflog den Ausdruck. Alle Einträge stammten

aus den Jahren 2010 oder 2011. Die letzten beiden waren im Mai, einen Monat vor dem Mord, gepostet worden: »Wenn alle Ketten reißen und jedes Band zerbricht, wenn alle dich vergessen, ich vergess dich nicht« und »Ein gebrochenes Herz besteht immer aus zwei Teilen, füge sie einfach wieder zusammen«.

Er faltete das Papier und stopfte es zwischen die Buchseiten. »Sonst hast du nichts mehr? Etwas Privates oder Persönliches? Bilder, Videos oder Links, die ihr miteinander geteilt habt?«

»Das ist alles, was ich gefunden habe.« Lilli presste die Lippen aufeinander. »Aber du hast mich das letzte Mal nach einem Berthold gefragt.«

Sebastian horchte auf. »Ja?«

»Ich glaube, sie hat mir mal erzählt, dass sie in ihren Lehrer verliebt ist. Soviel ich noch weiß, hieß der Berthold. Und der Nachname könnte Hauer gewesen sein.«

»Mehr nicht? Das wäre wichtig.« Konnte Lilli womöglich doch etwas zu den Ermittlungen beitragen?

Sie schüttelte den Kopf.

»Und von ihrer Freundin Pauline, Pauline Arendt?«, fragte Sebastian und meinte, dass sie einmal zu viel blinzelte, bevor sie erneut ihre knallroten Lippen aufeinanderpresste.

»Pauline?« Nochmals schüttelte sie den Kopf. »Der Name sagt mir nichts. Aber warum fragst du nach ihr?«

»Sie war Jasmins ehemalige Freundin. Sie und Hauer haben vor Kurzem geheiratet.«

»Dann ist sie wohl schwanger.«

»In der Tat. Aber wie kommst du darauf?«

»Warum sollte man sonst heiraten?«, entgegnete Lilli ohne großes Interesse. Sie hob den linken Unterarm und sah kurz auf ihr Handgelenk, als hätte sie eine Armbanduhr an. »Ich muss gleich zur Arbeit.« Sie zog ihre Strickweste über, nahm die Tasche zur Hand und kam von ihrem Stuhl hoch. Ein Schwall Parfum drang ihm in die Nase.

»Zur Arbeit? Wo arbeitest du denn?«, fragte Sebastian, bevor sie sich ganz abwenden konnte.

Mitten in der Bewegung hielt Lilli inne. »Was wird denn das jetzt? Ein Verhör?«

»Nein, natürlich nicht«, beeilte sich Sebastian zu sagen. »Tut mir leid. Aber das ist wohl so eine Art Berufskrankheit bei Polizisten.«

»Bis bald.« Lillis grüne Augen fixierten ihn.

»Kommst du noch mal vorbei?«

»Vielleicht. Aber als Polizist kannst du dir meine Adresse bestimmt schnell besorgen.« Lilli wandte sich ganz ab und stakste auf ihren schwarzen Pumps davon.

Sein Blick folgte ihr und verharrte noch so lange auf der geschlossenen Tür, wie er das rhythmische Klackern ihrer Absätze auf dem Flur hörte. Erst dann wandte er seinen Kopf ab und sah zum Fenster hinaus.

Mittlerweile war die Dämmerung so weit fortgeschritten, dass sich auf den sandbestreuten Wegen die fahlen Lichtkegel der Wegbeleuchtung abzeichneten. Nur wenige Krankenhausraucher bevölkerten die Stahlbänke in der Mitte des Parks. Sebastian zählte gerade mal vier glimmende Zigarettenspitzen. Offenbar war es den anderen inzwischen zu kalt geworden.

Er wurde nicht schlau aus Lilli. Einerseits machte sie sich offenbar tatsächlich Sorgen um seine Genesung. Anderseits kam es ihm so vor, als hätte sie es vorhin ziemlich eilig gehabt, zu verschwinden. Doch welchen Grund sollte sie dafür haben? Musste sie irgendwann nach acht Uhr abends zur Arbeit, wie sie gesagt hatte? Dafür sprach, dass sie gestern und, sofern er sich richtig erinnerte, auch vorgestern etwa zur gleichen Zeit gekommen und gegangen war.

Allzu viele Berufe gab es nicht, deren Arbeitsbeginn derart spät lag. Schichtarbeit, besonders solche, die körperlich anstrengte, würde er ausschließen. Dazu hatte sie viel zu gepflegte Hände und die falsche Statur. Aus diesem Grund vermutete er auch, dass sie nicht in der Gastronomie beschäftigt war, obwohl dort ebenfalls so spät noch gearbeitet wurde. Warum also machte Lilli ein Geheimnis um ihren Beruf? Ein Frage, die vielleicht erst Franziska durch ihre Recherchen beantworten konnte.

Er griff nach Oscar Wildes Geschichte über Dorian Grays Porträt. Als er das Buch aufschlug, fiel Lillis Ausdruck des Chat-Verlaufs heraus. Er entfaltete das Papier und betrachtete die Einträge ein weiteres Mal, die an Geistlosigkeit nicht zu überbieten waren. Schon nach dem ersten Post von Jasmin aus dem September 2010 wurde Sebastian klar, dass ihm wohl das Durchhaltevermögen fehlte, alles zu lesen. »Du bist mein Glück, du bist mein Stern, auch wenn du brummst, ich hab dich gern«, es folgte der obligatorische Daumen hoch und ein einziger Kommentar mit einem halben Dutzend verschiedener Smileys.

Ein paar Tage später wechselte das Spiel. Zuerst schrieb Lilli einen trivialen Vers, und Jasmin antwortete. So ging es über Monate weiter. Erst im Mai des darauffolgenden Jahres fand diese Art des modernen Pingpong-Spiels ein Ende. Kein Video, kein Foto, keinen Link hatten die beiden in dieser Zeit miteinander geteilt. Oder eine der beiden hatte die Einträge danach gelöscht.

In dieser Form wirkte der Chat, als hätten junge Mädchen Poesiealbum-Sprüche ausgetauscht: zahm und oberflächlich. Aber passte ein derartiger Chat-Verlauf überhaupt zum Alter der beiden? Weder Lilli mit ihren damals neunzehn oder zwanzig Jahren noch die etwas jüngere Jasmin würde er 2011 als »junges Mädchen« bezeichnen.

Womöglich hielt er doch ein Puzzlestück zum Fildermädchen-Fall in Händen. Er vermochte es nicht zu sagen. Gleichwohl konnte es nicht schaden, diesen Chat-Verlauf im Hinterkopf zu behalten. Er schob das Blatt wieder ins Buch, legte sich zurück und setzte seine Oscar-Wilde-Lektüre fort.

Nach zweieinhalb Seiten meldete sich sein Mobiltelefon. Er kramte es aus der Nachttischschublade. Im Display leuchtete Franziskas Name mit ihrer Dienstnummer.

Er nahm das Gespräch entgegen. »Sind Sie tatsächlich noch im Büro?«

»Klar, Chef«, kam es gut gelaunt aus dem Hörer zurück. »Sie sagten doch, dass Sie die Informationen zu Lilli Bakutz sofort brauchen. Und jetzt ist so was Ähnliches wie sofort.«

»Dann schießen Sie mal los.« Sebastian hätte es nicht für möglich gehalten, dass Franziska ihm innerhalb von ein paar Stunden bereits die ersten Ergebnisse ihrer Recherchearbeit präsentierte.

»Nicht gut.«

»Nicht gut? Was soll das heißen?«

»Dass es nicht viel zu recherchieren gibt über eine Lilli Bakutz aus Rheinfelden. In den Registern und Datenbanken der deutschen Polizei finden sich schon mal keinerlei Einträge. Das hat Cem heute Nachmittag bereits überprüft. Interpol und das ganze andere internationale Zeugs hat er mal außen vor gelassen.«

»Das bedeutet, dass sie bisher nicht mit dem Gesetz in Konflikt geraten ist.« So ganz wusste Sebastian selbst nicht, warum er sich über dieses Ergebnis freute.

»Kann man so sehen, Chef.«

»Warum so negativ? Aus Ihrer Bemerkung höre ich heraus, dass Sie es mitnichten so sehen.«

Franziska atmete tief aus. Aus dem Telefon rauschte es, als brauste ein Bach neben ihr. »Von ihr gibt's etwa so viele Spuren im Internet wie von meiner Oma.«

»Haben Sie überhaupt nichts gefunden?«, fragte Sebastian in der Hoffnung, sie könnte mehr Erfolg gehabt haben als er mit der Suche nach einem Bild von ihr.

»Nein, außer diesem Facebook-Profil nichts. Und das ist seit ein paar Jahren ziemlich verwaist.«

»Das muss nichts bedeuten«, gab Sebastian zurück. »Ich kenne einige, die auf Facebook inaktiv sind. Die haben ihr Profil nur noch, damit sie es nicht neu anlegen müssen, falls sie es irgendwann doch wieder benötigen.«

»Kann schon sein.« Franziska klang wenig überzeugt.

»Haben Sie herausgefunden, wo sie arbeitet?«

»Wenn sie selbst im Internet nichts veröffentlicht, brauch ich eine Sozialversicherungsnummer. Und die hab ich nicht.«

»Und zu ihren Eltern?«

»Gestern war Sonntag. Ich hab heute erst auf dem Standesamt in Rheinfelden anfragen können.« Franziska stieß Luft durch die Nase. »Aber die Antwort kann ein paar Tage dauern.«

»Sonst irgendeine Kleinigkeit?«

Franziska zögerte. »Eigentlich nein.«

»Warum ›eigentlich‹?« Sebastian spürte, dass sie doch etwas

entdeckt hatte, aber es, aus welchem Grund auch immer, noch zurückhielt.

»Kennen Sie Tokio Hotel?«

Der Begriff sagte ihm etwas, nur kam er im Moment nicht dahinter. »Ein Hotel in Tokio?«

»Nein. Das ist der Name einer bekannten ostdeutschen Band. Die Jungs sind Teenie-Idole und haben schon reihenweise die Herzen ihrer weiblichen Fans gebrochen.«

»Sie wissen doch, diese Art von Musik ist mir ein Gräuel. Und ich denke auch nicht, dass ich zur Zielgruppe gehöre. Aber wie kommen Sie überhaupt auf Tokio Hotel?«

»Bei Facebook kann man seinen Musikgeschmack angeben, und dort hat Lilli ›Tokio Hotel‹ angegeben. Außerdem hat sie einige Fotos des Sängers gelikt. Allerdings ist das, wie schon gesagt, einige Jahre her.«

Sebastian konnte sich vage daran erinnern, dass er in der Tat auf Lillis Facebook-Seite einen geschminkten Jungen mit scheußlicher Stehhaarfrisur und noch scheußlicherer Kleidung gesehen hatte. Doch ein Zusammenhang mit ihrem Fall erschloss sich ihm nicht. »Und was haben diese Tokio Hotel mit unserem Fall zu tun?«

»Vielleicht sollten Sie sich doch mal mit ›dieser Art von Musik‹ auseinandersetzen.« Franziska kicherte. »Der Sänger heißt Bill Kaulitz. Und das ist …«

»… ein Anagramm für Lilli Bakutz.«

18

Heinrich Meder, der Filialleiter, und sein Mitarbeiter Ralf Herzsprung waren die einzigen Zeugen des Überfalls auf die Stadtsparkasse Hannover, die Marga noch nicht gesprochen hatte. Inzwischen war es über eine Woche her, dass sie einen Termin mit der Begründung abgelehnt hatten, erst Rücksprache mit dem Vorstand halten zu müssen, und sie hatte weder von Meder noch von Herzsprung etwas gehört. Doch einen richterlichen Beschluss wollte sie nicht beantragen. Das würde nur unnötig Staub aufwirbeln, und es war keineswegs sicher, dass sie überhaupt einen erhielte. Somit war sie auf das Entgegenkommen des Vorstands angewiesen, und vermutlich war es besser, wenn sie sich auch gleich direkt dorthin wandte.

Auf der Website der Stadtsparkasse Hannover fand sie den Namen sowie eine Telefonnummer von Dr. Ferdinand Certosa, dem Vorstandsvorsitzenden. Das Foto daneben zeigte einen bullig wirkenden Mann mittleren Alters mit stechenden schwarzen Augen, der gut und gern auch Freistilringer oder Boxer hätte sein können.

Sie nahm das Telefon zur Hand und versuchte ihr Glück. Es klingelte, und tatsächlich meldete sich eine jüngere männliche Stimme: »Vorzimmer Dr. Certosa.«

»LKA Stuttgart, Hauptkommissarin Kronthaler«, gab sie zurück und mühte sich um einen verbindlichen Tonfall. »Ich würde gern mit Dr. Certosa, Ihrem Vorstandsvorsitzenden, sprechen.«

»Haben Sie einen Termin?«, fragte die Stimme im gleichen verbindlichen Tonfall.

»Nein.«

»Dann weiß ich nicht, ob ich Sie durchstellen kann.«

»Hören Sie mal, Herr … ich weiß nicht mal, wie Sie heißen. Aber es geht um eine Zeugenbefragung zum Überfall auf Ihr Institut vor sieben Jahren.«

»Einen Moment bitte.« Es knackte in der Leitung, danach

wechselte sich eine unerträglich laute Tonfolge mit der Ansage »Ihre Verbindung wird gehalten« ab.

Marga legte den Hörer auf den Schreibtisch und drückte eine Taste, um den Lautsprecher einzuschalten. Sie kramte in ihrer Handtasche nach der Zigarettenpackung, zündete sich eine an und sah durchs Fenster. Dünne Schlieren liefen über die Scheibe, dahinter jagten dunkle Wolken über den Himmel. Schon seit der Nacht brachten die immer wieder Regenschauer mit. Ein Tiefausläufer hatte bereits am Vorabend dem schönen Spätsommerwetter ein Ende gesetzt. Die ersten Blätter der knorrigen Laubbäume klebten wie sandfarbene Papierfetzen auf dem Gehweg.

Obwohl erst Mitte September, kündigte sich der Herbst mit aller Macht an.

Wie in einer Endlosschleife meldete das Telefon auf ihrem Schreibtisch, dass ihre Verbindung gehalten wurde. Hatte der Mann im Vorzimmer sie vergessen? Da verstummte die Tonfolge, und stattdessen ertönte erneut das Klingelzeichen. Offenbar wurde sie endlich durchgestellt.

»Certosa«, drang eine Fistelstimme aus dem Hörer.

Rasch wandte Marga sich um, ergriff den Hörer und nannte ihren Namen.

»Sie wollten mit mir sprechen, Frau Kronthaler?«

»Ja.« Marga nahm einen letzten Zug von ihrer Zigarette und drückte sie aus. »Ihr Mitarbeiter hat Sie bestimmt schon über den Grund meines Anrufes informiert.«

Marga betrachtete das Foto von Certosa auf der Webseite. Es gab immer wieder Menschen, deren Stimme nicht zu ihnen passte. Eigentlich hätte sie eine Stimme ähnlich dem Bellen eines Kampfhundes erwartet. Stattdessen sprach Certosa hoch und dünn wie ein Junge vor dem Stimmbruch.

»Er sagte, dass es um eine erneute Zeugenbefragung zum Überfall im September 2010 geht. Ist das richtig?«

»Genau.«

»Sind die Ermittlungen nicht längst eingestellt?« Certosas Frage zielte zweifellos darauf ab, den Sinn ihres Anrufes in Zweifel zu ziehen.

»Ermittlungen zu einem Mordfall werden nie ganz eingestellt. Außer die Polizei kann einen Täter benennen.«

»Und warum ermittelt nun das LKA Stuttgart? Sie sind doch vom LKA Stuttgart, sagten Sie?«

Mit dieser Frage hatte sie gerechnet, und so fiel es ihr nicht schwer, einen Vorwand zu nennen. »Es gibt Parallelen zu einem ähnlichen Fall bei uns in Baden-Württemberg.«

»Einem Überfall auf eine Sparkasse? Davon weiß ich gar nichts«, erwiderte er schnell und bestimmend.

Certosa schien ein aufmerksamer und zugleich misstrauischer Mann zu sein. So leicht würde sie ihm nichts vormachen können. Sie musste aufpassen, dass sie sich nicht in Widersprüche verstrickte, sonst bemerkte er noch den nicht offiziellen Charakter ihrer Ermittlungen.

»Nein, es war keine Sparkasse.«

»Eine andere Bank, sagen Sie?«

Marga zögerte. »Ja.«

»Welche denn?«

»Das kann ich Ihnen aus ermittlungstaktischen Gründen derzeit nicht sagen.« Sie pulte eine neue Zigarette aus der Packung. »Und eigentlich bin ich es, die in Zeugengesprächen die Fragen stellt.«

Certosa schnaufte in den Hörer, schien nachzudenken. Als er schließlich wieder das Wort ergriff, hörte es sich an wie auswendig gelernt und schon Dutzende Male aufgesagt. »Natürlich wollen wir Ihren Ermittlungen nicht im Wege stehen. Die Stadtsparkasse Hannover und meine Wenigkeit werden alles tun, um das LKA Stuttgart bei der Aufklärung dieses scheußlichen Verbrechens zu unterstützen.«

Geht doch, dachte Marga und sagte: »Heinrich Meder und Ralf Herzsprung, beides Mitarbeiter Ihres Hauses, waren damals Zeugen des Überfalles. Einer erneuten Befragung wollen beide allerdings erst nach Rücksprache mit dem Vorstand zustimmen.« Marga zündete sich die Zigarette an und nahm einen tiefen Zug. »Deshalb auch heute mein Anruf bei Ihnen. Sie haben doch dazu die Entscheidungsbefugnis?« Sicherlich schadete es nicht, seine Autorität hervorzuheben.

»Natürlich hab ich die. Aber die Aussagen meiner Mitarbeiter sind doch damals bereits einige Male aufgenommen worden.« Certosa schien noch immer nicht gänzlich überzeugt vom Sinn ihres Anrufes.

»Natürlich liegen uns die Protokolle dieser Aussagen vor. Aber durch den Fall bei uns in Baden-Württemberg ergeben sich neue Fragen.«

»Einverstanden, Frau Kronthaler.« Certosa hielt einen Moment inne. »Wollen Sie für die Befragung bei uns in Hannover vorbeikommen?«

»Für eine erste Beurteilung reicht mir eine telefonische Auskunft.« Sie nahm einen weiteren Zug von ihrer Zigarette. »Sie müssten Herrn Meder und Herrn Herzsprung sozusagen nur Ihre Entscheidung mitteilen. Dann kann ich die beiden zur gegebenen Zeit anrufen.«

Es raschelte im Hörer, und Marga vermutete, dass Certosa die Sprechmuschel zuhielt.

»Der damalige Filialleiter, Herr Meder, arbeitet inzwischen hier in der Hauptgeschäftsstelle, ein paar Büros weiter. Wenn Sie wollen, kann ich Sie gleich mit ihm verbinden.«

»Tatsächlich?« Damit hatte Marga nun wirklich nicht gerechnet. Doch diese Einladung konnte sie nicht ablehnen. Sie nahm einen weiteren Zug und drückte die nur halb gerauchte Kippe in den Aschenbecher. »Kein Problem. Mir passt es gerade.«

Certosa verabschiedete sich, und ein Klacken erklang. Die Maschinenstimme verkündete ein weiteres Mal, dass ihre Verbindung gehalten werde. Schnell hielt sie den Hörer ein gutes Stück vom Ohr weg, bevor ihr Trommelfell durch die überlaute Tonfolge Schaden nehmen konnte. Hoffentlich musste sie nicht so lange warten wie zuletzt.

Es sollte nur ein paar Sekunden dauern, bis Heinrich Meder sich meldete. Im Gegensatz zu seinem Vorgesetzten hörte sich seine Stimme beinahe so an wie durch ein Megafon: einige Nuancen zu laut.

»Guten Tag, Herr Meder«, begann Marga und stellte sich vor. Bevor sie fortfahren konnte, drang ein Klopfen an ihr Ohr, die Bürotür ging auf, und Cem stand in einer Schnelligkeit vor ihrem

Schreibtisch, die sie ihm nicht zugetraut hätte. Sie warf ihm einen vorwurfsvollen Blick zu und bedeutete ihm, draußen zu warten.

Doch statt ihr Büro wieder zu verlassen, blieb Cem einfach stehen, und erst auf den zweiten Blick bemerkte sie, dass er aufgeregt wirkte. Er fuchtelte herum wie zuletzt bei seinem Elvis-Auftritt im Rocktube.

»Einen Moment, bitte«, sagte Marga zu Meder und hielt den Hörer zu. »Himmelarsch, Herr Akay. Sie sehen doch, dass ich gerade telefoniere.«

»Das sehe ich, aber es ist wichtig.«

»Was Sie nicht sagen«, gab Marga zurück und war kurz davor, ihn hochkant aus ihrem Büro zu werfen. »Das hier auch.«

»Sie sollten trotzdem auflegen.«

Marga glaubte, sich verhört zu haben. Hatte ihr Mitarbeiter sie gerade aufgefordert, wegen ihm das Telefonat zu beenden?

Cem nickte energisch und verlieh seiner Forderung mit intensivem Armeinsatz weiter Nachdruck.

Sie nahm die Hand von der Sprechmuschel. »Herr Meder, es ist was dazwischengekommen. Ich rufe Sie gleich zurück.« Marga legte den Hörer auf. »Verdammte Scheiße, wissen Sie, wie lange ich gebraucht habe, um diesen Zeugen ans Telefon zu bekommen?« Sie stemmte die Fäuste in die Hüften. »Wenn das jetzt nicht wichtig ist, reiß ich Ihnen den Kopf ab.«

»Es ist wichtig.« Cem gab sich unbeeindruckt. »Pauline Arendt, Sie wissen schon, die Frau von Berthold Hauer …«

»Was ist mit ihr?«

»Sie war gestern Abend in einen Verkehrsunfall verwickelt, als Fußgängerin. Sie liegt im Marienhospital auf der Intensivstation. Es handelt sich wohl um Fahrerflucht.«

Marga schluckte. »Zeugen?«

»Ja. Aber am Fahrzeug waren offenbar die Kennzeichen unkenntlich gemacht, und es gibt keine Bremsspuren. Die Kollegen von der Verkehrspolizei gehen von einem absichtlich herbeigeführten Unfall aus.«

***

Im Nieselregen an diesem Morgen hatte sich bisher noch kein einziger Krankenhausraucher bei den Stahlbänken im Park eingefunden. So sorgte das Wetter zwar für die Gesundheit der Patienten, aber bei Sebastian für schlechte Laune, obwohl er sich körperlich fit fühlte. Die Schmerzen am Hinterkopf waren verschwunden und der Verband durch ein handtellergroßes Mullkissen ersetzt worden. Am liebsten hätte er die beiden Plastikkisten mit seinen Sachen vollgepackt und wäre nach Hause gefahren. Doch davor hatte Dr. Petronović eine Visite, Dr. Steffens das Ergebnis der neurologischen Tests und die Krankenhausverwaltung ein offizielles Entlassungsdokument samt Arztbrief gelegt.

Sebastian nutzte die Zeit bis dahin, um sich ausgiebig zu duschen und zu rasieren. Inzwischen konnte er die nachlässige Kleidung, die er tagsüber anhatte, nicht mehr sehen, und so zog er einen frischen Anzug samt Hemd und Krawatte an. Mit dem Notebook setzte er sich schließlich an den Besuchertisch am Fenster und sah sich den Stadtplan von Rheinfelden in Google Maps an. Wie Franziska bereits herausgefunden hatte, lagen Lillis Wohnsitz in der Herzogenstraße 4 und die Adlerstraße, in der er aufgefunden und sein Auto abgeschleppt worden war, weit auseinander – rund drei Kilometer. Ihm fiel keine logische Erklärung ein, warum er für Lillis Befragung eine knappe Stunde Fußmarsch in einer Stadt auf sich nehmen sollte, die er nicht kannte. Was in aller Welt hatte er also in der Adlerstraße verloren?

Gegen elf Uhr hatte weder Dr. Petronović sich zur Visite sehen lassen noch er eine Erklärung gefunden, warum man seinen Wagen nicht in der Nähe von Lillis Adresse abgeschleppt hatte. Wie immer versetzte es ihn in eine Art Unruhe, wenn er keine logischen Schlussfolgerungen aus dem eigenen Handeln ziehen konnte. Offenbar waren seine grauen Zellen so eingerostet wie der Rest des Körpers, und so beschloss er, sich zu bewegen. Ein Spaziergang im Park fiel aufgrund des Wetters aus, also unternahm Sebastian einen Rundgang im Krankenhaus. Am Kiosk konnte er sich dann gleich noch eine lokale Tageszeitung kaufen.

Auf den Fluren des Krankenhauses herrschte Hochbetrieb.

Ärzte und Krankenschwestern, einige davon mit Rollwagen, eilten durch die Gänge, während Patienten und Besucher eher gemächlich ihres Weges gingen.

Schon von Weitem hörte Sebastian ein Gekreische. Drei Kinder tobten in einem Wartebereich, während sich ihre Eltern, ein jüngeres Paar Mitte dreißig, unterhielten. Der Älteste, ein Junge von vielleicht sechs oder sieben Jahren, hatte sich offenbar zum Ziel gesetzt, den gesamten Inhalt einer Spielzeugkiste auf einen Stuhl zu stapeln. Seine beiden Schwestern schienen ihn daran hindern zu wollen.

Einige Meter weiter in einer Besuchernische bemerkte Sebastian eine kleine, zarte Frau mit weißen Haaren, deren Alter irgendwo bei neunzig Jahren liegen musste. Sie trat von einem Fuß auf den anderen, anscheinend unsicher, was sie als Nächstes tun sollte. Trotz der Straßenschuhe und des schwarzen Wollmantels, den sie falsch herum anhatte, vermutete er, dass es sich um eine Patientin handelte. Als er sich weiter näherte, trat sie unerwartet resolut in seinen Weg.

»Rufen Sie meine Tochter an, bitte«, flüsterte sie in einem geheimnisvollen Tonfall. Zwischen einer Unmenge Falten wanderten ihre trüben Augen von links nach rechts, ehe sie ihn kurz anschaute. Schon im nächsten Moment huschten die Pupillen erneut hin und her, als könnte sie sich nicht auf ihn konzentrieren.

»Bitte?« Sebastian beugte sich näher zu ihr hinunter.

»Hier.« Sie hielt eine ihrer schmalen faltigen Hände hoch. Die Adern unter der Haut sahen aus wie dicke blaue Schnüre. Zwischen den unzähligen Altersflecken entdeckte Sebastian einen verknitterten speckigen Zettel, kaum größer als ein Kaugummipapier. »Die Telefonnummer von meiner Tochter. Sie müssen Sie anrufen.«

»Ihre Tochter anrufen?« Sebastian drängte sich der Verdacht auf, dass die Frau an Demenz litt.

»Ich werde hier festgehalten.« Sie machte ein Gesicht, als wäre er ihre letzte Chance, einem Todesurteil zu entkommen.

»Haben Sie schon mit der Stationsschwester gesprochen? Die hilft Ihnen bestimmt weiter.«

»Ich vertraue aber Ihnen.«

»Und warum ausgerechnet mir?«

»Sie sind bestimmt der Direktor. Sonst trägt hier keiner Anzug und Krawatte«, gab sie zurück und streckte ihm den Zettel näher hin.

Sebastian seufzte und wollte sich gerade die Telefonnummer mit Freiburger Vorwahl auf dem Zettel einprägen, als er eine andere Stimme rufen hörte: »Frau Wolpert, da sind Sie ja endlich.«

»Schnell, nehmen Sie«, sagte die Frau leiser. Ihre Hand mit dem Zettel zitterte. »Sonst nehmen die ihn mir weg.«

»Frau Wolpert.« Eine lange, dürre Krankenschwester kam um die Ecke. »Ich habe Ihnen doch gesagt, Sie sollen sich nicht umziehen.« Sie lächelte Sebastian und die Frau an, dann bemerkte sie den Zettel in deren Hand. »Wir haben Ihre Tochter schon angerufen. Wenn Sie wollen, können Sie nachher mit ihr telefonieren. Einverstanden?«

Wolpert nickte schwach. Mit einem letzten verschwörerischen Seitenblick auf Sebastian ließ sie sich von der dürren Krankenschwester den Flur entlangführen.

Auch Sebastian ging weiter, die Treppe hinunter, wo sich neben dem Haupteingang der Kiosk befand.

Die Frau hinter dem Schalter hatte ein beinahe kindlich wirkendes Gesicht mit straff nach hinten gekämmten schwarzen Haaren. Stumm lächelte sie ihn an.

»Haben Sie eine lokale Tageszeitung?«, fragte Sebastian.

»Den Oberrheinboten, hier.« Sie deutete auf einen Stapel Zeitungen mit einem Titel in blauer Frakturschrift.

»Auch die Ausgaben der letzten Tage?«

»Der letzten Tage?« Sie runzelte die Stirn.

»Ja. Ab Freitag.«

»Moment.« Die junge Frau verschwand im hinteren Teil und kam gleich darauf mit zwei Zeitungen über dem Arm zurück. »Ich hab nur noch die Wochenendausgabe und den Montag.«

Sebastian kaufte alle drei Ausgaben und machte sich auf den Rückweg. Vielleicht würde er in einer der Zeitungen einen Bericht über den Überfall auf sich finden.

Als er das Krankenzimmer betrat, stand da Dr. Petronović vor seinem leeren Bett und notierte sich etwas auf einem Klemmbrett. Im Gegensatz zu den anderen Tagen hatte er sich diesmal offenbar dazu entschlossen, seine Visite ohne Ärzteschar abzuhalten.

Schnell wandte Petronović sich um. Das Stethoskop um seinen Hals baumelte hin und her. »Herr Franck«, rief er lauter als notwendig. »Wo waren Sie denn?«

»Wie Sie noch wissen dürften, habe ich einen Mordfall aufzuklären«, gab Sebastian unbeeindruckt zurück.

»Und dazu stellen Sie Untersuchungen im Gebäude an und verwandeln eines unserer Krankenzimmer in Ihr Büro?« Er deutete mit dem Kinn zum Besuchertisch am Fenster, auf dem es neben Notebook und Tablet samt Maus und Ladegeräten, Büchern sowie einigen handschriftlichen Notizen kaum noch einen freien Platz gab.

»Wenn Sie mich nicht entlassen, bleibt mir wohl nichts anderes übrig.« Er deponierte die Zeitungen auf der Tastatur des Notebooks.

Petronović seufzte. »Da habe ich gute Nachrichten für Sie. Ich habe heute Morgen schon mit Dr. Steffens gesprochen. Sie möchte mit Ihnen noch die Testergebnisse besprechen. Aber einer Entlassung morgen steht von ihrer Seite nichts im Wege.«

»Und von Ihrer Seite?«

»Wenn ich mir Ihre Kleidung und Ihr provisorisches Büro so ansehe«, Petronović kniff die Augen zusammen und schüttelte seinen kahl rasierten Kopf, »eigentlich auch nichts. Sonst stehen hier bald noch die ersten Aktenordner.«

Sebastian verkniff sich die Bemerkung, dass er bereits daran gedacht hatte: ein zweiter Tisch und die wichtigsten Aktenordner zum Fildermädchen-Fall.

Eine Stunde nach dem Mittagessen war es dann so weit. Steffens trat in sein Zimmer und schaute sich ähnlich überrascht um wie ihr Kollege zuvor.

»Guten Tag, Herr Franck.« Sie zog den Besucherstuhl vom Bett zum Tisch und setzte sich neben ihn.

»Guten Tag, Frau Dr. Steffens.« Sebastian legte die Tageszeitung beiseite. Bisher hatte er in der Wochenendausgabe lediglich einen allgemein gehaltenen Vierzeiler zum Überfall auf sich gefunden.

»Wie geht es Ihnen?«

Er hätte nicht sagen können, zum wievielten Mal er diese Floskel hörte, seit er hier war. Statt darauf zu antworten, sagte er: »Sie wollten noch die Testergebnisse mit mir besprechen.«

»Richtig.« Sie blätterte durch eine Mappe auf ihrem Schoß, sah dann wieder auf. »Leistungseinbußen oder Störungen des Gedächtnisses für neue Lerninhalte durch Ihre retrograde Amnesie kann ich so weit ausschließen.«

»Das habe ich mir schon gedacht.«

»Aber«, Steffens druckste herum, »ich denke, ich sollte Sie über eine mögliche neurologische Anomalie in Kenntnis setzen.«

»Neurologische Anomalie? Bei mir?«

»Ja.« Erneut kramte Steffens in ihrer Mappe, zog diesmal jedoch ein Blatt mit handschriftlichen Notizen heraus. »Ich hab mir ein paar Dinge herausgeschrieben.«

»Was für Dinge? Worüber?«

»Haben Sie schon einmal etwas von Hochsensibilität oder Hochsensitivität gehört? Der Ausdruck wird in Deutschland leider nicht einheitlich verwendet.«

»Nein.« Natürlich konnte er sich zusammenreimen, was damit gemeint war, doch im medizinischen Zusammenhang hatte er den Begriff bisher nicht gehört.

»Gleich vorneweg: Das ist keine Krankheit, sondern ein Persönlichkeitsmerkmal, bei dem eine Person stärker als der Durchschnitt auf Reize reagiert und diese auch viel intensiver wahrnehmen und verarbeiten kann.«

Sebastian schluckte. So etwas Ähnliches hatte ihm ein Kinderarzt bereits vor Jahren erzählt. Doch damals benutzte er nicht die Bezeichnung Hochsensitivität oder Hochsensibilität, sondern zuerst ADHS, später dann nur noch Überempfindlichkeit. Er hatte dieser Meinung noch nie viel Wert beigemessen.

»Bis heute existiert keine eindeutige und anerkannte neurowissenschaftliche Definition des Phänomens.« Steffens strich über das Blatt Papier auf dem Aktendeckel. »Die High-Sensitivity-Forschung steckt noch in den Kinderschuhen. Auch zur Ursache gibt es nur Vermutungen. Als wahrscheinlich gilt eine erblich bedingte, spezielle neuronale Konstitution. Es bestehen Ähnlichkeiten zur Hochbegabung und der Synästhesie.«

»Und eine derartige Diagnose können Sie bereits aufgrund dieser belanglosen Tests stellen?« Das klang abwertender, als Sebastian beabsichtigt hatte.

»Wie gesagt, es ist im Moment nur eine Vermutung. Deswegen habe ich Ihnen einige Merkmale hochsensitiver Personen zusammengetragen. Am besten, Sie hören sich die an und ziehen dann Ihre eigenen Schlüsse. Einverstanden?«

Sebastian nickte.

Steffens schob ihre Brille auf die Nase und begann zu lesen: »Intensives Empfinden und Erleben, eine detailreiche, subtile Wahrnehmung«, mit beiden Händen kippte sie das Blatt Papier zu sich, »dann ein ausgeprägtes Langzeitgedächtnis, intuitives Denken und Denken in größeren Zusammenhängen, Perfektionismus und hohe Schmerzempfindlichkeit.« Sie schaute auf. »War etwas für Sie dabei?«

»Ein paar Dinge schon«, log Sebastian, der sich bei jedem Merkmal in Steffens' Aufzählung wiedererkannte. Bis auf das letzte. Bisher war er davon ausgegangen, dass sich sein Schmerzempfinden eher in Grenzen hielt. Dafür hatte Steffens eine wichtige Eigenschaft nicht genannt: *Visual Imagery*, die Wahrnehmung ohne Sinnesreize. Auch wenn es im Sauhag nicht so funktioniert hatte wie erwartet.

Steffens neigte den Kopf und musterte ihn kritisch über den Rand ihrer Brille. »Falls Sie tatsächlich Klarheit haben wollen, sollten Sie einen sogenannten HSP-Test in Betracht ziehen.«

Sebastian zögerte. »Ich muss mir zuerst darüber Gedanken machen, was das für Auswirkungen auf meinen Beruf und privat haben könnte. Aber ich werde es im Hinterkopf behalten. Versprochen.« Ein weiteres Mal hatte er nicht die Wahrheit gesagt. Ganz sicher würde er diesen HSP-Test nicht machen. Bisher war er sehr gut mit seiner Hochsensitivität klargekommen, die er im Grunde schon längst geahnt hatte. Wieso sollte er mehr darüber wissen wollen? Als Bestätigung, dass die Gedankengänge anderer Menschen oft viel zu ineffizient waren? Das wusste er längst.

»Gut. Tun Sie, was immer Sie für richtig halten.« Steffens lächelte steif. »Jedenfalls können wir Sie morgen entlassen. Das ist doch in Ihrem Interesse, oder?«

»Nichts lieber als das. Ich fange gleich an, zu packen.«

Steffens notierte sich noch etwas, verabschiedete sich und verließ das Zimmer. Doch zum Packen sollte er nicht kommen. Sein Mobiltelefon machte sich bemerkbar, und Franziskas Nummer erschien im Display.

Kaum hatte er das Gespräch entgegengenommen, schlug ihm ihre aufgeregte Stimme entgegen. »Hallo, Chef, das glauben Sie nicht.«

»Was glaube ich nicht?«

»Pauline Arendt ist gestern Abend bei einem Verkehrsunfall mit Fahrerflucht schwer verletzt worden.«

»Wo?«

»Hier in Stuttgart. Keine zweihundert Meter vor ihrem Haus. Sie ist zu Fuß unterwegs gewesen.«

»Gibt es Anhaltspunkte zum Unfallverursacher?«

»Nein, das ist es ja gerade. Laut Zeugenaussagen waren die Nummernschilder unkenntlich gemacht. Bremsspuren gab's auch keine. Die Staatsanwaltschaft hat bereits Ermittlungen wegen versuchten Mordes aufgenommen.«

»Staatsanwaltschaft? Mordversuch?« Sebastian benötigte einen Moment, um die Informationen aufzunehmen. Einordnen konnte er sie jedoch nicht.

»Sie liegt mit lebensbedrohlichen Verletzungen auf der Intensivstation.«

»Gut, Franzi. Danke, dass Sie mir gleich Bescheid gegeben haben.« Er wollte auflegen, hielt dann jedoch inne. »Was macht die Abfrage des Personenstandsregisters zu Lillis Eltern?«

»Ich hab noch keine Antwort vom Standesamt. Aber Sie haben recht, auch mir lässt diese Lilli Bakutz keine Ruhe. Oder eher die Tatsache, dass ich kaum Spuren von ihr im Internet finden kann. Wir könnten es noch mit einer biometrischen Gesichtserkennung versuchen. Ich hab da Zugriff auf eine coole Software. Allerdings brauche ich dazu …«

»… ein Foto von ihrem Gesicht«, vervollständigte Sebastian den Satz. »Ich werde versuchen, heute Abend eines zu machen, ohne dass sie es bemerkt.«

»Genau das wollte ich vorschlagen.« Sie setzte kurz ab, schnaufte in den Hörer. »Haben Sie eigentlich schon einen Entlassungstermin?«

»Ja.« Sebastian hatte Mühe, seine Freude zurückzuhalten. »Morgen früh bin ich hier weg.«

»Klasse. Dann kommen Sie gleich ins Büro?«

»Sobald ich meinen Wagen auf dem Krankenhausparkplatz gefunden habe.«

»Den hab ich neben dem Parkscheinautomaten direkt vor dem Haupteingang geparkt«, sagte sie und einen Herzschlag später dann: »Echt krass, der Wagen.«

Besonders die vielen Knöpfe zum Spielen, dachte Sebastian. »Nach vier Tagen hab ich bestimmt einige Strafzettel an der Frontscheibe hängen.«

»Bestimmt keinen«, gab Franziska zurück, und Sebastian meinte sogar, das Lächeln zu hören, das sie immer aufzog, wenn sie ihre Aufgabe übererfüllt hatte. »Ich hab meine Polizeikelle aufs Armaturenbrett gelegt.«

Diesmal konnte auch Sebastian ein Lachen nicht zurückhalten. Er bedankte sich und legte auf.

Eigentlich hatte er sich für den Rest des Nachmittags vorgenommen, die anderen Zeitungen nach Meldungen zu durchforsten und anschließend die beiden blauen Plastikkisten vollzupacken. Doch schon als er die erste Zeitung aufschlug, wusste er, dass er sich nicht darauf konzentrieren konnte. Seine Gedanken begannen, sich selbstständig zu machen. Und sie kreisten um Lilli.

War ihr Name nur zufällig ein Anagramm zu diesem Tokio-Hotel-Sänger mit der scheußlichen Stehhaarfrisur? Das würde er gerade noch akzeptieren. Auch, dass sie nichts über Lilli im Internet fanden. Aber warum war es gerade sie, die ihn in dieser

Hofeinfahrt aufgefunden hatte? Drei Zufälle waren mindestens einer zu viel.

Sebastian klappte die Zeitung zusammen und legte sie zurück auf den Stapel. Er musste Lilli ein paar wichtige Fragen stellen, musste jeden Zweifel an ihrer Redlichkeit ausräumen und – heimlich ein Foto von ihr machen. Bisher war sie jeden Tag gegen sechs Uhr aufgetaucht.

Doch Lilli Bakutz kam nicht gegen sechs, auch nicht gegen sieben. Sie kam an diesem Abend überhaupt nicht.

19

Gegen halb elf am nächsten Morgen hatte Sebastian die beiden Plastikkisten gepackt und in seinem Mercedes verstaut. Der Regen vom Vortag hatte sich verzogen, lediglich eine dichte graue Wolkenschicht bedeckte den Himmel. Nur noch mit einem kleinen Verband am Hinterkopf ließ er den Parkplatz vor dem Kreiskrankenhaus hinter sich – wie Franziska es prophezeit hatte, ohne Strafzettel an der Frontscheibe.

Als erstes Ziel hatte er sich Lillis Adresse ausgesucht. Nachdem sie gestern nicht gekommen war, warteten immer noch zu viele Fragen auf eine Antwort. Erst dann würde er die Adlerstraße aufsuchen, wo er niedergeschlagen worden war.

Die Herzogenstraße in Rheinfelden entpuppte sich als eine Aneinanderreihung von Mehrfamilienhäusern, wie sie in den sechziger Jahren in Deutschland zu Tausenden gebaut worden waren. Und die seither auch auf ihre erste Renovierung warteten. Eine typische Siedlung mit billigen Mietwohnungen, in der tagsüber kaum Verkehr herrschte, weil die Bewohner bei der Arbeit waren. Nur wenige Autos parkten am Straßenrand. Vor dem Gehweg auf der linken Seite waren zahllose graue Tonnen mit gelbem Deckel aufgereiht. Offenbar stand die Müllabfuhr an.

Sebastian entdeckte einen mit »Gebäude 4« ausgeschilderten Parkplatz. Er stieg aus und schaute sich um. Irgendwo piepte ein Lastwagen im Rückwärtsgang. Eine dürre weiße Katze mit nur einem Auge schlich um die Vorderreifen eines weißen Opel Astra und verschwand dann darunter. Die Hoffnung, der Ort hier würde etwas in ihm auslösen, erfüllte sich nicht. Inzwischen zweifelte er daran, dass er überhaupt schon einmal hier gewesen war. Nichts davon kam ihm bekannt vor. Weder die nahezu identischen Wohnhäuser samt den verschiedenfarbigen Balkonbrüstungen noch die verdorrten Rasenflächen mit rostigen Wäschespinnen.

Das Gebäude mit der Nummer vier unterschied sich von

den anderen hauptsächlich durch den dunklen Gelbton der Balkonbrüstungen. Vom Gehweg aus unterhielt sich eine Frau mit Einkaufskorb lautstark mit einer anderen, die im ersten Stock aus dem Fenster lehnte. Er näherte sich, und die Stimmen verstummten. Auch als er den Fußweg zur gläsernen Eingangstür mit der weißen Vier entlangging, blieb es hinter ihm still, und er spürte die Blicke in seinem Rücken. Vor einer wahren Batterie an Briefkästen und Klingelschildern blieb er schließlich stehen.

Sebastian suchte und fand Lilli Bakutz' Namen in der zweiten Reihe von unten und drückte auf die Klingel.

Er schirmte sein Gesicht mit den Händen ab und spähte durch die Glastür. Auf dem Flur dahinter stand ein altmodischer weinroter Kinderwagen, der als Lagerplatz für zwei oder drei halb volle Lidl-Plastiktüten diente. Vermutlich wurde der so wenig genutzt wie das Fahrrad mit plattem Reifen dahinter.

Niemand meldete sich. Sebastian drückte ein weiteres Mal auf die Klingel.

Wie in Zeitlupe tuckerte ein DHL-Paketwagen vorbei. Der Fahrer hatte sich über das Lenkrad gebeugt und seinen Blick auf die Häuser gerichtet.

»Wollen Sie wieder zu Lilli?«, vernahm er eine krächzende Stimme, als das Geräusch des Paketwagens verklang.

Sebastian machte einen Schritt zurück. Die Frau auf dem Gehweg war verschwunden. Er schaute am Haus hoch und sah die andere Frau im zweiten Stock, die sich zuvor noch mit ihr unterhalten hatte. Sie lehnte sich über einem bunten Sofakissen aus dem Fenster. Zwischen ihren Unterarmen und dem Hals türmte sich ein wahres Gebirge zweier Brüste. Die pechschwarzen Haare mit den deutlich sichtbaren grauen Ansätzen waren zweifellos das Resultat einer lang vergangenen Färbeaktion. Ihr Gesicht dominierte eine Brille mit Flaschenbodenglas, das die Augen dahinter ins Insektenhafte vergrößerte. Ihr Alter schätzte er auf Ende sechzig.

»Was heißt ›schon wieder‹?«, fragte Sebastian, dem die Frau völlig unbekannt war.

Die verzog das Gesicht, als ergäbe seine Rückfrage ganz und gar keinen Sinn. »Na, Sie waren doch letzte Woche schon hier.«

Sebastians Nackenhaare stellten sich auf. »Letzte Woche?«

Die Frau kniff die Augen zusammen, als müsse sie sich selbst noch mal davon überzeugen, wer da vor ihr stand. »Sie sind doch dieser Kommissar aus Stuttgart.«

»LKA Stuttgart. Oberkommissar Franck, Franck mit ck.« Sebastian hielt ihr seinen Ausweis entgegen, bezweifelte allerdings, dass die Frau aus der Entfernung überhaupt etwas durch ihre dicken Brillengläser erkennen konnte.

»Das fand ich letzte Woche schon komisch.«

»Was fanden Sie komisch?«

»Dass man Frank mit ck schreibt. Die Franks, die ich kenne, schreiben sich alle nur mit k.«

Sebastian verkniff sich einen Kommentar dazu und steckte seinen Ausweis zurück. »Wie ist denn Ihr Name?«

»Obrecht. Renate.«

»Gut, Frau Obrecht.« Sebastian mühte sich um einen nüchternen Tonfall. »Was wollte ich letzte Woche hier?«

»Sind Sie auf den Kopf gefallen?«

Sebastian hatte diese Frage bisher immer in die Kategorie Beleidigung eingeordnet. Doch in diesem Fall traf sie wohl zu. »So ähnlich. Ich kann mich nicht mehr an alles erinnern. Eine retrograde Amnesie, verstehen Sie?«

»Sie wollen mich wohl auf den Arm nehmen.« Obrechts Gesichtsausdruck verriet, dass sie keine Ahnung hatte, wovon er da redete.

»Es liegt mir fern, Sie auf den Arm zu nehmen.« Sebastian versuchte sich an einem Lächeln. »Ich würde es sehr begrüßen, wenn Sie meine Frage beantworten könnten.«

Wieder kniff Obrecht ihre Augen zusammen und musterte ihn. Offenbar zufrieden mit dem, was sie sah oder eben nicht sah, sagte sie: »Haben Sie deswegen auch diesen Verband am Kopf?«

Sebastian nickte knapp. »Wissen Sie noch, über was wir gesprochen haben?«

»Schon.«

»Und?«

»Sie wollten zu Lilli. Aber die war nicht da, wie immer.

Eigentlich ist sie nie da, ich hab sie schon seit Wochen nicht mehr gesehen.«

»Ist Frau Bakutz umgezogen?«

»Das hätte ich mitbekommen. Die ist bestimmt *arbeiten.*«

»Arbeiten? Und warum betonen Sie das Wort so eigenartig?«

Ein spöttisches Grinsen trat auf ihr Gesicht, die rosa Wangen drückten die Brille auf der Nase gut und gern ein paar Zentimeter Richtung Haaransatz. »Ich weiß nicht, ob man zu ihrer *Tätigkeit* arbeiten sagen kann.«

Irgendwo im Zimmer hinter Obrecht ertönte der altmodische Westminster-Schlag einer Standuhr.

»Was macht sie denn?«, fragte Sebastian, nachdem die Uhr endlich verklungen war.

Obrecht zögerte. »Sie treibt sich viel mit Männern herum. Zu meiner Jugendzeit sagte man, sie ist ein leichtes Mädchen.«

»Ein leichtes Mädchen?« Sebastian schluckte. »Wollen Sie damit andeuten, dass Lilli sich prostituiert?«

Sie presste die Lippen aufeinander und nickte. »Das hab ich Ihnen beim letzten Mal schon gesagt.«

Einem solchen Vorwurf sollte er nicht ohne Weiteres Glauben schenken. »Können Sie mir ein paar Namen nennen?«

»Männer von der Sorte haben keinen Namen. Wenn die was von Lilli wollten, sind sie mit ihren dicken Autos vorgefahren, und die Kleine ist eingestiegen.«

Das konnte alles Mögliche bedeuten. »Was für dicke Autos?«

»Mit Schweizer Kennzeichen. Mehr kann ich Ihnen wirklich nicht sagen. Oder glauben Sie, dass Lilli die Namen dieser Kerle einfach so herausposaunt?«

»Und wo sind die mit Lilli hingefahren?«

»Woher soll ich das wissen?

Sebastian könnte wetten, dass sie längst Vermutungen dazu angestellt hatte. »Keine Idee?«

»Hm.« Obrecht druckste herum. »Vielleicht ins Excelsior.«

Excelsior. Der Name löste eine Erinnerung aus: das Bild einer bronzefarbenen Metalltafel mit zwei Sternen. Er musste schon einmal dort gewesen sein. »Meinen Sie ein Hotel mit dem Namen Excelsior? Ist das hier in Rheinfelden?«

»Ja, aber ich weiß nicht, wie die Straße heißt. Es ist Richtung Waldshut.« Obrecht deutete die Richtung mit dem Arm an. »Aber Sie haben doch sicher so ein Kästchen im Auto.«

»Kästchen?«

»Ja. Eines, wo die Straßen drinstehen.«

»Ein Navigationsgerät? Natürlich.« Sebastian bedankte sich bei Obrecht und machte sich auf den Weg zurück zum Mercedes. Er verscheuchte die halb verhungerte Katze, die inzwischen um seinen Wagen herumschlich, und stieg ein.

In seinem Navi fand er dann tatsächlich das Hotel Excelsior, und zwar in der Waldshuter Straße 13 – drei Komma vier Kilometer bis zum Ziel. Sebastian startete den Wagen und hoffte, dass Obrecht sich bei Lillis Beschäftigung getäuscht hatte.

Rund zehn Minuten später erreichte er die Waldshuter Straße, eine Art Einkaufsmeile mit zahlreichen Ladengeschäften und regem Verkehr. Sebastian drosselte die Geschwindigkeit und ignorierte das Hupen hinter sich. Er betrachtete die Fassaden der Häuser, die Schaufenster und Reklametafeln: »Juwelier WEMPE«, »Runners Point«, »Vodafone«, dann auf der anderen Straßenseite: »JACK & JONES«, »ZARA«, »ESPRIT« sowie Dutzende andere. Die Bilder lösten nichts in ihm aus. Zu gern wollte er sich erinnern, aber offenbar wusste er schon nicht, wo in seinem Gedächtnis er damit beginnen sollte.

Ein paar hundert Meter stadtauswärts entdeckte er an einer mehrstöckigen Fassade den horizontalen Schriftzug »HOTEL«. Er erreichte das Gebäude, auf dessen Frontseite in goldenen Lettern das Wort »Excelsior« prangte.

Sebastian stellte seinen Wagen auf einem reservierten Parkbereich des Hotels ab und stieg aus. Sofort fiel ihm das bronzefarbene Metallschild an der Hauswand ins Auge. Zwei Sterne, darunter stand: »Hotelkategorie«. Er war schon einmal hier gewesen. Sebastian sah an dem fünfstöckigen Gebäude hoch: verwaschener grauer Putz, Fenster mit billig wirkenden weißen Gardinen dahinter und eine gläserne Schiebetür, an der bunte Aufkleber abblätterten. Nichts davon rechtfertigte die Bezeichnung »Excelsior«, denn exzellent oder gar erhaben war hier gar nichts.

Er trat durch die automatischen Türen. Statt in einer Lobby, die diesen Namen auch verdient hatte, fand er sich in einem Vorraum wieder, der lediglich einer schmalen Theke und einer Sitzgruppe samt zwei Stühlen Platz bot. Durch den dicken roten Teppichboden und die Holzvertäfelung an den Wänden sowie an der Rezeption wirkte der Raum eng wie ein Käfig. Rechter Hand führten die hellen Kalksteinstufen einer Treppe an der Wand entlang in die nächsten Etagen. Unter dem ersten Treppenabsatz befand sich eine weiß lackierte massive Tür.

Niemand war zu sehen. Sebastian trat an die Theke. Kein Computerbildschirm, keine Tastatur befand sich dahinter. Dort gab es lediglich ein großes weißes Plastiktelefon, einen Formularblock sowie ein aufgeschlagenes Notizbuch mit mehr Eselsohren als Seiten. Hinter der Rezeption schloss sich offenbar ein weiterer Raum an. Durch eine halb offene Tür mit der Aufschrift »Direktor« drang etwas Licht. Falls er jemals in der Lobby des Hotels Excelsior gewesen war, so schien diese Erinnerung in den Tiefen seines Gedächtnisses verschollen zu sein.

»Hallo«, rief Sebastian und betrachtete das Schlüsselbrett an der linken Wandseite. Lediglich zwei Schlüssel fehlten.

Ein Rascheln drang aus dem Raum, dann ein Ächzen. Offenbar war er gehört worden.

Die Tür ging auf, und ein kleiner schmächtiger Mann erschien, dessen Alter nur in einer großen Spanne zu schätzen war: zwischen dreißig und fünfzig Jahren. Sein faltenloses Gesicht hatte die Farbe von Umweltpapier. Die hellblonden Haare, Augenbrauen, Wimpern und der schmale Oberlippenbart wirkten dadurch fast weiß. Sein streng gescheitelter Kopf schien etwas zu groß auf dem kleinen Körper. Einen starken Kontrast dazu erzeugte seine Kleidung. Zu einem schwarzen Rollkragenpullover trug er eine ebenso schwarze Stoffhose.

»Bitte«, sagte er in einem dünnen, fast singenden Tonfall und sah nicht Sebastian an, sondern an ihm vorbei.

Der zog seinen Ausweis aus der Brusttasche. »LKA Stuttgart, ich bin Oberkommissar Franck, Franck mit ck. Kann es sein, dass ich letzte Woche schon mal bei Ihnen war?«

Für einen Moment huschten die Augen des schmächtigen Mannes über sein Gesicht. Sogleich wandte er seinen Blick wieder nach draußen. Ein lang gezogenes »Nein« folgte.

Kein Wunder. Sofern Renate Obrecht, Lillis Nachbarin, recht hatte, ließ der Geschäftszweck seines Hauses keine andere Antwort zu. »Ich suche eine jüngere Frau, Lilli Bakutz heißt sie. Kennen Sie sie?«

Der Mann faltete seine schmalen Hände, als wollte er beten, und schüttelte dann den Kopf.

Sebastian verspürte eine gewisse Erleichterung. »Auch wenn ich gehört habe, dass sie bei Ihnen … verkehrt?«

Zum ersten Mal sah ihn der Mann direkt an. »Schauen Sie, Herr Franck. Das hier ist ein Hotel. Hier verkehren täglich Dutzende, meist wildfremde Menschen. Wie soll ich mir da einzelne Namen merken können?«

»Vielleicht schauen Sie einfach da drinnen nach.« Sebastian deutete auf das aufgeschlagene Notizbuch.

Statt nachzuschauen, klappte der Mann das Buch zu. »Das verstößt gegen unsere Richtlinien.«

»Was für Richtlinien?«

»Dass wir keine Auskunft über unsere Gäste geben.«

Sebastian stützte sich mit beiden Händen auf die Theke. »Hören Sie, ich wurde niedergeschlagen, habe zwei Tage im Koma gelegen, habe eine retrograde Amnesie und muss einen Mord aufklären. Können Sie verstehen, dass ich an Ihren Richtlinien nicht sonderlich interessiert bin?«

Der Mann schien tatsächlich einen Moment nachzudenken. Doch als er schließlich antwortete, hörte Sebastian die Abneigung in seiner Stimme. »Das tut mir aufrichtig leid für Sie. Aber haben Sie einen richterlichen Beschluss?«

»Richterlichen Beschluss? Eine ziemlich hohe Anforderung für eine einfache Auskunft.«

Seine weißblonden Augenbrauen wanderten nach oben. »Haben Sie einen?«

Sebastian verneinte. »Demnach kann ich davon ausgehen, dass Sie Lilli Bakutz weder kennen noch ihren Namen je gehört haben.«

»Können Sie, ja«, gab der Mann im schwarzen Rollkragenpulli mit unbewegtem Gesicht zurück.

»Aber Ihren eigenen Namen kennen Sie?«

»Natürlich.«

»Und wie lautet der?«

»Konstantin Uhde.«

»Konstantin Uhde?« Sebastian runzelte die Stirn. »Wie dieser Braunschweiger Architekt aus der Gründerzeit?«

»Wenn der auch Konstantin Uhde hieß, ja.«

»Können Sie sich ausweisen?«

Uhde wandte sich wortlos um, verschwand hinter der Tür und kam kurz darauf wieder zurück. Er schob einen Ausweis mit seinem Foto über die Theke.

Sebastian hielt ihn hoch und las laut vor: »Konstantin Uhde, geboren am 16. Dezember 1980, wohnhaft in Rheinfelden, Waldshuter Straße 13.« Verdutzt fragte er: »Sie wohnen hier?«

»Wenn es da so steht, wird es wohl stimmen.« Uhde klang schnippisch, was sich in Verbindung mit seinem dünnen Singsang eigenartig anhörte.

Sebastian gab ihm den Ausweis zurück. »Gut, Herr Uhde. Ich merke mir Ihren Namen, und falls notwendig, werden wir Sie in den nächsten Tagen zu einer Befragung vorladen.«

Uhde reagierte nicht, ließ nur seinen Ausweis in einer Hosentasche verschwinden. Eine Strähne seines Seitenscheitels fiel ihm in die Stirn.

»Wie ich sehe, sind Sie heute nicht ausgebucht.« Sebastian deutete auf das Schlüsselbrett.

»Es ist noch früh am Tag.« Mit einer knappen Kopfbewegung beförderte Uhde die Strähne wieder an ihren Platz.

Sebastian wandte sich zum Gehen, als sein Blick an der weiß lackierten Tür hängen blieb. Er hätte nicht sagen können, warum. »Wohin geht's da?«

»Zum Parkplatz«, gab Uhde zurück, ohne hinzusehen.

»Kann ich da raus?«

»Tagsüber ja, nachts müssen Sie klingeln.« Uhde gönnte sich ein knappes Lächeln.

Sebastian öffnete die Tür und stand vor einer weiteren Metalltür, diesmal in Grau. Beide zusammen bildeten offenbar eine Art Schleuse. Er trat hindurch. Vor ihm breitete sich ein Innenhof aus, der gut und gern die Maße eines Fußballfeldes hatte. Weiße Linien markierten direkt hinter der Tür acht Hotelparkplätze. Auf einem davon parkte ein weißer Audi Q5, und Sebastian prägte sich das Kennzeichen ein.

Mehrstöckige Häuser, einige vollgesprüht mit Graffiti, begrenzten den Innenhof von allen Seiten. Bis auf einen Durchgang an der gegenüberliegenden Seite, der gerade mal so breit und so hoch war, dass ein Lieferwagen hindurchpasste, entdeckte Sebastian keine Zufahrt. Über ihm spannten sich Stromkabel von einem Dachständer zum nächsten. Neben seiner Funktion als Parkplatz schien der Innenhof den Bewohnern der umliegenden Häuser auch als Kräutergarten, Spielplatz und Abstellfläche für alles Mögliche zu dienen. Hie und da standen Balkonmöbel herum, manche als einfache Sitzgruppe mit zwei Plastikstühlen, andere wiederum professionell aufgestellt mit Tisch und Holzkohlegrill.

Sebastian setzte sich in Bewegung. Der Asphalt war übersät mit Papierfetzen, Glassplittern und Flecken in allen Größen, die vermutlich nur zum Teil von den parkenden Fahrzeugen stammten. Der Geruch von Katzenpisse und Müll stieg ihm in die Nase. Etwas kratzte an seinen Sinnen, forderte plötzlich seine Aufmerksamkeit. Wie von selbst beschleunigten sich seine Schritte, hin zu einer Stelle unweit des Durchgangs auf der gegenüberliegenden Seite, wo zwei Müllcontainer an der Wand standen. Schemenhafte Erinnerungen huschten durch sein Bewusstsein: Stromleitungen vor blauem Himmel, eine alte Zeitung, die über den Asphalt weht. Das Bellen eines Hundes. Und immer wieder der Gestank nach Müll und Katzenpisse.

Vor den Müllcontainern entdeckte er dunkle, eingetrocknete Stellen, eine davon so groß wie ein Geschirrtuch, und wenn er genau hinsah, schimmerte es rötlich braun in den Kerben des groben Asphaltbelags. Er ging in die Hocke. War das Blut? Sein Blut? War er hier niedergeschlagen worden?

Aber das hier war nicht die Adlerstraße. Er befand sich in der Waldshuter Straße.

Außer …

Sebastian kam hoch, passierte den Durchgang und erreichte eine weitere Einkaufsstraße, weniger breit und geschäftig als die Waldshuter Straße. Er wandte sich um, schaute zurück in den Innenhof. Dann sah er das dunkelblaue Straßenschild auf einer orangeroten Fassade: Adlerstraße.

Die Tatsache, dass das Hotel Excelsior und der Platz, an dem er niedergeschlagen wurde, derart nah beieinanderlagen, ließ nur einen Schluss zu: Es existierte ein Zusammenhang. Und vermutlich gab es nur eine Person, die endlich Licht in das Dunkel bringen könnte: Lilli. Doch sie unter ihrer Adresse anzutreffen dürfte ein Glücksfall sein. Ansonsten besaß er keine Informationen über sie, geschweige denn ein Foto. Er hätte sich ohrfeigen können, dass er nicht früher auf die Idee gekommen war, sie mit dem Mobiltelefon zu fotografieren.

Damit blieb nur noch eine Lösung: ein Phantombild. Es sollte ein Leichtes für ihn sein, ein präzises Bild von Lillis Gesicht anfertigen zu lassen. Und vielleicht konnte Franziska sogar damit ihre Software zur Gesichtserkennung füttern.

Sebastian marschierte über den Innenhof zurück zum rückwärtigen Hoteleingang. Uhdes stechender Blick folgte ihm, als er den kleinen Raum vor der Rezeption durchquerte und über den Vorderausgang das Hotel verließ. Er setzte sich in seinen Wagen und kündigte sich telefonisch für den Nachmittag bei der LKA-Einsatzgruppe »Visuelle Fahndungshilfe« an.

Phantombildersteller war kein Job, um den man sich bewarb oder für den man eine Ausbildung absolvierte. Es existierte nicht einmal eine korrekte Berufsbezeichnung dafür. Auch die Zeiten, in denen ein ausgebildeter Zeichner oder Grafiker mit Bleistift und Zeichenblock Porträts nach den Beschreibungen von Zeugen erstellte, waren längst vorbei. Heute gehörten Computer samt entsprechender Software zur Hauptausstattung im Bereich visuelle Fahndungshilfe. Ohne Grundkenntnisse in grafischer Software und Bildbearbeitung brauchte man sich nicht erst vor einen Bildschirm zu setzen. Geblieben jedoch waren einige Voraussetzungen für den Beruf. Ein psychologisches

Verständnis für die richtige Fragestellung gehörte genauso dazu wie das Gefühl für Formen und Proportionen.

Gegen vier Uhr saß Sebastian neben Patrick Kuhn, einem jüngeren Kriminalbeamten und Phantombildersteller mit rotblondem Stoppelhaarschnitt. Bei dem einzigen nicht technischen Gegenstand auf seinem Schreibtisch handelte es sich um ein Einmachglas mit Gummibärchen und kleinen Schokoriegeln. Kuhns Bauchansatz deutete darauf hin, dass er sich oft und gern dort bediente. Neben Tastatur, Maus und Mauspad nahmen ein Farblaserdrucker, eine externe Festplatte sowie ein Scanner den Großteil der Tischplatte ein. Und natürlich der monströse Computermonitor von der Größe eines LCD-Fernsehers. Der zeigte bereits eine jüngere Frau mit Allerweltsgesicht, obwohl Sebastian bisher lediglich Lillis Alter, ihr Geschlecht sowie die Ethnie genannt hatte.

Kuhn war ein wahrer Virtuose mit Maus und Software. In Verbindung mit Sebastians präziseren Beschreibungen bildeten sich schon bald Lillis Gesichtszüge aus dem Allerweltsgesicht heraus: ihre vollen Lippen, die hohen Wangenknochen, die geschwungenen Augenbrauen.

Eine gute Stunde, zwei Schokoriegel und Dutzende Gummibärchen später war selbst Sebastian von dem Resultat überrascht. Das Bild zeigte eindeutig Lilli Bakutz. Bis auf ein winziges Detail. Er ließ Kuhn noch den Schönheitsfleck auf der rechten Wange anbringen, lehnte sich zurück und nickte zufrieden.

20

Die Sonne kroch gerade über den Horizont, als Marga an diesem Donnerstagmorgen bei einer Tasse Kaffee und der ersten Zigarette am Küchentisch saß. Wie schon am Tag zuvor kreisten ihre Gedanken um den Unfall mit Fahrerflucht, bei dem Pauline Arendt lebensgefährlich verletzt worden war. Noch am Nachmittag hatte sie mit Berthold Hauer telefoniert. Seine Frau hatte ihr Baby verloren, und die Ärzte konnten aufgrund der Schwere der Verletzungen nicht sagen, ob sie selbst überleben würde.

Inzwischen hatte Marga den Polizeibericht zum Unfallhergang gelesen. Demnach war Pauline Arendt am Montagabend um neunzehn Uhr zwölf zu Fuß auf dem Nachhauseweg gewesen. Zur selben Zeit fuhr ein schwarzer Geländewagen auf der Leonberger Straße stadteinwärts. An der Kreuzung Baumreute kam der Wagen aus bislang ungeklärten Ursachen von der Fahrbahn ab und erfasste Pauline Arendt auf dem Gehweg im Einmündungsbereich. Ihr Körper wurde etwa zwanzig Meter weit mitgeschleift und blieb dort liegen. Ohne anzuhalten, fuhr der Unfallverursacher die Straße Baumreute weiter. Zwei Zeugen gaben an, dass der Geländewagen mit überhöhter Geschwindigkeit unterwegs war und sie weder Ausweichmanöver noch Bremsversuche bemerkt hätten. Übereinstimmend gaben beide Zeugen an, dass an dem Fahrzeug die Kennzeichen mit braunem Packband abgeklebt waren.

Doch bereits zehn Minuten davor könnte der Geländewagen schon aufgefallen sein. Polizeibeamte hatten an der Leonberger Straße einen schwarzen Mercedes G-Klasse mit unkenntlich gemachten Kennzeichen beobachtet. Der Fahrer war rechtswidrig abgebogen und hatte einen nur für Linienbusse freigegebenen Bereich durchquert. Auch dieses Fahrzeug war mit hoher Geschwindigkeit unterwegs, und die Beamten verloren ihn aus dem Blickfeld. Um sich und Unbeteiligte nicht zu gefährden, verzichteten sie nach kurzer erfolgloser Verfolgung auf eine Kontrolle.

Keine Bremsspuren und abgeklebte Kennzeichen, die auch durch die Polizeistreife bestätigt wurden – beides sprach für einen absichtlich herbeigeführten Unfall. Aus diesem Grund hatte die Staatsanwaltschaft schon gestern Ermittlungen wegen versuchten Mordes aufgenommen.

Doch für Marga stellte sich nicht nur die Frage, ob es sich um einen Mordversuch handelte, sondern ob der Unfall etwas mit dem Fildermädchen-Fall zu tun hatte. Und je mehr sie darüber nachdachte, desto wahrscheinlicher erschien ihr dies.

Aufgrund der Ereignisse würde sie die Ermittlungen zu Daniel Francks Tod vorläufig zurückstellen. Zumal Sebastian nach seiner Entlassung aus dem Rheinfeldener Krankenhaus sicherlich heute noch im Büro auftauchen würde.

Wie immer war Marga die Erste im Dezernat, als sie ihre Post im noch verwaisten Büro von Cem und Franziska abholen wollte.

Einigermaßen überrascht registrierte sie, dass Sebastians Fach, in dem sich bis zum Vorabend noch seine Post aus den letzten Tagen gesammelt hatte, vollkommen leer war. Saß er etwa schon hinter seinem Schreibtisch?

Sie betrat sein Büro, doch auch das war verwaist. Er musste noch am gestrigen Abend oder in der Nacht hier gewesen sein. Dafür sprach auch die blaue Plastikkiste in einer Zimmerecke, zweifellos eine von denen, die sie mit viel Mühe am Sonntag zuvor vom Parkplatz in sein Krankenzimmer geschleppt hatte. Die Post aus seinem Fach lag fein säuberlich gestapelt auf dem Schreibtisch, ebenso sein Notebook und das Tablet. Sogar die beiden mittleren Rahmen über der Couch hingen wieder exakt ausgerichtet nebeneinander.

Erneut konnte Marga nicht widerstehen. Mit dem Daumen schob sie ein weiteres Mal die Ecken der beiden Bilder etwas zur Seite, sodass die Rahmen nicht mehr parallel zueinander verliefen.

Gerade als sie das Zimmer verlassen wollte, bemerkte sie

einen neuen Farbausdruck auf dem Whiteboard. Zweifellos ein Phantombild mit dem Gesicht einer jungen Frau. Marga trat näher. Eine verdammt hübsche Frau.

Eine halbe Stunde später tauchte Sebastian dann tatsächlich in ihrem Büro auf. Bis auf den handtellergroßen Verband am Hinterkopf und kleinere Blutergüsse an Kinn und Wange, die inzwischen gelblich schimmerten, sah er aus wie immer. Er trug sogar den obligatorischen Anzug samt Krawatte.

»Sind Sie wirklich schon so weit, Herr Franck? Wollen Sie tatsächlich Ihren Dienst antreten?«, fragte Marga, als sie in seinem Blick eine leichte Nervosität bemerkte.

»Natürlich. Es geht mir gut.« Sebastian strich sich mit einer fahrigen Bewegung durchs Haar. Vielleicht hatte er nur Angst, seine Verletzung am Hinterkopf zu berühren. »Ich war bereits gestern unterwegs und habe versucht, ein weiteres Mal mit Lilli zu sprechen.«

»Lilli?« Marga dachte für einen Moment darüber nach, sich eine Zigarette anzuzünden, verwarf den Gedanken jedoch nach einem erneuten Blick auf Sebastians Verband. Ausnahmsweise würde sie ihm den Gefallen tun und warten, bis er das Zimmer wieder verlassen hatte.

»Lilli Bakutz, ja. Das ist die Frau, die mich bewusstlos aufgefunden hat.«

»Ich weiß, wer Lilli Bakutz ist. Sie war einige Male bei Ihnen im Krankenhaus, und da seit heute ein Phantombild von ihr in Ihrem Büro hängt, weiß ich sogar, wie sie aussieht.« Marga stieß einen leisen Pfiff aus. »Ein heißer Feger.«

»Heißer Feger ist nicht unbedingt der Ausdruck, den ich für Lilli benutzen würde. Aber sie ist tatsächlich eine hübsche Frau. Und dazu noch belesen.«

»Belesen? Was Sie nicht sagen.«

Sebastian räusperte sich. »Ich habe nachgedacht.«

»Ist ja ein Ding«, entfuhr es Marga. »Aber Sie sprachen gerade über Frau Bakutz. Was ist mit ihr?«

»Nun ja.« Sebastian druckste herum. »Es gibt einige Fragen, die ich gern beantwortet hätte.«

»Zum Beispiel?«

»Warum es ausgerechnet sie, Jasmins ehemalige Facebook-Freundin, war, die mich gefunden hat.«

»Dann laden Sie sie vor.«

»Das könnte schwierig werden.« Sebastian stand nur da und ließ die Schultern hängen. Es wirkte fast so, als ob ihn das Gewicht seines Kummers niederdrückte. »Nach Aussage ihrer Nachbarin ist sie seit Wochen nicht mehr zu Hause gewesen.«

»Was schlagen Sie vor?«

»Eine Hausdurchsuchung«, kam es unerwartet prompt von ihm zurück.

»Eine Hausdurchsuchung?« Marga glaubte, sich verhört zu haben. »Mit welcher Begründung?«

»Vielleicht ergeben sich Hinweise auf ihren Aufenthaltsort. Frau Obrecht, das ist die Nachbarin, meint, dass Lilli Bakutz sich prostituiert.«

»Verdacht auf Prostitution. Dafür gibt's keinen richterlichen Beschluss. Und schon gar nicht in Rheinfelden.«

Sebastian legte die Stirn in Falten. »Was hat das mit Rheinfelden zu tun?«

»Nun ja, dazu muss man wissen, dass in der Schweiz nur lizenzierte Bordelle erlaubt sind. Jetzt raten Sie mal, wo die Schweizer sonst so hingehen.«

»Auch davon hat Frau Obrecht geredet.«

»Von was?«

»Dass Lilli des Öfteren von Autos mit Schweizer Kennzeichen abgeholt wurde.«

»Das ist dasselbe in Grau.«

»Grün.«

»Sag ich doch.« Marga griff nach ihrer Zigarettenpackung. »Auch dafür bekommen wir keinen Durchsuchungsbeschluss. So was haut uns jeder Richter um die Ohren. Haben Sie nicht ein bisschen mehr?«

Sebastian schüttelte den Kopf.

»Kann es sein, dass es einen anderen Grund gibt, warum Sie eine Hausdurchsuchung bei Frau Bakutz durchführen wollen?«

»Und welchen?« Sebastian zog seine Mundwinkel nach unten

und fummelte an seinem Krawattenknoten herum, obwohl der perfekt saß.

»Vielleicht wollen Sie einfach nur überprüfen, ob Ihre Retterin eine Straftat begangen hat und ob etwas dran ist an den Prostitutionsgerüchten dieser Nachbarin.« Marga nahm nun doch eine Zigarette aus der Packung und zündete sie an.

»Sie missverstehen mich.« Sebastian presste die Lippen aufeinander.

»Nein, tue ich nicht. Aber ist Ihnen schon mal in den Sinn gekommen, dass diese Lilli Bakutz etwas mit Jasmins Tod zu tun haben könnte? Vielleicht ist sie Lilli schon vor Jahren bei irgendetwas auf die Schliche gekommen. Und kurz nachdem wir die Ermittlungen zu Jasmins Tod aufgenommen haben, ist ihre damalige Freundin Pauline Arendt in einen sonderbaren Unfall verwickelt. Finden Sie das nicht auffällig?«

Er senkte seinen Blick.

»Sie brauchen jetzt überhaupt nicht die beleidigte Leberwurst zu spielen.«

Sebastian sah wieder auf. »Ich bin nicht beleidigt.«

»Dann ist ja gut.« Marga streckte ihm die dünne Aktenmappe entgegen.

»Was ist das?«, fragte Sebastian einigermaßen irritiert.

»Der Polizeibericht zum Unfallhergang.«

Sebastian nahm die Aktenmappe entgegen. »So dünn?«

Marga seufzte. »Der Unfall war erst am Montagabend.« Sie nahm einen Zug von ihrer Zigarette, bevor sie fortfuhr: »Sie sollten den Kollegen Zeit lassen. Nicht jeder schreibt so viel und so schnell wie Sie.«

»Und worauf soll ich achten?«

»In der Nacht zu Mittwoch hat eine Polizeistreife den Wagen des Unfallverursachers am Neckarufer gefunden. Inzwischen steht er in der LKA-Werkstatt. Schauen Sie sich den Wagen an, sprechen Sie mit den Technikern und machen Sie sich ein Bild vom Unfallhergang. Vielleicht finden Sie ja Zusammenhänge mit unserem Fall.«

Ohne ein weiteres Wort wandte Sebastian sich um und setzte sich in Richtung Tür in Bewegung.

»Und um Lilli kümmern wir uns später«, rief Marga ihm nach. Irgendetwas sagte ihr, dass sie diese Frau im Hinterkopf behalten musste.

***

Mit einem Gefühl der Niederlage verließ Sebastian Margas Büro. Ohne es auszusprechen, hatte sie ihm gerade vorgeworfen, dass er nicht mehr zwischen Dienst und Privatem unterscheiden konnte, weil Lilli ihm das Leben gerettet hatte. Doch das war nicht der Fall, sie stand ihm nicht zu nahe. Er wusste sehr wohl, dass er aufpassen musste, denn er mochte diesen Job. Und es durfte nicht sein, dass er sich gerade jetzt von einer Frau ablenken ließ.

Nachdem es so schnell nichts mit einer Hausdurchsuchung werden würde, blieb nur noch eine Möglichkeit, wie und wo er mehr über Lilli und ihre vermeintliche Prostitution erfahren konnte. Aber dazu musste Sebastian erneut nach Rheinfelden. Um mit den anderen Nachbarn zu reden. Er durfte sich nicht allein auf das verlassen, was Renate Obrecht gesagt hatte. Mit viel Glück würde ihm sogar Lilli über den Weg laufen und ihm Antworten liefern, die auch Margas Verdacht ausräumten, dass sie etwas mit dem Fildermädchen-Fall zu tun hatte. Und genau das würde er heute nach Dienstschluss tun – zur Not auch auf eigene Faust.

Mit dem Phantombild von Lilli marschierte er zu Franziska und Cem ins Büro.

»Hallo, Chef«, begrüßte Franziska ihn gewohnt locker. »Sie sehen deutlich besser aus als das letzte Mal.«

»Mir geht es auch besser«, gab Sebastian mit einem angedeuteten Lächeln zurück.

»Seit wann sind Sie denn wieder zurück?« Cem kam von seinem Schreibtisch hoch und schenkte sich ein Glas Tee aus dem riesigen chromfarbenen Samowar neben seinem Schreibtisch ein.

»Seit gestern Abend schon.«

»Wollen Sie auch einen?«, fragte Cem und deutete auf sein Chai-Glas. »Frisch aufgesetzt.«

»Nein danke.« Sebastian schüttelte den Kopf. »Haben Sie noch was gefunden über Lilli Bakutz?«

»Nein. Auch international scheint sie ein unbeschriebenes Blatt zu sein.« Cem nahm wieder hinter seinem Schreibtisch Platz. »Zu meiner Anfrage bei Interpol hab ich noch keine Antwort.« Er schlürfte von seinem Tee. »Die sollte heute noch im Laufe des Tages reinkommen. Ich informiere Sie, sobald ich was weiß.«

Sebastian nickte und wandte sich an Franziska. »Sie haben doch letztens gesagt, dass Sie Zugriff auf eine Software zur Gesichtserkennung haben.«

»Haben Sie ein Foto von ihr?«, fragte sie.

»Leider nein. Aber das müsste doch auch mit einem Phantombild funktionieren.«

»Phantombild? Ich weiß nicht. Die Software orientiert sich an den Merkmalen eines Gesichtes, die sich durch die Mimik nicht oder nur wenig verändern. Zum Beispiel an den Abständen zwischen den Augenhöhlen, den Wangenknochen, den Ohren und so weiter. Es müsste also schon ziemlich genau sein.«

»Eine Art Gittermodell, ich weiß. Und deswegen sollten wir es mit diesem Phantombild hier versuchen.«

Das Gesicht, das Franziska machte, sah nicht aus, als ob sie viel davon hielt. »Kann ich mal sehen?«

Sebastian legte einen Ausdruck des Phantombilds neben ihre Tastatur. »Ich hab das gestern von den Kollegen der visuellen Fahndungshilfe anfertigen lassen.«

»Boah ey.« Sie beugte sich über den Ausdruck. »Krass. So was hab ich noch nicht gesehen. So präzise. Ist das tatsächlich von uns?«

»Natürlich.«

Franziska musterte das Phantombild, als handle es sich um ein seltenes Kunstwerk.

»Und können Sie damit was anfangen?«

»Bei dem Ausgangsmaterial? Bestimmt.« Sie klappte den Deckel ihres Scanners auf und platzierte den Ausdruck auf der Glasplatte.

»Sie kriegen das sicher ohne mich hin«, sagte Sebastian. »Ich muss gleich noch mal weg.«

»Wohin?« Trotz der Vorfreude klang Franziska, als hätte sie ihre Arbeit am Computer gern mit Sebastians Außeneinsatz getauscht.

»Sie haben den Wagen des Unfallverursachers gefunden. Ich schau mir den jetzt an. Vielleicht gibt es einen Zusammenhang mit unserem Fall.«

Eine gute halbe Stunde später betrat Sebastian die Werkstatt des Kriminaltechnischen Institutes im Zentrum Bad Cannstatts. Horst Mehbold, der Leiter der Werkstatt, hatte Mühe, ihm zu folgen. Der beleibte Mittfünfziger im grauen Arbeitskittel zog sein rechtes Bein nach und ging wohl deshalb immer einen Schritt hinter ihm. Mit einer Stimme, die einige Nuancen zu laut klang, konnte seine Anwesenheit dennoch niemandem entgehen.

Auf den ersten Blick unterschied sich der turnhallengroße Raum mit rotbraunen Bodenfliesen und einem guten Dutzend Autos auf oder vor Hebebühnen nicht sonderlich von konventionellen Autowerkstätten. Sogar der Geruch nach Schmieröl, Benzin und Gummi passte. Doch damit endeten schon die Parallelen. Statt Automechanikern in ölverschmierten Overalls entdeckte Sebastian gerade mal zwei Männer in grauen Arbeitskitteln. Die beiden unterhielten sich mit einem Klemmbrett in der Hand neben einem hellblauen Autowrack, dessen Modell sich ihm nicht sofort erschloss. Aufgrund der Dimensionen vermutlich etwas Amerikanisches.

Mehbold führte ihn vorbei an einem blauen VW Golf mit Heckschaden sowie einem weißen Lieferwagen mit aufgeschlitzter Seitenwand und polnischem Kennzeichen. Vor einem scheinbar unbeschädigten schwarzen Mercedes G-Klasse Geländewagen, der ohne Nummernschilder vor einer Hebebühne abgestellt worden war, blieb er schließlich stehen.

»Der Wagen ist gestern Mittag erst reingekommen«, sagte er und vergrub die Hände in den Taschen seines Arbeitskittels. »Noch haben wir keine Spuren gesichert.«

Sebastian fischte ein Paar Gummihandschuhe aus einer Seitentasche seines Jacketts und hielt sie hoch.

Mehbold nickte. »Das wollte ich damit sagen.«

Sebastian zog die Gummihandschuhe über und schritt langsam voran in Richtung Motorhaube. »Das ist ein relativ neues Modell, Baujahr 2015 oder '16.«

»Kann sein«, gab Mehbold zurück. »Wir haben noch keine Fahrzeugpapiere gefunden.«

»Die Käuferermittlung aufgrund der Fahrgestellnummer, haben Sie die schon veranlasst?« Damit sollte es ein Leichtes sein, den ersten Käufer des Wagens zu ermitteln.

»Natürlich.« Mehbold klang, als wolle er sich verteidigen. »Gleich nachdem sie ihn gebracht haben.«

»Und haben Sie schon was?«

Mehbold schüttelte den Kopf. »Geklaut ist der Wagen schon mal nicht. Es gibt keine passende Diebstahlanzeige dazu.«

Sebastian trat näher an das Fahrzeug, legte den Kopf schief. »Ungewöhnlich.«

»Was?«

»So ein neues Fahrzeug, und die letzte Wäsche ist bestimmt Monate her.« Sebastian beugte sich vor. »Auch sonst scheint mir der Wagen nicht sonderlich pfleglich behandelt worden zu sein. Schauen Sie.« Er deutete auf die Kante der Fahrertür, wo das blanke Metall zum Vorschein kam.

»Der fehlende Lack hängt jetzt bestimmt an irgendeiner Wand«, sagte Mehbold und schmunzelte.

»Würden Sie so Ihren neuen Wagen behandeln? Ich nicht.« Sebastian ging weiter.

An der Fahrzeugfront war der Unfallschaden nicht mehr zu übersehen. Die Motorhaube und der rechte Kotflügel sahen aus, als wären sie mit einem Vorschlaghammer bearbeitet worden. An einigen Stellen schimmerte das blanke Metall hervor. Eine große Menge Blut haftete auf dem Blech um das Vorderrad. Auch die Windschutzscheibe war schwer in Mitleidenschaft gezogen worden. Wie die Fäden eines Spinnennetzes umkreisten Risse eine weit nach innen gedrückte, faustgroße Stelle. Die dunkle Färbung deutete auf Blut hin. Sebastian vermutete, dass Pauline Arendt dort mit dem Kopf zuerst aufgeschlagen war. Weiter oben, in der rechten Ecke, klebte eine Schweizer Vignette aus dem aktuellen Jahr.

»Läuft der Wagen eigentlich noch?« Derart große Karosserieschäden im Bereich des Motors konnten leicht andere Schäden nach sich ziehen.

»Nein.« Mehbold ging in die Hocke, was ihm trotz seiner Behinderung erstaunlich leichtfiel. Er zeigte auf eine blecherne Auffangwanne unter dem Wagen, direkt neben dem rechten Hinterrad. Nur eine kleine Lache hatte sich darin gebildet. »Hier hat's eine Benzinleitung erwischt.«

»Das heißt, der Fahrer musste den Wagen abstellen.«

Mehbold kam wieder hoch. »Mit der kaputten Benzinleitung konnte er höchstens ein oder zwei Kilometer weit kommen.«

»Die Strecke passt zur Entfernung zwischen Unfallort und Fundort des Wagens.« Sebastian öffnete die Beifahrertür. Sogar das Leder der Sitze roch neu. Gleichwohl passten auch hier die verschmutzen Fußmatten zum Äußeren des Wagens. In der Mittelkonsole lagen eine ungeöffnete Packung Papiertaschentücher sowie eine Dose mit Pastillen oder Kaugummis. Er klappte das Handschuhfach herunter: keine Bedienungsanleitung, kein Serviceheft. In den Seitenablagen entdeckte er lediglich eine Parkscheibe.

Sebastian klappte die rechte, dann die linke Sonnenblende herunter. Auch darunter befand sich nichts. »Nichts Privates. Offenbar wurde der Wagen erst vor Kurzem ausgeräumt«, sagte er und kam aus dem Innenraum hoch.

Mehbold deutete auf die Heckklappe. »Und jemand wollte nicht, dass wir gleich rauskriegen, woher der Wagen stammt.«

Sebastian trat neben ihn und betrachtete die Heckklappe. Sie unterschied sich nicht vom Rest des Wagens. Staub und Schmutz überzogen den Lack sowie die Heckscheibe. Lediglich der Bereich, wo sich normalerweise das Nummernschild befand, glänzte tiefschwarz. »Die Kennzeichen sind erst kürzlich entfernt worden.«

Er öffnete die Heckklappe. Wie zu erwarten, war auch

der Kofferraum leer. Lediglich winzige Teilchen bedeckten den Teppichboden. Sebastian tippte auf Straßenschmutz und mit etwas Glück auch Stofffasern. Ein Fall für das Labor. »Da war jemand unter Zeitdruck, weil der Motor nicht mehr lief. Womöglich hat derjenige nicht damit gerecht, dass der Wagen durch den Unfall so stark beschädigt wird.«

Sebastian schloss die Heckklappe wieder, und erneut fiel sein Blick auf die schwarze, glänzende Fläche, die für gewöhnlich vom Nummernschild überdeckt wurde. Sie war nicht schmal und lang wie bei Kennzeichen üblich, sondern deutlich höher. Und im nächsten Augenblick ahnte Sebastian auch schon, warum. Er umrundete den Wagen erneut und blieb vor der Front stehen. Und tatsächlich, er hatte richtig vermutet. Auch hier wies der saubere Teil ein ungewöhnliches Maß auf. Diesmal allerdings war er viel zu klein. Viel zu klein für ein deutsches Kennzeichen.

»Ich denke, ich weiß, warum es keine Diebstahlanzeige für den Wagen gibt«, rief Sebastian Mehbold zu. Ohne auf dessen Antwort zu warten, fuhr er fort: »Der Wagen wurde nicht in Deutschland gestohlen.«

»Hören Sie, Herr Franck«, sagte Mehbold noch lauter als bisher. »Ich hab ja schon viel über Autodiebstähle gehört. Aber dass Autos im Ausland gestohlen und nach Deutschland gebracht werden, ist mir neu. Ich kenne eigentlich nur den umgekehrten Fall.«

»Das mag schon sein. Aber an diesem Wagen hier waren bis vor Kurzem Schweizer Kennzeichen angebracht.« Damit stieg die Wahrscheinlichkeit, dass der Unfall tatsächlich etwas mit dem Fildermädchen-Fall zu tun hatte. »Und weil der Fahrer den Wagen nicht mehr zurück in die Schweiz bringen konnte, hat er alles dafür getan, die Herkunft zumindest für eine gewisse Zeit zu verschleiern.«

Sebastian nahm sein Mobiltelefon zur Hand und machte einige Fotos vom Wagen und den Schäden an Motorhaube, Kotflügel und Windschutzscheibe. Gerade als er es wieder wegstecken wollte, klingelte es. Das Display zeigte Franziskas Geschäftsnummer.

Er nahm das Gespräch entgegen.

»Chef … das Phantombild«, Franziska klang aufgeregt, »ich hab was gefunden.«

»Und was?«

»Das kann ich Ihnen am Telefon nicht verklickern. Sie müssen vorbeikommen und es sich anschauen. Aber das ist der absolute Knaller.«

21

»Das ist echt Hardcore«, rief Franziska aus. Sie stand vor ihrem Schreibtisch und zeigte mit beiden Händen auf den Computermonitor. Obwohl seit ihrem Anruf schon über eine halbe Stunde vergangen war, wirkte sie noch immer wie ein Kraftwerk unter Volldampf.

Sebastian sah auf den Bildschirm, der die Gesichter von zwei jungen Frauen zeigte. Eines davon war der unbearbeitete Scan des Phantombildes: Lilli.

»Ich hab schon seit heute Morgen so was wie 'ne Ahnung«, fuhr sie fort, und ihre Stimme wurde etwas leiser. »Zuerst dachte ich noch, das kann nicht sein, das bilde ich mir ein. Doch dann hab ich mir einfach Jasmins Foto von ihrem Whiteboard gekrallt und ebenfalls eingescannt. Und das kam dabei raus, als ich ihr Gesicht künstlich altern ließ.«

Und da erkannte Sebastian es auch. Das Phantombild mit Lilli und die gealterte Jasmin in Schwarz-Weiß zeigten bis auf einige Kleinigkeiten wie Frisur und Schönheitsfleck an der rechten Wange ein und dieselbe Person.

»Aber ...« Sebastian brach ab.

»Der Schönheitsfleck hier«, Franziska deutete auf Lillis rechte Wange, »ist nur aufgemalt.«

Sebastians Gedanken überschlugen sich. Es war Jasmin, die ihn besucht hatte. Und obwohl er aus seiner Erinnerung ein derart präzises Phantombild hatte anfertigen lassen, war ihm niemals die Ähnlichkeit mit der pummeligen Vierzehnjährigen vom schwarz-weißen Fahndungsfoto in seinem Büro aufgefallen. Angestrengt verglich er jetzt dieses Foto mit dem per Software gealterten Gesicht.

»Hätten Sie die Vierzehnjährige in dieser Frau erkannt?«, fragte er Franziska.

Die zuckte mit den Schultern. »Wie gesagt, ich hatte da so eine Ahnung. Das ist wie bei Frederick, meinem Cousin, wenn du von dem die alten Bilder ...«

Sebastian hob die Hand. »Schon gut, danke. Erzählen Sie mir von Frederick ein anderes Mal. Jetzt müssen wir erst mal klären, was das für unseren Fall bedeutet.«

Zu seiner Überraschung nickte Franziska und wirkte nicht im Mindesten beleidigt. Sie sah ihn schweigend an, während er nachdachte.

Puzzleteil um Puzzleteil fand seinen Platz: ein verschwundenes Mädchen, keine Leiche, ein erfundener Name, Lilli Bakutz als Facebook-Freundin, das Anagramm, die fehlenden Spuren im Internet – und warum er in Rheinfelden nach Lilli gesucht, aber Jasmin gefunden hatte. Mit dieser Erkenntnis allerdings gab es kaum noch Zweifel, dass es einen Zusammenhang zwischen dem Überfall auf ihn und dem Fildermädchen-Fall geben musste.

»Die Chefin hat's auch schon gesehen«, sagte Franziska.

»Und? Was hat sie gesagt?«

Franziska streckte ihm Ausdrucke der beiden Bilder auf dem Bildschirm entgegen. »Dass Sie gleich zu ihr kommen sollen, sobald Sie wieder da sind.«

Mit den Ausdrucken in der Hand machte sich Sebastian auf den Weg in Margas Büro.

»Respekt, Herr Franck«, sagte sie, als er durch die Tür trat. »So, wie's aussieht, haben wir bald einen Fall weniger an der Backe.«

»›So, wie's aussieht‹ reicht mir nicht.« Sebastian fühlte sich nicht so, als ob er den Fall abschließen könnte. Und das lag nicht nur an der Tatsache, dass es außer den beiden Bildern keinen anderen Beweis gab, dass Jasmin noch lebte.

»Warum so betrübt?«

»Im Moment habe ich keine Erklärung dafür, weshalb ich niedergeschlagen wurde. Und außerdem ist da noch dieser Unfall mit Pauline Arendt.«

Marga runzelte die Stirn. »Was macht Sie plötzlich so sicher, dass der mit unserem Fildermädchen-Fall zu tun hat? Heute Morgen noch wirkten Sie nicht besonders angetan von meiner Hypothese.«

»Ihre Hypothese lautete, dass Lilli etwas mit Jasmins Tod zu tun haben könnte. Das scheint sich ja zwischenzeitlich erledigt zu haben.«

»Das meine ich nicht. Ich denke eher an den zeitlichen Zusammenhang zwischen der Aufnahme unserer Ermittlungen und dem doch sonderbaren Unfall der Hauptentlastungszeugin.«

»Auch ich glaube nicht, dass Pauline Arendt nur zufällig Opfer eines Unfalls mit Fahrerflucht geworden ist, so kurz nachdem wir die Ermittlungen aufgenommen haben. Hinzu kommt, dass es sich hier vermutlich um einen versuchten Mord handelt. Es gibt keine Bremsspuren, der Wagen fuhr mit abgeklebten Kennzeichen und wurde nach dem Unfall unter Zeitdruck ausgeräumt, weil er nicht mehr fahrtauglich war. Außerdem stammt der Wagen mit ziemlicher Sicherheit aus der Schweiz.«

»Aus der Schweiz, soso. Und jetzt wollen Sie bestimmt gleich wieder einen Durchsuchungsbeschluss für Bakutz' Wohnung beantragen, weil die des Öfteren von einem Auto mit Schweizer Kennzeichen abgeholt wurde.«

»Sie wollten, dass ich nach Zusammenhängen suche. Das sind sie. Ich denke, ein Durchsuchungsbeschluss könnte hier für Klarheit sorgen.« Sebastian verstand nicht, dass sie diese offenkundige Verbindung in die Schweiz übersah.

Marga zündete sich eine Zigarette an, lehnte sich zurück. Sie nahm zwei tiefe Züge und drückte die Zigarette gleich wieder in den Aschenbecher. »Vielleicht ist da ja was dran.«

»Nicht nur vielleicht, es liegt auf der Hand.«

»Jaja, das wird sich zeigen.« Marga rieb sich über die Schläfe. »Aber Sie haben recht, diese Lilli oder Jasmin, wie immer sie heißt, sollte uns schleunigst ein paar Fragen beantworten.«

So weit war Sebastian auch schon. »Sie wird vermutlich nicht zu Hause sein.«

»Können Sie das klären?«

Sebastian schüttelte den Kopf. »Ich weiß nicht, wie ich sie erreichen kann.«

Marga kam von ihrem Stuhl hoch. »Dann reden wir mit den Nachbarn. Irgendjemand kann uns bestimmt sagen, wo wir sie finden können.«

»Und die Wohnung?«

Marga zögerte. »Ich versuche, einen Durchsuchungsbeschluss zu bekommen, und Sie packen Ihr Zeugs zusammen.« Sie griff nach dem Telefon. »Wir fahren nachher gleich los.«

***

Rund zwei Stunden später saß Marga neben Sebastian im Mercedes auf dem Weg Richtung Rheinfelden. Mit dabei waren Dienstwaffe und -ausweis sowie Franziskas Ausdrucke, jedoch nicht der Durchsuchungsbeschluss. Wie Marga es vermutet hatte, reichte dafür weder der Verdacht der Prostitution noch die Schweizer Spur aus. Auch nicht Jasmins offensichtlich falsche Identität.

»Sie haben keinen Beschluss«, sagte Sebastian, als könnte er ihre Gedanken lesen.

»Leider nein. Ich hab's sogar mit dem Straftatbestand Betrug versucht.«

Sebastian verzog das Gesicht. »Keine Chance?«

»Wissen Sie, was der Richter gesagt hat? Ich kam mir vor wie ein Schulmädchen. Eine Lüge, auch das Vortäuschen einer Identität, sei nicht strafbar, solange keine strafrechtlichen Tatbestände daraus verwirklicht werden.«

»Das Vortäuschen einer Straftat ist ein strafrechtlicher Tatbestand: Paragraf 145d.«

»Sie meinen, weil Jasmin ihren eigenen Tod vermutlich nur vorgetäuscht hat? Das können Sie auch vergessen. Höchststrafe drei Jahre, somit verjährt nach fünf.«

»Dann kommen wir nicht in die Wohnung.«

»Lassen Sie das mal meine Sorge sein«, erwiderte Marga und lehnte sich zurück. »Machen Sie lieber etwas Musik. Der Wagen hat doch so was?«

»Ja, der Wagen hat so was. Aber ich fürchte, dass wir uns nicht auf einen Musikstil einigen können.«

»Dann machen Sie doch einfach das Radio an. Wir fahren noch eine ganze Weile.«

Sebastian ging vom Gas, drückte ein paar Knöpfe am Display

in der Mitte des Armaturenbrettes, und im nächsten Moment drang klassische Musik aus den Lautsprechern. Viel zu ernst, viel zu laut.

»Vielleicht nicht unbedingt SWR 2.«

»Sondern?«

»Irgendwas anderes. Das da zum Beispiel.« Marga deutete auf die Zeile im Display, in der »SWR 3« aufleuchtete. »Den Sender kann man immer hören.«

Kaum hatte Sebastian die entsprechende Taste betätigt, erklang eine seichte Popnummer. Sofort stellte er das Radio auf knapp oberhalb unhörbar.

»In der Lautstärke verpassen Sie die Verkehrsnachrichten.«

»Ich bin nicht auf Verkehrsnachrichten angewiesen. Der Wagen hat ein Navigationsgerät mit Stauumfahrung.«

»Stauumfahrung, soso.« Marga seufzte und sah zum Fenster hinaus. Die anderen Autos, die Lastwagen, die Verkehrsschilder flogen förmlich vorbei und existierten nur dann länger als einen Moment, wenn sie ihren Blick in die Ferne schweifen ließ. Kein Fahrgeräusch drang an ihre Ohren. Auch die Unebenheiten der Autobahn spürte sie kaum, obwohl Sebastian vermutlich an die zweihundert Stundenkilometer fuhr. Trotz allem würde die Fahrt nach Rheinfelden noch zwei Stunden dauern. Zwei Stunden ohne Zigarette neben Sebastian – schlechte Aussichten.

»Falls Jasmin und Lilli ein und dieselbe Person sind«, hörte sie da seine Stimme neben sich, »wovon wir ja wohl ausgehen, hat sie nicht nur ihren Tod vorgetäuscht, sondern zwei Jahre eine vierzigköpfige Soko an der Nase herumgeführt.« Er verringerte die Geschwindigkeit, wechselte auf die mittlere Spur.

Marga wandte ihm den Kopf zu. »Sie wird gleich am ersten Tag irgendwo untergetaucht sein.«

»Wie schafft es ein siebzehnjähriges Mädchen, einfach so unterzutauchen?«

Ein Autotransporter mit vier fabrikneuen VW Polo in weißer Folie scherte aus, drängte sich schlingernd vor sie auf die mittlere Spur.

Sebastian sah in den Rückspiegel, bremste stark.

Zwei schwarze Limousinen rasten in viel zu geringem Abstand auf der linken Spur vorbei und entfernten sich schnell.

Sebastian blinkte, wechselte dann ebenfalls die Spur. »Es ist mir ein Rätsel, wie es Jasmin überhaupt gelungen ist, über sechs Jahre lang mit einer falschen Identität zu leben. Da hat man nichts: keinen Personalausweis, keinen Reisepass, keinen Führerschein, keine Krankenversicherung, keine Bankverbindung, gar nichts.«

»Vielleicht hat ihr jemand geholfen. Und ob sie tatsächlich die ganze Zeit über keine Papiere zur Verfügung hatte, müssen wir zuerst noch klären. Aber eines ist sicher: Dazu gehört schon einiges an krimineller Energie.«

»Oder Verzweiflung. Ein Mädchen im Teenageralter, das von ihren Mitschülern gemobbt wird und Angst vorm Elternhaus hat. Und inzwischen ist sie alt genug, kann tun und lassen, was sie will. Das würde ich nicht kriminell nennen.«

Marga seufzte. Schon seit einigen Tagen befürchtete sie, dass Sebastian nach seiner Rettung die nötige Distanz in dem Fall fehlen könnte, dass er sich vielleicht sogar zu Jasmin hingezogen fühlte. »Herr Franck, Sie haben in diesem Fall zwar oft den richtigen Riecher gehabt, aber vielleicht sollten Sie sich nicht von … wie soll ich sagen … Ihren derzeitigen Eindrücken leiten lassen.«

»Was wollen Sie damit andeuten?« Sebastians Stimme hatte mit einem Mal einen kühlen Unterton angenommen.

»Ich kenne ein halbes Dutzend Möglichkeiten, wie so was enden kann. Und glauben Sie mir, keine davon wird Ihnen gefallen.«

»Was enden?«

Marga forschte in seinem Gesicht. Doch seine versteinerte Miene verriet nicht das Geringste. »Lassen Sie uns einfach zuerst die Fakten klären.«

Aus den Augenwinkeln sah Marga gelbes Signallicht blinken. Auf der rechten Spur, ein paar hundert Meter entfernt, kroch ein Schwertransporter. Andere Lastwagen drängten auf die mittlere, die Autos auf die linke Spur. Im Nu verlangsamte sich der gesamte Verkehr, und Sebastian musste seinen Mercedes stark abbremsen.

»Ich vermute«, sagte Sebastian, als sie bereits eine gefühlte Ewigkeit hinter den anderen Autos herkrochen, »dass Sie mein Urteilsvermögen, was Lilli betrifft, als nicht besonders zuverlässig einstufen.«

Marga fluchte innerlich. Sie hätte ihren Vorwurf besser verpacken sollen. In der Form musste es für den überkorrekten Oberkommissar Franck schon fast einem Affront gleichkommen. »Das habe ich so nicht gesagt.«

»Doch.« Sebastian warf ihr einen Seitenblick zu. »Sie sprachen von meinen ›derzeitigen Eindrücken‹.«

»Derzeitig, ja.« Marga holte tief Luft. »Aber vielleicht war meine Formulierung nicht ganz richtig gewählt.«

»Nichtsdestoweniger denken Sie, dass ich mich gegenüber Lilli nicht so verhalte, wie es für einen Kriminalbeamten … angemessen ist.«

Marga verzichtete auf die Bemerkung, dass er schon zum zweiten Mal nur von Lilli sprach und Jasmin Leibrand einfach ausblendete. »Nicht ›angemessen‹? Vielleicht. Eher schon leichtsinnig.«

»Lassen Sie mich raten.« Sebastian strich sich mit einer fahrigen Bewegung durchs Haar. »Das ist auch der Grund, warum Sie mit nach Rheinfelden kommen.«

»Vielleicht möchte ich einfach nicht, dass Sie einen Fehler machen. Das ist alles.«

»Dann sollte ich mich vielleicht bei Ihnen bedanken«, sagte Sebastian mit einem zynischen Unterton, den sie so noch nie bei ihm gehört hatte.

»Himmelarsch, Herr Franck. Haken Sie's von mir aus unter fehlender Berufserfahrung ab. Aber es war schon immer ein Fehler, sich so weit aus dem Fenster zu lehnen, bevor nicht alle Fakten auf dem Tisch lagen.«

Sebastian stieß Luft durch die Nase aus. Es klang wie ein abfälliges Lachen. »War das jetzt die gesamte Lektion? Oder kommt da noch was nach?«

»Was zum Teufel ist eigentlich Ihr Problem?«

»Ich habe kein Problem. Das Problem ist diese Unterhaltung.« Sebastian stierte durch die Frontscheibe. Es kam ihr so vor, als ob er es nicht abwarten könnte, dass die Fahrbahn wieder frei wurde und ihn nichts mehr daran hinderte, mit Vollgas alles hinter sich zu lassen.

Es sollte noch einige Zeit dauern, bis die letzten Lastwagen und Autos vor ihm wieder einscherten. Und kaum war die Spur wieder frei, beschleunigte Sebastian den Wagen stark. Noch erlaubte das Wetter die hohe Geschwindigkeit. Doch dunkle, schwere Wolken in Richtung Schweiz kündigten schon den kommenden Regen an.

Die meiste Zeit über schweigend erreichten sie irgendwann nach vier Uhr die Autobahnausfahrt Rheinfelden. Sebastian steuerte seinen Wagen nicht Richtung Innenstadt, sondern durch ein Industriegebiet am Rande der Stadt. In einer Wohnsiedlung mit einem Dutzend beinahe identischer Häuser stellte er seinen Wagen schließlich ab.

»Hier ist es«, er deutete aus dem Fenster, »das Gebäude mit der Nummer vier.«

Marga stieg aus. Eine ältere, beleibte Frau beobachtete sie aus einem Fenster im zweiten Stock. Sie erweckte den Eindruck, als täte sie den ganzen Tag über nichts anderes. Eine perfekte Quelle für Informationen.

»Das ist die Nachbarin, Renate Obrecht«, raunte Sebastian und ging voran.

»Haben Sie Verstärkung mitgebracht, Herr Franck mit ck?«, rief sie ihnen zu.

»Guten Tag, Frau Obrecht.« Sebastian blieb stehen. »Das ist meine Chefin, Hauptkommissarin Kronthaler. Wissen Sie, ob Lilli Bakutz zu Hause ist?«

»Lilli?«, gab die zurück, und Marga meinte, Abneigung aus ihrer Antwort herauszuhören. »Die ist nicht da.«

»War sie seit gestern da?«

Obrecht schüttelte so heftig den Kopf, dass Marga fürchtete, ihre dicke Brille könnte herunterfallen.

»Lassen Sie uns rein, Frau Obrecht?«, fragte Marga und mühte sich um einen liebenswürdigen Tonfall.

»Warum?« Tiefe Falten gruben sich in ihre Stirn.

»Wir würden gern mit Ihnen reden.«

»Über Lilli?« Sie kam von ihrem Softkissen hoch, stützte sich mit ihren Händen am Fensterrahmen ab. Gleichwohl wirkte sie kaum größer als zuvor.

»Auch.« Marga lächelte.

»Ich hab aber nicht aufgeräumt«, sagte sie in einem letzten Aufbäumen.

»Das macht nichts.« Eisern hielt Marga ihr Lächeln aufrecht. »Es dauert auch nicht lange.«

»Gut. Ich mach Ihnen auf.« Samt Kissen verschwand Obrecht aus dem Fensterrahmen, das Fenster schloss sich.

Sekunden später ertönte der Türsummer, und Sebastian drückte die Eingangstür auf. Dahinter erstreckte sich ein muffiger, kühler Flur, der zu einer Steintreppe mit rotem Stahlgeländer führte. Jeder Schritt hallte von den kahlen Wänden wider. Vor einer offenen Wohnungstür stand ein kleines Mädchen im Kindergartenalter, das eine Stoffpuppe mit gelben Haaren umklammerte. Regungslos musterte die Kleine sie aus ihren dunklen Augen.

»Hallo«, sagte da Sebastian.

Statt einer Antwort drehte das Mädchen sich um und verschwand in der Wohnung. Mit einem lauten Knall fiel die Tür ins Schloss.

»Daran müssen Sie wohl noch arbeiten«, sagte Marga und konnte ein Grinsen nicht verbergen.

Im nächsten Stock empfing sie Obrecht im Türrahmen zu ihrer Wohnung, den sie mit ihrer Körperfülle nahezu komplett einnahm. Unter der bunten Kittelschürze ragte an den Armen und am Hals ein beigefarbener Rollkragenpullover hervor. Zu einer Art Jogginghose in Schwarz oder Dunkelblau, die ihre Beine eng umschloss wie Leggings, trug sie Gesundheitssandalen.

»Welches ist die Wohnung von Frau Bakutz?«, fragte Marga, als sie vor ihr standen.

Obrecht deutete auf die nächste Tür, keine fünf Meter entfernt. »Dort.«

»Wenn Frau Bakutz über Wochen nicht da ist, wie Sie sagen, wer kümmert sich dann um die Post?«

Sie zuckte mit den Achseln. »Vielleicht kommt sie ja nachts vorbei und leert den Briefkasten.« Obrecht machte einen Schritt zur Seite, um sie hereinzulassen. Gleichwohl musste sich Marga an ihr vorbeizwängen.

Drinnen empfing sie der Geruch von Essen, ungewaschener Kleidung und – Zigarettenrauch. Im Raum hinter der Diele lief der Fernseher, irgendeine Unterhaltungssendung. Alle paar Sekunden brandete Gelächter auf.

Obrecht schlurfte auf dem abgenutzten Teppichläufer voran Richtung Fernsehgelächter. Der Flur war eng und schlecht beleuchtet. Ein dunkler Garderobenschrank, davor ein voller Müllbeutel, belegte zusätzlich den wenigen Platz.

Im Wohnzimmer herrschte Siebziger-Jahre-Flair: beigefarbener Teppichboden, eine wuchtige Sitzgarnitur und eine Wohnwand aus Eiche rustikal, groß und breit wie eine Festungsmauer. Darin verstaubten die Bände einer Bertelsmann Lexikothek und einige andere Bildbände. Über allem plärrte der Fernseher. Die Fotos an der gegenüberliegenden Wand zeigten einige Kinder, offenbar ihre Enkel. Eine Standuhr, ebenfalls in Eiche rustikal, tickte vor sich hin.

»Setzen Sie sich doch bitte.« Obrecht deutete auf das Sofa mit dunklem Blümchenmuster. »Sie müssen wissen, ich bekomme nicht viel Besuch.«

»Danke«, gab Marga zurück und nahm auf dem durchgesessenen Polster Platz. »Können Sie den Fernseher ausschalten?«

Obrecht griff nach der Fernbedienung. Der Fernseher verstummte, lief jedoch weiter: eine amerikanische Sitcom, die Marga nicht kannte.

»Danke.« Sie starrte auf den Aschenbecher vor sich. »Darf man bei Ihnen rauchen?«

»Sicher. Ich rauche auch manchmal, Selbstgedrehte. Die anderen sind ja so teuer geworden.« Sie zog eine Grimasse, vielleicht ein Lächeln. »Wollen Sie eigentlich was trinken, Kaffee, Tee? Ich hab auch Eierlikör.«

»Nein«, sagte da Sebastian schneller, als sie reagieren konnte. Er hatte sich immer noch nicht hingesetzt, sondern war einfach mitten im Raum stehen geblieben.

»Danke, nein.« Marga kramte in ihrer Handtasche und förderte die Zigarettenpackung sowie das Feuerzeug zutage. Sie musste Sebastian nicht anschauen, um zu wissen, dass er sie mit einem vorwurfsvollen Blick bedachte.

»Eckstein?«, fragte da Obrecht. Überraschung zeigte sich auf ihrem Gesicht. »Die hat mein Mann früher auch geraucht. Aber ich dachte bisher, die gibt's nicht mehr zu kaufen.«

»Eigentlich nicht.« Marga zündete sich eine Zigarette an und inhalierte tief. Über zwei Stunden, ohne zu rauchen, bedeuteten eine Qual. Das nächste Mal würden sie wieder den Campingbus nehmen. »Aber ich kenn da noch ein paar Quellen, wo ich die Päckchen herkriege.«

»Haben Sie auch eine für mich?« Obrechts übergroße Augen hinter dem Flaschenbodenglas der Brille begannen zu leuchten wie zwei Lastwagenscheinwerfer.

»Natürlich.« Marga hielt ihr die Zigarettenpackung hin. Auch wenn Sebastian es vermutlich nie einsehen würde, aber die lockere Atmosphäre beim gemeinsamen Rauchen versprach eine erfolgreichere Befragung als jedes Vernehmungszimmer.

Obrecht pulte eine Zigarette aus dem Päckchen und ließ sich dann mit einem Ächzen in den Sessel gegenüber fallen. Sie brannte sie an, nahm einen tiefen Zug und sah genüsslich dem Rauch nach, der sich an der Decke auflöste.

»Was wollen Sie denn wissen, Frau Kronthaler?«, fragte sie nach einem weiteren Zug.

Marga lehnte sich zurück, schlug die Beine übereinander. »Wann haben Sie Frau Bakutz denn zuletzt gesehen?«

»Das hab ich Ihrem jungen Kollegen schon gestern gesagt.« Sie sah kurz zu Sebastian, dessen Laune offenbar noch weiter gesunken war. »Es ist schon ein paar Wochen her.«

»Können Sie sich noch an den Tag erinnern?«

Obrecht nahm einen weiteren Zug von der Zigarette und begann zu husten. Einige Sekunden später und mit hochrotem Kopf sagte sie: »Irgendwann im Sommer, da kam sie mit so einem schwarzen großen Wagen an.« Es klang wie ein Krächzen.

»War Lilli allein im Wagen?«

»Sie ist auf der rechten Seite ausgestiegen.« Obwohl sich ihre Stimme noch immer nicht normalisiert hatte, nahm Obrecht einen weiteren Zug von der Zigarette. »Eigentlich hätte sie an dem Tag auch nackt rumlaufen können, so wenig, wie die anhatte. Dieser Ausschnitt und der kurze Rock erst. Da konnt sogar ich von hier oben aus ihren halben Hintern sehen.« Sie schüttelte den Kopf.

Die altmodische Standuhr an der gegenüberliegenden Wand bimmelte ihren Westminster-Schlag: Viertel vor fünf.

»Haben Sie was von dem Fahrer sehen können?«, fragte Marga, als das Gebimmel endlich vorbei war.

»Nein.« Obrecht zupfte sich Tabakkrümel von der Zunge. »Die Scheiben waren irgendwie dunkler.«

Aus den Augenwinkeln sah Marga, dass Sebastian in seiner Jacketttasche kramte. »Und das Kennzeichen?«

»Eine Schweizer Nummer.«

Mit einem Mal stand Sebastian neben Obrecht. Er wedelte mit der Hand den Qualm beiseite und hielt ihr sein Mobiltelefon vor die Nase. »Könnte es der Wagen hier gewesen sein?«

Obrecht kniff die Augen zusammen. »So kann ich da nichts erkennen. Geben Sie mal her, junger Mann.« Sie deponierte die Zigarette im Aschenbecher und griff nach dem Telefon. Mit dem Arm variierte sie einige Male die Entfernung zwischen ihren Augen und dem Display, bis sie offensichtlich das Bild scharf sah. Sie runzelte die Stirn. »Nein. Das war so eine Art VW-Bus, nur moderner«, sagte sie schließlich und reichte Sebastian das Telefon wieder.

Der steckte es zurück in die Jacketttasche, lehnte sich wieder an den Fenstersims und verschränkte die Arme vor seiner Brust.

Marga drückte ihre Zigarette aus. »Können Sie uns einen Namen nennen, vielleicht eine Freundin oder einen Freund von Frau Bakutz, jemand, der sie besucht hat?«

Auch Obrecht nahm jetzt einen letzten Zug von ihrer Zigarette, drückte sie aus. »Nein. Aber das hab ich ebenfalls schon Ihrem Kollegen gesagt. Solche Leute haben keine Namen, jedenfalls hat mir keiner einen genannt.«

»Hier drinnen komme ich mir vor wie in einer Räucherkammer. Ich mache jetzt das Fenster auf.« Sebastian schob die Gardine beiseite und öffnete einen Fensterflügel. Offensichtlich reichte ihm die Frischluftmenge immer noch nicht, sodass er sich hinauslehnte und tief Luft holte.

»Und die Kennzeichen der anderen Autos?«, wandte Marga sich an Obrecht, obwohl sie inzwischen keine brauchbare Antwort mehr von ihr erwartete. Trotz der Brille mit Flaschenbodenglas sah die Frau offenbar schlecht. Ihre Beobachtungen würden sie nicht weiterbringen.

»Verdammt!«, rief da Sebastian. »Da ist sie.«

»Wer?« Marga riss den Kopf herum, sah, wie er aus dem Fenster Richtung Straße zeigte.

»Lilli. Sie steigt aus einem schwarzen oder dunkelblauen Maserati Quattroporte mit Schweizer Kennzeichen.« Er beugte sich noch weiter vor, und Marga fürchtete, er könnte hinausfallen. »Basel-Stadt, dann acht zwei acht eins sieben.«

Marga sprang auf und stand Sekunden später neben Sebastian am Fenster. Mit laufendem Motor blockierte ein schwarzer Sportwagen die Straße direkt vor dem Haus. Von Lilli jedoch war nichts oder nicht viel zu sehen. Nur für einen winzigen Augenblick meinte sie, rotblonde, wallende Haare zu erkennen, die hinter den getönten Scheiben der Beifahrertür verschwanden. Der Motor heulte auf, die Reifen quietschten, und im nächsten Moment brauste der Maserati mit einem Höllenlärm davon.

»Sie hat Sie gesehen«, sagte Marga.

Sebastian presste die Lippen aufeinander, senkte den Kopf. »Wenn ich nicht hier gestanden hätte, hätten wir sie jetzt vermutlich festsetzen können.«

»Dumm gelaufen.« Marga konnte ihm keinen Vorwurf machen. Wie sollte er so etwas ahnen? Doch jetzt war Lilli alias Jasmin gewarnt, und es würde noch schwieriger werden, sie dingfest zu machen. Und eine Halterfeststellung für ein Schweizer Kennzeichen konnten sie gleich vergessen. Das konnte Wochen dauern.

»Sie sind hier doch bestimmt fertig«, sagte Sebastian mit einem Seitenblick auf Obrecht.

»Eigentlich schon.« Marga sah zu Obrecht, die noch immer mit hochrotem Kopf auf dem Sessel saß. Obwohl die den ganzen Tag zum Fenster hinausschaute, sah sie offenbar zu schlecht, um entscheidende Details zu erkennen. Sich anzusehen, wie Lilli Bakutz hauste, versprach dagegen, durchaus aufschlussreich zu werden. »Wir könnten uns noch drüben in ihrer Wohnung umschauen«, raunte Marga ihm zu.

Sebastian schob die Augenbrauen zusammen, sodass eine steile Falte auf seiner Stirn entstand. »Wir haben keinen Beschluss.«

»Ich sagte doch bereits, Sie sollen das meine Sorge sein lassen.«

»Das können wir ein anderes Mal noch nachholen.« Sebastian sah auf seine Armbanduhr. Ein flüchtiges Lächeln huschte über sein Gesicht. »Ich hab da so eine Vermutung, wo wir sie heute Abend noch antreffen können.«

22

Sebastian fühlte sich nach Lillis Flucht im Maserati, als müsse er etwas wiedergutmachen. Schließlich war er es, der mit seinem Verhalten maßgeblich dazu beigetragen hatte, dass sie direkt vor ihrer Nase verschwunden war. Mit etwas Glück könnten sie es dennoch schaffen, sie in Rheinfelden dingfest zu machen.

Er und Marga verabschiedeten sich von Obrecht und machten sich auf den Weg zurück zum Wagen. Inzwischen hatte es zu nieseln begonnen. Zahllose Wassertröpfchen hafteten auf den Scheiben des Mercedes wie silberne Sprenkel.

»Was für eine Vermutung?«, fragte Marga, als sie im Wagen saßen. »Spannen Sie mich nicht so auf die Folter.«

Bevor Sebastian etwas entgegnen konnte, machte sich sein Mobiltelefon in der Jacketttasche bemerkbar. Er zog es heraus, nahm das Gespräch entgegen. »Haben Sie Neuigkeiten für uns, Franzi?«

»Klaro.«

»Warten Sie kurz, ich schalte den Lautsprecher an. Frau Kronthaler sitzt neben mir.« Er drückte die entsprechende Taste und legte das Gerät auf das Armaturenbrett.

»Also, wir hören«, sagte Sebastian.

Auf dem Gehweg eilte eine jüngere Frau im gelben Sommerkleid und ohne Schirm vorbei. Offensichtlich wollte sie noch vor dem großen Regen zu Hause sein.

»Ich hab vorhin zwei E-Mails aus Rheinfelden reinbekommen. Eine vom Standesamt und eine von den Stadtwerken.« Sie lachte auf. »Zwei verschiedene Absender, aber gleicher Fall. Das hab ich noch nicht erlebt. Meistens ist es ja so, dass man um eine Antwort betteln muss. Und dann kommen gleich zwei auf einmal. Ohne dass …«

»Franzi, bitte. Fassen Sie sich kurz«, sagte da Marga.

»Okay, okay«, gab Franziska schnell zurück. »Welche Auskunft wollen Sie zuerst?«

Marga seufzte. »Irgendeine.«

»Die vom Standesamt?«

»Ja, verdammt.« Marga wurde zusehends ungehaltener.

»Es gibt keinen Eintrag im Personenstandsregister zum Nachnamen ›Bakutz‹. Demnach kann eine Lilli Bakutz in Rheinfelden nicht existieren.«

Sebastian sah am Haus hoch. Trotz des Nieselregens lehnte Renate Obrecht schon wieder über der Fensterbrüstung. »Damit war zu rechnen. Und die zweite E-Mail?«

»In Degerfelden, das gehört zu Rheinfelden, hat eine Erika Leibrand Strom von den Stadtwerken bezogen. Ihr Geburtsdatum und der Geburtsort stimmen mit dem von Jasmins Mutter überein. Ich hab das in unseren Fallakten überprüft.«

»Damit scheint außer Frage, dass erstens Lilli Bakutz' Identität falsch ist und wir es bei ihr zweitens mit Jasmin Leibrand zu tun haben.« Und es erklärte auch, dachte Sebastian weiter, dass der Fundort von Jasmins Kleidung im Sauhag keine Bilder in seinem Kopf erzeugen konnte. Dort war schlicht nichts geschehen. Keine Leiche, kein Mörder, kein Verbrechen.

»Richtig«, rief Franziska aus. »Das gibt 'ne Eins plus mit Sternchen für alle.«

»Warum sprechen Sie bei Erika Leibrands Stromvertrag in Vergangenheitsform?«, fragte Marga. »Ist sie aus Degerfelden weggezogen?«

»Der Stromvertrag wurde vor vier Jahren gekündigt. Ich hab dann mit den Nachbarn telefoniert. Und die meinten, sie wär zurück nach Stuttgart gezogen.«

»Wissen Sie, wohin genau?«

Franziska zögerte einen Moment. »Laut Melderegister gibt es in Stuttgart keine Erika Leibrand mit diesem Geburtsdatum. Nur unter der alten Adresse, dem Aichtaler Aussiedlerhof.«

»Bleiben Sie an der Sache dran. Vielleicht finden Sie was unter ihrem Mädchennamen, oder sie hat wieder geheiratet.« Sebastian bedankte sich und beendete das Gespräch.

Marga nickte gedankenverloren. »Wir brauchen uns nicht länger den Kopf darüber zu zerbrechen, wer Jasmin geholfen hat, unterzutauchen. Es war ihre eigene Mutter.«

»Und das ist auch der Grund, warum weder Erika Leibrand

noch Jasmin ihren Wohnsitz angemeldet haben. Vermutlich wollte die Mutter vermeiden, dass ihr Mann Matthias sie findet.«

»Und wie finden wir sie jetzt? Sie sagten doch, dass Sie eine Vermutung hätten?«

»Davor muss ich nur kurz telefonieren.« Sebastian ergriff erneut sein Mobiltelefon.

»Und mit wem?«

»Mit dem örtlichen Polizeirevier.« Sebastian fand die Telefonnummer im Internet und tippte sie über das Display ein. Es klingelte.

»Polizeikommissar Kohler«, meldete sich eine männliche Stimme in kehlig-alemannischem Dialekt.

»LKA Stuttgart, Oberkommissar Franck«, stellte Sebastian sich vor und schaltete erneut den Lautsprecher ein. »Meine Chefin, KHK Marga Kronthaler, sitzt neben mir.«

»Landeskriminalamt Stuttgart?« Kohler klang zuerst überrascht, dann eher belustigt. »Schwaben? Die wollten noch nie was von uns.«

»Irgendwann ist immer das erste Mal.« Hoffentlich musste er sich nicht lange mit Floskeln aufhalten. »Aber wir haben wenig Zeit, Herr Kohler.«

»Um was geht's denn?«

»Um eine Auskunft zum Hotel Excelsior. Hier in Rheinfelden, in der Waldshuter Straße 13.«

»Hotel Excelsior?« Ein geringschätziges Lachen drang aus dem Lautsprecher. »Da haben Sie sich gleich beim ersten Mal den richtigen Laden rausgesucht.«

»Wieso das?«

»Nun ja«, Kohler setzte ab, schien nach den richtigen Worten zu suchen, »das Excelsior ist kein Hotel im üblichen Sinne.«

»Sondern?«

»Lassen Sie es mich so sagen: Der Inhaber leitet auch eine sogenannte Escort-Agentur.«

»Konstantin Uhde?« Sebastian deponierte das Telefon auf dem Armaturenbrett.

»Genau der. Und jetzt dürfen Sie raten, auf welche Zimmer

die Escort-Damen zurückgreifen, wenn ihr Kunde sie nicht mit nach Hause nehmen kann, weil dort vielleicht seine Frau wartet oder die Nachbarn nichts mitbekommen sollen.«

»Er verdient also zweimal.«

»Könnte man so sagen. Zum einen zahlen ihm die Mädchen Provision für die Vermittlung des Kunden, und der begleicht anschließend noch die Zimmerrechnung.« Kohler stieß einen Schwall Luft aus. Es rauschte im Hörer. »Für Uhde ein ziemlich einträgliches Geschäftsmodell, finden Sie nicht?«

»Und das ist legal?«

»›Elite-Escorts‹, das ist der Name seiner Begleitagentur, ist ein Dienstleister mit Gewerbeanmeldung und Steuernummer. Die Mädchen, die er vermittelt, sind freiberuflich tätig, ebenfalls mit Steuernummer. Alle Einkünfte unterliegen der Einkommens- und Gewerbesteuer. Unser Finanzminister Schäuble verdient da kräftig mit.«

Marga beugte sich näher zum Telefon. »Welche Klientel verkehrt dort so?«

Erneut folgte ein Lachen. »Da sind viele Geschäftsleute aus der Schweiz dabei. Aber auch Deutsche und Franzosen, die sich einen Escort für ... na, wie soll ich sagen ... besondere Dienste leisten wollen.«

»Welche besonderen Dienste?«, fragte Marga und lehnte sich wieder zurück.

»Die Preise, die dort verlangt werden, wirken sich auf die Erwartungen und Ansprüche der Kunden aus. Man hört so, dass alles nur eine Frage des Geldes ist. Inklusive SM-Praktiken, Bondage, Rollenspielen und was Sie sich so alles vorstellen oder eben nicht vorstellen können.

»Kennen Sie Namen?«

»Von Escort-Agenturen erfahren Sie nie die Namen ihrer Kunden. Das wäre ihr Ende. Aber alle haben eines gemeinsam: richtig viel Asche. So eine Buchung im Wochenbereich kostet gern mal einen fünfstelligen Betrag.«

Marga stieß einen Pfiff aus. »Liegt sonst irgendwas gegen diesen Konstantin Uhde vor? Drogen, Mädchenhandel, Geldwäsche?«

»Vor Jahren gab's mal ein Ermittlungsverfahren wegen Zwangsprostitution. Aber nachgewiesen werden konnte ihm nichts.« Er ließ einen Laut der Resignation folgen.

»Gut, Herr Kohler«, sagte Sebastian, als eine Weile nur noch leises Rauschen aus dem Lautsprecher drang. »Falls Ihnen noch was einfällt, können Sie mich unter der Nummer, die Ihnen gerade angezeigt wird, den ganzen Abend noch erreichen.« Er dankte Kohler, nahm sein Telefon vom Armaturenbrett und beendete das Gespräch.

»Gehe ich recht in der Annahme, dass Sie jetzt ins Hotel Excelsior wollen?« Marga musterte ihn.

Sebastian schüttelte den Kopf. »Nicht ins Hotel. Von diesem Konstantin Uhde erfahren wir überhaupt nichts. Der ist ein aalglatter Typ und mit allen Wassern gewaschen. Außerdem wird er eine Möglichkeit finden, Jasmin vor uns zu warnen.«

»Und an was denken Sie?«

»Ich schlage vor, wir stellen den Wagen im Innenhof hinter dem Hotel ab und warten einfach. Und zwar diesmal so, dass Jasmin uns nicht gleich entdeckt.«

»Einverstanden.« Marga nickte. »Dann hoffen wir mal, dass Sie richtig vermuten und sie auftaucht.«

Einige Zeit später, sie hatten sich in der Zwischenzeit bei einem Bäcker etwas zu essen besorgt, stand Sebastians Mercedes im Innenhof des Excelsior. Er hatte den Wagen etwas abseits in der Nähe einiger Mülltonnen abgestellt, sodass sie sowohl die Einfahrt aus der Adlerstraße als auch den Hintereingang des Hotels im Blickfeld hatten. Wie tags zuvor stand auf dem Hotelparkplatz lediglich der weiße Q5. Offenbar Konstantin Uhdes Wagen. Neben Anwohnern, die meist unter Regenschirmen durch den Innenhof eilten und in ihren Häusern verschwanden, gab es bisher nicht viel zu beobachten. Nur eine Handvoll Kinder ließ sich trotz des Regens nicht vom Ballspielen abhalten. In nasser Kleidung und mit noch nasseren Haaren übten sie offenbar Elfmeterschießen auf eine Hauswand, während allmählich die Dämmerung aufzog.

Begleitet vom leisen Trommeln der Regentropfen auf dem

Verdeck saßen Sebastian und Marga schweigend nebeneinander und aßen ihre Brötchen. Danach hieß es abwarten, und sofort begannen seine Gedanken, um Lilli alias Jasmin zu kreisen, wie ein Kettenkarussell, das nicht zur Ruhe kam.

Schon längst hätte Sebastian sich ohrfeigen können, sich ohrfeigen müssen. So etwas war ihm noch nie passiert. Wie konnte er sich nur derart in dieser Frau getäuscht haben? Ihre Blicke, die Gespräche, diese Vertrautheit, dieses ungeheuerliche Hochgefühl, sobald sie neben seinem Bett saß. Alles eine Lüge. Stattdessen gab es die Prostituierte Lilli oder Lilli, das Callgirl, die Edelnutte, die in Wirklichkeit Jasmin Leibrand hieß.

Er konnte nicht mehr verdrängen, dass er sich unprofessionell verhalten hatte. Völlig zu Recht hatte ihm Marga deswegen bereits Vorwürfe gemacht. Und es war an der Zeit, dass er sich für sein Verhalten bei ihr entschuldigte.

Die Fußball spielenden Kinder packten ihren Ball zusammen und verschwanden in einem Hauseingang. Sebastians Blick fiel auf die Graffiti an der Wand gegenüber. An einer Stelle prangte in pastellgrünen Lettern ein riesiges »AWESOME«. Er räusperte sich. »Hören Sie, Frau Kronthaler, ich denke, dass ich …« Er setzte ab.

Marga wandte ihm den Kopf zu. »Was denken Sie?«

»… ich sollte mich wohl bei Ihnen entschuldigen. Es tut mir leid, aber ich habe vermutlich in den letzten Tagen die nötige Distanz in dem Fall missen lassen.«

Sie nickte. »Ich weiß.«

Sebastian sah wieder nach draußen. Das »O« von »AWESOME« war als gelber, grinsender Smiley dargestellt. »Sie hat mir das Leben gerettet, und vermutlich bin ich deshalb davon ausgegangen, dass sie mir nichts vorspielt. Wenn ich gewusst hätte …«

»Ich weiß.«

»Aber Menschen sehen, was sie sehen wollen.« Sebastian musterte eine Comicfigur mit gelbem Gesicht, die gut einen Meter neben dem riesigen pastellgrünen »AWESOME« die Zunge herausstreckte. Er hatte sie schon oft irgendwo abgedruckt gesehen. Dennoch wusste er nicht, wie sie hieß.

»Ich weiß.« Marga seufzte. »Aber bitte werden Sie heute Abend nicht auch noch poetisch.«

»Ich denke, dass ich mich unprofessionell verhalten habe.« Einsicht war der beste Weg zur Besserung. Das hatte sein Vater schon immer gesagt. Und Sebastian spürte, dass er sich mit jedem Wort auch den Frust von der Seele redete.

»Sie wissen es, und ich weiß, dass Sie es wissen. Sie müssen jetzt nicht ständig darüber reden.«

Sebastian wandte ihr wieder den Kopf zu. »Finden Sie das unangebracht?«

»Herr Franck«, Marga strich eine Strähne hinter ihr Ohr, »Sie tun nicht unbedingt immer das, was angebracht ist.«

»Angebracht?« War das jetzt wieder einer ihrer Scherze? »Ist das für Sie ein Euphemismus?«

»Euphemismus?« Marga runzelte die Stirn.

»Ein beschönigender Ausdruck.«

»Und wofür?«

»Für unqualifiziertes Verhalten. Aber Sie können davon ausgehen, dass ich versuche, meine Arbeit so gut wie möglich zu machen. Und ob etwas angebracht ist oder nicht, betrachte ich als nachrangig.«

»Nachrangig, soso.« Marga musterte ihn eine Weile. »Ich habe nie behauptet, dass Sie Ihre Arbeit schlecht machen. Sie machen Sie sogar besser als viele andere, die ich in meinem Job kennengelernt habe.«

»Besser als die anderen bedeutet nicht unbedingt gut.«

»Sie sind verdammt ehrgeizig. Aber warum machen Sie diesen Job eigentlich? Sie hätten doch bestimmt genügend Geld, um bis an Ihr Lebensende nicht arbeiten zu müssen.«

»Darüber habe ich mir noch keine Gedanken gemacht«, log Sebastian. Es gab kaum etwas, über das er sich damals, als sein Bruder erschossen wurde, mehr Gedanken gemacht hatte.

»Aber ich.«

»Und zu welchem Ergebnis sind Sie gekommen?« Sebastian hätte nicht sagen können, ob ihm die Richtung gefiel, in die sich das Gespräch entwickelte.

»Es ist eine Art Mission.«

Sebastian antwortete nicht, sah stur geradeaus auf die gelbe Comicfigur an der Wand. Er wusste genau, was Marga damit andeuten wollte.

»Es geht um Daniel.«

Sebastian kniff die Augen fest zusammen, als könne er so das Bild seines toten Bruders, seines blutüberströmten, leblosen Körpers auf dem kalten Fliesenboden der Schalterhalle verdrängen. Doch auch zwei, drei Atemzüge später blieb das Bild vor seinem geistigen Auge dasselbe. Und es schnürte ihm die Kehle zu. »Ich möchte mich darüber nicht unterhalten.«

»Das haben Sie beim letzten Mal schon gesagt, als wir auf Daniel zu sprechen kamen.«

Es war nur eine Frage der Zeit gewesen, bis sie den Namen seines Bruders erneut in den Mund nehmen würde. Irgendwann würde er um dieses Gespräch nicht herumkommen.

Und dieser Zeitpunkt schien für Marga offenbar erreicht zu sein. »Sie wollen stellvertretend für seinen Mörder möglichst viele andere Täter überführen.«

»Vielleicht.« Sebastian biss sich auf die Lippen. »Wenn ich ›Vielleicht‹ sage, meine ich eigentlich ›Nein‹. Ich weiß nicht, warum ich ›Vielleicht‹ gesagt habe. Wahrscheinlich nur ein Reflex.« Aber Marga hatte natürlich recht, und sie wusste es. Niemand war für Daniels Tod zur Rechenschaft gezogen worden. Und womöglich befand er sich tatsächlich auf einer Art Mission. Nicht umsonst hatte er nach dem Mord an Daniel sein Studium der Germanistik abgebrochen und sich bei der Polizei beworben. Entgegen dem Rat des Vaters.

Statt der erwarteten Rüge redete Marga einfach weiter, als hätte er etwas Selbstverständliches gesagt. »Haben Sie eigentlich schon mal daran gedacht, in die damalige Ermittlungsakte reinzuschauen?«

Bart Simpson. Die Comicfigur mit dem gelben Gesicht hieß Bart Simpson. Sebastian ärgerte sich fast, dass ihm der Name gerade in diesem Moment einfiel. »Daran gedacht schon. Aber für mich als Angehörigen dürfte Akteneinsicht nicht ohne Weiteres möglich sein.«

»Ohne Weiteres nicht.« Marga lächelte wissend, als wäre sie

in ihren Gedanken schon einen Schritt weiter. »Aber ich könnte das für Sie arrangieren.«

Hatte ihm Marga gerade tatsächlich angeboten, ihn bei der Suche nach dem Mörder seines Bruders zu unterstützen? Die Tatsache, dass die Polizei es bis heute nicht geschafft hatte, ihn zu fassen, wog für ihn beinahe so schwer wie der Verlust des Bruders.

»Wenn Sie bereit dafür sind, lassen Sie es mich einfach wissen.« Marga nickte ihm aufmunternd zu. »Okay?«

Sebastian nickte zurück.

»Ich geh jetzt erst mal eine rauchen.« Marga öffnete die Fahrzeugtür, und die Innenbeleuchtung ging an. Sie stieg aus dem Wagen.

»Ich hab einen Schirm für Sie, falls Sie wollen«, rief Sebastian ihr nach.

Marga beugte sich wieder in den Innenraum. »Ich stell mich drüben unter das Vordach.«

Die Tür fiel ins Schloss. Er hörte ein Feuerzeug klicken und sah ihr nach, wie sie im Halbdunkel verschwand. Dabei wurde er den Verdacht nicht los, dass sie sich schon längst Gedanken über den Mörder seines Bruders gemacht hatte.

Da sah Sebastian die Frau im kurzen schwarzen Rock, die aus dem Hintereingang des Hotels trat. Ein blauer Regenschirm verbarg den größten Teil des Kopfes und warf im Licht der Straßenlampe einen Schatten auf den Rest. Nicht einmal die Haare waren zu erkennen.

Wo war Marga? Er kniff die Augen zusammen, suchte die Häuserwände ab: eine kunterbunte Kinderrutsche, ein kleines Gartenhäuschen, zwei Plastikstühle um einen winzigen runden Tisch. Da entdeckte er das Glimmen einer Zigarette. Marga stand rund dreißig oder vierzig Meter abseits, konnte von ihrer Position aus die Frau nicht sehen.

Sebastian beugte sich über das Lenkrad, verfolgte jeden Schritt der Frau im kurzen Rock. Ihr Weg führte kaum zehn Meter vor seinem Fahrzeug vorbei. Ein Windstoß kam auf, und für einen Augenblick hob sich der Schirm. Das Licht einer Straßenlampe fiel auf ihr Gesicht. Eine gestrickte Mütze bedeckte fast vollständig die Haare der Frau. Welche Farbe sie hatten, konnte er ahnen. Vielleicht Blond.

Ein Hund bellte.

Eine wahre Flut an Erinnerung überschwemmte schlagartig sein Gehirn mit Bildern und Geräuschen. Sebastian schaltete die Automatik der Innenbeleuchtung aus und öffnete leise die Fahrertür.

23

Allmählich hatte Marga genug von der Observierung in diesem heruntergekommenen Innenhof. Das lag nicht unbedingt am Regen, sondern daran, dass sie bald drei Stunden tatenlos herumsaßen. Inzwischen glaubte sie nicht mehr daran, dass Jasmin Leibrand auftauchte. Offensichtlich lag Sebastian mit seiner Vermutung daneben. Kein Wunder. Wenn sie Jasmin wäre, würde auch sie sich nicht so schnell wieder in der Nähe des Hotels Excelsior blicken lassen.

Marga nahm einen letzten Zug von der Zigarette, warf sie in die Pfütze vor sich und schaute zu, wie sie zischend verglomm. Erst dann machte sie sich auf den Weg zurück zum Wagen. Da hörte sie, wie die Tür zum Hintereingang des Hotels ins Schloss fiel. Sie verlangsamte ihren Schritt und entdeckte zwei Männer in dunklen Anzügen, die von dort über den Innenhof in Richtung Einfahrt marschierten. Allerdings gingen sie nicht nebeneinander, wie es zu vermuten gewesen wäre. Sondern der Jüngere der beiden, ein muskulöser Farbiger ohne Haare auf dem Kopf, hielt sich immer ziemlich genau zwei Schritte hinter dem älteren Dicken. Und dessen aufgedunsenes Gesicht mit einer fahlen, ungesunden Färbung kannte Marga von ehemaligen Fahndungsplakaten im Polizeipräsidium Stuttgart.

Hansueli Käger, wohl aufgrund seiner Figur auch Butsch Spencer genannt, war ein zwielichtiger Schweizer, der vor einigen Jahren wegen Mädchenhandels und Prostitution auf den Fahndungslisten von Interpol gestanden hatte. Als Butsch in Belgien festgenommen werden konnte, wurde er in die Schweiz ausgeliefert, war jedoch kurz darauf wieder auf freiem Fuß. Damals munkelte man, dass ihm nur deswegen nichts nachgewiesen werden konnte, weil er sehr gute Beziehungen zu Politikern und Unternehmern beiderseits des Rheins hatte.

Marga wartete, bis die zwei sich etwas entfernt hatten, sodass sie zum Auto eilen konnte, ohne bemerkt zu werden. Sie öffnete die Beifahrertür. Die Innenleuchte blieb dunkel. Verdammt – Sebastian saß nicht im Wagen. Sie kam hoch, suchte den Innenhof ab. Mülleimer, Spielgeräte, Gartenstühle. Ganz in der Nähe der Einfahrt entdeckte sie zwei Personen. Eine Frau mit Minirock und blauem Schirm und einen schlanken Mann, der offenbar auf sie einredete. Obwohl Sebastian mit dem Rücken zu Marga stand und einen Großteil der Frau verdeckte, wirkten die beiden wie ein Paar, das einen Streit auf offener Straße austrug. Das eigentliche Problem jedoch näherte sich in Form von Butsch und seinem Aufpasser.

Ein unbestimmtes Gefühl der Gefahr erwachte in ihr. Marga zog ihre Dienstwaffe aus dem Holster, hebelte eine Patrone in den Lauf und rannte los. Sie machte Riesenschritte, trat in Pfützen, nahm keine Rücksicht darauf, ob jemand sie hören konnte. Unvermittelt blieb Butsch stehen, wandte sich seinem Aufpasser zu und sprach ein paar Worte mit ihm. Obwohl sie sich bereits auf dreißig oder vierzig Meter genähert hatte, konnte sie nicht verstehen, um was es ging. Doch das brauchte sie auch nicht. Einen Herzschlag später setzte sich die muskulöse Gestalt in Bewegung, schlich sich von hinten an Sebastian heran. Ein kaum wahrnehmbares, zischendes Geräusch erklang, und in seiner Hand blitzte ein metallener Stock auf, etwa halb so lang wie sein Arm. Höchste Zeit, dass sie sich bemerkbar machte.

»LKA Stuttgart, stehen bleiben. Sofort!«, rief Marga und verlangsamte ihren Schritt. Nicht nur weil ihr Atem rasselte, sondern weil sie im Laufen ihr Ziel nicht richtig anvisieren konnte.

Sebastian und die Frau schienen zu weit entfernt, um sie zu hören. Auch die muskulöse Gestalt reagierte nicht und schlich weiter auf Sebastian zu. Lediglich Butschs massiger Schädel wanderte wie in Zeitlupe in ihre Richtung. Sein kugelrundes weißes Gesicht schimmerte vor dem dunkleren Hintergrund wie ein Laib Käse. Der Mund öffnete sich für einen Moment und schloss sich dann wieder, ähnlich einem Fisch, der nach Luft schnappte.

»Stehen bleiben.« Marga legte den Sicherungsbügel ihrer Waffe um.

Der Glatzkopf hatte sie offenbar immer noch nicht gehört. Er hob den Arm mit dem metallenen Stock an, schien auszuholen, zehn, zwanzig Schritte hinter Sebastian. Und im nächsten Augenblick erkannte sie, was er in der Hand hielt: eine Teleskop-Stahlrute, auch bekannt unter der Bezeichnung »Totschläger«. Eine Waffe, die einem Menschen derart schwere Verletzungen zufügen konnte, dass das Führen in Deutschland seit einigen Jahren verboten war.

Keine Zeit zum Überlegen. Marga richtete die Waffe in den Himmel, drückte ab. Ein ohrenbetäubender Schussknall hallte durch den Hinterhof.

Der Glatzkopf erstarrte mitten in der Bewegung.

Sebastian und die Frau rissen den Kopf herum, musterten sie aus zusammengekniffenen Augen. Plötzlich tanzte der blaue Schirm über den Boden.

Unbeeindruckt ging Marga weiter, passierte Butsch in einem großen Bogen und richtete die Waffe wieder auf den dunkelhäutigen Glatzkopf.

»Lassen Sie das Ding da fallen«, rief sie ihm zu. »Und zwar sofort.«

Das Weiß in den Augen des Glatzkopfs leuchtete im Halbdunkel auf, als er zu Butsch sah. Die Sekunden verrannen, während Marga ihren Blick weiter auf ihn richtete. Ein wahrer Koloss von Mann, dessen riesiger, beinahe quadratischer Schädel die Form eines Fünf-Liter-Kanisters aufwies. Sein frisch rasierter Bart lag wie ein scharf gezeichneter, bläulicher Schatten um Mund und Kinn. Auf der linken Wange zeichnete sich eine helle Narbe ab, die aussah, als hätte jemand den Knochen darunter mit einem dicken weißen Wachsmalstift nachgezogen. Oder mit einer Messerklinge.

Der Blick des Glatzkopfs wanderte wieder zu ihr. Dunkle, fast schwarze Pupillen lösten das leuchtende Weiß der Augen ab. Er ballte die freie Hand zu einer Faust. Marga spürte, wie sich ihre Nackenhaare sträubten, und zwang sich, seinem Blick standzuhalten.

Das Dröhnen eines Fernsehers drang an ihre Ohren. Ganz in der Nähe bellte ein Hund.

Ein Klirren, die Stahlrute landete auf dem Asphalt und rollte ein Stück zur Seite.

Marga atmete erleichtert aus. Sie machte einen Schritt auf die Stahlrute zu und kickte sie beiseite. »Setzen Sie sich auf den Boden, Hände in den Nacken.«

Der Glatzkopf senkte den Kopf, kniff seine Augen zusammen und musterte sie, als wolle er ihr Gewicht schätzen. Noch hatte er nicht aufgegeben. Zweifellos arbeitete sein Gehirn fieberhaft an einer Strategie, wie er sie entwaffnen oder zumindest flüchten konnte.

Marga machte wieder einen Schritt zurück und legte ihren Finger auf den Abzug. »Bleiben Sie friedlich. Ich hab noch sehr viele Kugeln in dieser Pistole.«

Aus dem massigen Oberkörper entwich geräuschvoll Luft, als wäre ein riesiger Ballon angepikst worden. Sie hatte gewonnen. Mit einem Stöhnen ließ der Mann sich nieder, offenbar nur noch darauf bedacht, seinen feinen Anzug auf dem nassen Asphalt nicht zu ruinieren. Die Hände, breit wie Schaufeln, wanderten langsam in seinen Nacken.

Da trat Sebastian in ihr Blickfeld, hatte die Frau im dunklen Minirock am Arm gepackt und zog sie hinter sich her wie einen störrischen Esel.

»Das war arschknapp, Herr Franck«, rief Marga ihm zu. »Das nächste Mal warten Sie auf mich.«

»Darf ich vorstellen, Frau Kronthaler«, erwiderte Sebastian, als hätte er die Kritik überhört, »Jasmin Leibrand alias Lilli Bakutz – von den Toten auferstanden.«

Die hob ihren Kopf und funkelte sie aus ihren grünen Augen an. Obwohl sie einen Großteil ihrer rotblonden Haare unter einer gestrickten Mütze verbarg, musste Marga nicht genauer hinsehen. Zweifellos stand da Jasmin Leibrand vor ihr.

Plötzlich drang ein Rascheln an Margas Ohren. Sie riss den Kopf herum. Butsch versuchte, sich aus dem Staub zu machen. Erstaunlich schnell watschelte er Richtung Hintereingang und war Sekunden später verschwunden. Mit einem lauten Knall fiel die Stahltür ins Schloss.

Sebastian rannte los. Doch kaum hatte er Jasmins Arm losgelassen, versuchte die ebenfalls – allerdings in die entgegengesetzte Richtung – loszurennen. Nach wenigen Schritten jedoch kam sie ins Taumeln und fiel ganz hin. Sie hätte besser die Pumps vor ihrer Flucht ausgezogen.

»Himmelarsch«, rief Marga ihr zu. »Lass das zukünftig, Mädchen. Einen zweiten Warnschuss gibt es nicht.«

Jasmin kam hoch, verharrte für ein paar Augenblicke mit dem Rücken zu Marga. Schließlich wandte sie sich um und trabte mit gesenktem Kopf zurück.

»Setz dich da auf den Boden neben unseren Muskelmann. Und damit du's gleich weißt: Mir ist es scheißegal, wenn dein süßer Hintern dabei nass wird. Ich hab nämlich keinen Bock, heute noch irgendwen zu erschießen.«

Keuchend kam Sebastian zurück. »Der Dicke ist weg. Jemand hat die Tür hinter ihm abgeschlossen.« Sein Blick fixierte den Glatzkopf.

»Kennen Sie ihn?«, fragte Marga.

»Natürlich«, sagte Sebastian, und das erste Mal an diesem Tag lag ein Lächeln um seinen Mund. »Er war es, der mich letzte Woche niedergeschlagen hat. Und zwar mit dem Ding da.« Sebastian zeigte auf die Stahlrute, die ein paar Meter neben ihm auf dem Boden lag.

Eine knappe halbe Stunde später hatte sich im Innenhof eine kleine Menschenansammlung um zwei Streifenwagen mit eingeschaltetem Signallicht gebildet. Blassblaue Blitze zuckten über den nassen Asphalt, die Häuserfassaden und die Gesichter der Menschen. Inzwischen hatten vier uniformierte Polizeibeamte Jasmin Leibrand in einen der Streifenwagen verfrachtet, in den anderen den mit Handschellen gefesselten Glatzkopf. Und der hatte seither weder ein Wort gesprochen, noch konnte oder wollte er sich ausweisen.

Einer der Polizeibeamten, ein bulliger Typ mit mächtigem Schnauzbart, stellte sich als PK Kohler heraus, mit dem sie vor ein paar Stunden telefoniert hatten. Marga konnte sich des Eindrucks nicht erwehren, dass ihm der Einsatz trotz des Regens sichtlich Freude bereitete. Er hatte den Bereich abgesperrt, auf die Schaulustigen eingeredet und organisierte mit Sebastian im Moment die morgige Überführung von Jasmin und dem Glatzkopf nach Stuttgart. Die kommende Nacht jedoch mussten beide in den Zellen des Polizeireviers Rheinfelden verbringen.

Von Hansueli Käger alias Butsch Spencer jedoch fehlte nach seiner Flucht durch den Hintereingang ins Hotel Excelsior jede Spur. Gleichwohl würde eine Hausdurchsuchung erfolglos sein. Sicher hatte er mit Unterstützung von Konstantin Uhde das Hotel durch den Haupteingang gleich wieder verlassen. Doch so leicht würde Marga den Hotelinhaber nicht davonkommen lassen. Zumal Sebastian sich inzwischen an alle Details zum Überfall erinnern konnte – unter anderem, dass er Uhde schon an jenem Tag zu Jasmin befragt hatte. Offenbar hatte er deswegen mit ihm noch eine Rechnung offen. Und außerdem konnte es nicht schaden, dem Mann ein bisschen auf den Zahn zu fühlen.

Nachdem die beiden Streifenwagen den Innenhof verlassen hatten, löste sich die Menschenansammlung schnell auf, und Marga machte sich mit Sebastian auf den langen Weg um den Block herum zum Vordereingang des Hotels.

Sie betraten die Rezeption, die mehr nach einem kleineren Empfangsraum aussah. Hinter der Theke werkelte ein Mann in dunkler Kleidung und mit weißblonden, streng gescheitelten Haaren. Seine Haut im Gesicht hatte die Farbe von geronnener Milch. Auch auf einem Farbfoto würde der vermutlich nur in Schwarz-Weiß abgebildet werden. Schon auf den ersten Blick war ihr der Mann unsympathisch, obwohl sie nicht hätte sagen können, warum.

Sebastian marschierte schnurstracks auf ihn zu und lehnte sich in ungewohnt zwangloser Weise über die Theke. »Der Herr Uhde«, sagte er mit einer Stimme, deren Tonfall respektloser nicht hätte sein können. »Heute schon wieder Ihren Richtlinien treu geblieben?«

Uhde sah auf, musterte ihn aus seinen farblosen Pupillen. »Richtlinien? Ich fürchte, ich verstehe nicht.« Seine Stimme klang hoch und dünn.

»Sie können sich dumm stellen, so lange Sie wollen. So wie gestern. Dann nehmen wir Sie gleich mit.«

»Haben Sie einen richterlichen Beschluss?«

»Den brauche ich heute nicht.« Unüberhörbar hatte Sebastian seine Freude an der Unterhaltung. »Kennen Sie den Paragrafen 127 der Strafprozessordnung?«

Uhde schüttelte den Kopf. Sein strenger Scheitel geriet etwas durcheinander. Sogleich strich er die Haare wieder zurecht.

»Sehen Sie, aber ich.« Sebastian drückte den Rücken durch, schien jede Sekunde auskosten zu wollen. »Der regelt nämlich die vorläufige Festnahme eines Tatverdächtigen.«

»Tatverdächtigen?« Uhde gab einen glucksenden Laut von sich, schien nach der kurzen Unsicherheit wieder Oberhand zu gewinnen. »Was soll gegen mich schon vorliegen?«

»Strafvereitelung.«

Ein Grinsen trat auf Uhdes Gesicht, verschwand jedoch sofort wieder, als Sebastian nicht reagierte.

»Und Beihilfe zur schweren Körperverletzung. In der Summe drei Jahre Minimum.«

Uhde stieß Luft zwischen den Lippen hervor, sagte jedoch immer noch nichts.

»Ich helfe Ihrem Gedächtnis mal auf die Sprünge, Herr Uhde. Statt des Ihren funktioniert meines nämlich wieder perfekt.«

Der kratzte sich kurz an den Händen und ließ dann wieder seine Arme untätig herunterhängen.

»Wissen Sie, was ein Déjà-vu ist?«

Uhde öffnete den Mund, schien etwas sagen zu wollen.

»Sie brauchen darauf nicht zu antworten, das war eine rhetorische Frage.« Sebastian musterte ihn mit teilnahmsloser Miene. »Ich hatte vorhin eines. Und stellen Sie sich vor, der Auslöser war Hundegebell.«

Marga ließ Uhdes Blick ins Leere laufen, zuckte mit den Schultern. Sie würde einen Teufel tun, Sebastian jetzt zu unterbrechen.

»Ich bin am Donnerstagnachmittag letzter Woche gegen fünf in Ihr Hotel gekommen, habe Ihnen meinen Dienstausweis gezeigt und Sie gefragt, ob eine Lilli Bakutz bei Ihnen arbeitet.«

»Bei mir arbeitet keine Lilli Bakutz«, gab Uhde schnell zurück. Er klang beinahe wie ein Teenager vor dem Stimmbruch.

Marga trat neben Sebastian an die Theke. »Lassen Sie doch diese Haarspalterei. Sie betreiben neben Ihrem Hotel auch eine Escort-Agentur namens Elite Escorts. Und uns ist es scheißegal, ob die Mädchen bei Ihnen angestellt sind oder ob Sie ihnen nur die Freier vermitteln.«

»Klienten«, presste Uhde zwischen den Zähnen hervor.

»Das ist ein Euphemismus«, sagte Marga und sah aus den Augenwinkeln, wie Sebastian ihr einen kurzen Blick zuwarf.

»Das ist ein was?«

»Ein beschönigender Ausdruck«, erwiderte Sebastian schneller, als sie reagieren konnte. »Wie dem auch sei, kommen wir zurück zum Donnerstagnachmittag letzter Woche. Schon da habe ich Ihnen das nicht geglaubt.«

Sebastian setzte sich auf den rechten Sessel einer winzigen Sitzgruppe am Fenster. »Deswegen habe ich mich genau hier hingesetzt und Ihnen gesagt, dass ich auf Lilli warte. Richtig?«

Uhde antwortete nicht.

»Sie sind in Ihrem Büro verschwunden und haben telefoniert. Nach ein paar Minuten kamen Sie zurück und sagten mir, dass Lilli hinten im Innenhof auf mich warten würde.« Sebastian schlug die Beine übereinander und sah Uhde weiter an. »Ich habe damals nicht bemerkt, dass das eine Falle sein könnte, und bin zu der Tür hier raus. Und draußen hat mich dann dieses glatzköpfige Muskelpaket niedergeschlagen.«

Wortlos stierte Uhde vor sich hin.

»Sie müssen wissen, ich war bis vor Kurzem im Krankenhaus und habe einen neuropsychologischen Test machen lassen.« Sebastian ließ einen Moment verstreichen, bevor er weitersprach: »Das Ergebnis lautete, dass ich eine neurologische Anomalie habe, die sich Hochsensitivität nennt.«

Für einen kurzen Augenblick schoben sich Uhdes weißblonde Brauen zusammen.

»Hochsensitivität äußert sich unter anderem durch die Fähigkeit zur detailreichen Wahrnehmung und ein ausgeprägtes Langzeitgedächtnis. Zusammen ergibt das ein minutiöses und persistentes Ereignisprotokoll in meinem Kopf. Wissen Sie, was das bedeutet?«

Diesmal reagierte Uhde. Seine Augen huschten kurz zu Marga, dann schüttelte er den Kopf.

»Dass es verdammt schlecht für Sie aussieht.« Sebastian klopfte mit beiden Händen auf seine Oberschenkel und kam dann ruckartig vom Sessel hoch. »Eine Frage habe ich noch: Wer hat denn alles einen Schlüssel für diese Tür da?«

Uhde ließ die Mundwinkel hängen und starrte Sebastian an wie das sprichwörtliche Kaninchen die Schlange. »Ich«, kam es mit brüchiger, dünner Stimme von ihm zurück.

»Das war die falsche Antwort.« Sebastian zog sein Telefon aus dem Jackett, drehte es betont auffällig in seinen Händen. »Sonst noch jemand?«

Abermals schüttelte Uhde den Kopf.

»Ich habe keine Ahnung, wobei ich Ihrem voluminösen ›Klienten‹ Donnerstag letzter Woche im Weg stand.« Sebastian tippte auf dem Display herum, während er weitersprach: »Auch weiß ich nicht, warum Sie ihm inzwischen das zweite Mal zur Flucht verholfen haben.« Er sah auf und hielt sich das Telefon ans Ohr. »Aber das kriegen wir in den nächsten Tagen bestimmt noch raus.«

Marga musterte Uhde, der Sebastian nicht aus den Augen ließ. Erneut hing sein Scheitel ihm in die Stirn. Diesmal jedoch schien es ihn nicht zu stören.

»KOK Franck vom LKA Stuttgart, hallo, Herr Kohler«, meldete Sebastian sich. »Haben Sie noch eine Zelle frei?«

Pause.

»Konstantin Uhde. Eine vorläufige Festnahme wegen des Verdachts der Strafvereitelung und Beihilfe zur schweren Körperverletzung.«

Pause.

»Genau. Hotel Excelsior. Die Adresse kennen Sie ja.«

Pause.

»Kein Problem. Den Haftbefehl reichen wir nach.« Sebastian beendete das Gespräch, und ein zufriedenes Grinsen stahl sich auf sein Gesicht.

24

Am frühen Nachmittag des nächsten Tages saß Marga neben Sebastian im Verhörraum eins des Dezernats T.O.M. Der fensterlose Kellerraum, in dem lediglich ein einfacher quadratischer Tisch sowie vier Plastikstühle standen, wirkte trist und kalt. Neben einem Schwanenhalsmikrofon auf dem Tisch gab es zwei Kameras zur Videoüberwachung, die nicht abgeschaltet werden konnten. Ebenfalls nicht abgeschaltet werden konnte ein weiteres verstecktes Mikrofon, auch wenn der Befragte einer Aufzeichnung nicht zustimmte.

Ihr gegenüber, vor einem Glas Mineralwasser, hatte Jasmin Leibrand Platz genommen.

Marga hatte sich mit Sebastian darauf verständigt, zuerst sie zu befragen, um den sechs Jahre alten Fildermädchen-Fall endgültig abzuschließen. Ein Verhör des Glatzkopfs wegen Verdachts der schweren Körperverletzung war für den Nachmittag angesetzt. Seine Stahlrute befand sich bereits im Kriminaltechnischen Institut, um eventuelle Blutrückstände Sebastian zuordnen zu können.

Nach der Nacht in einer Arrestzelle des Polizeireviers Rheinfelden sah Jasmin zwar etwas mitgenommen aus, aber keinesfalls niedergeschlagen. Ihr Gesichtsausdruck wirkte gelassen, fast schon selbstsicher. Ihr kurzes schwarzes Kleid vom Vorabend sah zerknittert aus, und die schwarzen Pumps, die ihre Flucht nach wenigen Schritten hatten scheitern lassen, sollten dringend geputzt werden.

Sebastian schaltete das Mikrofon auf dem Tisch ein, nannte das heutige Datum sowie die aktuelle Zeit. »Anwesend sind KHK Marga Kronthaler und KOK Sebastian Franck sowie«, er hielt inne und sah auf, »Jasmin Leibrand.«

Die lehnte sich zurück, reagierte jedoch nicht auf die Nennung ihres tatsächlichen Namens.

Sebastian nahm sie fest in den Blick. »Diese Befragung hat nicht den Zweck, Ihre wahre Identität zu bestätigen. Auch ohne einen DNA-Abgleich besteht kein Zweifel daran, dass Sie Jasmin Leibrand sind.«

»›Sie‹? Hatten wir uns nicht aufs Duzen geeinigt?«, fragte Jasmin, anstatt Sebastians Feststellung zu kommentieren.

»Ich habe Lilli das Du angeboten. Ich kann mich nicht daran erinnern, dass ich mit Ihnen per Du bin.« Sebastian räusperte sich. »Doch das tut hier nichts zur Sache. Um den Fall abzuschließen, möchten wir von Ihnen erstens wissen, warum Sie untergetaucht sind, und zweitens, unter welchen Umständen.«

»Das ist über sechs Jahre her.«

»Wir prüfen derzeit noch auf strafrechtliche Relevanz«, gab Sebastian zurück. Der dienstliche Tonfall fiel ihm sichtlich schwer. Am liebsten würde er sie wohl härter anpacken. Kein Wunder, nach der Farce, die sie ihm in den letzten Tagen vorgespielt hatte.

»Da wird sich nichts finden«, Jasmin sah ihn direkt an, »Sebastian …«

»Herr Franck, bitte«, warf der schnell ein.

»Meinetwegen auch Herr Franck.« Sie lächelte überlegen. »Falls ich gegen das Gesetz verstoßen hätte, wäre das längst verjährt.«

Marga stützte sich mit den Ellenbogen auf der Tischplatte ab. »Das lassen Sie mal unsere Sorge sein. Sie haben jetzt die Möglichkeit, uns umfassend Ihre Geschichte zu erzählen. Sofern Sie keine Straftat begangen haben und nichts anderes gegen Sie vorliegt, können Sie nachher gehen.«

»Und wenn ich keinen Bock darauf habe?« Jasmin nahm einen Schluck Wasser und stellte das Glas lauter auf den Tisch als notwendig.

»Werde ich gleich mit dem Haftrichter reden.« Marga hob ihre Stimme an. »Und glauben Sie mir, bei Ihrer Vorgeschichte ist Untersuchungshaft allemal drin.«

Zum ersten Mal zeigte sich in Jasmins Gesicht eine kleine Veränderung. Ihre Augen schienen in die Ferne zu schweifen, offenbar dachte sie nach. Schließlich beugte sie sich vor und zog den Schwanenhals des Mikrofons zu sich. »Mein Name ist Lilli Bakutz, wohnhaft Herzogenstraße 4 in Rheinfelden. Ich wurde am 28. Februar 1994 unter dem Namen Jasmin Leibrand in Stuttgart geboren. Am 17. Juni 2011 habe ich mich dazu entschlossen, es meiner Mutter gleichzutun und meinen Vater zu verlassen.« Sie schob den Schwanenhals zur Seite und sah auf. »Kann ich jetzt gehen?«

Marga schüttelte den Kopf. So leicht würde sie es ihr nicht machen. »Das wissen wir alles längst.«

»Was wollen Sie denn noch von mir?« Jasmin ließ ihren Blick zwischen Marga und Sebastian schweifen.

»Zum Beispiel könnten Sie uns erzählen, wie Sie es geschafft haben, Ihr Verschwinden nach Mord aussehen zu lassen.«

Jasmin grinste. »Haben Sie wirklich so wenig Phantasie?«

»Ich höre mir lieber die Märchen anderer Leute an und ertappe sie dann bei Widersprüchen. Denn das Problem von Lügen ist, dass man sich immer mehr davon ausdenken muss.«

»Alles, was Sie brauchen, ist ein Messer, um die Kleidung aufzuschlitzen, ein Viertelliter eigenes Blut im Plastikbeutel und natürlich Ersatzkleidung. Muss ich weiterreden?«

»Dazu gehört schon einiges an krimineller Energie. Finden Sie nicht?«

»Ich bin nur von zu Hause abgehauen.«

»Um das zu klären, sitzen wir hier. Außerdem geht es nicht nur um Sie, sondern um alle Beteiligten in diesem Fall. Ich denke da an Berthold Hauer oder Ihren Vater Matthias. Viele Straftaten verjähren nicht nach fünf Jahren.«

Erneut griff Jasmin nach dem Wasserglas, trank jedoch nichts, sondern drehte es auf der Tischplatte.

»Warum sind Sie von zu Hause abgehauen? Nur weil Sie's Ihrer Mutter gleichtun wollten?«

Jasmin schloss für einen Moment die Augen.

»Sie werden um eine Antwort nicht herumkommen. Also, warum haben Sie Ihren Vater verlassen?«

Ein Schatten huschte über Jasmins Gesicht. »Er ist ein Arschloch.«

»Ein Arschloch, weil er Ihnen nicht den Freiraum gab, den Ihre Mitschüler und Freundinnen hatten?«

Jasmin ließ das Glas los, ihre Hand ballte sich zur Faust.

Als sie Margas Blick bemerkte, legte sie die Hand auf ihren Oberschenkel.

Marga kam ein Verdacht. »Hat er Sie bedroht? Wurden Sie von ihm geschlagen?«

Jasmins angespannter Oberarm verriet, dass sie die Faust unter dem Tisch weiterballte.

Wie nah war sie der Wahrheit? Marga hätte viel dafür gegeben, die nächste Frage nicht stellen zu müssen. »Oder sogar sexuell belästigt?«

»Sexuell belästigt?« Jasmin spie die beiden Worte fast aus. »Der Ausdruck verniedlicht einiges.«

Manchmal hasste Marga sich dafür, recht zu haben. Es war wie ein Fluch. »Wie hat Ihre Mutter reagiert? Sie muss doch etwas bemerkt haben.«

»Sie hat immer so getan, als ob sie es nicht bemerken würde. Irgendwann hab ich's ihr auch erzählt.«

»Und?«

Jasmin verzog das Gesicht. »Sie hat meine Hand genommen, und wir haben gebetet. Ein paar Monate später ist sie dann verschwunden.«

»Sie können immer noch Anzeige erstatten.«

»Ich hab Jahre gebraucht, um das zu verdrängen.« Über Jasmins Gesicht huschte ein Schatten. »Dafür ist es jetzt zu spät.«

Marga holte tief Luft und lauschte dem Sprudeln der Kohlensäure in Jasmins Wasserglas.

Es schien ihr, als wäre eine halbe Ewigkeit vergangen, als Sebastian mit einem Räuspern die Stille durchbrach. »Kommen wir zu Berthold Hauer, Ihren ehemaligen Lehrer auf dem Humboldt-Gymnasium.«

»Was soll mit ihm sein?«

»Wir können«, Sebastian druckste herum, »nein, wir müssen sogar auch nach sechs Jahren noch Ermittlungen gegen ihn einleiten.«

»Und weswegen?«

»Hatten Sie als minderjährige Schülerin damals ein … Verhältnis mit ihm?«, fragte Sebastian und mühte sich weiter um einen dienstlichen Ton.

»Das geht dich einen Scheißdreck an.« Jasmins Stimme war schrill geworden. Sie ließ sich nach hinten fallen, verschränkte die Arme vor der Brust.

»Ich bin nicht Ihr Feind.« Sebastian rieb sich über die Schläfe. »Wir versuchen nur, Licht in die damaligen Ereignisse zu bringen.«

Jasmin stieß einen Schwall Luft zwischen ihren Lippen hindurch.

»Warum decken Sie ihn?« Sebastian schien nicht lockerlassen zu wollen. Noch ahnte Marga nicht, worauf er hinauswollte, und ließ ihn gewähren.

Jasmin beugte sich weit über die Tischplatte. Ganz nahe an Sebastians Kopf verharrte sie. »Er konnte so verdammt gut ficken.«

Für einen winzigen Moment schien es, als hätte sie ihn aus dem Konzept gebracht. Doch sofort hatte Sebastian sich wieder unter Kontrolle. »Jetzt fickt er aber Pauline, das war doch mal Ihre Freundin, richtig?«

Jasmins Blick verriet, dass ihr überhaupt nicht gefiel, was sie hörte. Sie blähte die Nasenflügel, presste die Lippen aufeinander. Bevor sie etwas darauf erwidern konnte, klopfte es an der Tür zum Vernehmungszimmer.

Franziska streckte ihren Kopf herein und winkte.

Marga empfand die Unterbrechung weniger als Störung, sondern mehr als eine willkommene Pause. Sebastians Fragerei ging inzwischen zu weit. Schließlich war Jasmin an erster Stelle Opfer, auch wenn es noch einige Lücken in ihrer Geschichte gab. »Ich übernehme jetzt besser, Herr Franck. Sie klären das mit Franziska. Draußen.«

***

Sebastian zog die Tür hinter sich zu. »Was gibt es denn so Wichtiges, Franzi?«

»Ich hab jetzt die Mutter unserer Walking Dead gefunden.«

»Walking Dead?« Was hatte das nun wieder zu bedeuten? Eine Metapher?

»Ja.« Franziska nickte. »Sie ist doch eine wandelnde Tote, wie in der Zombie-Serie. Kennen Sie nicht?«

»Nein«, sagte Sebastian schnell. Keinesfalls wollte er sich jetzt mit Franziskas Vergleich auseinandersetzen, obwohl der gar nicht so danebenlag. »Wo wohnt sie?«

»Wieder in Stuttgart. Und zwar unter ihrem Mädchennamen: Erika Frenzel, Schlosserstraße 12.«

Eine willkommene Gelegenheit, Jasmins Aussagen sogleich zu überprüfen. Sebastian holte die Fahrzeugschlüssel aus seinem Büro, trat auf den Parkplatz. Zügig fuhr er Richtung Innenstadt und erreichte keine Viertelstunde später die Schlosserstraße im Stuttgarter Heusteigviertel. Graubraune, riesige Wohnblöcke aus den zwanziger Jahren des letzten Jahrhunderts verdunkelten auf beiden Seiten der Straße den Himmel. Mit Ausnahme der farblich abgesetzten Ecksteine und der frisch angemalten Fensterrahmen unterschied sich der Wohnblock mit der Nummer zwölf nur wenig von den anderen. Auch nicht die Parkplatzsituation. Es gab kaum genügend Platz vor dem Haus, um ein Zweirad abzustellen. An der nächsten Kreuzung wendete er und parkte den Mercedes kurzerhand auf dem Gehweg, der dort kaum mehr als zwei Meter breit war. Er legte Franziskas Polizeikelle auf das Armaturenbrett und stieg aus.

Unter den acht Parteien im Haus fand Sebastian schnell das Klingelschild mit dem Namen »Frenzel« und klingelte. Sofern er deren Anordnung richtig interpretierte, befand sich die Wohnung im Parterre auf der linken Seite.

»Ja«, schnarrte es nach einigen Sekunden aus der Gegensprechanlage.

»LKA Stuttgart, Oberkommissar Franck«, stellte Sebastian sich vor. »Ich habe nur ein paar Fragen.«

»Um was geht es?«

»Um Jasmin – Ihre Tochter.«

Für einen Augenblick drangen nur leise Atemgeräusche aus dem Lautsprecher, dann ertönte der Türsummer, und Sebastian trat ein.

Erika Frenzel entpuppte sich als zierliche Frau mit streng

nach hinten gekämmten rotblonden Haaren, die in einem kurzen Zopf endeten. Ihre Augen leuchteten im selben durchdringenden Grün wie Jasmins. Eine altmodische Stoffhose und die weit geschnittene dunkelblaue Bluse mit hochgeschlossenem Kragen verbargen weitgehend ihre Figur. An einer Kette um ihren Hals baumelte ein silbernes Kruzifix. Gleichwohl war ihre Ähnlichkeit mit Jasmin kaum zu übersehen. Wären da nicht ihr verhärmter Gesichtsausdruck und der ungesunde Teint gewesen, hätte sie fast als ihre ältere Schwester durchgehen können. Stattdessen verriet ihr Äußeres nicht nur ihr wahres Alter Ende vierzig, sondern deutete auch auf ein Leben hin, das alle Kraft längst verbraucht hatte.

Zu Beginn des Gespräches hatte Sebastian mit so einigem gerechnet. Nur nicht mit dem, was sie an der Wohnungstür dann tatsächlich fragte: »Ist sie tot?«

Die Frage hätte Frenzel vor sechs Jahren stellen können. Aber nicht heute. Außer sie wusste, dass ihre Tochter damals nicht ermordet worden war. »Können wir drinnen reden?« Sebastian deutete in die Wohnung.

Frenzel trat einen Schritt zur Seite, um ihn eintreten zu lassen. Sie schloss die Tür und ging voran, an einer aufgeräumten Küchenzeile vorbei in ein spartanisch eingerichtetes Zimmer. Außer dem schmalen Bett befanden sich nur noch ein kleiner Schrank sowie ein Schreibtisch samt Stuhl darin. Mehr Möbel hätten in dem kleinen Raum auch kaum Platz gefunden. An einer Wand hing ein Gemälde, das eine Landschaft am Meer zeigte, geschirrtuchgroß und kitschig, daneben ein Kruzifix. Ansonsten waren die Wände rundum kahl und weiß.

»Wollen Sie sich setzen?« Frenzel deutete auf den Holzstuhl neben dem Schreibtisch, der offenbar nur als Ablageplatz für ein abgegriffenes Notizbuch mit dunkelgrünem Plastikeinband diente. »Ich kann Ihnen leider nichts anderes anbieten.«

»Danke.« Sebastian nickte, nahm auf dem Stuhl Platz. »Warum fragen Sie, ob Ihre Tochter tot ist?« Auch wenn ihm wichtigere Fragen in den Sinn kamen, interessierte ihn zuallererst, warum sie gerade diese gestellt hatte.

Frenzel setzte sich aufs Bett und zerstörte die beinahe vollkommene Ebenmäßigkeit von Kissen und Decke. Sie legte die Hände in den Schoß. »Ich weiß, was für ein Mensch sie ist.«

»Wie meinen Sie das?«

»Wie soll ich es ausdrücken … aber Jasmin war ein schwieriges Kind, schnell reizbar und launisch. Sie kannte keine Skrupel, hat sich immer genommen, was sie wollte.« Frenzel tastete nach dem Kruzifix an ihrer Halskette. »Und später hat sie sich mit den falschen Leuten abgegeben.«

Frenzels Antwort ließ keinen Zweifel daran, dass sie früh wusste, wo sich ihre Tochter nach deren angeblicher Ermordung aufgehalten hatte. »Warum haben Sie die Polizei nicht davon in Kenntnis gesetzt, dass Ihre Tochter die ganze Zeit über am Leben war?«

»Was sollte ich tun?« Ihre Stimme wurde unsicher, und was als Frage gedacht sein mochte, klang wie ein Flehen. »Sie hat gedroht, Matthias zu verraten, wo ich wohne, wenn ich zur Polizei gehe. Aber ich konnte nicht mehr zurück zu diesen Spinnern.«

»Sie meinen die ›Zwölf Stämme‹?«

Sie nickte.

»Hat Jasmin bei Ihnen in Degerfelden gewohnt?«

»Für ein paar Monate, ja.«

»Und dann?«

»Wie gesagt, sie hat sich immer wieder mit so scheußlichen Männern herumgetrieben. Die haben mit Drogen gehandelt und Dinge getan, von denen ich nichts wissen wollte. Irgendwann ist sie dann zu einem dieser Typen nach Rheinfelden gezogen und hat sich nie mehr gemeldet«, sagte Frenzel. Erst jetzt fiel Sebastian auf, dass er Jasmins Mutter noch nicht auf deren Frage geantwortet hatte.

»Jasmin ist nicht tot. Sie wird derzeit bei uns im Dezernat befragt.«

Sie nickte geistesabwesend.

»Sie hat uns erzählt, dass sie von ihrem Vater sexuell missbraucht wurde.«

Frenzel stieß ein Lachen aus, das nicht im Geringsten fröhlich klang. »Jasmin lügt. Sie lügt von klein auf.«

»Wollen Sie damit sagen, Ihr Ex-Mann hat ihr … überhaupt nichts angetan?« Sebastian schluckte. Das änderte alles, ließ Jasmins Aussage von vorhin in einem ganz anderen Licht erscheinen.

»Er hat sie geliebt. Sie war sein Ein und Alles. Jasmin hat schon damals Lügengeschichten in die Welt gesetzt, wenn etwas nicht nach ihrer Vorstellung lief. Matthias ist ein gottesfürchtiger Mensch«, sie schüttelte den Kopf, »er könnte keiner Fliege was zuleide tun.«

»Glauben Sie, dass an dem Gerücht um Jasmins Verhältnis mit ihrem Lehrer Berthold Hauer etwas dran war?«

»Ich denke schon. Zumindest so lange, bis ihr Pauline in die Quere kam.«

»Pauline Arendt?«

»Arendt, ja. Die beiden waren eine Zeit lang dicke Freundinnen. Sie können sich sicherlich denken, warum sie sich bald hassten wie die Pest. Irgendwann mal hat Jasmin sich sogar geschworen, alles dafür tun, dass Pauline mit diesem Lehrer nie glücklich wird.«

»Und trauen Sie ihr auch *alles* zu?« Sebastian kam der schwarze Geländewagen in den Sinn, der den Unfall mit Arendt verursacht hatte. Er war immer von einem männlichen Fahrer ausgegangen. Aber soweit er sich erinnern konnte, war der Fahrersitz ganz nach vorne gestellt. Fast alle Menschen ließen den Sitz auf der eingestellten Position stehen, wenn sie ausstiegen. Ein kleiner Fahrer – oder eine Fahrerin.

Frenzel zögerte kurz, nickte.

Sebastian beschlich ein bedrückendes Gefühl, das Gefühl, schon die ganze Zeit über keine Kontrolle über die eigenen Ermittlungen gehabt zu haben. War er nur eine Schachfigur in Jasmins ausgeklügeltem Spiel gewesen, das nur einem Ziel diente: ihrer Rache an Pauline Arendt?

Jeder weitere Gedanke fügte ein Bild zusammen, das perfide und schockierend zugleich war und nur einen Schluss zuließ. Sie hatte alles geplant: Jasmin als seine Retterin, ihre Besuche am Krankenbett, ihre Gespräche mit ihm. Und ausgerechnet er hatte ihr bereitwillig Informationen über den Stand der Ermittlungen gegeben. Nicht er hatte sie befragt, sondern sie ihn. Sebastian hätte sich ohrfeigen können. Er war ihr auf den Leim gegangen wie ein blutiger Anfänger.

Doch es war noch nicht vorbei. Womöglich gehörte zu Jasmins Plan auch, dass sie sich gestern Abend vor dem Hotel Excelsior hatte verhaften lassen. Und falls dem so war, gab es nur einen möglichen Zug, den sie als Nächstes machen würde.

Sebastian sprang auf, riss das Mobiltelefon aus seiner Jacketttasche und wählte Franziskas Nummer.

»Passen Sie auf, Franzi«, rief er grußlos ins Telefon, als sie abgenommen hatte, »ich hab nicht viel Zeit. Ist Jasmin Leibrand noch da?«

»Die Chefin hat sie vor einer Viertelstunde gehen lassen. Nur Mister T ist noch da.«

»Hat sie gesagt, wohin sie geht?«

»Nein.«

»Weiß Jasmin, dass Pauline Arendt wegen eines Verkehrsunfalls im Krankenhaus liegt?«

»Das hat die Chefin im Laufe ihrer Befragung bestimmt erwähnt. Aber was ist denn?«

Ohne Franziska zu antworten, beendete er das Gespräch, stopfte das Mobiltelefon zurück in die Jacketttasche. »Ich muss jetzt gehen«, presste er hervor und stürmte aus der Wohnung.

Es sollte ein Leichtes für Jasmin sein, vier Stuttgarter Krankenhäuser abzutelefonieren und nach der Zimmernummer von Pauline Arendt zu fragen. Nur beim Marienhospital würde sie eine Zimmernummer erfahren.

Während Sebastian die Treppe hinuntereilte, forderte er Verstärkung an. Zwar hoffte er, dass Jasmin noch nicht dort war, aber auch dann musste Arendt ab jetzt rund um die Uhr bewacht werden.

Er startete seinen Wagen. Mit einem Auge auf der Fahrbahn, dem anderen zur Adresseingabe auf dem Navigationsgerät, hetzte er die Schlosserstraße entlang. Ohne große Rücksicht auf den Verkehr zu nehmen, bog er in die Hauptstätter Straße Richtung Westen ein. Sofern ihn sein Orientierungssinn nicht täuschte, musste dort irgendwo das Marienhospital liegen.

Er sollte recht behalten. Zwei Komma neun Kilometer, acht Minuten bis zum Ziel, zeigte das Display im Armaturenbrett schließlich an. Er drückte das Gaspedal durch, überholte abwechselnd links und rechts die anderen Autos. Mit der Hupe drängte er sich in und über Kreuzungen, sobald sich die geringste Lücke auftat. Nicht nur einmal hatte er Glück, dass die anderen Verkehrsteilnehmer für ihn aufpassten.

Nicht nach acht, sondern schon nach fünf Minuten erreichte Sebastian den Vordereingang des Marienhospitals. Er stellte seinen Wagen quer über die Zweiradparkplätze und hastete die Stufen des altehrwürdigen Neorenaissance-Gebäudes hinauf.

An der Anmeldung drängte er sich an einem älteren Ehepaar vorbei und klatschte seinen Ausweis auf die Glastrennwand. »LKA Stuttgart. Die Zimmernummer von Pauline Arendt. Und es ist dringend.«

Dahinter bearbeitete sogleich eine hagere Mittvierzigerin mit kurzen braunen Haaren ihre Computertastatur. »Zimmer 308, operative Intensivstation …«

Sebastian wandte den Kopf um, suchte die Eingangshalle nach dem Treppenaufgang ab.

»Dritter Stock. Die Aufzüge sind gleich rechts«, hörte er ihre Stimme, während er losrannte.

Sebastian erreichte den Bereich mit den Aufzügen. Eine wahre Menschenansammlung wartete vor den beiden Türen. Verdammt, wo waren die Treppen? Erneut ließ er seinen Blick durch die Halle schweifen, fand sie schließlich auf der anderen Seite. Er hastete durch die Halle und rempelte versehentlich eine Patientin im pinkfarbenen Morgenmantel an.

Auf den ersten beiden Treppenabsätzen nahm Sebastian immer zwei Stufen auf einmal und fand sich schnell im offenbar menschenleeren ersten Stock wieder. Es roch nach Bohnerwachs und Desinfektionsmittel. Er griff nach dem Geländer zum nächsten Treppenabsatz. Einige Besucher kamen ihm tratschend entgegen, benötigten beinahe die gesamte Breite der Treppe.

»Aus dem Weg«, rief er und stürmte weiter, hinauf in den

zweiten Stock. Obwohl sein Atem immer schneller ging, zwang er sich weiter die Treppen empor. Dritter Stock. Endlich.

Sebastian entdeckte die Wegweiser »Unfallchirurgie« und »Operative Intensivstation«, eilte weiter den Gang entlang, vorbei an einem halb verglasten Stationszimmer, bis ihm eine Art Schleuse den Weg versperrte. »Operative Intensivstation«, verkündeten riesige weiße Lettern auf der ersten der beiden Glastüren und darunter: »3.01 bis 3.14«.

»Wo wollen Sie hin?«, fragte eine jüngere Krankenschwester, die in grüner OP-Tracht samt Kopfhaube aus der Tür zum Stationszimmer schaute. Ihr Mundschutz, den sie bis zum Hals hinuntergezogen hatte, hüpfte bei jedem ihrer Worte.

Sebastian zückte ein weiteres Mal seinen Ausweis. »LKA Stuttgart. Zimmer 308, Pauline Arendt. Hatte sie in der letzten Stunde Besuch?«

Die Krankenschwester schüttelte den Kopf. »Für Patienten der Intensivstation ist Besuch nur nach vorheriger Absprache mit dem Arzt möglich.«

Sebastian atmete erleichtert aus. Erst jetzt spürte er die Anspannung der vergangenen Minuten. Jasmin war nicht hier. Sicher wäre sie der Krankenschwester aufgefallen. »Nachher werden zwei uniformierte Beamte bei Ihnen auftauchen. Wir werden für die nächsten Tage eine Wache vor dem Zimmer einrichten müssen.«

Die Krankenschwester nickte. »Ich gebe gleich dem Arzt Bescheid.«

»Kann ich solange durch? Ich möchte mir die Örtlichkeit kurz anschauen.«

Sie musterte ihn kritisch, schien jedoch einen Augenblick später mit seinem Ansinnen einverstanden zu sein. »Der Taster an der Wand da öffnet die Tür.«

Sebastian drückte den Taster, und beide Türen schwangen geräuschlos zur Seite. Langsam schlenderte er den Gang entlang. Die Eingangsbereiche und die dahinterliegenden Türen glichen einander wie ein Ei dem anderen. Auch jener mit der Nummer »3.08«. Bis auf die Tatsache, dass diese Tür einen winzigen Spalt offen stand. Monotones Piepen drang aus dem Raum dahinter.

Sogleich beschleunigte sich Sebastians Herzschlag wieder. Er drückte die Tür weiter auf. Ein dick aufgepolstertes Krankenbett kam in sein Sichtfeld. Rechts und links davon ein halbes Dutzend Geräte, einige davon mit blinkendem Display. Von der Person im Bett konnte er nichts erkennen. Mit dem Rücken zu ihm versperrte eine andere Krankenschwester in grüner OP-Tracht und Kopfhaube die Sicht. Offenbar hatte die ihn nicht gehört.

Nichts Ungewöhnliches.

Gerade als er die Tür wieder zuziehen wollte, fiel sein Blick auf die Schuhe der Frau, und – er erstarrte. Es handelte sich nicht nur um äußerst ungewöhnliche Schuhe für den Dienst im Krankenhaus, sondern genau diese Schuhe kannte er zu gut: schwarze Pumps.

Verdammt. Mit einer Hand zog Sebastian seine Waffe, mit der anderen schlug er die Tür nach innen auf. »Keine Bewegung«, rief er laut.

Die Frau in der grünen OP-Tracht fuhr herum. Ihr Mundschutz reichte bis hoch zur Nase, kaum etwas war von ihrem Gesicht zu erkennen. Gleichwohl wusste Sebastian sofort, wer da vor ihm stand. Jasmins leuchtend grüne Augen funkelten ihn böse an. Einen Moment später ließ sie ihre Arme sinken. Und erst jetzt bemerkte er, dass sie ein Kissen in der Hand hielt. Ein Kissen als Waffe, um das zu Ende zu bringen, was ihr am Montagabend mit dem schwarzen Mercedes-Geländewagen nicht gelungen war: die Rache an ihrer ehemaligen Freundin Pauline.

Epilog

Zwei Wochen später saß Marga an ihrem Schreibtisch vor Sebastians Abschlussbericht, dessen Umfang fast dem eines Versandhauskatalogs entsprach. Ganze zweiundsiebzig Seiten Text, Bilder und Grafiken waren fein säuberlich in einer Art Präsentationsmappe mit Titelblatt und durchsichtigem Deckel gebunden. Ein neuer Rekord.

Mit Sebastians Bericht hatte das Dezernat auch seinen zweiten Fall erfolgreich abgeschlossen. Nach gerade mal drei Monaten. Sie war mehr als zufrieden. Wie auch Kriminaldirektor Klaus Oberholzer, seines Zeichens Präsident des Landeskriminalamtes Stuttgart und ihr direkter Vorgesetzter. Er hatte ihr bereits telefonisch zum Erfolg gratuliert. Kein Wunder: Ihr Dezernat dürfte deutschlandweit das einzige sein, das nach über sechs Jahren ein vermeintliches Mordopfer lebend wieder aufgefunden hatte. Wenn auch unter Umständen, die wenig Grund zur Freude boten.

Eine Hausdurchsuchung von Jasmin Leibrands Wohnung hatte bereits am Tag nach ihrer Verhaftung vieles ans Licht gebracht. Und hätte Marga sich schon beim ersten Mal Zutritt zu der Wohnung verschafft, wäre es vermutlich nicht zum zweiten Anschlag auf Arendts Leben gekommen. Auf einem Tisch in der ziemlich unordentlichen Wohnung waren die Schweizer Kennzeichen des schwarzen Geländewagens gefunden worden. Damit wäre es schon vor Tagen ein Leichtes gewesen, sie dem Wagen zuzuordnen.

Überhaupt hatten die Beamten einen äußerst erfolgreichen Tag in der Rheinfeldener Herzogenstraße 4 verbuchen können. Neben den Kennzeichen waren Kokain und Bargeld in Höhe von mehreren zehntausend Euro sichergestellt worden. Am interessantesten jedoch könnten die beschlagnahmten Unterlagen sein. Einige davon wiesen auf Mädchenhandel hin und wurden derzeit auf internationale Verbindungen geprüft. Offenbar hatte Jasmin sich nach ihrer eher unfreien Zeit unter den Fittichen ihres Vaters vorgenommen, alle nur erdenklichen Straftaten zu begehen. Gleichwohl lautete ihre Anklageschrift vorerst nur auf zweifachen Mordversuch. Aufgrund der Beweise und des Umstands, dass Sebastian sie auf frischer Tat ertappt hatte, lag ihr Geständnis bereits vor. Damit galt schon jetzt als sicher, dass Jasmin für mindestens fünf Jahre hinter Schloss und Riegel wandern würde.

Die Ermittlungen zu allen anderen Fällen wie Drogenhandel, Mädchenhandel und Geldwäsche waren abgetrennt und auf Hansueli »Butsch« Käger ausgedehnt worden, höchstwahrscheinlich ihr Komplize oder sogar Chef. Er war es vermutlich auch gewesen, der ihr den Mercedes-Geländewagen zur Verfügung gestellt hatte. Ob wissentlich oder unwissentlich als Waffe für einen Mordanschlag, würden sie erst erfahren, wenn die Polizei ihn aufgreifen konnte. Noch befand er sich auf der Flucht, wie eigentlich bereits sein halbes Leben. Nach ihm wurde schon seit Längerem gefahndet, vermutlich war Sebastian hauptsächlich deshalb von dessen Aufpasser niedergeschlagen worden. Obwohl der nach wie vor schwieg wie ein Grab, ging Marga davon aus, dass Butsch gefürchtet hatte, das eigentliche Ziel von Sebastians Einsatz zu sein.

Konstantin Uhdes Verhör hatte ans Tageslicht gebracht, dass Butsch seit Jahren bei ihm im Hotel untergetaucht war. Seine Anklage lautete auf Beihilfe zur schweren Körperverletzung und Strafvereitelung. Das Hotel Excelsior war inzwischen vom Wirtschaftskontrolldienst geschlossen worden, davor hatte die Steuerfahndung zwölf Plastikkisten Unterlagen beschlagnahmt. Nach seiner Haftstrafe, die bei klarer Beweisführung bestimmt bei über drei Jahren lag, würde er wohl seinen Escort-Service zumindest umorganisieren müssen.

Pauline Arendt lag noch immer im Koma. Niemand konnte sagen, ob sie jemals wieder ganz gesund werden würde. Aber schon jetzt stand fest, dass in ihrem Leben nichts mehr so sein würde wie zuvor. In all den Jahren, die inzwischen vergangen waren, hatte Jasmin sich den Hass auf die Frau bewahrt, die ihr die Liebe ihres Lebens genommen hatte. In ihren Augen nahm Pauline die Stelle ein, die ihr zustand. Und als sie dann noch erfuhr, dass Pauline sogar ein Kind von Berthold Hauer erwartete, setzte sie alles daran, ihre Rache umzusetzen. Ein klassisches Mordmotiv.

Der Abschluss des Fildermädchen-Falles brachte letztlich auch Zeit mit sich, um die Ermittlungen zum Überfall auf die Stadtsparkasse Hannover und den Mord an Daniel Franck wieder aufzunehmen. Doch womöglich würde Marga sehr bald nicht mehr anders können: Sie musste Sebastian einweihen.

Danksagung

An diejenigen, ohne die dieses Buch nie entstanden wäre.

Dr. Michael Wenzel von meiner Agentur Editio-Dialog in Lille sowie Lothar Strüh für das kompetente und angenehme Lektorat. Meiner Frau Sabine und meinen beiden Kindern Laura und Luca bin ich dankbar für ihre Unterstützung und Ideen. Die Veröffentlichung letztlich möglich machten die Mitarbeiter vom Emons Verlag in Köln.

Danke an alle.

Thilo Scheurer
Januar 2017

Der Krimi zum Abhör-skandal
THILO SCHEURER
Letzte Ausfahrt Neckartal
KRIMINALROMAN
emons:

THILO SCHEURER
Neckarteufel
KRIMINALROMAN
emons:

THILO SCHEURER
Leonhardsviertel
COLD CASE STUTTGART
emons: